耽讀

俞晓红 著

漫卷红楼

整本书阅读视野下的
《红楼梦》研究

人民出版社

目 录

序 言
阅读《红楼梦》的九大理由 ①

古人云："读万卷书，行万里路。"旅行是行为的阅读，阅读自然、人生、社会的书卷；读书是精神的旅行，旅行在人类生命智慧的世界。我们把读书当成一种生活方式，因为读书是体验生命的过程。人生的意义正在于这一过程。

我向各位老师、同学们推荐阅读的书正是《红楼梦》。我推荐的理由有九个。

第一个理由：我们读它就是阅读经典。什么叫作经典？经典的文学作品，是经过历史选择出来的、经久不衰的、浓缩了古代传统文化精华的文学作品，《红楼梦》就是其中一部最具有百科全书性质的书。我们阅读它，代表着我们在向经典致敬。

第二个理由是：阅读这本书，可以滋养我们的情怀。有一句古话叫"腹有诗书气自华"。我在高校从教已近30年，亲眼看到我们很多大学生，尤其是女生，刚进大学校门的时候还是一个高中生的模样，是那样的青涩；可是当她毕业的时候已经出落得亭亭玉立，气质芳华。有人说"大学就是一个美容院"，那么，在大学里读书就是在给自己的气质和灵魂化妆。我们读《红楼梦》可

---

① 2016年6月15日，笔者应芜湖市文化委员会、芜湖市广播电视台之邀，为"书香芜湖，全民阅读季"主题下的大型电视读书分享会"一起读书吧"节目做了一次演讲。本书即以这篇演讲录代序。

以深切地感受到这一点。《红楼梦》里面最有气质的，那是林黛玉；最有才华的，那是薛宝钗。她们读书读得都很多。林黛玉吟诗的时候是"负手喃喃扣东篱"，咏菊的时候是"口齿噙香对月吟"。如果腹中没有诗书，她难以做到这一点。大观园中宝黛共读《西厢》，当时的情境是什么样的呢？贾宝玉向林黛玉推荐一本书，就是《西厢记》。在三月份，在桃花盛开的时候，在鲜艳的花瓣飘落在沁芳闸前水面上的时候，他们共读《西厢》。贾宝玉说："好妹妹……真真这是好书！你要看了，连饭也不想吃呢！"同样，我们通过《红楼梦》这个窗口，看到了另一部经典《西厢记》。林黛玉很快就把一部《西厢记》翻完了。这时候她脑海里面出现八个字，是"词藻警人，馀香满口"。我想，《红楼梦》也是这样一部"词藻警人，馀香满口"的经典之作。还有第三十七回"探春结社"，探春晚上出来赏月，为清露所欺，偶然有一点感冒。没事的时候，她就下了邀请帖，邀大家来共同结成诗社。于是大家就把大观园里面的诗会，当成了一个赛诗的场合和平台。我们可以看到，加入诗社的这些人，个个都能写诗。能写出诗，是因为她们读书读得多，她们也是一群诗的精灵。

我推荐《红楼梦》的第三个理由是：我们可以借这部经典，欣赏它精彩的故事。它里面的故事情节是那样美好，写起来是那样的曲折丰富，那么动人，我们仿佛就在眼前看到了这一切。像"宝玉挨打"，我们在读这一段的时候，我们读到了什么呢？宝玉是这个家庭的第一继承人，上面有疼他的父母，有疼他的祖母，还有他的那些姊妹们，个个对他都很好，这时候我们看到作者是怎去表现的。父亲打他是因为他不读书，这话的意思是，他不读那些去参加八股考试的书。但是他杂学旁收，读了很多含有民主性精华的经典著作：《老子》《庄子》《西厢记》《牡丹亭》，还有一些明清传奇脚本他都读过。所以，他读的不是那些圣贤书。小说怎么去描写这样的一个故事？谁先出场来救他？最爱他的无疑是他的祖母——贾母，但是贾母不能先出场。第一个出场的是王夫人，是他的母亲。为什么？其次出场的才是他的祖母。王熙凤也少不了，出场的还有李纨，她们都先出场，可是不能说上话。小说写得是这样真实生动：因为母亲离得近，她最先赶到，劝阻他的父亲不要打儿子，但是她劝阻不了，于情于礼都不能阻止她的丈夫狠心打下去那几板子。最后能够阻止贾政打贾宝玉的是老祖母，但祖母不能第一个出场；如果她先出场，后面的戏就没有办法展开。它讲故事的层次是那样清楚，重要人物都在必要的时候发挥关键性的作用。挨打过程中，王熙凤起的作用就是要去收拾这么一个烂摊子。花袭人作为贾宝玉身边最重要的丫鬟，也要有作为，可是她身份是一个丫鬟，不能说什么，所以最后只是去打听宝玉为什么挨打。她要探听这个原因，好避免将来可能发生的一切。小说的每一个故事都是有序的，都是有它的用意的，都是匠心独运的。

第四个理由：我们可以理解这部经典著作中的人物，去深入地理解他们的心灵世界，他们的精神追求。有人可能会说："他们已经离我们260年以上了，我们已经隔了不知道多少个朝代了。我们跟他们之间有多少代的代沟，我们能理解他们吗？"如果我们把人类的历史压缩为24个小时，而把我们现在当成是正中午的话，那么在这样一个历史的压缩了的时间表上，林黛玉、贾宝玉离我们是多长时间呢？大概是50秒的时间。从整个历史长河来说，他们和我们是同时代人，他们的精神、他们的气质，在穿越了200多年的时空之后，还是能活在我们现在人的身上，在我们的性格中，在我们的身体上，在我们的行为中，在我们的精神追求中。也就是说，他们的生活方式、精神追求，仍然活在我们当下。这是经典艺术的魅力，也证明了这本书永恒存在的价值。如果我们看到一个多愁善感的女生，就会说："你有点林妹妹的气质呢。"这样的比喻，说明他们的个性特征，他们的精神气质，已经成为一个符号，一种文化的符号，能够用来代指我们生活中相类似的人物。

第五个理由：我们读这部经典，可以从中找到青春的共鸣。文化部前部长王蒙先生说他每读一次《红楼梦》，就年轻20岁。这是一部青春的书，一部欢乐的书。我们读第六十二回"寿怡红群芳开夜宴"的时候，就可以看到，少男少女们聚集在大观园中，在贾宝玉过生日这样一个小小的场合，奏出了青春的欢乐，奏出他们最强烈的青春的声音。我们不仅从小说里看到了青春的欢乐，还有青春的忧愁；喜怒哀乐，万般都在其中。著名红学家蔡义江先生在一次学术会议上说，他每一次读《葬花辞》，都忍不住要落泪。那时他已经70多岁了。因此，《红楼梦》不仅是适合青春年龄阶段读的书，它也是适合我们任何一个年龄阶段读的书，当我们50岁、60岁、70岁的时候来读它，仍然能够感到青春的旋律在心中震颤。

我推荐的第六个理由是：我们读这本书，可以获取更多生活的经验、人生的经验，可以获得更高的体验。对于我们各位在校大学生来说，可能我们能够获得更多的，就是情感的体验和经历。它可以教我们的男生如何体贴女生，教恋爱中的女生们懂得什么才是真正的爱情。因为这本书跨越了之前所有的才子佳人小说夫贵妻荣式的、或者是欲大于情式的爱情模式，它详细地描写了一对青年男女整个的恋爱过程，他们有纷争，他们有误会，他们有争吵，他们也有和解。这才是一个真实的恋爱的版本。如何才能达到心灵的共契，这本书会教给我们。

第七个理由是：我们读这本书，可以借它认识我们自己，认识我们身边的社会。诸位在校大学生可能还没有真正地接触到社会，对社会相对来说比较陌生，对于社会的美丽和险恶，都所知甚少。

可是读《红楼梦》，它百科全书式的构架，能够让我们跨越年龄，能够让我们超越本身生活经历的局限去认识世界。它的很多东西都是活在当下，这就是经典的魅力。我们读它，可以认识我们身边的人，认识我们自己，认识我们这个社会；可以借助它作为桥梁，用最短的时间去阅读、去理解，去认识更多的、更宽的、更远的社会和世界。

第八个理由是：读这部经典，可以让我们正视悲剧。什么样的悲剧呢？它有三大悲剧：第一大悲剧是一个贵族世家如何由盛而衰的悲剧，这是那个社会的一个缩影；第二个悲剧是男主人公贾宝玉的人生悲剧；第三重悲剧是以钗黛为首的金陵十二钗和青春女儿们的普遍悲剧，小说形容为"千红一哭，万艳同悲"，"千红万艳"最后都被社会秩序、被封建制度、被不平等的男尊女卑制度扼杀了青春、欢乐和生命的悲剧，小说将他们有价值的人生被毁灭的过程展示给我们看。我们读这悲剧，也认识我们当下的人生，这使我们有勇气去面对身边灾难和悲剧事件的发生。

第九个理由是：它可以让我们直面人生。人生无常，可是生命非常珍贵。我们读它，就是读人生，就是读我们自己。它让我们爱自然，爱人生。

我想，有这九大理由，我们何不一起来读《红楼梦》呢？脂批说，林黛玉是"情情"，贾宝玉是"情不情"。"情情"中第一个"情"字用作动词，"施情""用情"的意思，第二个"情"字是名词，代指她所钟情的那一个人。我们作为普通读者，作为读者中间的一员，"情情"的这个"情"，就是《红楼梦》；"用情""施情"就是"钟情""钟爱"：钟爱一生的就是这部《红楼梦》。至于贾宝玉的"情不情"，"不情"也是名词，指的是一切有情之人、无情之物，所以他看见鱼就和鱼说话，看见燕子就跟燕子说话；前面的"情"字也是"施情""用情""钟情"的意思。他用情对待一切有情之人、一切无情之物，这是他的一种博爱的情怀，有时候它就上升为一种人性的怜悯。读这部书，让我们懂得人生、懂得情感，也能让我们用自己的宽容去拥抱这个世界，用自己所有的情感去善待我们身边的人，善待这个世界，善待我们自己。

阅读经典，提升内涵，感悟人生，让我们共同开启《红楼梦》整本书阅读的旅程吧！

绪　论
《红楼梦》整本书阅读的理念与实施

　　"整本书阅读"并不是一个新的概念。1920 年 3 月 24 日，胡适做了一次题为"中国国文的教授"的演讲，提出要将小说、白话的戏剧、长篇的议论文与学术文这三类文本纳入中学"国语文"课程的教材，其中要"看二十部以上，五十部以下的白话小说。例如《水浒》《红楼梦》《西游记》《儒林外史》……等等"[①]。20 世纪 30 年代，夏丏尊提出，阅读教学应该是对"整册的书"的阅读。1995 年，联合国教科文组织将每年 4 月 23 日确定为"世界读书日"。教育部将"整本书阅读与研讨"写进《普通高中语文课程标准》（2017 年版，以下简称"新课标"），部编版普通高中语文教材必修下册专门开设"《红楼梦》整本书阅读"单元。

　　作为高中语文"新课标"所设 18 个学习任务群之首，"整本书阅读与研讨"问题在近两年的讨论中显示出非常高的关注度，尤其《红楼梦》整本书阅读更成为诸家语文刊物的热点话题。以"红楼梦""整本书阅读"为主题词在中国知网检索发现，自 2016 年以来至 2022 年 6 月止，相关研究文献 408 条，2020 年以来两年半的时间即有 328 篇，占全部文章的 80.39%。研究主题主要集中在"红楼

[①]　胡适：《中国国文的教授》，原载 1920 年 9 月 1 日《新青年》第 8 卷第 1 号。季羡林主编：《胡适全集》第 1 卷，安徽教育出版社 2003 年版，第 213 页。

梦"、整本书阅读、林黛玉、学习任务群、教学设计、阅读方法等方面，作者大多是中学教师。研究视角一是以《红楼梦》文本某一片段为例探讨"整本书阅读"的策略、教学设计、阅读独特性等，或以《红楼梦》阅读教学为例谈整本书阅读与创意读写练习等；二是专门探析《红楼梦》整本书阅读的教学安排、教学实践、教学重点难点、教学指导策略等；三是讨论《红楼梦》阅读的任务群教学设计等；四是侧重于《红楼梦》的人物关系介绍、文本细节与语言鉴赏等。不少论者自己还没有来得及全面通读并深刻理解《红楼梦》文本，就已经公开发表对这一问题的整套看法或指导意见，诸如版本选择、人物理解、语言鉴赏、影视剧激趣等，各有各说，各成其理。

然而通览之后，读者不免会产生很多困惑：以影视剧片段导入小说文本的阅读，真的可以提升阅读本身的质量和层次吗？开展"知识竞赛"能够促进名著的"整本"阅读吗？通过细读某个片段文本去推动对其他部分文本的理解的"以点带面"法，是科学的而且是合适的吗？直到最近，不少文章仍沉迷于画家族树、列世系表，停滞于第三回林黛玉的眉眼、王熙凤的笑语，习惯于影视导读、原著比较等。其中最关键的问题是，带有指导意向的诸多文章，本身是否具有"整本书阅读"意识，或曰意见本身是否有过整体的构建？

就笔者目前所见的文章看，其中大多数对《红楼梦》"整本书阅读"的讨论，都缺乏整本书阅读的理性认知和高屋建瓴的学术视野，也很少尝试阅读体系的构建及实施方案的规划；诸多文章并不关注原著文本情节人物的解读，或者只是蜻蜓点水般掠过小说本体，去专门论说指导方法、教学策略等，而后者却往往是一般文学阅读的普适性方法，并不具备《红楼梦》阅读的个性化内涵。很多来自基础教育一线的读者企盼红学家发声，出一本能够帮助师生进行并完成所有学习任务的阅读指导书，或系统性地主讲一次信息量丰富到能够包揽和解决所有问题的专题讲座，可以祛除心中的魅惑。然而遗憾的是，多数红学家很少关注基础教育的现状，无暇顾及"新课标"的内涵有什么新的变化，或者讶异于"整本书阅读"概念的提出。因为名著的阅读本来就应该是"整本"的。

一　什么是"整本书阅读"？

在"整本书阅读"一语中，"阅读"是中心词，"整本书"是它的定语。"整"者，完整、整体之谓也；"书"者，书籍，装订成册的著作。"整本书"阅读，自然是要完整地阅读一本书，并作整体性的理解接受。"整本书"的"书"，理应选择古今中外具有典范性、权威性的经久不衰的传世名作，那些经由历史选择出来的"最有价值的"、最能代表一个时代的文学经典。读书就要读经典，读名著。毫无疑问，《红楼梦》作为中国古代章回小说的集大成之作，代表了古代小说艺术的高峰，它就是名著，名著中的经典。这样一部超过 100 万字的古典名著，需要的是完整的阅读和有深度的阅读，而不是片言只语就鉴赏了它的语言之美，一回两回就了解了它的情节之好，浮光掠影就通晓了它的主题之深。

"整本书"的"整"，突出的是阅读的完整性和整体性，否定的是阅读的片段性和片面性。后者是针对应试教育背景下长期的片段阅读、片面阅读而致的支离破碎"语文"体验，所提出的一种弥合缝隙、纠偏正误的补救（挽救）办法。这对于弘扬我们的母语文化、提升学生的核心素养，价值十分显明。"语文"原本是一个风华绝代的女子，经过 40 年应试教育的打磨，面容早已沧桑，躯体也已肢解，完整的美篇已被碎片化成字、词、句，大多数人已想不起"语文"原来的绝世容颜。更可怕的是"微时代"带来的微文、微信息，每天都在冲击、充斥我们的视界，我们的阅读能力在方寸视屏中渐趋退化，我们的肢体功用在手指的快速点击和滑动中日渐消减。各种碎片化、浅表化的快餐式阅读，带来的是暂时的愉悦与虚假的成就感，实无助于养成完整阅读、纵深思考的良好习惯。

"阅读"的对象是"书"，而不是影视剧或其他。那些以影视剧指导阅读的做法是本末倒置，混淆概念，而且还极有可能误导中学生，影响其正确接受，以致形成某种终身错误的认知。不少高校新生入学后申请转入汉语言文学专业，当问到何以有此选择时，大多数同学都会归功于其高中语文老师的魅力的引导。由此可知，一个好的高中语文老师对学生精神生命的影响力之大，反之亦然。以《红楼梦》影视剧导入《红楼梦》阅读研讨课的做法，在当今的高中语文教师中并不少见，讨论影视剧表演艺术高低并让学生身体力行模仿或创新表演的文章也随处可见。但，这并不是对"整本书"的阅读，对影视剧内容的熟稔、对剧作质量和演技水平的评判，也并不能代替对整本书的"阅读"。至于相关史料，那是教师应该事先阅读并消化、吸收，变成自己精神生命的血肉细胞之后，在指导、参与学生研讨过程中随时给出指导说明或渗透于其中的灵动的生命体。

"阅读"就是要读原著。触摸纸质书，翻页阅读，感受那些文字，读懂整个的故事情节，认识故事中鲜活生动的人物，想象他们的举止言谈，体会他们的喜怒哀乐；进而认识当时的社会人生，思考名著的主题，对名著的语言文字做多元化的审美鉴赏。

二　整本书阅读"读什么"？

"读什么"关涉阅读内容。版本选择、前言通读、回目研读，自然都是必要的。20 世纪 70 年代末，中国艺术研究院红楼梦研究所集合了全国多所高校的学术力量，前 80 回以庚辰本为底，后 40 回以程甲本为据，对《红楼梦》详加校注，交由人民文学出版社出版。2008 年出到第三版，书上明确标注前 80 回曹雪芹著，后 40 回无名氏续，程伟元、高鹗整理。这是校注成果最为丰富的一个版本，也是多数红学研究者习用的本子。通读前言有助于了解名著创作的时代背景、作家生平和作品内容，研读回目可以概览式接触作品的整体框架。但这是远远不够的，前言只是一个概说，代替不了对文本本身的阅读；回目的诗意化和概括性，亦不足以让中学生通盘把握作品的具体情节和人物形象。"整本书阅读"应建构阅读的体系与框架。这对于一部逾百万字的古典名著而言，虽然是艰难的，却并不是不可行的。这又需要把握住文本的重点所在。

一是要抓牢整本书的主线主题。与一般的小说只有一条主线不同，《红楼梦》有两条情节主线，一条是以凤姐治家为主体构架，牵连起府内府外、主子奴婢、朝廷村野等社会关系的方方面面，描述了贾府由盛到衰的过程；一条是以宝黛钗婚恋故事为主体内容，描述了贾府内部主要人物的性格与命运。两条主线关联起小说的网状结构，所表达的主题也是"多义性"的，有多维的向度，而不是单义的或单向的。

二是要解读前五回的纲领作用。《红楼梦》的具体故事，是从"千里之外，芥豆之微，小小的一个人家"刘姥姥开始叙述的，这是小说的第六回。前五回乃是从不同方面交代故事发生的时空背景，展示贾府复杂的人事关系档案，预示小说主要女子的命运遭际。第六回起始的各种大小故事，都是建立在前五回的基础之上。正确解读前五回，有益于理解整本书的主体内容和情节走向。

三是要聚焦小说文本的关键情节。《红楼梦》中一些"大过节、大关键"[①]的重要情节，诸如可卿出殡、元妃省亲、宝玉挨打、黛

---

① 脂砚斋语，朱一玄编：《红楼梦资料汇编》，南开大学出版社 2001 年版，第 299 页。本书凡用"大过节、大关键"一语，均同此，不另注。

玉葬花、探春结社、抄检大观园等，对整本书的故事进程和主题表达起到决定性的作用。没有这些情节，整本书的故事可能无以展开和推进，社会关系、生活习俗可能无法纵深涉及，日常生活的细节可能得不到鲜活的呈现，人物形象也可能没有了血肉支撑。

四是要解读人物形象的性格表现。全书人物众多，有名字的有四五百人，作者精心刻画描写的人物形象也有数十个。确定核心圈中的主要人物为中学生"整本书阅读"的重点理解对象，是十分必要的。这些人物须是能关联情节主线和重大情节，能在表达小说主题、呈现清时贵族生活常景中发挥作用的重要人物，形象本身有丰富复杂的性格特征和精神世界，对中学生的精神成长有很好的启示作用。

五是要鉴赏名著文本的语言表达。《红楼梦》的语言是古代小说的典范，它的叙述语言朴素淡雅，肖像、景物、心理描写的语言细腻优美，人物对话语言又非常鲜明生动，符合每个人的身份、地位、文化教养和性格特质，即便是作者代书中人拟的诗词作品，也各具个性化的特征。细致品味名著的语言，深入体会人物内心世界，可以培养我们的好的语感，也可以借此锻炼我们的书面表达能力。

部编版高中语文教材必修下册第七单元"整本书阅读"的"阅读指导"部分，列出以下六项重点内容：1.把握前五回的纲领作用；2.抓住情节主线；3.关注人物形象塑造；4.品味日常生活细节的刻画；5.了解社会关系与生活习俗；6.鉴赏语言。把握纲领、抓住主线、关注形象、鉴赏语言，都是从"整本书阅读"角度切入文本的必要维度，但如果只抓主线而罔顾主题，只把握前五回而忽略重要情节，势必不能正确引导中学生学会从情节入手解读文本，对原著作出有深度的理解；如果只是沉埋于小说的细节描写，则有可能将"整本书"阅读又还原为"碎片化"阅读；如果过度强调社会关系和生活习俗的了解，则又有可能误导中学生读者，以为小说就是社会学生活方式的载体，从而忽视其审美性、人文性特征，导致经典名著蜕变为一个单纯的社会生活史读本。

　　作为章回小说的《红楼梦》，读者首先读到的是什么？故事情节难道不是最先感知因而也是最重要的吗？假如没有故事，人物形象无以凸显，主题主线无所附丽，生活细节无可归控；假如没有情节，前五回设计再好也无从实践其审美建构，生活习俗再丰富也无由感知其审美特性，语言表达再美也无法展示小说的整体框架。通常所言人物、情节、环境等小说三要素，人物是刻画的中心，但故事情节是塑造人物形象的基石，环境是为人物和故事服务的。高明的作家应是讲故事的高手，读者为他讲故事的艺术所吸引，沉浸于故事展开的过程，从中体悟到人物形象的思想和个性。高中语文教材必修下册第七单元的"阅读指导"没有给出对经典名著故事情节的解读建议，其指导思想显然是不够完整也没有到位的。

　　也许有人会说，《红楼梦》是一部生活化的长篇小说，人物众多，情节繁杂，叙事散漫，青少年读者要从故事入手去解读文本，难度比较大。这种认知主要和读者阅读经验的丰富与否有关。脂砚斋曾提到，贾氏之败、元妃之死、黛玉之死、宝玉出家等四事是这部小说的"大过节、大关键"。循此思路阅读小说，就可发现，作者安排了一些能够拎起众多小故事的关键情节，以此作为小说的主要筋骨，读者如能把握这些关键情节，理清其前因后果，则可从整体上把握《红楼梦》故事情节的基本脉络及其要义。

　　脂批所云四大关键情节，均出在原著 80 回以后部分，如果曹雪芹佚稿尚在，那当是何等惊心动魄之笔。然而续作对前两件事的描写，可谓平淡无奇之至，后两件事也与脂砚斋所言有一定的差距。但这并不妨碍读者建立"关键情节"的概念。如果我们将 120 回小说当作一个整体来读，小说的"关键情节"至少有这样五个：可卿出殡，元妃省亲，宝玉挨打，探春结社，抄检大观园。关键情节之外，我们还可以寻绎出另五个（组）"重要故事"：葬花、扑蝶和醉眠，二尤之死，鸳鸯抗婚，黛死钗嫁，宝玉出家。这五大关键情节、五大重要故事，是构成《红楼梦》整本书的重要脊梁，每一个故事中都包含或串联起更多相关的小故事，读者通过阅读这些故事情节，可以进一步把握全书的故事脉络，进而达到以一概十、以少总多的整体性阅读目标。

具体而言，五大关键情节中，"可卿出殡"一件事，即包含茗烟闹学、可卿托梦、可卿之死、贾珍哭媳、熙凤协理宁国府、弄权铁槛寺、贾瑞之死、秦钟之死等多个小故事；"元妃省亲"一件事，即带动甄家接驾、贾氏兴土木、试才题对额、姊妹赛诗、姊妹择居、家班建设等多个事件，并关联后40回元妃之死；"宝玉挨打"一件事，涵括雨村来访、道士赠物、元妃赠物、晴雯撕扇、龄官划蔷、金钏之死、宝琪交好、湘云拾麟、宝玉诉肺腑、贾环进谗、贾政施虐、宝钗送药、黛玉题诗、袭人晋级、玉钏晋级等一连串小故事；"探春结社"串联香菱学诗、黛玉教诗及诗社内外所有诗歌活动；"抄检大观园"则涉及长房二房矛盾、婆媳矛盾、妯娌矛盾、夫妻矛盾、主仆矛盾等，展示了贾府内部政治生态环境和经济颓败趋势等重要内容。

再看五大重要故事，"黛玉葬花""宝钗扑蝶"和"湘云醉眠"这一组故事，不仅体现出大观园青春女儿的美好才情与生存价值，而且从"千红一哭，万艳同悲"的层面上揭示了小说的第二重主题；"二尤之死"故事，一方面反映了出身市民阶层而又滋生依附人格的女子不能见容于世的悲剧，另一方面也揭示了以贾珍贾琏为代表的贵族家族男性主子的荒淫无耻、不堪承继祖业的本质；"鸳鸯抗婚"故事，则在歌颂贾府丫鬟为维护自我人格尊严的抗争精神的同时，也以诛心之笔，揭示了贾府内部尔虞我诈、勾心斗角的残酷现实，以及贾赦后来之所以败亡的要因；"黛死钗嫁"和"宝玉出家"，是后 40 回中难能可贵的故事情节，不仅呼应前 80 回的葬花和扑蝶，关联宝玉挨打和宝玉中举，而且是三重悲剧中贾宝玉人生道路的悲剧、以钗黛为首的青年女子普遍悲剧的实现环节，也是第三重悲剧的两个重要支撑点。

概而言之，整体性阅读《红楼梦》的关键问题，是要阅读并领会以上故事情节的构成。以这十大情节为全书故事核心内容，关联并带动其周边诸多小故事的阅读理解，以少领多，纲举目张，能更有效地带动对全书故事的整体把握。换言之，我们需要先读懂故事，再通过解读故事的内涵去把握主要人物形象特质，理解环境与社会，进而体悟小说的主线与主题，鉴赏小说的语言艺术。这样，"整本书"阅读的目标才可望达成。

三　整本书阅读"如何读"？

在确定了阅读的内容和重点之后，不需要设置阅读任务吗？这是必须的。既然阅读重点已经确定，那么任务与其相适应，应该是不难做到的了。"新课标"在"整本书阅读与研讨"的任务群下，要求必修阶段完成一部长篇小说、一部学术著作的阅读，共 18 课时，集中在两个学期内完成。那么安排给《红楼梦》整本书阅读 9 个课时，是可以施行的。但从上述阅读目标看，课上 9 个学时不足以确保完成任务。一种科学而合理的做法是，课外阅读与课上指导相结合。这一道理非常浅显，但在应试教育体制的压力下，实行起来可能有一定困难。这就需要一线语文教师运智慧于实施进程。

任务的构成也是清晰明白的：正确选择版本，通读前言和回目；重点阅读小说的前五回，勾画核心圈中主要人物图像；以两条情节主线为核心，通读相关情节并归类，认识小说的主题；深度阅读关键情节，理解它们在全书中的不同作用，品赏作者讲故事的高超艺术；体会主要人物形象，理解他们的性格特征和命运遭际，试做点评；品赏小说的语言；撰写评析短文，或练习仿写，或二度创作，作为整本书阅读活动的成果交流展示。

即便如此，基础一线语文教师仍然感觉难以把握和实施。如果我们用9周指导中学生课外阅读，堂上用9课时开展研讨与评价，则可以将阅读研讨任务规划为内容相对集中的9个主题，指定阅读范围和研讨主题。一百年前，胡适就指出，高中生对中国古代小说的阅读，应指定分量，"指定分量之法，须用一件事的始末起结作一次的教材"，"由学生自己阅看。讲堂上止有讨论，不用讲解"①。以百年后高中生的文化素质，按指定内容的9个单元进行阅读，应更具可行性。

笔者曾撰《如何提升〈红楼梦〉整本书阅读的有效性》②一文，以列表方式呈现《红楼梦》整本书阅读的实施方案，并对每一单元内容都设置了问题单。今将《方案简表》移置于此以助说明。

具体来说，第1单元为教师导读课，侧重于让学生了解章回小说基本知识、小说鉴赏要素、整本书阅读的理念与实施方案，布置阅读任务，发问题单。第2单元重点解读、讨论《红楼梦》题名的含义，主题和主线，前五回情节的内涵及其作用。第3单元重点阅读"可卿出殡"相关情节，了解小说情节背后的故事，小说的深度叙事匠心。第4单元重点阅读"宝玉挨打"有关情节，了解挨打的导火线、本质原因和前后过程，深度理解贾宝玉人生道路的悲剧成因，联系"宝玉出家"，领悟"大关键"情节的叙事艺术。第5单元重点阅读葬花、扑蝶、醉眠等重要章回，以及黛死钗嫁、宝玉出家等相关情节，整体性地关注《红楼梦》钗、黛、湘三个主要女性

---

① 胡适：《中国国文的教授》，季羡林主编：《胡适全集》第1卷，安徽教育出版社2003年版，第214页。

② 详见俞晓红主编：《悦读红楼》，安徽教育出版社2021年版，第168—176页。

《红楼梦》整本书阅读实施方案简表

周次	课时	课型	阅读任务	阅读章回	教学目标
1	课外	课前测试		前言和回目	基础调研
2	1	导读激趣	读什么、为何读、怎么读	布置1—6回阅读	激发阅读兴趣
3	1	专题研读	题名含义和前五回的作用	1—6	设置问题，指导学生课外阅读，堂上交流评价
4	1	专题研读	可卿出殡与关键情节设置	7—16	
5	1	专题研读	宝玉挨打与讲故事的艺术	17—18、28—36	
6	课外	成果展示			阶段性成果交流
7	1	专题研读	葬花、扑蝶、醉眠与钗黛湘形象	23、26—27、62—63、96—98、119—120	设置问题，指导学生课外阅读，堂上交流评价
8	1	专题研读	大观园诗社的成立、活动与意义	37—38、48—51、64、70、75—76	
9	1	专题研读	抄检大观园与小说的主题、主线	71—80	
10	1	专题研读	《红楼梦》语言鉴赏方法	以上列章回为重点	
11	1	成果展示	整本书阅读总结与评价		成果交流总结
12	课外	结课测试			阅读效果检验

形象的个性特征和精神世界。第6单元专题阅读大观园诗社的成立原因与过程、诗社所有的活动及其思想艺术价值，对大观园少年居民的青春生活进行整体性的审美观照。第7单元解读"抄检大观园"前后情节，进一步探讨《红楼梦》的主线和主题。第8单元则以上述章回为主体，聚焦于小说的语言艺术。第9单元专用于整本书阅读的成果展示与总结评价。中间7个单元均采用"专题研读"课型，每个单元提前一周布置相关思考讨论题，让学生带着问题在课前阅

读，堂上研讨、交流，教师评价。

高中生如果立足于以上 56 个章回开展阅读，那么基本上就可以抓住《红楼梦》的主体框架、核心故事和主题表达。当然，如果课时宽裕，可以用 12 课时甚至更多的时间，展开十大故事情节的阅读研讨，那就是非常有益且更有效度的工作了。

"研讨"也是任务的核心元素。研讨是增加中学生主体参与和体验难度的重要渠道。什么样的研讨才是有效的？一种好的研讨需要教师课前设计，指导学生课外自主阅读思考，要求学生小组开展互助式学习、讨论，推举小组代表课堂汇报交流；教师应善于从交流中发现闪光之处，给予充分肯定；同时对那些奇思怪想需要纠偏指误，不能因为学生观点新异，就一概视为"创新思维"予以认同，那显然是更为有害的误导。当然，这对教师的阅读能力和指导站位提出了更高的要求。一个能够指导高中生进行名著的整本书阅读与研讨的教师，自己首先要懂名著，了解红学研究的整个状貌，知道何为正，何为偏，何为误，何为"民科"，才能比较正确地、有高度地指导中学生开展阅读与研讨。文学研究也是科学的研究，不能因为文学作品的虚构特质，就可以在研究中随意发挥，任凭想象，随心所欲得出某些结论。

任务进程中或完成后，"评价"也是必须的环节。可以生生互评、教师点评，可以当面评价、书面评析。好的阅读可以带动中学生对母语的审美鉴赏、创造和建构，好的评价可以促进中学生的整体思考，可以发展其思维向度，提升其思维的高度，进而生发出理解、传承中华优秀传统文化的自觉力。这一环节的重要性自不待言。

对于有志于传承中华优秀传统文化并提升国家的文化实力的当代人而言，读整本的书，读经典的书，读懂经典，传承文化，是一个时代课题，也是我们的责任和使命。而中学生如何以正确的方式更好地阅读经典名著，并进一步开展名著研讨，基础教育一线的语文教师应发挥正面指导作用。

四　为何研究"整本书阅读"？

经典名著的整本书阅读，是教育部大力倡导的基础教育教学改革的重要方向之一。2020 年，笔者以"整本书阅读视野下的《红楼梦》研究"为题，申请安徽省哲学社会科学规划重点项目获批。这项研究意欲借助"整本书阅读"视野，以《红楼梦》文本为研究主体，以基础教育应用为任务目标，以跨学科的视野和方法，探求"整本书阅读"的思维建构与阅读策略，将文学研究与文学教育相结合，对《红楼梦》文本予以全新的审视与观照，沟通古代文学与基础教育学科间的内在联系，意在推动经典文学文化研究为最新的国家基础教育导向服务，促进经典名著的当代教育与传承。

笔者一直希望本课题的研究能在以下三个层面寻求创新。

首先是学术思想，力求从文学研究走向文学教育，创新研究格局。目前《红楼梦》整本书阅读的研究，存在研究专家与语文名师不能同一、研究内容与现实价值彼此疏离的局况，一线名师缺乏学者的理论思维强度和学术积累厚度，红学家缺乏对基础教育的关注度和国家基础教育导向的敏感度。本课题试图融通红学与教育学两个学科的研究路径，面向国内基础教育需求，将《红楼梦》文本研究与高中语文整本书阅读任务实践相结合，将《红楼梦》研究的学术思维与高中语文阅读教育的应用思维相结合，突破单一的文学学术研究模式，以红学研究的理论高度和学术深度，衔接基础教育的宽度和社会需求的广度，创建全新的研究格局，实现跨学科研究视野的突破。

其次是学术观点，力求从碎片化走向整体性，更新思维方式。

一则是对"整本书阅读"核心理念予以新确定，彻底否定碎片化、浅表性阅读，倡导完整性、整体性解读，养成接受群体阅读与研讨的整体性思维习惯；二则是对《红楼梦》学术思维给出新构建，改变以往红学研究重理论探讨而轻现实需求、多静态思考而少动态观照的现状，从整本书阅读视野重新审视《红楼梦》主线与主题、结构与情节、形象与语言等，更新《红楼梦》研究的思维向度；三则是对红学研究之实践视野作出新拓展，将《红楼梦》整本书阅读的研究证据纳入基础教育实践，经由实践环节回归《红楼梦》研究本体，为红学领域的拓展提供新的学术范式，更新研究视野和研究路径。

再次是研究方法，力求从微观考察走向宏观构建，更新话语体系。本课题研究围绕国家基础教育课程标准的指向与举措，既重视传统的文本文献研究路数，又借重当代教育学理论，将面向《红楼梦》文本的文学研究和面向基础教育的循证实践相结合，打通文本的微观考察与宏观构建，融汇理论思辨与实践验证，研究方法多元交叉，希冀带来话语体系的更新，并进而以经典文化浸润基础教育过程的方式促进文化传承，为区域范围乃至全国高中语文《红楼梦》"整本书阅读"提供可资借鉴的教育教学资源。

基于以上目标，笔者的研究思路也比较清晰。

一是理论探讨上，注重文本细读与整体思维相结合。文本细读是中国古代文学研究中最基础的方法，是对原著文本的微观考察；整体思维是思维方式的宏观建构，是本课题研究的出发点和最终指向。由此出发，研究时微观考察与宏观建构兼备，注重连"点"成"线"，集"线"成"面"，倡导在"串联"系列小故事的基础上，对关联名著主题的多个关键情节进行"并联"，以此促进读者祛除碎片化的阅读习惯，进而走向整体性的理解接受。

二是模型建构上，注重文学研究与教育研究相结合。这意味着既要对《红楼梦》文本作文学文化层面的研究阐论，又要将《红楼梦》

"整体性"思维模式与阅读策略渗透基础教育教学过程。笔者在研究中注重学术探讨与文学教育共进，2016 年到 2018 年间，已在芜湖市的中学试点阅读《红楼梦》。2019 年开始，即以中文本科师范生教育实习为抓手，在长江中下游一带沿江城市的示范高中里大面积开展《红楼梦》整本书阅读指导活动；2021 年又面向全国大中学校师生举行"《红楼梦》整本书阅读与研讨"主题征文活动，优秀征文结集为《悦读红楼》出版①。试图借助这样的循证实践，深入挖掘经典文学研究的当代教育价值，形成"实践验证—科学理论—模型建构—实践框架—行动路径—实践验证"的闭环。

三是应用研究上，注重案例分析与行动研究相结合。师范生在教育实习中获得的大量实践数据，征文活动获得的 3092 篇文稿，都成为我们案头研究的重要材料；笔者设计的理论体系与实践框架，经由芜湖市教科所和铜陵市第一中学、安庆市太湖中学、歙县中学等十多个实习基地校的管理者"规范证据"，师范生这一实践者群体"验证证据"，高中生这一实践对象群体"反馈证据"，较好地完成了文本探讨与现实应用并重的研究目标，并在较为广泛的层面上促进了《红楼梦》整体性的阅读思维向基础教育领域渗透。

由于以上案例分析的材料与数据、行动研究的结论与成果已汇辑于《悦读红楼》一书，因此相关内容将不在本书中重复出现。两书内容上相互映照，逻辑上彼此关联，读者如有兴趣，自可比对阅读。

"整本书阅读视野下的《红楼梦》研究"这一课题的目标定位，是以高校中文专业教师、中文专业师范生和基础教育一线语文教师为基本服务面向，以当代中学生为终端受众。本书即是该课题研究成果的一个结集。绪论部分厘清"整本书阅读"的基本理念，探讨

---

① 俞晓红主编：《悦读红楼》，安徽教育出版社 2021 年 12 月版。

"文学阅读"的要义及其实施策略。第一、二章对《红楼梦》的结构、主线与主题，前五回的内涵与意义等作出纲领性的解读，以确立本书圆览式的思维和整体性的构架。第三至第九章可视为一组，乃以"可卿出殡""黛玉葬花""宝玉挨打""探春结社""鸳鸯抗婚""湘云醉眠""抄检大观园"等关键的故事情节为重点，逐一进行具体的文本解读；每一关键情节均"串联"若干相关小故事，并将故事寓意与小说题旨"并联"观照，剖析作者"讲故事"的高超技巧及其深层意蕴，期待为中学师生读者提供"整本书阅读"的有效方法。第十至十三章乃从文学叙事的层面，对《红楼梦》情节的解读方法、形象的多维度考察、环境的人文化解读、语言鉴赏的多元视角等，作一个综合性的审美观照，期待生发以少总多、举一反三的阅读效果。第十四、十五、十六这三章，则在对原著"戏中戏"、生活物象和空间名词传译等内容进行细读的基础上，作进一步的文化拓展，意欲提升读者"整本书阅读"的文学史意识和艺术鉴赏力，拓宽名著解读的域外传播视野。第十七、十八章，则从标点版《红楼梦》问世的文化语境说起，概览《红楼梦》百年阅读史的起点及其文学教育价值，聚焦于"整本书阅读"的重要目标，对"文学阅读的本质是文学教育"这一根本问题作出阐述。

本书部分章节曾作为单篇论文公开发表过。除了"理念与实施"篇作为绪论之外，章节内容大致按文学综观、文本解读、文化拓展、文学教育的思路排列。其中论《红楼梦》百年阅读、论阅读本质是文学教育的两篇长文缀后，实有镇摄全书、扩广主旨之意。希冀本书的理念、结构和内容，能够较好地实现研究目标的达成。

第一章
一种结构、两条主线、三重主题

　　以"整本书阅读"的视野审视《红楼梦》的主线和主题，可以发现，它采用了两条主要线索来绾结全书繁复的故事情节，在众多命意中最能概括小说悲剧构架的有三重。确定一种结构、两条主线、三重主题，有助于从整体上把握这部名著的情节框架与思想要义。

一　繁复交错的网状结构

　　把握《红楼梦》的主线和主题，要从它的结构形态说起。

　　中国古代章回小说的情节结构，有一个从线性流动到网状交叉的发展历程。早期的章回小说如《三国志通俗演义》《水浒传》等，基本上是按照事件发展的时间顺序单向推进故事进程的，大多表现为线性结构。在线性结构中，相关时间与事件构成情节的线性序列，其肇始与结束均有明确的时间结点，序列上的诸多情节元素之间呈现"前驱"与"后续"的关系。当事件开始发生并向前推进时，情节结构便呈现线性流动的态势。简言之，章回小说的线性结构是多个情节元素的有序集合。与此相异，非线性结构的形态特征，却可能是一个情节元素接应多个前驱事件，牵动多个后继事件。当这种非线性结构出于小说家的有意营构，并在作品中多线布点，纵横交错时，它可能就呈现为网状交叉的结构状貌。

古代历史演义类小说源于"讲史"艺术，虽据史以叙事，但为了昭示历史发展进程，其整体构架并未采用《史记》等史书的纪传体形式，而多半是遵从了《资治通鉴》的编年体形式。《三国志通俗演义》虽以纪传体的《三国志》为撰构小说情节的重要素材来源，但主要依据它所提供的历史时间与人物事件，并未取用《三国志》的结构体例。小说的时间肇始点是汉灵帝中平元年（184），其终止点是晋武帝太康元年（280），所叙的情节元素有明显的前后相继、线性流动的形态特征。《水浒传》结构形态有异于此，它在"逼上梁山"阶段，突出了鲁智深、林冲、宋江、武松等人物的故事，再串联起少华山、桃花山、二龙山、白虎山等小组织起义，构建了"百川归海"式的情节结构。然其"归海"过程的叙事时间并非共进并发，而是多个或多组英雄传奇的有序集合；即便是英雄个人的传奇，也是以故事的发生发展过程推进，由这一个英雄引出下一个英雄，前者隐去，后者凸显。所以《水浒传》结构在总体上仍呈现为线性序列。《西游记》的线性序列更为明显：尽管众多降妖故事之间呈现为并联关系，然其情节依循故事发生的自然进程展开，故事与故事之间亦是按取经行程作前驱与后继的连接。

任何类型的故事，从其发生发展的时间形态看，它总是按照时序步步前行的。但就故事依存的社会历史生活看，它却应是各种关系和现象结成的多层面的网。作为一切社会关系总和的"人"，无不生存于这张网中。小说既然以表现"人"为其主旨，则它以网状框架来营构小说情节，也是一种合理的要求。

当古代章回小说由集体累积型创作发展到作家个人独立创作阶段时，网状交叉结构就成了一种可能的甚或必然的趋势。《红楼梦》便是这样的一部章回小说。它的情节元素可以有多个前驱的和后继的事件，可以有多个情节元素在同一个时间节点上多元展开，这就使整本书呈现出多层面的网状复合结构。书中的诸多大事件，如凤姐理家、可卿出殡、元春省亲、府内争斗、宝玉挨打、探春结社、抄检大观园等，无不呈现出情节元素多点扭结、多元层叠的形态，以一人物而关联多个系列的人物，以一故事而交集多个层面的故事，一笔多意，呼应交错，多至于戚蓼生所言"一声也而两歌，一手也而二牍"①之境。即如"宝玉挨打"这一情节，虽发生在第三十三回，但引发这一"大过节、大关键"的导火线却有三条：雨村来访，琪官失踪，金钏投井。三条线索在"宝玉挨打"发生之前就从不同层面早早铺设（雨村一线甚至从第一回就开始布局），远处蓄势，渐渐逼来，多头并发，呈现出现实生活本来的复杂层面，遂构建了繁复的情节之网。

采用网状结构的章回小说，势必情节纷繁，人物众多，自然不可能只有一条情节线索，所表达的主题意蕴也不可能是一元的、单向的。简言之，网状结构的《红楼梦》，有两条情节主线，三重悲剧主题。

二　同行并进的复式主线

《红楼梦》最引人关注的主体故事是什么？很多读者都会回答是宝黛爱情。不能想象没有宝黛形象的《红楼梦》，那会像是被抽走了灵魂的躯体还散了架；也不能想象有宝黛形象却没有宝黛爱情的《红楼梦》，那会觉得是脱俗的灵气和玉般的精神碎了一地。所以很长一段时间内，宝黛爱情被视为这部小说的主线。

① ［清］戚蓼生：《石头记序》，人民文学出版社1975年影印有正书局本，第1页。

所谓小说的"主线"，应指以作品主要人物故事为主体、能贯串整本书情节始终并有明晰的连续性特征的具体事件。从这个意义上说，"宝黛爱情"为主线的认知并不完全符合小说实际。《红楼梦》的主要人物，贾宝玉、林黛玉之外，还应加上一个薛宝钗；宝黛爱情悲剧之外，还存在着钗玉婚姻悲剧；宝黛故事占据小说前半部的主导地位，黛玉香消玉殒之后，钗玉故事延展了后半部的情节脉络。合而观之，说"宝黛钗婚恋悲剧故事"是《红楼梦》的主线，是比较适宜的。

薛宝钗在小说中，多数时候都呈现出与林黛玉"两峰对峙，双水分流"的局面。就身份而言，她们都是来自江南、客居贾府的旁系血亲，且接踵而至；就她们与贾宝玉的关系而言，都是年龄相近、来往密切的表姐妹。在金陵十二钗图册中，她们合咏一诗，合画一图，不分轩轾。从作者对三个人的命名上，也可看出他们难以拆分的关系：贾宝玉和林黛玉同有一个"玉"字，和薛宝钗共享一个"宝"字。读者以简名并称其中的两人时，多半比较容易：一组为"宝黛"，一组为"钗黛"，一组为"钗玉"，不会有任何歧义。但若以简名同时并称三个人时，就比较犯难：既不能说"钗黛玉"，又不能说"宝钗黛"，而只能说"宝黛钗"。比对一下就可知道，贾宝玉与林黛玉并提时简称为"宝"，但与薛宝钗并提时只能简称为"玉"而不能简称为"宝"。这自然不是曹雪芹审美思维的枯竭，不能为他的主人公找到避免重复的文字命名。从其用意上说，宝玉的名字各取宝钗和黛玉名字的一半，正体现出三个人在整本书情节中不可分割的关系：贾宝玉和林黛玉之间有"木石前盟"，和薛宝钗之间有"金玉良姻"，仅拥有黛玉和宝钗两人一半的人生；林黛玉拥有贾宝玉的爱情，却没有发展为理想的婚姻，薛宝钗获得了贾宝玉的婚姻，却没有拥有贾宝玉深挚的爱情。神瑛侍者下凡的贾宝玉，"空对着山中高士晶莹雪，终不忘世外仙姝寂寞林"①；多少年以后，当作书人回想起三个人的悲剧故事时，便情不自禁演出这"怀金悼玉"的《红楼梦》。从作者对钗黛二人形象的对称式设计、钗黛在书中铢两悉称的地位看，说"宝黛钗爱情婚姻悲剧"是贯串《红楼梦》始终的主体故事，因而也是这部小说的情节主线，应该是没有异议的。

宝黛钗故事之外，还有什么样的故事是以主要人物为主体而又连续不断、贯串作品始终的具体事件呢？红学史上曾经有过贾宝玉叛逆道路、以贾府为代表的封建家族衰亡史、甄士隐贾雨村虚线、王熙凤理家史等多种说法。如果以我们对"主线"内涵的理解为出发点，逐一审视上述诸说的话，就会发现其间差异：甄贾一线可能起了串联诸多情节的作用，但甄贾并非小说主要人物，所涉事件也较为有限；贾氏家族的衰亡的确是小说的重要元素，但衰亡史说过于宏大，更近于作品主题，而非线索层面的具体事件；贾宝玉叛逆轨迹主要是在宝黛钗婚恋故事的进程中逐渐显现的，两者相依相存，无法割裂其间关联。唯有王熙凤理家史可以作为"宝黛钗婚恋故事"主线之外而独立存在的另一条主线：王熙凤是书中不可或缺的主要人物，其主要活动大多表现为各类大大小小的具体事件，且基本上与小说整体故事相始终。王昆仑曾认为，王熙凤是《红楼梦》中梁柱式的人物，如果将她从小说中抽出来，故事的整个大厦就要坍塌。细读《红楼梦》整本书故事可知，王熙凤的确是和宝、黛、钗同样重要的人物形象，"凤姐治家"的种种言行，细针密线地分布在小说情节的多个层面。

一方面，"凤姐治家"支撑了《红楼梦》故事的主体框架。凤姐的治家活动，驱动荣宁二府内部主子群体与奴仆群体纵横交错的

---

① 本书凡引《红楼梦》原文，均出自中国艺术研究院红楼梦研究所校注本《红楼梦》，人民文学出版社 2008 年版。后不另注。

关系，关联贾府与朝廷、官府、寺观、村野等社会政治经济生活的多元层面。王熙凤既是荣国府长房孙媳妇，又是荣国府二房王夫人的亲侄女儿，故事开始之际，已经掌管荣国府的家政，因为秦可卿之死，被贾珍借调到宁国府协理丧事，特殊时期同时管理两府内务。小说的诸多重大事件，一般都有王熙凤的参与。府内政务，不仅可卿出殡她要协理，宝玉挨打她要善后，而且宝钗生日她要安排酒戏，探春结社她也要出资襄助，绣春囊引发邢王二夫人争斗，她受命主持抄检大观园。府外交往，村妪刘姥姥打秋风要找她赏赐，宫内太监有事要找她借钱，长安知府小舅子夺亲，要借水月庵老尼曲线找她谋划，清虚观打醮她要出面斡旋。"凤姐治家"关联了内外、主奴、朝野等社会关系的方方面面，进而显示了贾府由盛到衰的进程。

另一方面，"凤姐治家"渗透了小说所写的贾府生活日常。当她回答王夫人所问月钱放过了不曾、有人抱怨短了一串钱时，是在管家；当她安排周瑞媳妇带人跟着袭人回家探望病危母亲，并拿出自己大毛衣裳给袭人时，也是在管家；当她和平儿闲聊府内开支，叮嘱平儿不要与探春分辩时，是在管家；当她奉承史太君手段高、会调理人，借戏言调节因贾赦威逼鸳鸯导致的母子、婆媳关系失衡状态时，也是在管家；甚至在她和薛姨妈说笑时，训斥赵姨娘时，或是打趣林黛玉时，调解宝黛矛盾时，也都是在行使她管家的日常职责。贾府哪一桩重要的家族文化活动，哪一个重要的经济生活事件，没有这位当家少奶奶参与其间的身影呢？

《红楼梦》从第二回就已经借冷子兴之口介绍王熙凤是个"男人万不及一"的女中豪杰，第三回林黛玉进贾府，直面王熙凤的理家琐事；第六回虽借千里之外、芥豆之微的刘姥姥带出小说正文故事，却是堂堂正正让管家少奶奶王熙凤正面出场，走到舞台正中，代替王夫人处理这一"告帮"事件；不久之后又借秦可卿称赞她是个"脂粉队里的英雄"。由于故事开启之时，王熙凤已接管家政大权许久，故而作者借助可卿丧事，集中笔墨，酣畅淋漓地展示王熙凤精明细致的理家头脑与杀伐决断的制仆手段。尽管 80 回后的故事并非出自原著构思，但黛玉之死、宝玉之婚、贾母之逝等大事件，势必少不了王熙凤出场操持；而贾府之抄败，王熙凤不可避免亦是目睹亲历之人。从这个层面来说，"凤姐治家"乃是与贾府的盛衰紧密联系在一起的主体故事。它与"宝黛钗婚恋故事"同等重要，两者并为《红楼梦》的情节主线。

由这样两大情节主线关联起小说的网状结构，它所表达的主题也当是多层面的、多义性的，而不可能表现为单一的层面与意涵。

三　多元互摄的悲剧主题

《红楼梦》的主题曾是红学史上最受关注、争鸣最多的话题，诸如"第四回总纲说""封建家族衰亡史说""爱情主题说""青年女性普遍悲剧说""封建阶级子孙不肖后继无人说""反皇权说"等。这些说法都在不同程度上触及《红楼梦》主题思想的核心元素，但又都有单一、片面之嫌。20 世纪 80 年代中期，刘敬圻提出"主题多义性"的观点，认为《红楼梦》至少写了三种悲剧："一个具有叛逆思想的贵族青年不被世俗社会理解，与世俗社会格格不入的精神悲剧；一群小才微善的青年女子，在各自不同的人生遭际中被摧毁被扭曲被毁灭的人生悲剧；一个赫赫扬扬的百年望族由于坐吃山空、箕裘颓堕而趋衰败的历史悲剧。"[①] 论者认为，这三种悲剧不能互相包含或替代，但是却相互依存、相互渗透，体现了"寓杂多于整一"的艺术原理。相对于以往单一片面的主题诸说，"主题多义

---

① 刘敬圻：《〈红楼梦〉主题多义性论纲》，《红楼梦学刊》1986 年第 4 辑。

性"之论显示了理论思维的深度和统摄全书的高度，对研究者有重要的启发意义。

确定小说的主题，需要综合思考以下要素：一是能够涵括小说意蕴的主题词，二是能够概揽小说结构的情节主线，三是能够表达作者意图的核心故事。情节主线既已如上所述清晰明了，则小说的核心故事也就相应浮出水面：围绕宝黛爱情悲剧和钗玉婚姻悲剧展开的故事，包括主人公贾宝玉的人生悲剧和以钗黛为代表的青年女子的命运悲剧；以"凤姐治家"为中心展开的贾氏家族政治、经济、社会生活多方面的故事。情节主线串联起主体故事，其他所有故事均由主体故事衍生，处于主体故事的外围或罅隙，是主体故事的附丽。

主题词也是容易抓住的。小说第一回曾借空空道人之口道出，此书曾用过五个书名：《石头记》《情僧录》《风月宝鉴》《金陵十二钗》《红楼梦》。这些题名无疑可视为这部小说的"主题词"。

首先，"石头"所记的故事也是"情僧"所录的故事，也即"石头"幻形入世的一段凡间人生故事。当初女娲补天所余之石，因茫茫渺渺二仙之功，下凡历劫一过，返回大荒山无稽崖青埂峰下。空空道人经过此峰，见石上字迹分明，编述历历，记着石头历尽尘世悲欢离合的一段故事，于是从头到尾抄录回来，问世传奇。石头记，就是关于石头的故事：第一主人公贾宝玉是这块石头在凡界的化身，生来口中衔着一块美玉，名字又唤宝玉，而玉是"石之美"①者，故而石头、美玉、贾宝玉，是三位一体的关系。石头的故事就是贾宝玉在凡尘的人生故事。因此，《石头记》的题名，反映出作品的一个重要的主题倾向：贾宝玉人生道路的悲剧。作为小说的第一主人公，贾宝玉对封建秩序、礼教和思想文化制度均采取叛逆的

---

① ［汉］许慎：《说文解字》，中华书局1963年版，第10页。

态度，他不肯走仕途经济之路，希望过一种民主、平等、自由自在的生活，然而他所希望的生活恰是他所反对的封建秩序提供给他的。这就导致了贾宝玉人生道路的矛盾，而他最后选择与家族决裂，正反映出他的人生悲剧。

空空道人抄录回来后，易名为情僧，改《石头记》为《情僧录》。"情僧录"一词，结构和"石头记"相等，是情僧所录的故事。情僧所录，也就是石头所记：这说明情僧和石头一样，都是作者的代言人，故而情僧也罢，空空道人也罢，不过是作者借来表达其情节构思的一种符号化的表象。由空空而传情，空而有情，表示作者并未彻底抛弃红尘眷恋，主人公贾宝玉的出家为僧，并非做了无情之僧，而是有情之僧，情极之僧。

其次，"金陵十二钗"是天下所有青春女子的代表。名字得之于贾宝玉梦游太虚幻境时看到的金陵十二钗图册、判词和听到的红楼梦十二支曲子。书中上中下女子原不止十二个，光图册中就有三十六名，作者借警幻之口说"女子固多，不过择其紧要者录之"，其最佳代表是钗黛二人，其"行止见识皆出于我之上"。十二钗中钗黛为首，两人共画一图，共咏一词："可叹停机德，堪怜咏絮才，玉带林中挂，金簪雪里埋。"一四句咏宝钗，二三句咏黛玉，并没分出谁轻谁重；红楼梦曲的引子也道是"怀金悼玉的红楼梦"，说明作者将钗黛两人同时看作"情种"。作者的创作目的之一就是要使"闺阁昭传"，是要写出那些"小才微善"的知识女性如何被时代风雪摧毁掩埋的过程，写出封建秩序对有思想、有个性的青年女子的精神价值全面抑制、摧残和扼杀的历史，以完成"千红一哭""万艳同悲"的悲剧命意。这才是作者写此一部怀金悼玉、伤逝悲情的《红楼梦》的重要目的之一。

再次，东鲁孔梅溪题名为《风月宝鉴》。"风月宝鉴"乃跛足道人送给贾瑞的那面镜子，其目的是"戒妄动风月之情"[1]，跛足道人叮嘱因动邪念而病入膏肓的贾瑞千万不要看正面，而要看反面：这镜子正面是凤姐儿在里边招手，反面是一架骷髅。淫欲正炽的穷少爷贾瑞当然只肯照正面，结果自己变成了一具骷髅。镜子的功能是背面见佳人、正面示骷髅，寄寓红粉即骷髅、美梦即空幻、盛景即衰境之题旨。"风月宝鉴"的题名，表明作者希望读者能够透过书中描写的种种表面的繁华富贵、锦绣丰美，而看到一切终将毁灭、红尘不可久持、跳出欲望之苦的本质。这说明本书并不是什么风月读物，而是为了警醒世人不要沉迷尘世的荣华富贵美梦。这又与世家繁华终将凋败、"红楼"荣华终归一"梦"的写作指归相一致，而关联两者内在机制的恰是"凤姐治家"。尽管小说所描写的时代是康乾盛世，但曹雪芹却以其高度的政治敏感性，再现了贾氏家族由极盛转为极衰的悲剧进程，从而预示了封建时代必将衰亡的历史结局。可能因为"风月宝鉴"的名字会让人误解为一本风月读物，作者最终没有取这个题名。

最后，小说最终取的是《红楼梦》之名。这的确是涵容性最强的一个题名。"红楼"二字，乃是诗文古籍中常用常见的意象。此词较早见于江总《杂诗》之二："红楼千愁色，玉箸两行垂。"[2] 比较经典的则有唐寅诗句："好知青草骷髅塚，就是红楼掩面人。"[3] "红楼"所指含义颇多，其中最常使用的是两个义项。一是富贵人家的府邸。如《昭宗圣穆景文孝皇帝中之下》："（王）建作府门，绘以朱丹，蜀人谓之'画红楼'。"[4] 元孔齐《至正直记》卷四《邵永年》：

---

[1] 甲戌本《凡例》，朱一玄编：《红楼梦资料汇编》，南开大学出版社 2001 年版，第 77 页。

[2] 逯钦立辑录：《先秦汉魏晋南北朝诗·陈诗》，中华书局 1983 年版，第 2576 页。

[3] [明] 唐寅：《唐伯虎全集》，中国书店 1985 年版，第 7—11 页。

[4] [宋] 司马光：《资治通鉴》第 18 册，中华书局 1956 年版，第 8581 页。

"义兴县邵亿永年，一字惟贤，宋熙宁三魁之后也，世称红楼邵家。"① 明冯梦龙《古今小说·史弘肇龙虎君臣会》："虎符龙节王侯镇，朱户红楼将相家。"② 二是富家女子的居所。如唐白居易《秦中吟》十首《议婚》："红楼富家女，金缕绣罗襦……绿窗贫家女，寂寞二十余。"③ 明程登吉《幼学琼林》卷2《婚姻》："绿窗是贫女之室，红楼是富女之居。"④ 这是"红楼"一词最基本最重要的两种文化指代。从这两个角度出发来审视"红楼梦"，它既象征朱门红楼的贾府终归散亡败灭、梦幻一场，寄寓着贾府这个贵族之家盛极而衰的悲剧必然性；又喻指书中所有青春女子最终逃脱不了千红一哭万艳同悲的命运悲剧。

"红楼梦"还有"红楼成梦""红楼一梦"的意思。这就有了动态的意义：所有的一切美好——如宝似玉般的嫡继承人，沉鱼落雁般的青春少女，鲜花着锦般的侯门豪宅，都在特定的时代背景之下，化作一片白茫茫大地真干净。"梦里红楼接大荒，情天色界两茫茫。"⑤ 真而成梦，红而变白，书名正揭示出这一动态的社会法则。"石头记"固然朴素，然而不及"红楼梦"涵容量大；"金陵十二钗"的主题意向较为单一；"风月宝鉴""情僧录"又容易误导读者；"红楼梦"则是一个最佳的选择。这也是这个题名能够深入人心的一个重要缘由罢。

整合小说这三个层面的要素后，我们可以将《红楼梦》主题概括为以下三重意涵：

其一，以贾宝玉为代表的贵族青年与时代要求相悖逆、绝意封

---

① ［元］孔齐：《至正直记》，上海古籍出版社1987年版，第141页。

② ［明］冯梦龙：《古今小说》，人民文学出版社1958年版，第226页。

③ ［清］彭定求等编：《全唐诗》第13册，中华书局1960年版，第4674页。

④ ［明］程登吉：《幼学琼林》，北京师范大学出版社1992年版，第191页。

⑤ ［清］潘炤：《莺坡居士红楼梦词》，一粟：《红楼梦卷》，中华书局1963年版，第432页。

建仕途、争取民主平等而不能实现的人生道路的悲剧；

其二，以钗黛为代表的青年女子生不逢时、追求独立的人格与脱俗的思想而不得、无法自主个人命运的普遍悲剧；

其三，以贾氏家族为代表的封建贵族世家因政治、经济、生活等多方面原因而致的从盛到衰的历史悲剧。

换言之，《红楼梦》正是在以贾府为代表的封建贵族家庭由盛到衰的历史背景之上，展示了贵族公子贾宝玉的人生悲剧和所有青春女性的命运悲剧，从而揭示出封建社会必然衰落的历史趋势。

"整本书阅读"既是一个审美视野，也是一种思维方式。在此基础上讨论《红楼梦》的主线与主题，须定位于"整本书阅读与研讨"的实施群体，既不能疏离于小说情节之外，高谈其哲学迷思，使读者生发阔远渺茫之感；也不可沉溺于小说故事之内，琐陈其细节技巧，致故事滋萌纷繁细碎之嫌。笔者以为此类讨论，当以高下相济之势，施繁简相间之笔，而成虚实相生之态，将思维的高度落在情节的实处，又以圆览的笔势衔接整体的思维，以有助于中学语文教育界师生的理解和把握为达成目标。本章所言一种网状结构、两条情节主线、三重悲剧主题，正是围绕这一目标所作的些许思考。

第二章
前五回叙事及其整体建构意义

《红楼梦》整本书阅读第一步，是要细读小说前五回。前五回本身是一个彼此勾连、相辅相成的多元整体，同时也是这部名著的序曲，是全书故事情节的纲领性开端。它对小说的人物命运、情节发展和主题倾向作了预言式的整体性建构。第六回"从千里之外，芥豆之微，小小的一个人家"说起，作为全书的"头绪"，表明这部小说的故事是从第六回开启的。然而第六回起始的各种大小故事，都建立在前五回的基础之上。所以，对前五回作出正确解读，把握前五回之于全书的整体建构意义，有助于深入理解名著的主体内容和情节走向，获得对小说艺术构思的整体感知。

一　两个神话的结构性存在

以庚辰本为底本的新校注本《红楼梦》，第一回回目是："甄士隐梦幻识通灵，贾雨村风尘怀闺秀。"甄士隐和贾雨村在书中是两个带有符号性质的人物，他们姓名谐音"真事隐""假语存"，表明书中所写故事是有真实依据的，只是作者借助虚构手法，隐去了本事。然而这一回却并不是从这两个人物开始的。

《红楼梦》以一段神话作为起点：女娲炼石补天，多出一块石头未用，弃置在大荒山无稽崖青埂峰下。这就为全书故事的展开铺垫了一个悲凉的底蕴。"大荒"暗寓故事的缘起"大抵荒唐";"无稽"是说故事发生之地"失落无考",故事与人物均为虚构,"无从查考";"青埂"谐音"情根",隐喻书中悲剧故事源于人物的"情根"。大荒山无稽崖青埂峰就成了一个富有象征意味的地理空间:它既从神话空间延展而来,又是通灵弃石依傍之地。一僧一道一名"茫茫"、一名"渺渺",既有遥远渺茫、幽微渺小的梦幻感,又有警醒凡人的启悟感。茫茫大士变幻灵石为美玉,携至凡尘历劫。待空空道人经过青埂峰时,顽石已回归原处,遂将它幻形入世的一段故事抄录传世。"空空"者,一切皆空之谓也,也即二仙所言"到头一梦,万境皆空"之意。小说曾名《石头记》,意味着这部书来自顽石下凡历劫记下的一番遭遇,它既是石头所历的故事,又是石头记录的故事。空空道人与石头的一段对话,表明了这块顽石(也即灵石)与美玉(也即通灵宝玉)与书中人贾宝玉"三位一体"的关系。

至此,《红楼梦》主人公的出身就天然地带上了神秘超凡的色彩,书中故事虽说是"真事隐"而"假语存"焉,却有顽石经历在内,所写女子均其"半世亲睹亲闻",所有的悲欢离合故事均其"追踪蹑迹"而来,因此也就具备真实可信的性质。

由茫茫大士、渺渺真人峰下高谈,至空空道人与石对话,本已构成一个闭环,小说却借甄士隐的午梦,又带出了"木石前盟"的神话故事。西方灵河岸边三生石畔,赤瑕宫神瑛侍者每日以甘露灌溉绛珠仙草,使之得以修成人形,听闻神瑛侍者"意欲下凡造历幻缘",便也欲下凡为人,愿以一生的眼泪偿还灌溉之恩。中国古代诗文中,"灵河"多指银河,如隋萧琮《奉和月夜观星》:"灵河隔神女,仙锉动星牛。"[①]"三生石"的故实则源于唐袁郊《甘

---

① 逯钦立辑校:《先秦汉魏晋南北朝诗·隋诗》卷五,中华书局 1983 年版,第 2691 页。

泽谣·圆观》①。神瑛侍者与绛珠仙子在三生石畔结成的前盟宿缘，为整本书所叙述的宝黛爱情故事铺垫了奇幻曼妙而又缠绵悲戚的情感基调。"瑕"字本义指的是玉上的斑点或裂痕，"赤瑕"也即"红玉有痕"，这自然是小说主人公贾宝玉的意象化指代。"瑛"者美玉也，"神瑛"也即通灵宝玉。甲戌本眉批曰："按瑕字本注：'玉小赤也，又玉有病也'。以此命名恰极。"② 就此而言，赤瑕宫主人也就是神瑛侍者，也就是衔玉而生的贾宝玉。因此，赤瑕宫主人和神瑛侍者和贾宝玉，又构成了三位一体的关系。程甲本此处作"那仙子知他有些来历，因留他在赤霞宫中，就名他为赤霞宫神瑛侍者"③，在神话思维和审美层次上，都较庚辰本差了不少距离。程甲本让前一个神话中的顽石到处行走而被仙子留住做了自己的侍者，意在贯通两个神话故事，然而却祛除了赤瑕宫主人的英爽神异气质，留下了补续的痕迹。反观庚辰本可知，一个是顽石下凡历劫，一个是神瑛侍者下凡造缘，木石前盟神话中并没有顽石的身影，对接两个神话的是一僧一道；所不同的是，前一个神话是顽石自见僧道，后一个神话是甄士隐梦见僧道。后者同样也构成了一个闭环。

两个神话在形制上似成两个开端，应是作者有意为之。前一神话绾结之际，作书人用"且看石上是何故事""按那石上书云"领起下文，可知甄士隐梦中所闻的木石神话，是"石头"所"记"故事的开头；仙僧既携"石头"这蠢物而来，披露木石盟约下凡、一干孽鬼陪行的秘密之后，又携这蠢物"美玉"去警幻仙子宫中交割，亦表明这是两个神话故事。这个开头是前五回的阅读难点。如果我

---

① 详见本书第十六章。

② 朱一玄编：《红楼梦资料汇编》，南开大学出版社 2001 年版，第 88 页。

③ 张俊、聂石樵、周纪彬等校注：《红楼梦》，北京师范大学出版社 1987 年版，第 4 页。

们换一种思路来读，可能会获得新的认识。也许很多人都听过一个循环往复的故事："从前有座山，山上有座庙，庙里有个老和尚和小和尚。有一天，老和尚对小和尚说：从前有座山……"这是一种故事中套故事的叙事方式。《红楼梦》前五回则是从一个神话故事引出另一个神话故事，后一个故事被套在前一个故事的框架之中："从前有座大荒山，山上有个青埂峰，峰下有块大顽石。那顽石上记了一个故事：从前有个姑苏城，城中有个阊门，阊门外有十里街，街内有个仁清巷，巷内有座葫芦庙，庙旁住着甄士隐家。甄士隐有一天做了一个梦，梦见一僧一道讲了个木石前盟的故事。"可以发现，这是一种双层组合的嵌套结构。

这种双层组合结构，其实在唐时小说中较为常见。顽石下凡是外结构层，木石下凡是内结构层，前者是外围叙事，有似"讲故事者"，所引出的后者是内层叙事，是作品要表现的主体。相较而言，前一个神话体现出叙事时空的辽远宏阔，后一个神话则更聚焦于木石盟约。无论贾宝玉是从渺渺茫茫的远古神话中幻形而来，还是从缠缠绵绵的三生石畔衔玉而降，他所亲睹的人、亲历的事，都记在了这本书里，其中最让他刻骨铭心的，是前世已结、今生难了的木石因缘。显然，这里已经预埋了作品的两重悲剧：顽石美玉和神瑛侍者的下凡历劫故事，寓示贾宝玉人生道路的悲剧；神瑛侍者下凡造缘、绛珠仙子下凡偿债的故事，寓示贾宝玉林黛玉的爱情悲剧。这就为整本书奠定了一个叙事的高起点。

回目中镶嵌的甄士隐和贾雨村，在第一回中也不仅仅是个符号化的存在。作者以甄士隐入梦衔接两个神话，以他的出梦从幻境过渡到实境，以他的交往带出寄居寺庙的贾雨村，以其女儿"英莲"之名隐喻书中女子"真应怜"，以其丫鬟"娇杏"之名之运写尽世间诸多"侥幸"之事，以其岳父"封肃"之名、"大如"之籍讽刺世间"风俗"大概如是。甄士隐先是独女丢失，又受葫芦庙失火之殃，家道败落，再遭岳丈嫌弃，贫病交加，命将不久。正在此时，跛足道人出现，念诵《好了歌》，甄士隐彻悟，顿作《好了歌解》。一歌一解，韵散配合，寓示了作品的又一重主题悲剧：一个赫赫扬扬已历百年的诗礼簪缨之族，在子孙不肖、后继无人的背景下，遭遇天灾人祸的侵袭、政治倾轧的打击后，迅疾没落衰败的家族悲剧。跛足道人与空空道人形虽两个，质归一体，"空空"者，一切皆空、一无所有也，也即"好了"本意。

然而甄士隐的存在，还有一个重要使命，是要引出贾雨村的出场。

二　人物关系的具象化路径

贾雨村在第一回中是一个过客。第二回"贾夫人仙逝扬州城，冷子兴演说荣国府"，以贾雨村的官场沉浮，暂时撇开甄家事，顺便带出林家事，重点带出贾家事。

贾雨村偶遇冷子兴，两人叙谈中，熟知贾府家事的冷子兴，向贾雨村（也是向读者）粗线条勾勒了贾府的人事关系图。宁国公演而至代化，再至敷、敬，再至珍，又至蓉；荣国公源而至代善，带出史太君，再至赦、政，带出王夫人，再至珠、琏、宝玉、环，再带出元、迎、探、惜四春，兼及黛玉及其母贾敏，又带出熙凤。这一番关系介绍是比较简略的，自然没有涵括贾府全部的人事档案，但却是贾府最核心的人事关系图标。这一"演说"的作用有三。其一，初步梳理了宁荣两府五世传代脉络，从家族兴盛之"源"，"演"（水长流；传，延）而为"代"君王"善"世"化"民，再到以"文"守业、以"玉"成人，都体现了兴家旺族的良好愿望，然而第五代以"草"字命名，却昭示了贾府这个贵族之家由兴而衰的必然趋势，正所谓"君子之泽五世而斩"①。其二，借冷子兴的冷笑嘲谑和贾雨村的罕然厉色，重点推送衔玉而生的贾公子的个性状貌，其聪俊灵秀之气、乖僻邪谬之态在万万人之间，又恰生于公侯富贵之家，可定位为"情痴情种"。其三，通过贾雨村对女性名字的疑惑和冷子兴的解释，点染所带女学生之言语举止与众不同，这女生，就是林黛玉。这三个层面恰是对第一回寓示的三重悲剧内涵的呼应。

贾雨村毕竟也还是一个线性人物。第三回"贾雨村夤缘复旧职，林黛玉抛父进京都"中，贾雨村将女学生送到贾府，谋补了应天府缺，便暂时隐去幕后，舞台正中留给了林黛玉。纵然是书中第一女主角，林黛玉出场后也半是亮相，半是"导视"。进城，进街，进府，下轿，经垂花门、穿堂，转过插屏，穿厅，进正房大院，上台矶，入房，拜见亲人，林黛玉空间移动的整个过程有顺序，有方向，有目标，读者也随之对荣府空间环境信息有了具体可感的认知。不仅如此，荣府女性出场，也是由林黛玉的视界导出的。先拜见外祖母，再拜见两位舅母，第三拜见大嫂李纨，这都是程序式的见面；迎探惜三春齐整出场，同中显异；一番烘云托月之后，重点推出王熙凤，先闻其娇声笑语，再绘其华服美饰、体格相貌，继而描写她颇具表演意味的对黛玉的赞美、怜惜、关爱，以及管家的才能。随后林黛玉乘车又去拜见两位舅舅，人皆未见着，两房空间环境又游览一遭，复返贾母屋内用晚饭。终于等到宝玉出场，作者浓墨重彩书写宝黛相见：宝玉的装束与相貌，黛玉的眉眼与心性，宝玉的痴狂，黛玉的乖巧，一时间全部捧出，堆放在读者的眼底与心头。

以往中学课堂，多关注熙凤的笑与哭，宝玉的任性摔玉，黛玉的伤心自责，逐一细细分析开去。当然这些也是重要的读写训练材

---

① 杨伯峻译注：《孟子译注》上册，中华书局1960年版，第193页。

料，但从"整本书阅读"的角度看，这是远远不够的，甚或有舍本逐末之嫌。"整本书阅读"教学，应有阅读的整体观，从结构角度去审视具体章回之于全书整体构建的功能和意义。第三回的意义，更重要的在于它将第二回中冷子兴"演说"的贾府人事概貌，通过林黛玉的目之所视、心之所感，具体可观地展示在读者的眼前。前一回是从冷子兴口中听到概念化、符号化的名字，这一回是从林黛玉眼中看到具象化、立体化的形象。这是整本书情节的基础性铺垫，主体故事并没有真正展开，第三回仍然显示其"结构性"的功能，而不是"故事性"的功能。说前五回都是"纲领性"的章回，正是这个意思。进一步说，宝黛相见更重要的意义在于，他们从第一回的遥远渺茫时空中落地，从灵河岸边三生石畔走来，当他们先后步入读者的视域时，灌溉的深情与还泪的缠绵刹那间涌上读者的眼，让你怦然心动，让你若有所思，恍悟之际，潜滋欢欣。从这个角度而言，贾宝玉的摔玉，是以他人为坐标寻求自身价值认同而不得，在行是乖张，在心为情痴；林黛玉的哭，却是她尘世间的第一次"还泪"。

宝黛爱情悲剧少不了第三个重要人物薛宝钗。以贾宝玉的所在荣国府为聚集中心，第三回让林黛玉从姑苏来至，第四回自然要让薛宝钗从金陵来至。林黛玉因失恃而依外祖家，薛宝钗自然不能有相同的理由。作者宕开一笔，接续第三回贾雨村谋官，顺便让他来审理葫芦一案。案件的受害人英莲，正是第一回中资助贾雨村赴试盘缠的甄士隐的独女；那个诡秘道出案件委曲、主动提供判案计谋的衙役，正是第一回中贾雨村寄居之所、甄士隐隔壁的葫芦庙里的小沙弥；那个命案的主犯薛蟠，正是第二回冷子兴所演说的荣国府二老爷、也是第三回帮助贾雨村谋得官职的贾政的妻甥。

葫芦案本身并不复杂，其发生与审理、断案过程自带戏剧性色彩，但借一个衙役之口补叙出来，却使案件的故事性质淡化，叙事功能得到加强。功能之一，将第四回与前三回人事关联，形成一个有机的人际关系网。功能之二，通过门子对案件底里的介绍，推出四大家族"连络有亲"、荣损攸关的政治背景，将贾府放置在一个较大的社会框架内，从外部视点勾勒贾氏家族近围坐标系，与前回林黛玉从内部视点扫描贾府人事核心圈，形成互补。功能之三，借助薛蟠人命案，点燃导火线，使得薛家进京成了必然选择，而进京后的各种原因，又使得薛宝钗自自然然、合乎情理地聚入贾府，与贾宝玉、林黛玉风云际会，从此逶迤展开了宝、黛、钗婚恋悲剧故事的进程。《红楼梦》最早的读者脂砚斋就曾指出，判案一段"只借雨村一人穿插出阿呆兄人命一事"，"但其意实欲出宝钗①"，可谓深得其中三昧。

钗黛既至，顽石下凡后亲睹亲闻的一拨"异样女子"，也便呼之欲出了。

三　以梦预警的谶语式书写

因宝钗之至，宝黛之间开始有了嫌隙。然而些须琐事不过是个小引，目的在于过渡到第五回"游幻境指迷十二钗，饮仙醪曲演红楼梦"。

从情节看，第五回的主体和重点是宝玉梦游太虚幻境。毫无疑问，宁府赏梅，宴罢午觉，秦氏带入卧室，诸般都是闲笔，目的是为宝玉入梦搭建引桥，没有太多深究的必要。那些从室内摆设去推演小说之外秦氏出身本事的路数，不过是一种意淫于内、宣泄于外的流言家做派。此回先以少年宝玉"游幻境"为引，营

---

① 朱一玄编：《红楼梦资料汇编》，南开大学出版社 2001 年版，第 145、146 页。

构了一个梦中之梦，借助宝玉与警幻仙子的对话，引出"痴情""结
怨""朝啼""夜怨""春感""秋悲"各司之名，却以"薄命"之
司为指归，其"紧要"之处，在于拉开那收藏着金陵十二钗命运
簿册的橱门；继而以"饮仙醪"为名，点明"群芳碎"后"千红
一哭""万艳同悲"的悲凄结局。梦游幻境，梦遇仙子，梦览图
册，梦聆警示，梦饮茶酒，梦观歌舞，梦结仙缘，最后从梦中惊
醒，建构了完整的游历时空。这个虚拟的时空是借宝玉的"梦之
眼"打开给读者看的，册上的诗画，座前的歌曲，浓缩了以钗黛
为代表的天下青春女子愁怨悲凉的一生遭际。它成功地将《红楼
梦》的第三重悲剧也即以钗黛为代表的青春女性命运悲剧，作了
浓郁伤感的预演。

从形式看，第五回更为集中地表现出韵散相间的叙事节奏。其
韵文部分带有明显的预言性质，判词与曲词是群芳命运的高度概
括，它们将数十个"紧要"女子的结局提到故事开始之前，是预告，
也是预警。这种以诗词预言人物命运和故事结局的方式，是《红楼
梦》的一种"谶语式"的表现方式。其散文部分重在演进时间历程，
以宝玉的游踪和见闻串联韵文；嵌入散文的诸多诗意化词语，尤见
凝练而鲜活，成为韵文内涵的提醒和点染。有别于其他古典小说，
《红楼梦》中的诗词曲赋乃是这部小说的一个个有机构件，它们与
散文叙事相融为一，不可或缺。尤其是第五回中的判词与曲词，如
果不细加品读，甚或跳过不读，就无法真正懂得这一回的内涵是什
么，也许只是觉得贾宝玉做了一个青春的梦而已。如果这样，我们
就不能领略《红楼梦》独特的叙事艺术，那我们也就辜负了曹雪芹
的良苦用心。

从整体构建来说，第五回不仅与前四回内在联系紧密，而且也
对全书情节走向起到一种"钳制"的作用。警幻仙姑所居之离恨
天、灌愁海，正是第一回中绛珠仙草修身之所。离恨者，因别离而

产生的相思愁恨："便好道三十三天离恨天最高，四百四病相思病最苦。"①灌愁者，灌注、流注愁恨之谓也。离恨天高居三十三天之上，灌愁海注满朝朝暮暮之愁，虚拟空间的深愁高恨，奠定了全书愁苦憾恨的基调。与此相关，少年宝玉随警幻仙姑游历的太虚幻境，正是第一回中甄士隐欲跟那一僧一道过去的太虚幻境，石坊上对联一字不差，恰是"假作真时真亦假，无为有处有还无"。此其一。

相对于第一回的石头下凡缘由、第二回的贾府人事关系概说、第三回的贾府主要形象概览、第四回的贾府姻亲关系概举，第五回是小说主要女子命运遭际的图示与曲演，那些图册也可以说是她们的人事档案。前五回在故事开始之前，以多元组合、起伏共振的姿态，向读者"剧透"整本书故事主体及其情节走向。石头历劫后会回归青埂峰下，贾氏家族最终会败落，以钗黛为首的群芳终究走向"一哭"与"同悲"——它们钳制了全书故事发展的基本脉络，构成了《红楼梦》一书的三重悲剧主题。此其二。

第五回韵散相间的叙事体式，第一回就已有突出显示，二、三、四回也巧加穿插，此后的章回中更是时时浮现。那种谶语式的表达方式，不仅用于作书人以诗词曲赋形式叙事之时，在后面的情节进展里，它们还用于作书人替书中人代拟的诗词作品中。读书人不断更新的阅读进程，同时也是不断验证谶语寓意的过程，在全书终了之时，再回头看前五回的布局，顿悟作书人用心之深远。此其三。

综而言之，前五回既是一个不可分割的有机整体，又对全书有整体建构的作用。第一回大荒山无稽崖青埂峰下的"石头"所"记"

---

① ［元］吴昌龄：《张天师断风花雪月》杂剧第二折，［明］臧晋叔编：《元曲选》，中华书局1958年版，第179页。

的故事，正是"石头"自己下凡历劫的故事；"按那石上书云"引出的内层故事，是木石前盟、甄家荣枯原因及其过程。可以说，第一回顽石下凡和木石前盟神话，为主人公贾宝玉人生道路悲剧、宝黛爱情悲剧作了铺垫；而以现时的甄家小荣枯隐寓未至的贾氏大荣枯，又是为贾氏家族衰亡的历史悲剧发出预警。第二回"冷眼"叙述宁荣二府由兴而盛的脉络和家族血亲的源流，是以旁观者身份向读者简介贾府主要人事关系；而以冷眼旁观人身份指破贾氏家族衰败根由，凸显了"子孙不肖""后继无人"。第三回则以林黛玉之目为摄像机，让主要人物登场亮相，同时渲染贾氏诗礼簪缨之族的旧时荣光与今日气象。第四回借助葫芦一案，展示贾府荣损攸关的社会关系，以贾氏姻族当下的一荣俱荣，伏下后来的一损俱损；并借此契机使薛宝钗进贾府，与宝、黛风云际会。第五回借少年宝玉之午梦、太虚幻境图册，预写正、副、又副共十五金钗的命运；预告贾氏败亡、群芳离散，空余茫茫白地的最终局况，且以"红楼梦曲"呼应"好了歌解"，令太虚幻境对联再度出现，关合第一回。前五回作为一个独立而完整的叙事单元，总括了整本书的情节走向、人物命运和主题层次，对全书的整体建构起到设计、导引、钳制、掌控的作用。它既是起点，又是终点；既是全书情节展开的铺垫，又占据了整本书构思的制高点。它的语言表达是内敛的，它的意义指向是开放的；它既涵括了过去与未来，又洞察现实，真实不虚。

　　强调前五回的整体建构意义，当然不是说，关注贾雨村的贪与酷、王熙凤的哭与笑就不重要；也不是说，贾母的慈爱、探春的不俗、黛玉的心思、宝玉的行止，不需要去解读分析。但仅关注这些内容，并不是"整本书阅读"思维，也不能提升整本书阅读的效用。如果从整本书阅读的角度切入，则应将这些涉及人物品质与个性的情节描写，与后文中密相关涉的叙事内容联系起来，做整体的考察剖析，才会具备整本书阅读的意义。至如石头与空空道人对答时所述作书缘由目的，"护官符"和判案的政治内容，《西江月》词、十二钗判词、红楼梦曲词的具体寓意等，详论甚多，各家珠玉在前，此处不再赘言。

第三章
从"可卿出殡"看小说深层叙事

《红楼梦》"整本书阅读"的重要目标，是要聚焦小说文本的关键情节，也即脂批所谓的"大过节"处。作为章回小说，本应有繁富委曲的故事情节，然因其篇制较长，决定了小说家创作伊始，就需要设计数个起关键作用的大情节，作为整本书的龙骨或山脊，撑起全书的主要框架。就《红楼梦》而言，黛玉进府、可卿出殡、协理宁国府、元妃省亲、黛玉葬花、宝玉挨打、探春结社、抄检大观园等，都属于能够牵引整本书故事进程、钳制小说情节走向、充盈作品主题内涵的重要情节。实施"整本书阅读"计划，应着重解读这些"大关键"情节，引导中学生略过琐碎寻常的生活场景描写，关注重要事件的生发过程及其存在价值，体悟和思考小说文本主题层面的意义，浸润到小说的内蕴深层，而不致沉溺于情节的细微处，停滞在故事的浅表层，满足于言语的感悟中。

"可卿出殡"是《红楼梦》的大关键情节之一。本章仅以这一大事件为主体，解读《红楼梦》大关键情节的叙事艺术及其于"整本书阅读"的重要意义。细读这一情节的叙述进程，可以感知作者关目设置的整体意识和小说虚实相生的叙事理念，有助于拓展中学生整本书阅读的思想维度，增强对名著主旨及其表达艺术的深层认识，进而促进中学生写作能力的提升。

一　以虚带实，即实见虚

"出殡"的核心事件是秦可卿之死。作为贾府重孙媳中第一个得意之人，秦可卿容貌不凡，品格出众，具温柔袅娜之资，兼钗黛二人之美，上得长辈信任，下获仆从敬爱，平辈和睦相处，常人不能入眼的王熙凤偏与她亲密交厚。这样一个诸方满意之人，却入了薄命司，早早逝去，且因其出殡而在寻常平淡的生活进程中掀起整本书的第一个大情节波澜。细读文本，可以略知作者叙事艺术的精微奥妙之处。

一方面，秦可卿死亡原因蹊跷，暴露出封建贵族家庭内部的腐朽乱象。表面上看，秦可卿盖因思虑太过，内伤脾肝，遂致病重，拖久不治而亡；实际上，作者却以诛心之笔，借助秦氏死后众人的反应，透露其不可言说的真正死因。一是"合家皆知，无不纳罕，都有些疑心"，所疑正是死亡之突然；二是宝玉闻知，如刀戳心，喷出血来；三是丈夫贾蓉没见有多悲痛，反是公公贾珍泪奔哀嚎，欲尽家中所有以治丧，不仅殓以万年不坏的樯木，而且专门花一千二百两银子为儿子捐个五品的官，只为儿媳灵幡上好看些；四是秦氏丫鬟瑞珠触柱自尽，另一个丫鬟宝珠甘为义女摔丧驾灵，后至铁槛寺守灵，再也没有回府；五是婆婆尤氏胃疼病倒，不能理事，贾珍特地求得邢、王二夫人恩准，将荣府管家少奶奶王熙凤借至宁府理丧一月。相关笔触均为实写，字里行间却暗示了秦氏之死另有原因，小说则有意遮蔽了这一真相。

了解作者早期构思的畸笏叟，留下了几句让读者恍然大悟的点评："秦可卿淫丧天香楼，作者用史笔也。"可知原著早期版本中，作者用"史笔"（史家记叙史实的笔法）描写了秦可卿"淫丧"的情节。结合秦氏判词"情既相逢必主淫"和《好事终》曲文"画梁春尽落香尘"，秦氏死因和自缢真相已完全呈现在读者面前。那么作书人又出于什么样的苦衷，在后期的修改中对"淫丧"情节按下了删除键呢？畸笏叟自白："老朽因有魂托凤姐贾家后事二件……姑赦之，因命芹溪删去。"①畸笏叟作为曹雪芹长辈，见秦氏心系家族未来，是一个深谋远虑之人，因此"赦"其乱伦之罪，免其秽行外扬，而指令作者删去淫丧场面的描写。在这一干预之下，改本呈现出表层现象与深层原因彼此疏离的状貌，同时在众人颇觉诧异的态度和贾珍的过度反应之间构建了情节的张力。尤氏说病、名医诊病、凤姐探病乃至秦氏病故，都不过是虚陪的情节，系以虚衬实；尤氏胃疼、丫鬟自尽、贾珍伤恸乃至挥霍家财、肆意抬高治丧规格，均为实写，然诸多表面现象都指向一个隐藏的真相，此乃实中藏虚。

另一方面，秦氏出殡场面盛大，凸显贾氏这一诗礼簪缨之族的世俗地位，在喧闹的殡葬礼节中烘托其外部的光鲜。小说一是借凤姐协理宁府丧事，交代每日专管来客倒茶、亲戚茶饭、守灵举哀、茶器酒皿、监收祭礼、上夜守门的仆从已达114人，总管1人，外加守屋又不知几人，总数超过120人，以接待之阵势虚写上门凭吊送祭者之多。二是借出殡之日各方权贵豪门均来送殡的盛况，实写贾氏家族社会地位之高。六公、五侯、四亲王等俱派子孙送殡，王孙公子不计其数，命妇及堂客轿车超过百辆；尤其北静郡王早朝后亲至路旁，虽命长府官代奠，却以世交之谊与赦、政、珍称呼，而后三人乃以国礼相见；至城门前，尤有贾赦、贾政、贾珍等人的同僚属下一大波人搭祭棚接祭。秦氏不过是贾家一个辈分最低、年纪最轻的冢孙妇，死后却极尽哀荣，一至于此。小说借其出殡，带出京师一众王侯贵族浩浩荡荡摆设路祭，凸显的是贾氏一族的显赫与出殡事件的隆盛。两相参照可知，府内接待是虚写贾府实力，道旁

---

① 甲戌本第十三回回后批，朱一玄编：《红楼梦资料汇编》，南开大学出版社2001年版，第241页。

祭奠是实写贾府地位，小说以虚带实，读者自可因桑及柳，即实见虚，想见贾氏一族能扰动王侯贵族圈风云变化的政治优势和社会影响力。

秦氏之死源于贾府内部的隐秘秽行，秦氏出殡昭示了贾氏家族的对外形象。秦氏之死是这个诗礼簪缨之族"箕裘颓堕"的重要表征，经由畸笏叟干预而改成一个因病重而不幸早夭的寻常故事，然诸多删改未尽之笔，却道出贾氏家族"家事消亡"的根本原因所在。秦氏出殡是体现这个钟鸣鼎食之家一世风光的社会活动，丧礼的体面与隆重出自塑造家族文化形象的需要，它遮蔽了贾氏内部构件已在腐烂状态的现实真相，为贾府的最终败亡鸣响了丧钟。

二 虚中蕴实，寓真于诞

畸笏叟命曹雪芹删去秦氏死亡真相的动因，是秦氏死前托梦给王熙凤，要她以当家人的身份职责，筹划家族世业，在祖茔附近多置田产，以备祭祀供给之费，并设家塾云云，这在畸笏老人看来，自非"安富尊荣坐享人能想得到处……其言其意则令人悲切感服"，由此赦其秽乱之行。因此甲戌本回前批曰："隐去天香楼一节，是不忍下笔也。"[①] 就文本所写的生活本相而言，托梦自然是虚的，梦由心生，凤姐之梦应是凤姐心中所思，或是两人近期深闺密语所及在凤姐夜梦中的浮现。然从整本书的构撰而言，却不妨视为作书人特殊的艺术表现手法，即借秦氏托梦，预写贾氏家族由盛及衰的必然趋势，借秦氏之口预言即将来临的家族命运变化，将真实的命运走向提前呈现在荒诞的梦境表达中，它既是预言，也是作者的预叙

---

① 甲戌本第十三回回前批，朱一玄编：《红楼梦资料汇编》，南开大学出版社2001 年版，第 241、233 页。

手段。

这一预言涵括了有关家族荣衰的两项内容。一是荣时须筹划衰时世业，置田产、设家塾，贾府已是百年望族，将来必有衰败之日，即便彼时有罪入官，而田庄产业可以保住，令子孙有个读书务农之处，既可存身，又能承祭祀；二是不久即有一桩繁华欢乐的非常喜事降临，它会将贾氏家族的荣盛推向极高处。前事即贾府抄败，后事即元妃省亲。

省亲是一个庄严的政治文化事件，是贾氏家族盛到极点的标志；抄败却是一桩政治案件，是使贾氏家族至于一败涂地之境的又一"大过节、大关键"。从事件发生的顺序说，省亲在先，且逼近眼前；抄败在后，且在不可知晓的未来某时。但从预言的内涵看，作者将整个家族的荣与枯、盛与衰纳入同一个梦中，以极衰反衬极盛，先言衰后言盛，则是从时间较远处回溯到眼前事件将发生时，梦之预言便占据了一个理性观察的制高点，故事立刻充溢了一种无可名状的神秘感，仿佛命运之神在上苍俯瞰世间的一切荣枯，哀叹凡尘中芸芸众生的不知餍足、不知收敛。作者让梦中的秦氏先引用"月满则亏，水满则溢""登高跌重""否极泰来""盛筵必散"等一连串富有哲学意味的俗语，目的在于警示"脂粉队里的英雄"王熙凤须要放宽眼界，立足家族大业，着眼于未来；最后以"三春去后诸芳尽，各自须寻各自门"为喻，预言三春去时即是贾氏彻底衰亡的开始，一族之人免不了仓皇离散，则又与第五回"红楼梦曲"尾声所示"好一似食尽鸟投林，落了片白茫茫大地真干净"的境地遥相呼应。梦中秦氏以俗语起，以偈言终，俗语从高处道尽世间荣枯轮回的普遍规律，偈言则将乐极生悲的喻指落地落实，起点与终点高下相和，虚实相生，梦境本身形成一个闭环。

王熙凤梦中的秦可卿语重心长，有远见，有胸襟：远望，知晓家族之败灭悲凉；近观，预告省亲之荣宠喜庆。梦语寓意之重超出了形象本身的承载，秦氏由此成为作者寄寓主观意蕴的介质和载体。有如庚辰本回前批所云："此回可卿梦阿凤，盖作者大有深意存焉。可惜生不逢时。奈何奈何！然必写出自可卿之意也，则又有他意寓焉。"①"梦"是作者营构整本书悲欣交集的审美氛围的一种艺术手段，然此"梦"来自可卿，则又寄寓了作者超出形象本体的哲理思考。梦中秦氏能预言未来远近之事，识见在众人认知之上，预知在事件发生之前，在某种意义上成了"先知"者。《孟子·万章下》云："天之生斯民也，使先知觉后知，使先觉觉后觉。"②"觉"者，启悟、使人觉悟之义也。王熙凤原是一个行止见识超出众多须眉之上的女中英豪，此时却是后知后觉之人，成了秦氏启悟的对象，则秦氏形象寓意之高远可以想见。此亦即脂批所谓"他意"所寓也。

与此遥相呼应的，是第五回贾宝玉之梦。宝玉梦游太虚幻境，是由秦氏导入；宝玉游历遍太虚幻境，与警幻仙子的幻身、其妹可卿仙子缱绻相亲时，受夜叉海鬼惊吓而梦醒。宝玉梦中的可卿，自然不必等视于现实秦氏，两者既有一定的关联度，又有较大的区分度。宝玉梦中的仙子可卿，既具宝钗之鲜艳妩媚，又具黛玉之风流袅娜，是容貌品格"兼美"的理想化身。警幻仙子以仙酒仙茗"餍"其口腹，以仙曲"赏"其耳目，复以仙妹"悦"其形体，最终目的是要"悟"其心神。以警幻之语观之，将仙子可卿许配梦中宝玉，实具备一种"情"的警示、启悟功能："仙闺幻境之风光尚如此，何况尘境之情景哉？"宝玉本是天性高明、性情颖慧之人，此时成了警幻与可卿警示、开悟的对象，则仙子可卿形象的寓意化、象征化，已昭然若揭矣。

① 庚辰本第十三回回前批，朱一玄编：《红楼梦资料汇编》，南开大学出版社 2001 年版，第 233 页。

② 杨伯峻译注：《孟子译注》上册，中华书局 1960 年版，第 232 页。

凤姐梦中的秦氏具有"先知"者的意味，预告贾氏家族命运的凶吉休咎，警示熙凤须高瞻远瞩，谋虑家族未来；宝玉梦中的可卿实则"警幻"的替身，既已洞悉一切色相是空，更警示宝玉看彻悟透，从此不再沉溺于世间幻象，身临迷津时作速回头。凤姐之梦虚中蕴实，以虚见实；宝玉之梦虚中构虚，以虚求实。同有可卿，同涵寓意，两梦的形式为诞，其情理却是"真而又真"，可谓之借虚藏实，寓真于诞。

三　真幻互藏，宾主相从

在故事推进的节奏方面，"可卿出殡"体现了《红楼梦》叙事艺术的多项优长。

一是远处蓄势，渐渐逼来。这是《红楼梦》惯用的情节经营手段。"可卿出殡"亦然，相关人物和事件早早铺垫，后续情节余波又慢慢消退。《红楼梦》的主体故事，是从第六回才开启的。第七回凤姐应尤氏之邀过宁国府，贾宝玉跟进，秦氏出场，其弟秦钟与宝玉初会；第八回借入塾读书，带出秦氏出身；第九回宝玉秦钟闹学，挑事儿的金荣回家饶舌，姑妈来找秦氏论理，引出贾珍尤氏议病，名医张友士诊病，写在第十回；第十一回凤姐探病，与秦氏说了半天衷肠话儿，此后不时来看秦氏。第十三回秦氏托梦，随即夭逝，合府纳罕，贾珍哭丧，异峰凸起；第十四回可卿出殡，声势浩大，尽领风光。第十五回叙秦氏停灵铁槛寺，秦钟得趣水月庵；第十六回实写秦钟之死；第十七回再捎带数句宝玉哀痛，至此才算了结秦氏故事。百余回小说，可卿故事横陈 11 个章回，其中两个整回正面实写可卿死亡及其所引发的种种反应，这样的安排不可谓不郑重，若非"大过节、大关键"情节，焉得如此？重要情节的出现，先经过平淡的日常生活场景的有序推进，至关键时候爆发，显示了作者善于经营大情节的艺术功力。

二是同类层叠，同质对举。《红楼梦》作者亦喜欢将同一类的情节放在重要情节的前后，作为它的陪衬出现，内容相关，意脉相属。作者为了突出秦氏之死，在第十二回正面实写了贾瑞之死，第十六回叙及林如海之死，正面实写秦钟之死。其中林如海之死是虚陪，秦钟之死是顺带而及，显示了连类而及的思维方式；贾瑞之死却是与秦氏之死相对应的重要情节，凸显了同质对举的艺术构思。贾瑞之死，源于对超越自己身份、道德和能力的色欲的追求，当对方恰是一个才貌出众、身份高贵而又有杀伐决断个性的少妇，不是他可以肖想的对象的时候，就注定了这一追求的结局必然是悲剧性的。贾瑞原想调戏熙凤不成，反倒被熙凤成功调戏，重病不治而死。跛足道人赠送的镜子名曰"风月宝鉴"，正面是美女，反面是骷髅，正是"红粉骷髅"的佛教人生观在小说中的情节衍化，也即庚辰本双行夹批所谓"好知青冢骷髅骨，就是红楼掩面人"的意思。贾瑞妄动邪思，死于风月的痴想；秦氏深陷乱伦，死于风月的缠扰。两个情节彼此对举，互为镜像。太虚幻境对联所云"痴男怨女，可怜风月债难偿"，正道出贾瑞之死与秦氏之死两个情节"质"的规定性和同一性。

三是虚实相生，真幻互藏。除了前文所述即实见虚、寓真于诞的相关描写之外，作者对"情"的表达也充满了设计感。太虚幻境宫门的上联是"厚地高天，堪叹古今情不尽"，横书云"孽海情天"。贾府中的秦可卿是现实存在的人，是自然实体和社会实体的统一，但在很大程度上又是涵括了诸多象征内涵的形象。秦者，情也。就秦氏被遮蔽的诸多行止而言，"秦可卿"三字寓意"情可轻"。《好事终》曲文云"擅风情，秉月貌，便是败家的根本"，虽带有一定的"红颜祸水"意味，却在很大程度上披示了作者对这一人物命名的深层寄寓。

与此相关，其父名"秦业"，任职营缮郎。"孽"为"业"的义项之一，源于佛教身业、口业、意业之语，有善、不善、非善非不善三种区分，多数时候偏指不善业、恶业，也即是孽。故而甲戌本第八回脂批曰："妙名。业者，孽也，盖云情因孽而生也。"是以知"秦业"即喻"情孽"，作者撰此书的重要目的，"是欲天下人共来哭此情字"，其意正如脂砚斋所点破的："官职更妙，设云因情孽而缮此一书之意。"①另一个关联的名字是可卿之弟"秦钟"，它既喻"情种"，亦寓"情钟"之意。《世说新语》有曰："圣人忘情，最下不及情。情之所钟，正在我辈。"②书中所写贾宝玉、秦钟等人，正是处于"太上"与"其下"之间，既非"大仁"亦非"大恶"的情痴情种。这种"情"，亦非"常情"所能解释。因此"秦可卿"三字，莫若解读为"情可情"之寓。然而，情可情，非常情。可卿之早逝，已然警示世人莫为常情所累；秦钟之夭亡，又何尝不是作者向凡俗敲响"戒妄动风月之情"的"警钟"呢？从命名的寓意看，秦氏三人既是"实体"人，又是"象喻"人，作者借实体演喻象，是将原本寻常的人物形象寓意化、符号化；读者即实见虚，自当加深对文本的理解。

从"情"意而言，"秦可卿"是"情"的象征意义中的核心要素，是主；"秦业""秦钟"是"情可情"的衍生品，是宾。从死亡事件看，可卿之死与可卿出殡是这 11 回情节的核心元素，是主；贾瑞之死与秦钟之死有其明显的陪衬作用，是宾。小说借实寓虚，以宾衬主，虚实互助，宾主相从，遂臻于叙事艺术之妙境。

本章乃以"可卿出殡"为例，以"整本书阅读"为思考问题的

---

① 朱一玄编：《红楼梦资料汇编》，南开大学出版社 2001 年版，第 208—209 页。

② ［南朝宋］刘义庆撰，［南朝梁］刘孝标注：《世说新语》卷下之上《伤逝》，四部丛刊景明袁氏嘉趣堂本，第 10 页。

起点，对《红楼梦》情节设计艺术略作解读。既然是"整本书阅读"，则要对《红楼梦》持"整体观"，即使是单个的情节，也须瞻前顾后，对相关叙事做关联性的思考，而不能在细枝末叶的碎片化解析中迷失了方向。笔者无意于猜谜之道，更不赞成一些中学一线语文教师因津津乐道于可卿家世秘辛，而在曾经喧嚣一时的"秦学"谬论中沦陷。所谓的秦氏出身格格说，不过是无法跨过学术门槛、单向意淫《红楼梦》的产物，它在以一种商品化解读的立场和姿态，迎合大众化趣味的同时，削弱了经典名著的价值，扭曲了传统文化的艺术底蕴，消解了当代文化人对社会大众的人文关怀[①]。作为一线语文教师，应树起文化育人的高标，立足文本解读情节，祛除索隐本事的恶趣，教会学生理性思考，以不诬名著，不负雪芹。

---

① 参看郑铁生：《刘心武"红学"之疑》，新华出版社 2006 年版。

第四章
从"黛玉葬花"探明清时人雅致

大观园里有一道水流叫沁芳泉，一到春天，泉边各种花树开满了鲜花，嫣红的是桃花，雪白的是梨花，柔黄的是杏花。东风拂煦，落英缤纷，有的落在水面上，飘飘荡荡，随水流动，水面弥漫着花瓣的芳香；有的落在地面上，绿色的春草把红红白白的花瓣衬托得分外艳丽。在这样明媚的春光中，一位绝代风华的柔弱少女，身着茜红色的衣裙，肩上担着一把长柄的花锄，花锄上挂着一个绢袋，手上还拿着一把花帚，款款穿行在桃李缤纷的世界中。桃花柔媚，仿佛少女的颜容；桃花纷飞，仿佛少女的眼泪。她把满地落花扫到一起，用手捧着装到绢做的花囊里，来到山坡的背面停下，用花锄挖了一个坑，把花囊里装的花瓣都倒出放在坑里，再用花锄拢土掩上。渐渐地，那里堆出来一个花冢。

这就是《红楼梦》中的经典情节：黛玉葬花。

一　水葬土葬巧相映

《红楼梦》有两回都写到了葬花的故事。一次是在第二十三回，贾宝玉在桃树下面读《西厢记》，正读到"落红成阵"的时候，一阵风吹过，树上花瓣飘下来，落得满身满书满地都是，宝玉生怕花瓣掉落在地上，人一踩踏，就踩坏了花瓣，于是用衣襟兜了花瓣，来到沁芳泉边，将花瓣都抖落在泉水当中，让那些花瓣飘飘荡荡，随着泉水流出沁芳闸外去了。

正在这个时候，黛玉肩担花锄、手把花帚来了。黛玉知道宝玉在做什么后，就表达了不同意见：她觉得这水在园子里是干净的，一旦流到园子外面去，有人家的地方往水里乱倒东西，水就脏了，水中的花瓣也就被污染了。所以她要把落花都扫起来，用绢袋装了，葬在土里，时间一长，化成尘土，这样干净。这也就是《葬花辞》里"质本洁来还洁去，强于污淖陷渠沟"的意思。

这是小说第一次透露，林黛玉堆了一个花冢。风过花树，飘落的花瓣沾满宝玉全身，和宝玉所读《西厢记》中"落红成阵"曲文形成照应，这是借经典曲词来助力场景描写。宝玉将花瓣抖落在沁芳泉中，和黛玉将花瓣葬在埋香冢，也形成一种情势上的对应，写出了宝黛两人的痴情。我们看，宝玉和黛玉都是在葬花：宝玉用的是水葬，黛玉用的是土葬。方式不同，但痴情一样。这个时节，正当三月中旬，词藻警人、馀香满口的《西厢记》已在林黛玉的心中埋下青春的暗示。

宝玉走后，黛玉一个人漫步大观园，经过梨香院时，隔墙听到贾府家班的女孩子在演练《牡丹亭》。《牡丹亭》的唱词更促发了黛玉青春的觉醒。初听"良辰美景奈何天，赏心乐事谁家院"，她不过点头自叹，评价说戏上也有好文章。这还是一种审美，听者的情感反应与曲词还有一段审美距离。等到她听见"如花美眷，似水流年"后，心动神摇，如痴如醉，站立不住。这就能看出，黛玉这位听者已经进入戏中情境，戏外人的情感逐渐进入了戏中人的心灵世界。林黛玉继而联想到古人诗词中与眼前景、心中事密切相关的词句"水流花谢两无情""流水落花春去也"和《西厢记》曲词"花落水流红，闲愁万种"时，不禁心痛神痴，眼中落泪。这说明黛玉已经不知不觉进行了角色替换，将自我青春、情爱、生命的审视与戏中人的情感、命运融为一体。杜丽娘的伤感触发了林黛玉的青春觉醒，而亲手埋葬落花的林黛玉，其伤感程度比杜丽娘更深。

郑重葬花并悲哭落花命运的画面在第二十七回展开。这一天是四月二十六日芒种节，也是民俗中的饯花日，暮春时分，花谢花飞，姐妹们都在花园里玩耍，为花神饯行，却独不见爱花的林黛玉。宝玉没见到黛玉，知道她一定躲到别的地方去了，又看见地上满是石榴花、凤仙花落下的花瓣，于是兜了落花，"登山渡水，过树穿花"，直奔曾和林黛玉一同葬桃花的花冢。还没转过山坡，就听见山坡那面一片哭声。原来黛玉因前一天晚上去怡红院，丫鬟不知道是谁，没给她开门，她却看到宝钗从怡红院中出来，因此错怪到宝玉身上，回去后含泪独坐，到二更天才睡下，早上一起床便到花冢来，洒泪祭花。就这样，哭出了一篇《葬花辞》。

林黛玉一篇《葬花辞》，是借助贾宝玉的听力哭洒出来的。对宝玉的误会，对自我身世的感慨，加上对爱情的失望，多重打击之下，林黛玉激发了对生命存在的自我省视，因而洒泪挥就这一篇伤感缠绵的《葬花辞》。林黛玉花冢边悲声念诵，释放她那满腹的委屈和哀伤。小说为什么让贾宝玉在山坡这边"听"见呜咽之声呢？因为山坡起了阻挡听者视线的作用，贾宝玉借听力领悟了《葬花辞》的伤悲，他所有的注意力都聚集在他所听的内容上，而不是看见林黛玉满脸的泪痕。这是小说的一种虚化处理，它遮蔽了声色大作的哭颜。另一方面，宝玉和黛玉一旦见面，黛玉的哭歌势必中断；不见面，林黛玉哭的内容、哭的声息、哭的情绪，就都能够在这片刻得到集中的释放。

山坡那边的听者贾宝玉起初不过点头感叹，这还处在审美阶段。等到他"恸倒"在山坡之上，他就超越了冷眼旁观者的审美感觉。他从"一朝春尽红颜老，花落人亡两不知"的悲切，生发出对"具希世俊美"的林黛玉将临的飘落命运的伤感，又由林黛玉推及宝钗、袭人、香菱，想到众多美少女都将落入无可寻觅的境地，再推及身处的美景美园也终将归属他人：这种种触目可及的美好，与它们终极命运的惨淡构成巨大反差，这触发少年宝玉的悲悯情怀，令他满腔愤怨缠绵无法消解，故而也化作了悲哭之声。

黛玉《桃花行》诗，写出了自己的情感状态：东风无语，独自凭栏的少女身着茜红色的衣裙，孤独地在桃树旁悄然站立，桃花柔媚的姿质仿佛少女柔媚的颜容，桃花纷飞的状貌有似少女纷飞的眼泪。于是，桃花与黛玉花人融为一体，是花是人，已然不可分辨了。林黛玉的人生是诗意的人生，所以她用诗家的眼光来审视自我的生存和周边的世界；贾宝玉的领悟是诗意化的领悟，所以他的审美感觉能和林黛玉同步共调。在这一点上，贾宝玉的痴正好和林黛玉的痴相匹配，所以贾宝玉会用他的恸哭来应和林黛玉的呜咽。心心相应，自然会息息相关。宝玉的推想由近及远，由个别到一般，这就说明贾宝玉对众多少女所施加的关怀，是一种普遍的群体关怀。

二 寓意深深深几许

贾宝玉不忍踩踏落花，将花瓣抖落在水中，是惜花、爱花；林黛玉担心园外的脏水污染了花瓣的纯洁，堆了花冢来葬花，更是惜花、爱花。他们为什么对落花这么爱惜？因为在《红楼梦》中，桃花、梨花、凤仙花、石榴花，所有的花是少女们青春生命的象征，花的娇美象征少女们青春的靓丽，花的飘落也预示着少女们韶华的逝去。林黛玉从花谢花飞预感到自身青春的即将飘逝，所以哭泣；贾宝玉从林黛玉的伤感中推及其他少女的命运，所以他伤感更深，也更痛苦，不由得也哭倒在山坡的这边。这就超出了对林黛玉一人一事的怜惜，表现出一种对女性群类的人文关怀，一种对所有美好事物行将凋零的深层悲悯。

　　我们知道，曹雪芹为他笔下的人物安排的生日往往都有一定的寓意。他为林黛玉设计的生日是哪一天呢？是二月十二日。这个日子有什么特别的吗？按照古代民间的传统习俗，这一天是"花朝节"，也叫"花朝"。根据记载，我国各地的花朝节时间不太一致，唐朝花朝在二月十五，宋代的时候，当时的京城开封花朝节是二月十二，古都洛阳是二月初二，清代的时候，北方一般以二月十五为花朝，南方以二月十二为花朝。这是因为南北方气候条件不同，南方早几天很合理。

　　花朝是百花的生日，有的地方又叫"百花仙子节"。这个节日由来已久，最早在春秋时《陶朱公书》中已有记载，并确定为二月十二日①。汉《淮南子·天文训》有曰："女夷鼓歌，以司天和，以长百谷、禽鸟、草木。"句下许慎注曰："女夷，主春夏长养之神也。"②明《庶物异名疏》中"女夷"条下云："花神，名女夷，乃魏夫人之弟子。花姑亦花神。"③清《事物异名录》之"花神"条下引用了《庶物异名疏》"女夷"条后并云："又长养神亦名女夷。"④梳理相关文献可知，民间将女夷、花姑均视为花神，而女夷从掌万物生长的"长养神"衍变为司百花盛开的"花神"，亦当是因掌管草木生长的长养神职责与主管花事的花神职责本就高度一致之故。因此二月十二日为女夷生日，原有附会的因素，但因此际百花已开，传为花仙生日亦无不当。

---

　　① ［清］秦嘉谟《月令萃编》卷五"百花生日"条引《陶朱公书》曰："二月十二日为百花生日，无雨，百花熟。"［清］秦嘉谟撰：《月令萃编》卷五，清嘉庆十七年秦氏琳琅仙馆刻本，第10页。

　　② ［汉］刘安撰，［汉］许慎注：《淮南鸿烈解》，四库丛刊景钞北宋本，第9页。

　　③ ［明］陈懋仁撰：《庶物异名疏》，《四库全书存目丛书》子部第218册，齐鲁书社1995年影印中国科学院图书馆藏明崇祯刻本，《庶物异名疏》卷三十《鬼神部》，第6页。

　　④ ［清］厉荃辑：《事物异名录》卷二十八《神鬼部》，清乾隆刻本，第19页。

　　花朝节在全国盛行，是在唐朝武则天当政时期。传说武则天嗜花成癖，每到夏历二月十五花朝节这一天，总让宫女采集百花，和米一起捣碎，蒸制成糕，用花糕来赏赐群臣①。从此以后，从朝廷到地方官府再到民间，就流行花朝节活动。

　　唐时《博异记》记有崔玄微护花的传说，云唐朝天宝年间，居住洛阳城西洛苑附近的崔玄微，某夜三更时分，有数位美少女来访，分别姓杨、李、陶、石，各有侍女数人，月下坐时，又有封十八姨至，"色皆殊绝，满座芳香，馥馥袭人"，遂歌酒欢娱。次夜众少女复至，乃求崔玄微庇护："处士每岁岁日与作一朱幡，上图日月五星之文，于苑东立之，则免难矣。今岁已过，但请于此月二十一日平旦，微有东风则立之，庶夫免于患也。"崔玄微依其言而立幡，到了时间，狂风大作，"折树飞沙，而苑中繁华不动"②。崔玄微乃悟诸美少女均花木之精，封十八姨乃是风神。此后爱花的人、花农、花贩都争相仿效，每用彩帛画各种图案系于花树之上。这样就在民间形成了"赏红"的风俗。南宋吴自牧的《梦粱录》说："浙间风俗，以为春序正中，百花争放之时，最堪游赏。"③他对当时杭州一带的花朝节盛况作了详细的描述。清顾禄《清嘉录·二月》"百花生日"条有这样一句话："十二日，为百花生日，闺中女郎剪五色彩缯，粘花枝上，谓之赏红。"④清时吴存楷曾作《江乡节物诗》，其中有一首《挂红》诗云："惜花心事太殷勤，一色赭霞树底分。寄语封姨莫屡愁，春红不是石榴裙。"题下小序曰："花朝为

　　① ［明］彭大翼《山堂肆考》卷一百九十四《饮食》部"花糕"条曰："唐武则天花朝日游园，令宫女采百花，和米捣碎蒸糕，以赐从臣。"清文渊阁四库全书本。

　　② ［唐］郑还古、薛用弱撰：《博异志·集异记》，浙江古籍出版社1999年版，第23页。

　　③ ［南宋］吴自牧：《梦粱录》，浙江人民出版社1980年版，第8页。

　　④ ［清］顾禄：《清嘉录》，江苏凤凰文艺出版社2019年版，第74页。

百花挂红，即护花幡之遗制也。"① 说明花树悬挂各种彩帛，是从崔氏护花幡之举延伸而来。

《红楼梦》特别写及芒种节饯花："凡交芒种节的这日，都要设摆各色礼物，祭饯花神，言芒种一过，便是夏日了，众花皆卸，花神退位，须要饯行……那些女孩子们，或用花瓣柳枝编成轿马的，或用绫锦纱罗叠成干旄旌幢的，都用彩线系了。每一颗树上，每一枝花上，都系了这些物事。"小说将花朝日护花改为芒种节饯花，时间由二月十二日移至四月二十六日，花树上悬挂之物也由朱幡彩缯换作柳编轿马、纱制牦尾、锦质旌幢等，花朝"挂红"以致"春暖花开"的内涵，悄然变为"挂幡"以送"春去花谢"的意思。黛玉葬花，恰在这个痛惜百花凋零、挥泪作别春天的饯花日。

芒种节前一天晚上，林黛玉因为受了委屈，一个人站在花荫下面哭泣，作者慨叹道："花魂点点无情绪，鸟梦痴痴何处惊。"《葬花辞》中先设问："昨宵庭外悲歌发，知是花魂与鸟魂？"然后自己回答说："花魂鸟魂总难留。"第三十七回咏白海棠诗时，林黛玉有一句："借得梅花一缕魂。"第七十六回林黛玉和史湘云联句，说了一声"冷月葬花魂"。这都说明曹雪芹是把林黛玉当作百花仙子的代表、花的化身、花的精魂来描写的，所以安排她生在二月十二，让她葬花，吟咏"花魂"，还用晴雯逝后做了掌管芙蓉花的花神来比方她。"花朝"是百花的生日，是花神的诞辰，又是人们护花、惜花的日子，这一天，恰恰是林黛玉的生日。林黛玉生于花朝，她爱花、惜花、赏花、咏花，又在芒种饯花日葬花、哭花、吟诵《葬花辞》，《葬花辞》又预示了所有青春少女终将飘零的归宿，所以林黛玉葬花不仅引发贾宝玉的共鸣，而且也引得无数读者为之感叹、

① 王国平主编：《西湖文献集成》第 19 册《西湖风俗》，杭州出版社 2004 年版，第 160 页。

为之悲悯。

这样看来，黛玉葬的是自然界的落花，同时又蕴涵了多重寓意：它是黛玉夭亡的预兆，也是众多少女如花般飘零的预言。小说中的落花飞絮，就这样成为众多女性命运的一个寓意化代表。这也是脂批所说的："埋香冢葬花乃诸艳归源，葬花吟又系诸艳一偈也。""葬花吟是大观园诸艳之归源小引，故用在饯花日诸艳毕集之期。"这意思是说，葬花是诸少女归宿的象征，葬花吟是为诸少女命运所作的谶语。这也就是"千红一哭""万艳同悲"的题旨了。葬花的深刻寓意，连评点者也要悲慨："余读葬花吟，至再至三四，其凄楚感慨令人身世两忘，举笔再四不能下批。"[①] 落花是大观园少女生命的立体言说和命运的动态预演，让书中人亲自来葬花，用葬花的举动来预示如花般美丽的人也终将被埋葬的结局，却是《红楼梦》一书以花喻人手段运用得最为经典、最为至情的一个情节。

三 鹤影花魂意味长

作为"寒塘渡鹤影"的下句，"冷月葬"后的词，哪些版本作"花魂"？哪些版本作"诗魂"？是"花魂"好，还是"诗魂"好？

这个话题来自《红楼梦》第七十六回"凹晶馆联诗悲寂寞"的情节文本。湘云见黛玉特别伤感，就提议两人来联句，聊解悲情，得到黛玉的赞同。于是湘云和黛玉来到园中池边赏月联诗，实际上也有较量诗才的意思。联到后来陷入困境，池中暗影里白鹤惊起，助成了湘云的"寒塘渡鹤影"。林黛玉又是叫好，又是跺脚，想了半天，终于想出一个对句来。这就是读者们一直争论不休的名句

---

① 甲戌本第二十七回回末总批、庚辰本第二十七回回前总批、甲戌本第二十七回侧批（庚辰本第二十七回眉批略同），朱一玄编：《红楼梦资料汇编》，南开大学出版社 2001 年版，第 416、406、415—416 页。

"冷月葬花魂"。

这一句在梦稿本、蒙古王府本、戚序本中都作"冷月葬花魂"，庚辰本在这里有个改笔，原来是写的"死魂"，可能有人认为"死魂"不成话，就将"死"字涂去，改为"诗"字，而列藏本、甲辰本正好也是"诗"字，程甲本也作"诗魂"。还有甲戌本、己卯本、郑藏本、舒序本这几个本子，由于本来是残缺不全的，正好缺失了这一回，所以不知道它们的本来样貌。有学者认为，这里应该作"冷月葬诗魂"。中国艺术研究院新校注本直到2008版仍作"诗魂"。持"诗魂"论者大体有四个理据：一是小说中多次用到"花魂"，如再使用则属于重复，作者才华不至于如此贫乏；二是"花魂"一词不足以承接林黛玉精神内涵的全部；三是蒙府、戚序、戚宁源出一系，与梦稿本都较原本时间上相去甚远，庚辰本却较近，因此更值得采信；四是从抄写讹变的可能性来看，是一个人念，一个人抄，由"诗魂"误抄为"死魂"显系音误[①]。当然，也有不少学者认为是由"花魂"讹误为"死魂"，而后被改为"诗魂"。

这里就出现对"讹变"流程的两种猜测：一种猜测是由"诗魂"到"死魂"再到"花魂"，"诗"听成"死"是字音讹变，"死"抄成"花"是字形讹变，这是先"音讹"后"形讹"。一种猜测是从"花魂"讹变为"死魂"再讹变为"诗魂"，这个流程正好倒过来，先"形讹"再"音讹"。从理论上说，这两种可能性都是存在的，但从实际操作的层面看，如果《红楼梦》的几种过录本都是一人读一人听写、两人合作完成的话，是不太现实的事。一是因为人力成本太高，效率也比较低，两人合作速度未必就比一个人边看边抄写快；二是一人读、一人写，可能会造成一大批音讹字，因为汉语的同音

---

① 参见冯其庸：《校红漫议》，《红楼梦学刊》1989年第4辑；《启功先生论红发微》，《红楼梦学刊》2002年第2辑。

字、近音字实在是太多了。

再从庚辰本的实际面貌看，也有很多形讹的字，如同一回中"闌"和"阁"、"堪"和"斟"、"摺"和"搭"等字均有删改痕迹，每组字之间读音上相差很远，不可能是听写时写错。当然，庚辰本这一回也有很多是同音造成的错字，如"相"和"想"、"之"和"至"，但它们也可以是一个人边看边抄写造成的，因为抄写实际上是一个"默念"再落笔的过程，也存在音讹的可能。但如果是一人读、一人写，就不太可能出现读音不同、字形相似的讹字。最后从形讹的可能性来看，如果说"華"与"死"字正写、行写、草写都不易混淆，是不错的，但"花"字就是"華"的俗简写法，它的字形与"死"字还是非常接近的，庚辰本的过录者将"花"字误抄成"死"字、校改时又改为"诗"字的可能性，几乎和"诗"误写为"死"再改回"诗"的可能性一样大。

关于版本先后问题，众所周知的是，《红楼梦》版本流传情况非常复杂。目前所说的早期钞本，多半是一些过录本，其间版本支脉流绪很难理清，将抄本出现的先后作为抄本最早形成年代的依据是有风险的，在此基础上判断文本用词孰先孰后，它的可信度就会有所降低。

至于"花魂"和"诗魂"两个词，哪一个词更能承载林黛玉的精神文化和气质内涵，或许是个见仁见智的问题；但在古代诗文作品中，哪一个词使用率更高，哪一个词比较有新意，在此不妨稍作比较。我们可以先看一下"诗魂"在唐诗、宋词、元散曲中使用的情况。《全唐诗》收李建勋《春雪》，有"闲听不寐诗魂爽"[1]句。《全宋词》用例较多，如程垓《朝中措》："一瓯看取，招回酒兴，爽彻

---

[1] [清] 彭定求等编：《全唐诗》卷七三九，第21册，中华书局1960年版，第8433页。

诗魂。"石孝友《念奴娇》:"太白诗魂,玉川风腋,自有飞仙骨。"
尹焕《霓裳中序第一》:"杳杳诗魂,真化风蝶。"吴文英《极相思》:
"到思量、犹断诗魂。"周密《声声慢》:"做一番晴雪,恼乱诗魂。"
张炎《临江仙》:"诗魂元在此,空向水中招。"《全元散曲》有乔吉、
张可久各两例,徐再思、汪元亭各一例。这些句例,"诗魂"大多
和"酒""酒兴"密切关联。再看"花魂",只有《全宋词》中两例,
一是李宏模《庆清朝》:"妙笔丹青,招得花魂住。"二是蒋捷《瑞
鹤仙》:"花魂未歇。"①《全唐诗》和《全元散曲》都没有句例。这说
明"花魂"可能更具有翻新的意味。

笔者支持"花魂"说,还有一个更重要的理由,那就是文体的
规定性。湘云和黛玉联句,本来就有较量诗才的意思,联句本身对
"对仗"有严格的要求,湘云的"寒塘渡鹤影"句子一出,林黛玉
赞叹不已,说:"叫我对什么才好?影字只有一个魂字可对,况且
'寒塘渡鹤'何等自然,何等现成,何等有景且又新鲜,我竟要搁
笔了。"等到黛玉对句一出,湘云赞道:"果然好极!非此不能对。"
黛玉说:"不如此如何压倒你。下句竟还未得,只为用工在这一句
了。"可知黛玉的对句,与湘云的上句,对仗极为工稳,湘云真心
大赞,黛玉十分得意。

那么,此处是以"花"对"鹤"工稳,还是以"诗"对"鹤"
工稳呢?首先,"鹤"是动物,"花"是植物,都是实物;"诗"是文体,
是虚。其次,"鹤"是史湘云的象征物,小说写她"鹤势螂形",孤
鹤形影只单,是湘云后来独居命运的写照;"花"是林黛玉的象征
物,前面已经说过很多,花魂与林黛玉的匹配度更高,也更具有新
意。林黛玉生于花朝,又于芒种饯花日葬花,《葬花吟》又归结了

---

① 唐圭璋编:《全宋词》,中华书局 1965 年版,第 3 册第 1999、2036 页,第 4
册第 2708、2932 页,第 5 册第 3285、3503 页,第 4 册第 2959 页,第 5 册第 3436 页。

众多如花少女的飘零归宿，她的葬花，是"群芳碎"的一种诗意化的象征。所以"葬花魂"，也是集中了"千红一哭，万艳同悲"的题旨，用湘云的话说，是"过于清奇诡谲之语"。当然，这是作者的一种有意设置了。

四 葬花轶事知多少

那么，"葬花"这样的举动，是不是只有像林黛玉这样的少女才会做出来呢？被称为"病美人"的林黛玉，她的手把花锄葬落花，是不是一种病态的行为呢？还是一种行为艺术呢？古代诗文中有哪些作品涉及葬花典故和葬花故事？

清时索隐派认为"葬花"一词和"葬花"一事，是出自纳兰性德《金缕曲·亡妇忌日有感》："此恨何时已。滴空阶、寒更雨歇，葬花天气。"[①] 因此认为小说写的是纳兰家事。其实"葬花"一词的语源，可以追溯到唐代，《全唐五代词》卷三《五代词》中有无名氏《伤春曲》："芳菲时节，花压枝折。蜂蝶撩乱，阑槛光发。一旦碎花魄，葬花骨，蜂兮蝶兮何不知，空使雕阑对明月。"[②]"花魄"与"花骨"并出，可能是今天所见的"花魂"的最早语源。

明代冯梦龙《醒世恒言》第四卷《灌园叟晚逢仙女》一篇，描写花农秋先养花护花、赏花葬花的痴情行为。他每天早上起来灌溉花树，花将要开的时候，他暖酒烹茶，向花作揖，浇奠行礼，然后坐下慢慢品茶、喝酒。花香的月夜，他常常通宵不寐。遇到狂风暴雨，他一定要巡视花间。花落时，他舍不得那些花瓣，轻轻地扫在一起，放在盘子里赏玩，等到这些花瓣都干枯了，才装进干净的瓮

---

① [清] 纳兰性德：《通志堂集》卷七，清康熙三十年徐乾学刻本，第 4 页。

② 张璋、黄畲编：《全唐五代词》，上海古籍出版社 1986 年版，第 992 页。

中，等到瓮子装满了，又浇奠一番，亲自捧了花瓮，在长堤下挖个深坑埋了。这叫"葬花"。如果是一片两片花朵沾了泥水的，他一定要用清水洗干净，再送到湖水中。这叫"浴花"。小说写秋先"亲捧其瓮，深埋长堤之下，谓之葬花。倘有花片，被雨打泥污的，必以清水再四涤净，然后送入湖中，谓之浴花"①。我们看到，贾宝玉把落花兜了抖落在沁芳泉中，很像浴花；林黛玉用花囊装了落花埋在土里，就是葬花。

那么是不是只有小说里才会出现这种葬花、浴花的情节呢？明清时期社会生活中有没有这样的真实情景呢？

明代唐寅曾住在桃花庵，自称桃花庵主。他在前庭开出半亩地，大半种了牡丹花，花开时，唐寅邀请祝枝山、文征明等好友一起来赏花，饮酒作诗，从早一直到晚。等花落时，他就叫童仆将落花一一拾起，装在锦囊中，葬在药栏东畔，自己作《落花诗》送别。明末李日华曾记下唐寅童子扫花画卷所书《落花诗》云："刹那断送十分春，富贵园林一洗贫。"暮春风雨骤至，桃杏纷落，倏忽春去，顿有生命短暂的感叹："杏瓣桃须扫作堆，春风白发感衰颓。"诗人化用李白诗意，以西施喻落花："纵使黄金堆北斗，难饶风雨葬西施。"②诗句发出的是时光易逝、人生难再的悲慨。

明末文人朱学熙（？—1647）也曾葬过花。他用来装落花的器皿是古窑器。这件事非常著名，和他同时的文士黎遂球（1602—1646），写了一篇《南禺妙高峰花阡表》来纪念这事："时攒芳蜕，并简残妆，洗以飞流，烘以慧日，函以古窑，瘗之兹峰。"③题中"花阡"就是"花冢"。晚明著名小品文作家王思任（1575—1646）

① ［明］冯梦龙：《醒世恒言》，人民文学出版社1956年版，第79—80页。

② ［明］李日华：《味水轩日记》卷四，民国嘉业堂丛书本，第48—49页。所记诗句与《唐伯虎全集》有异，见明唐寅：《唐伯虎全集》，中国书店1985年版。

③ ［明］黎遂球：《莲须阁集》卷二十四《墓志铭》，清康熙黎延祖刻本，第3—4页。

为写《题朱叔子花阡》一文，称赞"朱叔子有色香之癖，其表花阡也，当与《瘗鹤铭》同参"；另又题诗《又为朱叔子题花阡》，题下小序曰："叔子扫过花即瘗之。"诗曰："柳陌无人问，花阡有石碑。生欢死即畏，过此觉心亏。"①这说明朱学熙用古窑器葬花，被当作一件风流雅事，得到当时人的赞许。到了康乾时期，有个叫龚炜（1704—1769）的人把这件事记载到他的笔记《巢林笔谈》中，并评价此事"有清致"："冯具区瘗鹤先墓旁，表曰羽童墓，自为铭。朱学熙以古窑器葬落花于南禺，黎太仆为作《花阡表》。二事有清致。"②

明末清初诗人杜濬（1611—1687），他最喜欢瓶花，在花枝招展、花朵盛开时，他珍惜非常；当花儿衰败后，他觉得如果抛在沟渠中，就唐突了花儿，也是自己负心的证明，所以前后聚集了枯萎的花枝共有一百九十三枝，结成一束，在草堂的东边选择了一个角落，挖了一个深坑，把花束埋了，还写了一篇《花冢铭》，铭曰："有荣必落，无盛不衰。骨瘗于此，魂无不之。"③

和龚炜同时代的文人吴雷发，在他的《香天谈薮》中，记下了当时洛阳赏花的习俗和葬花的举动。他说，洛阳人在梨花开放的季节，带着酒到梨花树下，饮酒赏花，叫作"为梨花洗妆"，只是可惜没有好的洗妆诗，可以和洗妆一事相称。吴雷发自己曾经在花落的季节，将落花扫在一起，埋在土中。接着还写了一首《葬花诗》，说："蝶拍莺簧当挽歌，蜂房酿酒酹高坡。蓬蒉埋后无人赏，负却春光奈尔何。"④

① 分见［明］王思任著，蒋金德点校：《文饭小品》，岳麓书社 1989 年版，第 63、133 页。朱叔子即朱学熙。

② ［清］龚炜：《巢林笔谈》，中华书局 1981 年版，第 15 页。冯具区即冯梦祯（1548—1605），黎太仆即黎遂球，皆明末时人。

③ ［清］吴翌凤：《清朝文征》（上），任继愈主编：《中华传世文选》丛书，吉林人民出版社 1998 年版，第 380 页。

④ 周光培编：《历代笔记小说集成》第 80 册《清代笔记小说》第 20 册，河北教育出版社 1994 年版，第 3 页。

除这些句例、事例外，我们还可以举出一些用到"葬花""葬落花"意象的诗词作品，如南宋吴文英《风入松》词："听风听雨过清明，愁草瘗花铭。"① 元代乔吉散曲《水仙子·暮春即事》："苔和酥泥葬落花。"② 明末施绍莘散曲《惜花·滴溜子》："几回风雨，知多少薧葬芳魂。"③ 写风雨葬花，虽不是人的行为，而"葬花""葬花魂"之意显明。康熙间赵吉士所写《寄园寄所寄》，记叶小鸾受记语说："抛弃珠环收汉玉，戏捐粉盒葬花魂。"④ 曹雪芹之祖曹寅《楝亭诗钞》中也有"百年孤冢葬桃花"⑤ 的诗句，明显有花冢意象，曹雪芹写黛玉葬花，亦当受到祖父诗句的启发。

这些都说明，用瓷器、窑器、锦囊等器物装了落花，挖土掘坑来"葬花"，堆垒花冢，并为花冢写"铭"、题"表"、作"诗"，是明清时期的文人们常有的举动。人们不仅没觉得这个举动怪诞，反而把它当作一件风流雅事来加以歌颂、加以纪念。即此可知，《红楼梦》写葬花，自然蕴涵着一种象征的意味：林黛玉从花谢花飞的画面中预感到青春生命的必将飘落而哭吟葬花之诗，故葬花也是大观园少女们悲剧命运的一种诗化预写。这样看来，黛玉葬花不仅不是怪事，而且还是这个敏感多情的深闺少女的一种风流俊雅的艺术行为，是曹雪芹用了深厚的感情精心打造的一个经典艺术情节。

本章从"黛玉葬花"一事出发，又不拘囿于"葬花"一事一景，意欲将"葬花"之事与林黛玉对自我青春生命的觉悟交融解析，将小说以花喻人与作者对普天下所有青春女子命运悲剧的悲悯关联解读，将版本异文的比勘与"花魂"内涵的辨析交互为用，并进一步

① 唐圭璋编：《全宋词》第 4 册，中华书局 1965 年版，第 2906 页。
② 隋树森编：《全元散曲》，中华书局 1964 年版，第 623 页。
③ 谢伯阳编：《全明散曲》第 3 册，齐鲁书社 1994 年版，第 3764—3765 页。
④ ［清］赵吉士著，朱太忙标点：《寄园寄所寄》，上海大达图书供应社 1935 年版，第 152 页。
⑤ ［清］曹寅：《楝亭集》，上海古籍出版社 1978 年版，第 203 页。

探究"葬花"情节的历史文化渊源，倡导从纵深的层面和时代文化的视野理解《红楼梦》中的经典情节。凡此种种，均有助于青少年读者深层把握作者对林黛玉形象的设计和定位。可以说，"黛玉葬花"情节集中反映了明清文人和闺阁知识分子的生活情趣、审美理想，反映了他们对人类生命本质的认识，对如花一样的青春女性悲剧命运的悲悯，这也正是这一情节受到各个年龄层次的男女读者深度喜爱的重要原因。

第五章
从"宝玉挨打"析情节经营艺术

"宝玉挨打"是《红楼梦》中一个重要情节，以脂语形容，称得上是小说的"大过节、大关键"之一。细读这一情节，可以悟得曹雪芹经营小说情节的艺术匠心。引发宝玉挨打的导火线有三条。作者将三条导火线凑聚在同一天的同一时间段，共同点燃贾政情绪的火药，爆发"宝玉挨打"这一大事件。小说第三十三回完整地描叙了"宝玉挨打"发生、发展和落幕的过程，事件集中，展开有序，冲突紧张，场面激烈。引发这一事件的其他人和事早早开始布局，这一事件引出的人事波澜也慢慢漾开，余波荡漾，风光旖旎。作者细丝密线，织就情节之网。厘清与此关联的情节脉络，有助于我们深层解读经典文本，提升"整本书阅读"的意识和效应。

一 远处蓄势，渐渐逼来

作为荣国府二房现存唯一嫡子，贾宝玉身上承担着仕进传家的重要使命。贾赦、贾政均荣国公贾源之孙、贾代善之子，贾赦因系长子而袭官爵，贾政原要以科甲出身，后得皇上额外赐了正六品的主事之衔。贾政因自幼嗜读书经，深得祖父喜爱，兼之儿子须科甲出身，因此希望贾宝玉也能如他当年一样读书解经，稳步走上读书仕进之路，具备传承家业、光耀门楣的能力和条件。但青春叛逆的贾宝玉偏偏不读书经，不求仕进，常年混迹女儿堆里，不肯实践贾政对他人生道路的设计，遂令贾政失望、恼怒，以至笞责。这是宝玉挨打的主要原因。

引发宝玉挨打的导火线有三条。一是雨村来访，宝玉状态不佳；二是琪官失踪，王府上门要人；三是金钏投井，贾环借机进谗。贾雨村上门与贾政会谈，乃是官僚常态，一来彼此交流官场信息，增强互动；二来逐步加深同宗情感，裨益于己。雨村来访，贾政让宝玉到场参与，目的是便于宝玉现场观摩，提前了解官场习性、规则和套路，为将来步入仕途做好准备，其性质相当于一种岗前见习。以往贾宝玉犹能谈吐慷慨，挥洒自如，偏偏这次来之前刚与林黛玉睹面，有过一场撞击心扉的情感互动，加之宝玉掏自肺腑的倾诉又误让袭人听了去，恍惚迷瞪之间来见雨村，自然是葳蕤委顿，心愁意懒，不能自如切换到会晤状态。这自然不能令贾政满意。加上宝玉因金钏之死挨了母亲的数落教训，出来后唉声叹气，不明原因的贾政更加生气。

恰在这时，忠顺王府长史官因不见了琪官，知道琪官与宝玉交好，好到互换汗巾子为纪念物，所以上贾府找宝玉索要琪官下落。宝玉犹自装傻充愣，推三阻四，不肯让父亲知道自己与一介优伶有较为密切的过往；而贾政听闻，便立刻定性为"无法无天的事"，且生怕触怒王爷、祸及于己，气得目瞪口歪。究其实，不过是这个自命正统而又为政谨慎的六品官员自我的观念世界剧烈冲突的外现：一方面，他认定贵为公子的贾宝玉居然迷恋流荡地位卑贱的戏子，是为不走正道；另一方面，他认为尚未成年的儿子居然去诱引挑逗王爷驾前承奉的宠伶，几于触犯皇权。如云与雨村见面不够慷慨洒脱，只是精神状态问题，那么交往优伶致逋，则属于品质问题和政治问题，所以贾政将它上升到将来可能"弑君"的高度来认识。此时贾政已然有严惩儿子的强烈欲望。

　　送走长史官，回身遇见贾环乱跑，喝斥之下，贾环为脱己过而进谗言。丫鬟跳井致死已使贾政惊疑，而当这死因居然是少爷逼淫不从，贾政没法不震怒：逼淫本身已证其行为不堪、品质低劣；淫辱的对象还是母上的婢女，等于公然触犯父权——政治社会里，母亲的权威也是父权的一个构成元素，尤其在贾府这样讲究"尊上"的宗法家庭——在贾政眼里，这自然也是政治错误。这种明显的"犯上"行为，如果放任，将来势必发展为"杀父"。面对这样一个可能"弑君杀父"的孽障，贾政即刻便下了要打死宝玉以绝后患的决心。

　　这三条导火线恰巧就在这一天的这一个时间段凑聚在一起，逐级点燃，瞬间引爆"宝玉挨打"这一高度戏剧化的关键情节——这自然是作者曹雪芹的有意设置。生活本身并不像《红楼梦》第三十三回这样，充满了设计感。但我们读小说的这一回，却又觉得三个事件的集聚过程是如此自然，中心事件的爆发又是如此水到渠成。这自应归功于作者的情节经营艺术。对于一部小说而言，要有几个能够揭明主题、点醒宗旨的关键性情节，组成小说的龙脊，其他情节则仿佛龙身的经络和血肉，龙脊强盛则龙身舞动流畅劲切；又有如山脉，高峰的凸显是由众多丘陵和山岭聚成的，小说因有系列相关故事作为铺垫，才会集聚为"大过节、大关键"的重要情节。若细读龙脊周边的血脉、高峰之前的山岭，便会惊觉作者经营情节的匠心所在。

　　第一条导火线的出现看似偶然，其伏脉却蜿蜒于千里之外，肇始于开卷之时。雨村求仕，得士隐资助，谋得知府一职，事在第一回。因恃才侮上，又兼贪酷，革职丢官，暂栖林家做西宾，这是第二回。闻得朝廷起复旧员，复求功名，机缘凑巧，因授业并护送女学生进京之功，得林如海推荐，进而借助贾政之力谋了个复职候缺，两月后顺利赴任知府，叙在第三回。初到任上，即胡乱判了葫芦一案，并将结果报与贾政，详写在第四回。由于有了这些经历，雨村积攒了与贾府交往的资本，和贾政建立了较为密切的联系，有机缘常到荣府会谈。第三十二回，作者借宝玉之口透露，雨村回回来访都主动要见这位少爷，则前面的伏笔有了切实的照应。贾政眼中的雨村相貌魁伟，言语不俗；然雨村此前种种贪酷人品与枉法政治，势必酿成他的世俗污浊气质，在宝玉看来难免"浊臭逼人"，大暑天还要硬拉着宝玉讲谈些仕途经济，宝玉如何能欣然赴会？宝玉对雨村的厌烦与排斥，与贾政对雨村的青眼和优待完全对立，这就为"宝玉挨打"情节的突发做好了必要的铺垫。

雨村会谈是导火线，也是引发"宝玉挨打"的重要的情节主线，潜藏的是贾政与宝玉两种人生观、两条人生道路的矛盾冲突。这条情节线并非孤立的存在，其间穿插诸多貌似不相关涉却与冲突本质相辅相助的情节。第二十九回清虚观打醮，宝玉留下金麒麟，黛玉冷笑讥讽，引发两人口角、哭闹。第三十一回湘云园内闲步，路拾金麒麟。第三十二回宝、湘叙话，一个珍视金麒麟，一个企慕官印，表现出两人思想上的分野。湘云劝谏宝玉，要在与雨村的会谈中学习观摩为官作宰者的风范，建设官场人脉资源，为将来应酬俗务做准备。这番话若是贾政听见，一定视湘云为闺阁典范而加以褒扬，然宝玉却大觉逆耳，开口讽刺并撵逐湘云。袭人为宝玉开解，宝玉却公然称赞黛玉，恰为暗访宝湘情愫的黛玉听闻，心中即时波澜翻腾，百回千转；宝玉倾诉肺腑之情，再次激荡黛玉灵魂。随后是袭人送扇、钗袭叙话、闻钏死讯、钗慰姨母、母训宝玉。有如丘陵渐起于平原之地，聚为绵长山脉，越近高峰，林木越盛，山势越陡，直至"宝玉挨训"，形成山峰的最高铺垫，"宝玉挨打"已经逼在眼前了。

第二条导火线是引发"宝玉挨打"的一条情节辅线，自第二十八回开始铺设。花酒席间宝琪交好，互赠的礼物是贴身系腰的汗巾子，回府后宝玉转赠了袭人。这种交好与赠物，纯属俊朗少年之间彼此欣赏恋慕的正常行为，身为优伶的蒋玉菡虽然温柔妩媚，少年宝玉却没有丝毫的狎邪玩弄之心，而是以平等的态度与之相处。然而这在薛蟠看来是逃席私狎之举，所以要悄悄跟来、叫嚷"拿住"了；在贾政看来则是私物外赠、迷恋戏子的违规放荡行止，所以要以严厉手段加以遏制。贾政父子之间显示出尊卑与平等的观念冲突，狎玩与友爱的性质之别。这一辅线以"赠物"为浮标，在隔了四回后又浮上水面，其间穿插了元妃赠物、道士赠物、宝玉留赠、宝黛因赠物而争吵等相关性或连带性的情节，使得宝琪互赠之事不再孤立，故事进程也就不会单薄，阅读的人也才会兴味盎然。

第三条导火线也是一条辅线，它在第三十回才开始铺放。少爷宝玉和母亲的丫鬟金钏儿午间说笑了几句，原是这个公子哥儿喜与女孩儿一处玩耍习性的表现，本质上是宝玉毫无主仆上下、男女尊卑观念的不自觉流露，本不带什么情色的意图和占有的目的，但王夫人却认定丫鬟的调笑中潜藏着引诱少爷的企图、教唆他犯色戒的祸心，生怕唯一的儿子身与心都被这丫鬟毁坏，因此要即刻扼杀这一苗头。所以王夫人不仅打了金钏，还撵她出府。丫鬟在贾府中，不仅工作轻松，生活有保障，领着月例，身份也较其他奴才尊贵，尤其是主人的贴身大丫鬟，境遇几如副小姐，将来还有做男性主子侍妾的可能；而一旦出府，政治地位和经济收入均一落千丈，名誉受损，命运不可把握，生活处境艰难困顿之状可以想知。所以宝玉要撵晴雯，晴雯哭辩，袭人跪求；司棋遭遭，先求迎春，后求宝玉，希望保救，均出一理。从金钏挨打、被撵，到金钏投井、屈死，虽然是直接的因果关联，但小说并没有将两件事紧挨着写，而是在两事中间穿插了一系列的其他故事：龄官画蔷，袭人挨打，晴雯挨骂，晴雯撕扇，经过宝钗慰姨、宝玉挨骂，才渐渐归向中心事件"宝玉挨打"上来。

整体来看，三条线索一主二辅，共同聚向"宝玉挨打"的情节高峰。小说第一回就铺设了主线，以"雨村求仕"开端，按求仕、丢官、再求仕、再保官的路线推进，以"雨村求见"贯串主线始终，以宝玉的厌仕、厌见为顿挫，首要目标是集成"宝玉挨打"；宝琪交好一线，则以赠物为核心要素，附写元春、道士、宝玉等多个赠物故事作为映衬，末以琪官所赠之物为揭明矛盾的枢纽，同样指向"宝玉挨打"；金钏投井一线，乃以"金钏挨打"为绪，以"袭人挨打""晴雯挨骂""宝玉挨骂"为中间链，最终指向"宝玉挨打"。从事件性质而言，这一情节表现出贾氏父子两种道德观、人生观、价值观的剧烈冲突，两条人生道路之间不可调和的矛盾；从叙事技法而言，三条线索各带核心元素，从远处铺设，渐渐逼来，宛如三支蜿蜒起伏的山脉，合体聚成情节高峰。

二 分层出场，峰峦迭聚

小说用了整整一回的篇幅来写"宝玉挨打"。先是三条导火线汇聚，点燃贾政怒火。流荡优伶是触犯皇权、有伤风化，表赠私物是行止不端、不知自律，荒疏学业是责任缺失、自我放逐，淫辱母婢是目无尊长、侵犯父权。有此数种，将来会酿到"弑君杀父"，所以贾政要打死宝玉，以绝后患。他嫌小厮力道轻了，自己夺过大板打了三四十下。众门客竭力劝阻，但毫无效果。如果一直这样下去，宝玉真的死过去，这故事也没法往下续了。因此，这个"难"须要有人救，这个"结"须要有人解；解结的人要能熄灭贾政之怒，救难的人要能即时遏止事件发展。但是上场者既不能蜂拥而至，造成场面拥堵，又不能一击即中，让贾政瞬息息怒，那样就会使"宝玉挨打"情节高峰陡然落下，阅读趣味顿失。因此对前来解结救难之人要有先后出场的设计，而曹雪芹从容不迫地安排了这一切。

　　显而易见，对于"宝玉挨打"这样一件牵动荣国府上下各色人等情感与利益的大事件，他的祖母、母亲、嫂子、姐妹、贴身丫鬟等人，自然是最上心、最关切，也是最宜到现场的。小厮和清客传递挨打消息，一定是先递给她们。但是谁先出场、谁后出场却有讲究。如果贾母先到，以母亲身份喝令贾政住手，那么王夫人等便没有了故事；如果王熙凤先到，以侄媳身份又没法作为，那么又会令熙凤形象的品质有所损耗。曹雪芹却按照生活的情理和阅读的节奏，苦心经营了情节发展的层次。

　　最先到场的是王夫人。因为她的住处离贾政书房最近，最先得到消息，也较贾母年轻，行动较为便捷，且爱子心切，不管外人是否在场，直接闯进书房。王夫人先抱住板子，再开始说辞。她一是晓之以理，劝贾政保重身体，并考虑暑天贾母身体安康——显然这种理由不痛不痒，并不能阻住贾政责子。二是动之以情，劝贾政念及夫妻之情，倾诉自己年近五十，仅有此子，如若勒死宝玉，便是让自己绝后无依，那不如先勒死自己——可知保全贾宝玉，便是保全了她自己。三是疼子而哭，既疼宝玉之伤，又痛贾珠已死，贾珠若在，死一百个宝玉也不足惜——可见宝玉在读书仕进方面的确比贾珠差得太远，不仅做父亲的愤恨不已，做母亲的亦是恼怒伤情。但封建宗法社会母以子贵，宝玉若死，王夫人便没有了地位，未来的命运便不可知，所以她的哭声中，实含有万般无奈、千种苦楚。

　　如此这般，王夫人之劝阻，乃是从上到下，由外而内，由远及近，先理后情，又因情及理，边说边哭，以哭造势。同时她也以相应的动作表情辅助说辞：先抱板阻止贾政责打；当贾政要换绳子来勒死宝玉时，她又表示要死在宝玉之前，上前以身覆子；继而解衣验伤；最后叫着贾珠的名字大哭。这下猛然触动了另一个人的伤痛：李纨作为儿媳，不能开口劝阻贾政，但借王夫人之哭贾珠，便也放声大哭。这哭声既是真实的人生之痛，也相当于一种对贾政责子过度的无言谴责。婆媳二人配合默契，终于成功地阻止了贾政继续施虐；贾政亦被哭情击中软肋，也不禁泪落滚滚。

　　贾政责打宝玉的行动虽然暂停，但事件并未完结，结并没解开，场面还在僵持中。正在无法开交之际，荣国府的最高权威史太君终于出场了。王夫人劝阻的时间够长，足够贾母获得消息，从宅院深处颤巍巍地走到荣禧堂来。她人在窗外，话先传进，先声夺人，将"打死我"放在"打死他"之前，以母上之尊、父权之威震慑贾政。待贾政陪笑，说有事吩咐"儿子"、何必亲自出来时，贾母厉声谴责自己，说一生没有养个好儿子，和谁说话去。这段话表面看来是贾母沉痛的自我检讨，实际上贾母自责是为了责子，将贾政身为儿子应具的孝道、品行、责任、能力、贡献等一切，做了个彻底否定。这比直接批评贾政还要厉害百十倍。

　　在这样的强烈攻势之下，贾政只得当庭跪下，含泪辩称，自己禁不起母亲这话。贾母却立即借着贾政话头，顺势谴责贾政的板子过重，宝玉如何能禁得起。继而她又使出杀手锏，声称要和太太、宝玉回南京去。如果贾母真的离开荣国府回南边老家，贾政就要担上"不孝"的罪名，这对贾政这样的以忠孝立世、作风谨慎的官员来说，无疑是一项道德品质的缺陷，会影响其政治声誉，并进而毁了仕途。贾母自然不会真的这么做，但她这么说，却是一种精神恐吓，对贾政施加道德压力。她没给贾政作出反应的时间，紧接着就讽喻儿媳妇，说现在不必疼宝玉，以免他将来为官作宰、不认母亲时生气。贾母表面上看是告诫王夫人，实际上又将贾政摆了一道，斥责为官作宰的贾政不认母亲，不遵从母亲的意旨。到底是老太太，阅历丰富，见识非凡，说话艺术十分高超。她始终没有直接斥骂贾政，但她一句话就让贾政跪下道歉，自责的目的是为了责人；而后以退为进，旁敲侧击，以"孝道"作为最厉害的精神武器进攻，最终打败贾政，逼得贾政苦苦叩求认罪，后悔心灰不已。"宝玉挨打"风波至此，已达情节之峰的最高点。

劝阻贾政责打宝玉仿佛一场攻坚战，王夫人开局，贾母撕开僵局，王熙凤收局。凤姐是宝玉的表姐和堂嫂，又是贾政的侄儿媳妇，无法开口阻止贾政暴打宝玉。但作为荣国府的当家少奶奶，又怎么能没有她施展才华、表现能力的场景呢？于是当丫鬟媳妇要来搀扶宝玉时，熙凤立刻痛骂她们不长眼色，看不见宝玉伤重不能行走，不知将春凳取来抬人。这等于也是借势谴责贾政责子过度。小说在描写这个管家少奶奶干练泼辣的同时，也表现出她机警过人，语含指责，同时也反映了她对宝玉真挚的关怀之情。

情节至此，"宝玉挨打"已经收场，但人物性格的表现还在延续，写点其他人对事件的反应是必要的。除了贾母、王夫人、王熙凤之外，在场的其他女性亦多，然作者一概掠过，专拣宝玉的贴身大丫鬟袭人来写。此时袭人满腹委屈，鉴于丫鬟身份，无从表现对宝玉的关怀和忠心，也没有任何可以谴责贾政的机会和可能，只好去做自己力所能及的事，去找焙茗询问宝玉挨打的原因。焙茗说的两个原因中，贾环进谗是真实的，薛蟠挑唆是猜测的且猜错了。然而贾政痛打宝玉的真正原因，是焙茗无法理解的。袭人寻访原因的目的，是为了防止以后宝玉还会犯类似的错误。从性格描写角度而言，"袭人寻因"体现了这个丫鬟的心细虑远、体贴周到；从情节设计角度看，"袭人寻因"已是"宝玉挨打"这一中心事件的"煞尾"，情节高峰过去，那么就让它缓缓落下，使山峰有个自然的坡度，而不是断崖式垂直下降。从阅读角度看，这样的情节设计，也为读者的心理接受制造了缓冲地带，不至于大起大落，节奏过快，从而减损生活的真实度。

综合来看，"宝玉挨打"主体情节是由"贾政责子"和"众人救难"共构的。贾宝玉是荣国府二房的嫡继承人，是贾母最疼爱的孙子，是王夫人的依靠，是众多女眷环绕的中心，是府中的"金凤凰"。贾政以暴虐的方式责子，将自己放在了一整列女眷的对立面，遭到大家的阻止和打击，这是必然的。曹雪芹用了他的生花妙笔，描写合乎情理的、戏剧化的情节进程。他先让众多门客上去"夺劝"，无效；再让能发挥作用的救难者分层出场，不断营造情节的高峰。王氏先到，劝夫阻夫之辞与护子哭子之举同生并发，有效地让贾政责子行动迟疑、停下，形成情节的第一个高峰。贾母再到，先将"责子"与"逆母"捆绑在一起，这原本没什么逻辑的话语立刻扭转了场面危机，逼使贾政由怒转笑，波澜再起；继而以自己"责子"的冷峻言语击垮贾政"责子"的暴力行动，逼使贾政由立变跪、由笑转哭，剧情自此而产生戏剧性反转，情节跌宕，峰峦起伏；而后贾母又从责备自己"教子无方"作逻辑延伸，训诫儿媳不必"教子有方"，因为结果都是"子逆母意，忘恩不孝"，逼使贾政频频叩头、苦苦认罪，情节产生新的顿挫。

众门客夺劝，王夫人哭劝，史太君讽劝；贾政始以狠打怒骂，继以跪地滚泪，终以叩头告罪；王夫人哭引发李纨哭，贾母哭逼出贾政哭，最后贾母、王夫人一齐哭；父亲惩罚儿子，婆母训诫儿媳，管家少奶奶叱骂丫鬟媳妇——场面虽然激烈，描叙却一丝不乱。在曹雪芹笔下，"宝玉挨打"的过程层次井然，高潮迭起，峰峦聚向"大过节、大关键"情节的制高点，再设计个小山峰，山脉起伏不平，随后坡势缓落。这一情节不仅首尾完整，开合有致，更见峰峦积聚处，岩高嶂陡，岭峻山崇，正急剧攀至峰顶时，忽又峰回路转，缓落峰脚，其松奇石怪、变幻莫测之景，令读者目不暇接。

三　峰回峦低，逶迤而去

情节峰势虽然缓落，但并未变为一马平川。责子与救难情节过去后，曹雪芹又设计了关联度比较高的其他情节，作为越过高峰后的余脉，峰回峦低，逶迤而去。

在"挨打"阶段，读者可以看到，作为与贾宝玉关系极为密切的两个重要女性林黛玉和薛宝钗并未出场，小说没有给她们表现自己的机会。钗黛不在现场出现，一则因为住的比较远，等知道消息时恐已较晚，二则均系客居的女性晚辈，不便到场劝阻舅父姨父，三则身为未婚的表姐妹，如到现场亲睹宝玉鲜血淋漓的样子，实为不雅。所以小说没让钗黛到场，是符合生活的情理的。但这两位表姐妹与宝玉年龄相仿，文化背景相似，交往密度和情感浓度都比较高，宝玉挨打风波势必引起她们的应激反应。曹雪芹将她们的反应安排在挨打事件结束、宝玉回怡红院后不久发生，作为幕后活动来处理。

首先到怡红院探伤的是薛宝钗。贾母王夫人刚刚散去，袭人才褪下宝玉中衣察看伤势，正抱怨宝玉不听人劝，因宝钗来得快，只来得及给宝玉覆上一层袷纱遮体。宝钗手托一丸敷疗外伤的药款款而来，劝诫宝玉的话中透露出内心隐秘的情愫，其怜惜悲悯之心着实打动了宝玉。然而感动中的宝玉获得了精神上的极大宽慰，却没有产生对宝钗深一层的怜爱。他对宝钗的感戴，与对那些呵护疼惜自己的"他们"一群人的感戴相同，他对此一"钗"的怜惜，仍停留在对"群钗"的怜惜层面。他生怕袭人说出的挨打之因刺激了宝钗，急忙解释，宝钗却用更冠冕堂皇的理由为其兄薛蟠开脱，并进一步劝谏宝玉规范自己的言行。宝钗探伤兼及规劝，与袭人的抱怨规劝同出一辙，两者内涵高度匹配，与贾政责打宝玉、王夫人责骂宝玉等，形成目的性的一致和表现度的落差。这样，"宝玉挨打"的峰顶首先从"言行规劝"的峰面顺势下落，传统仕进观、人生观对宝玉的教育侵染力度也逐渐弱化。

其次才是林黛玉来探伤。半梦半醒中的宝玉是被一阵悲戚哭泣之声惊醒的。看到黛玉伤痛至哭，宝玉宽慰她，说自己是装痛哄骗大家的；听到她抽泣劝告"从此都改了"，宝玉反而请她放心，自己与琪官、金钏一类人交往死也心甘。这样的对话，宣告了贾政责打宝玉行动的无效，被贾氏父祖辈视为圭臬的读书仕进观，在宝黛的互动中彻底黯淡了它的光芒，封建正统的价值观对宝玉的束缚力已经降低到最弱。

再次是凤姐来探伤。黛玉因担心被取笑而急忙离去，继而薛姨妈来探望，而后是贾母打发人来看，最后是一干管家仆妇前来探望。这里已是常规性的探望了，作者不过略略数语带过。小说叙事至此，似乎已将"挨打"风波翻过页去。然而，《红楼梦》惯于在读者不提防的时候，以不经意之笔，在日常生活琐事中再次掀起波澜，为撑起整部书情节脊梁的山峰营构余脉。钗黛探访已使情节呈丘陵状貌，在即将落为平原之时，作者设计了"袭人进言"这一至关重要的情节，使渐落的坡势顿时再起，形成又一脉山林。

这一脉山林是由王夫人唤人问伤起势的。这事本来不需要袭人去应答，但从袭人说其他丫鬟来恐怕"听不明白"太太吩咐的话来看，她对即将发生的主仆对话内容和情势发展有充分的预判，因此也做好了进言的准备。王夫人先问宝玉伤情，袭人只字不提黛玉，只说宝姑娘给了敷伤的药，以取悦王夫人；在给了能敷伤促愈的木樨清露和玫瑰清露这两样贡品之后，王夫人果然问起宝玉挨打的原因。饶是袭人前期查出的起因可能与薛蟠挑唆、贾环进谗有关，此时她却推说不知，只说是宝玉霸占戏子、人家来要这一件，既撇清了王夫人亲外甥与宝玉挨打的关系，又遮蔽了王夫人逼凌金钏致死的罪孽，可谓圆滑世故之至。但仅仅如此，袭人这一趟就白来了，因此她趁势大胆进言。

袭人的第一个话题是：宝玉应该要老爷教训教训才好。这话撞进了王夫人的内心世界，她立刻赶着袭人叫了声"我的儿"，认同袭人说得对，只是自己有个不能管得太紧的致命原因。袭人见状，又进而提出第二个话题：方便的时候找个理由让宝玉搬出大观园这个女儿国。这话更加与王夫人最担心最忧虑的男女大防之事不谋而合，王夫人顿感切中肯綮，对袭人"感爱"不尽，第二次喊了袭人一声"我的儿"，充分彰扬了袭人的政治敏感度和深谋远虑的心胸，并嘱托将宝玉的命运连同自己未来的保障都交给袭人来"保全"。这话等于是给了袭人的职业道路和未来命运一个承诺。荣府的女主人、嫡继承人及其贴身大丫鬟这三个人的命运和利益，在不显山不露水的对话中悄悄地捆绑在一起，宗法制家长对子弟读书仕进的教育，在父权无法全面控制的时候，父亲的暴力无法达到的地方，将交由一个女奴，以更为柔性的、春风细雨般的、日常渗透的方式来进行。此前被林黛玉的哭声消解了的正统人生观，此时又悄然砌起了一座无形的围城，山峰余脉再次叠高。

钗黛来访，一情不自禁，一无语凝噎，其区分度在"以药探伤"和"以心哭伤"；袭人进言，以忠诚识体，得王氏赏爱，其显示度为"宝玉该打"和"宝玉应搬"。然而封建末期仕进观和人生观的建构与消解往往呈此起彼伏、此消彼长之势。袭人回院，宝玉打发她去宝钗处借书，却让晴雯借着送手帕的缘由，探看安慰黛玉，让她安心。宝玉赠帕，一是家常旧的，寓示黛玉之于宝玉是"家常"旧人，应和第二十回中宝玉所诺"亲不间疏，先不僭后"之意，将黛玉位次放在宝钗之前；二是见帕如人，宽慰黛玉莫再为宝玉挨打而伤痛落泪，如若落泪，则以手帕拭泪可也；三是帕寄情思，因帕以丝织成，冯梦龙所辑《山歌》有"横也丝来竖也丝"之句，喜读非正统文学的宝黛未必不知此歌，即便未曾读过，以其聪明程度也能悟出一个暗喻：丝者思也，丝帕即是思帕，赠帕也即寄赠情思。因此晴雯的担心落了空，黛玉不仅没有觉得宝玉"打趣"她，反而"细心搜求"，"思忖"其中的涵义，瞬间大悟过来，接受了赠帕。晴雯饶是聪明，其悟性还是差着黛玉一箭的距离。而黛玉情商更高，在没有与宝玉确认其猜测的情况下，题写了三首绝句，将满腹情思全部倾泻于两方素帕之上。绝句之一诉说洒泪伤怀，对应手帕可以拭泪的实用功能；绝句之二描写潸然已久，对应手帕已成家常之物的深层寓意；绝句之三借用湘妃典故，对应手帕蕴涵无尽情思的内在寄托。写完揽镜自照，自羡艳胜桃花，却不知"病由此萌"。黛玉此病，既是生理系统的病，也是情感世界的病。正是林黛玉所给予的精神支持，才使贾宝玉愈加与父辈希冀背道而驰，在民主、平等、自由的人生道路上越走越远。赠帕、题帕一节，在"宝玉挨打"情节峰巅下落、余脉起伏的空间段内，有如林翠山幽，水烟迷蒙，更兼情思缠绵，情意灌注，书中人情不能已，读书之人亦不能已。

小说叙事之笔并未停歇。作者借袭人借书，过渡到钗蟾争吵、钗蟾和解，中间穿插黛玉伤情、众人探病；而后是玉钏尝羹、莺儿结络、王氏赠菜，穿插傅试遣问，侧写宝玉"情不情"，进而奉命养伤，不再会客，越发逍遥自在；继而由玉钏晋级，进到袭人晋级，钗绣鸳鸯，湘黛道喜，宝袭叙情。表面上看，小说在慢慢叙写日常生活琐事，仿佛处处都是闲笔，实际上将高峰故事的因果一一作了交代：钗蟾争吵而和解，了结琪官失踪一事；贾母下令不会客，了结雨村会见一事；玉钏尝羹兼晋级，了结金钏投井一事。父子冲突在祖母的干预下逐渐淡化，跳跃的山势在余脉蜿蜒中逐渐趋于平复。

在此阶段，最有分量、最显情节收束力度的，乃是袭人因进言而晋级之事。袭人的晋级是和玉钏的晋级交缠在一处写的。王夫人将金钏应得的月例钱一两银子补给玉钏，让她得个双份，是一种补偿措施。这是作者用来衬托袭人地位提高的一种映衬笔法。袭人原本只有一两银子的月例钱，还是因为来自贾母身边才有的份额（宝玉的大丫鬟每人每月只得一吊钱），因进言有功，忠诚有信，深得王夫人赏爱，因此王夫人不告知贾母，即做主将袭人的月例钱标准提到二两银子一吊钱，而且以后凡是周赵两位姨娘应有的待遇，袭人都领取一份，这实际上在袭人尚未获取通房丫头身份的情况下，就宣告了袭人的姨娘身份，而且还是跳级晋升，虽然任命尚未公示，晋级文件暂不下达，但王夫人提前兑现了她的薪级工资。

小说对此事的叙写也是一波三折：先是王夫人赠送两碗菜，这表示女主人对丫鬟的特殊恩典；其次是王夫人与王熙凤商议提高袭人的经济待遇；最后是王熙凤特地将袭人叫去，当面告诉她晋级之事；最后才是袭人晚间告知宝玉此事。袭人的晋级，是这个封建贵族之家父权缺失时母权凸显的表现，它意味着父亲管教子弟的威力因祖母的庇护而达不到预期的效果时，母亲以更为温和、更带自然本性的方式出场，对子弟进行内帏的约束。从这个意义上说，袭人自觉地成为王夫人管束宝玉，令他走仕途经济之路的帮衬和助手。从情节设计而言，晚间袭人与宝玉的叙话，终于让"宝玉挨打"这一关键情节落下了帷幕，次日醒来，又开启另一组故事了。

细读这一段情节，可以见出，虽然"宝玉挨打"高峰已然越过，但挨打事件引发的各种连带反应，却如巅峰后的山脉，以峰回峦低之势渐落复起，缓落缓降，其间说不尽的山峦叠翠、林彩著烟[①]，在作者不动声色的叙述中，余脉蜿蜒，逶迤而去。读者也便在这样接连不断的跳跃文势中，获得阅读的心理满足。

"宝玉挨打"是《红楼梦》诸多关键情节中的一个。引发"挨打"的起因早已铺设、"挨打"场面激烈而层次井然、"挨打"引起的结

---

① "林彩"句借用［唐］温庭筠《宿辉公精舍》诗"林彩水烟里"句意；"叠翠"一词在唐诗中用得较多，如赵冬曦《奉和张燕公早霁南楼》诗有"列岩重叠翠，远岸逶迤绿"之句，杜牧《湖南正初招李郢秀才》诗有"千里暮山重叠翠"之句等。

果各色各异，作者通盘布局，从容叙写，显示了他善于经营大情节的匠心与功力。读者亦可借助对这一经典情节的阅读经验，去获取更多的对揭示主旨或塑造形象起关键作用的情节的阅读感受，进而探究《红楼梦》在超越传统的意义上所达到的思想高度及小说创作的艺术高度。

第六章
从"探春结社"观明清闺媛文化

　　中国是一个诗歌的国度，诗也是文备众体的小说无法割舍的有机元素。曹雪芹在《红楼梦》中不仅为小说人物代拟了诸多符合人物身份教养性情气质的诗词作品，而且还将大量篇幅放在了诗社的表现上，对大观园居民结社的缘起、过程、活动形式、名次衡定等作了详细描绘，对展现才媛们的性格与情感起了重要的辅助作用。从某种意义上说，《红楼梦》诗社的存在，也与明清时期江南一带城市贵族名媛喜结诗社的社会风尚有密不可分的联系。

一　诗社组织、规则与运行

　　《红楼梦》中诗社得以成立，缘于贾探春病中无聊之时的偶然一念。探春的得病缘由也很有诗意，是因为在新晴之夜玩赏月下清景，时间稍长，为风露所欺，受凉不出，因伏几凭床，处默飞思，便欲效法古风，盘桓山水，开启吟社，于是广发英雄帖，遍招社员。探春花笺自云，起社以宴集诗人、醉飞饮盏为目的，以雄才雅会、不让须眉为目标。大观园诗社起自探春病中之邀，意在力显探春之不俗资质；大观园诸女一邀就到，乃是对共所企慕的闺中性灵生活的精神呼应。身为寡嫂的李纨和唯一男性的宝玉亦踊跃而至，兴味盎然，是探春敏思慎行个性和出色组织才能的绝好印证。

起社之思既源于探春，改名之意则出自黛玉。黛玉以社员为诗翁，便要求洗尽姐妹叔嫂字样，另取雅号，立即得到李纨的赞同，且李纨率先为自己定下"稻香老农"之名。"蕉下客"为探春自取，穿插黛玉的插科打诨，妙趣横生；"潇湘妃子"乃探春为回敬黛玉而命名，何等自然对景；"蘅芜君"何其典雅，偏出自李纨之口；"菱洲""藕榭"何其简洁，恰来自宝钗之思。如果在场诸人均有名号，则显平而满，所以要留下贾宝玉名号不定，以待后日方出。避开俗称，意欲彰显诗社成员之间的平等雅致；就地取材，则又昭示大观园诸嫒才思的别致清新。

名号既定，则须推社长。社长应为诗社的发起人和组织轴心。李纨年长，自动请缨要做社长，还推举菱洲、藕榭两人为副社长，同时规定了管理工作职责：社长先作东道，负责提供宽敞的社所；副社长一个出题限韵、一个誊录清场。诗社领导一正二副，均是"不能作诗"的"俗客"，潜规则仿佛是：年长者为社长；才庸者为社长。探春深知其意，也不勉强，反而用抗议不公的方式悄悄为她们解除可能有的尴尬；黛玉、宝钗亦不吱声；宝玉则承接李纨的话意，提议往社所稻香村去，过渡无痕。李纨却并不着急回稻香村，只说今日先商议；等探春要求先作东道，李纨也就顺水推舟，把第一次社会定在了秋爽斋。

推举社长的过程中也顺带立了社约：诗会时，宝黛钗探四人必做，李纨迎惜可做可不做，以管理为主；社会则一月两次，有兴可增；组织形式则有出题、限韵、监场，全部做完后还要评判诗作的优劣，定出名次。第一次诗会以白海棠为题，社即名"海棠诗社"，便宜简单；诗作名次由李纨评定；会后定下初二、十六为开社日期，出题、限韵都以李纨意志为准。怡红公子对名次略有异议，却被社长以"罚"约为名压下。可知社约是诗社的运作规则，体现了诗社的活动方式，也为诗社的正常运行提供组织保障。

　　大观园诗社第一批成员有李纨、迎、探、惜、宝、黛、钗共七人，以园内居民为主；次日便扩大到园外，因史湘云补做了两首白海棠诗，获得了入社资格，顺利补入诗社。若以贾宝玉为轴心来看，以上成员之间均有血缘关系，或系正规的家庭成员。后来身居副钗第一位的香菱因企慕诸媛雅集，在经过循序渐进的作诗速成训练之后，也跨过了门槛补入社来；此后不久，因李纹、李绮、岫烟、宝琴一把子四根水葱儿同时到京，没交投名状先参加了诗会，又借咏梅诗集体亮相了一回。这五位社员均与宝玉无直接的血亲关系，然亦在亲戚或亲戚的亲戚范围之内，较第一批成员关系略疏，且从金陵、姑苏等江南地带聚来京城，有跨区域性和流动性等特征。

　　在正式社员之外，文化程度不高的王熙凤偶然也出过"一夜北风紧"的好句，起了一个开放式的首句，为其他人续联留下了无限空间；还有一位女尼妙玉，也会在湘黛联吟之际悄然冒出，在湘黛后力不加时续上数十句，要翻转她们的凄楚悲凉，而后获得湘黛的"诗仙"赞誉。王熙凤和妙玉都算不得诗社的正式成员，凤姐吟诗是书中绝无仅有的一次反串，在大俗之中点染一丝小雅；妙玉则应是不在编的社外诗友，虽有吟咏佳句，却始终没有正式加入诗社。凤妙二人，一与宝玉有血缘之亲，一与宝玉及众人毫无血亲关联；一为京城官员之女，一来自姑苏仕宦人家。这也在一定程度上和诗社成员的来源与结构形成了呼应。

　　诗社既然成立，组织也已建构，社会便成要务。社会是大观园诗社活动的具体过程，大致经历了四个阶段。诗社既起，探春提议今日此刻便开一社，李纨便就才见的白海棠命题，以为不必赏了再作，迎春限韵限体，探、钗、宝、黛一时作成四首，次日湘云依韵再成两首，得到众人热捧。湘云以此为底，自告奋勇明日做东邀社，于是菊花诗十二首一气连贯、琳琅排出，大有明月海潮共生之势。这是大观园诗社的第一个阶段：海棠社阶段。第二阶段由香菱学诗蓄势，芦雪广即景联句铺垫，咏红梅诗编成了诗社的华艳花冠，随后众人所制灯谜十余首，又点染了诗社的生命激情。此时可谓大观园诗社的红梅花阶段，邀社人虽非薛宝琴，然宝琴毫无疑问是红梅花冠上最灿艳的一朵红宝石。冬去春来，万物更新，散了一年的诗社因为林黛玉的《桃花行》而重建，社因名桃花，林黛玉作了社主。至暮春，则又以柳絮为题，众词缤纷而出，各呈风致。是为诗社的第三阶段。再至仲秋之夜，湘、黛二人结伴至凹晶溪馆联吟，直至"寒塘渡鹤影，冷月葬花魂"句出，诗社之生命已显凄清颓败的征兆，妙玉出而续貂，仍不能改露浓霜重、苔滑竹野的局势，大观园诗社之衰微已是不可避免的了。中秋联吟可谓诗社的第四阶段。海棠社起自秋，梅花诗灿于冬，桃花社绚在春，鹤影花魂冷于秋夜：诗社的主体活动完构了大观园的四季时空。

从社员活动内容看，社会也呈现了丰富的形式感。咏白海棠诗限韵限体，一题分咏；菊花诗则是事先拟题，限体不限韵，数题分咏；宝黛钗三人的咏螃蟹诗原是即兴之作，算得上是同题分咏。香菱咏月诗是限题限韵又限体，恰是一人三咏；雪中联诗是出题限韵，有别于前数次之七律而特设五言排律，众钗加宝玉联吟而成；咏红梅诗则又还原为七律，虽限韵却以"红梅花"三字分别为韵，同中有变；随后灯谜诗则以七绝为主，用韵和诗题均无限制。《桃花行》新人耳目，以歌行体翻转原先以律绝一统天下的局面，虽有各作桃花诗一百韵的提议，终因诸媛力不能逮作罢，故成黛玉一人一题一体之势；史湘云偶成一令，调寄《如梦令》，促发了起社填词之兴，于是要改新鲜样儿，与黛玉拟了柳絮之题，限《临江仙》《西江月》《南柯子》《唐多令》《蝶恋花》等各色小调，请来众钗拈阄分咏。再至中秋联诗，虽亦是五言排律形式，却又与芦雪广数十人即景联诗有异，只湘黛二人联吟，末了以妙玉独吟补缀。（除了正式社会之外，第十八回元妃省亲时临时组织的那次诗会，征得诗作十一首，基本上是一人一题，律绝都有，七言五言均可，韵脚不加限制，可谓大观园诗社成立之前的一次预演。）从诗题、到诗体再到用韵，或同咏、或分咏、或联吟，大观园诗社的社会虽不十分正规按时，却是变化有致，在众钗靓丽的青春生命和逼仄的生存情境之间，构成彼此呼应、时空共构的复调世界。

大观园成立诗社，实有较量诗作的意思。所以诗社每一次活动，均要根据诗作情况评判优劣，酌定名次。有时候是社长李纨一言定名，有时候又由众钗共同议定。海棠社时，在宝玉力推下，众人都道潇湘妃子诗作为上，李纨却以"含蓄浑厚"为标准裁定了蘅芜诗稿第一，得到探春附和，怡红公子对自己压尾的评议心悦诚服，对蘅潇二诗高下却还要提出异议，最终却被社长以权压下。菊花诗十二首，社长李纨以题新、诗新、立意新为标准，将潇湘妃子所作三首判为前三名，然后依次是蕉下客、枕霞旧友、枕霞旧友、蘅芜君、蘅芜君，怡红公子仍然落第。三首咏蟹诗，众人公推宝钗所作是食蟹的绝唱。咏红梅诗中，宝琴所作被公推为第一。也许咏梅诗还不足以拉开宝琴与李纹李绮才力比并的距离，所以作者又让宝琴独吟怀古诗，且一气作了十首；因为末两首涉及《西厢记》《牡丹亭》剧情，引发钗黛二人的不同意见，最后还是社长李纨出来发了一通议论，平息了争执。桃花社时，作者先让林黛玉《桃花行》一枝独秀、无人相与颉颃，后列出诸柳絮词，仍以众人拍案叫绝方式，公推蘅芜君为尊，其次是潇湘妃子、枕霞旧友，再次是宝琴、蕉下客。湘黛中秋联袂至水馆联吟，既无社长在旁做裁判，也很难就两人之作分出高下；最后妙玉补缀，被湘黛赞为诗仙，似有场面客套的因素在内。

社会每次参与人数和发表诗作多少不一，长短各异，形式各样，每次评出名次的方式也有不同，但有两点却较为一致，贯穿始终：一是每次较量诗作，不是薛宝钗得冠，就是林黛玉夺魁，贾宝玉总是殿后；二是每回名次的评判，要么众人一词、公推某人为尊，要么由社长李纨出面平衡优劣、裁定排名。由此可见，社员审美评判标准还比较一致，而诗社由年长的寡嫂李纨执政也十分适当。

二 诗性生活与诗学理念

大观园诗社既较量诗作，也就相当于是大观园群钗的一次次赛诗会。诗作既为曹雪芹代拟，则每次诗会由谁夺冠也成了曹雪芹诗学理念和审美态度的一个表征。海棠诗会上，李纨评定蘅芜君为冠，不仅因为蘅芜君描画的白海棠形象清洁淡雅，切合薛宝钗的珍重芳姿和素朴个性，亦符合诗会裁判李纨的生活态度，更因为蘅芜之作含蓄浑厚，恰是"温柔敦厚"的传统诗教在大观园诗歌创作中的文本典范；而林潇湘的"偷来三分白"与"借得一缕魂"固然灵巧，但"怨女啼痕""娇羞倦倚"的形象却多多少少有点怨有点伤，相对于"怨而不怒、哀而不伤"的诗教是一种越规。所以在稻香老农的审美视界里，潇湘妃子的风流别致要让位于蘅芜君的含蓄浑厚。菊花诗会中，林潇湘的诗作虽有"素怨""秋心""相思""幽怨"等触动伤感情怀之词，却都是在表达对菊花高洁贞白情操的倾慕相思之情，而菊花在传统诗歌王国里却一向是士子高洁人格的象征，在某种程度上是作者人格的代拟和书写，无关深闺怨慕；而薛作中"断肠""闷思""念念""寥寥""慰重阳"之语，却一反蘅芜君含蓄豁达的主体风格，显示了柔弱寂寞的思妇口吻。所以菊花诗会前三名都是林黛玉，而薛宝钗只列在第七第八名。红梅诗会上，虽未一一评定名次，薛宝琴的诗作被公推最好，也反映了在众人心目中，凡涉血痕酸心、魂梦情愁之作，均不能及豁朗洒脱之境。桃花诗因无人能再，自然无法排名。柳絮词六人只作得五首，林潇湘之语悲，薛宝琴之声壮，枕霞妩媚，蘅芜欢愉；以欢愉之作为尊，仍是传统诗教观在作者笔下的惯性显现。

如说李纨在蘅潇之间有所偏爱才多多赞许蘅稿，是没有超越小说文本，看清作者审美评判立场的缘故。无论潇作还是蘅稿，不过是曹雪芹模仿众媛身份、阅历、口吻代拟而出，他要让蘅稿居尊，蘅稿当确能压众，他才能借李纨之口评定为尊，否则李纨当社长岂不是名实不符，蘅稿之尊岂不是徒有虚名，作者代拟的价值岂不是也无以显现？

在这种高下的较量和评比中，读者会发现一个突出的现象，就是进入评比行列的作品，就文体而言，大多是七律、绝句、词，即使是尚未进入诗社阶段的大观园题咏，也大多是律绝，而绝无歌行或联句。这当然是因为歌行本不易作，虽为黛玉所擅长，却并非众钗人人都能胜任，而作者要代拟起来也会有相当的难度；联句正因为是众人所联，且在群媛"对抢"的情境之中匆忙作出，往往会是"有句无篇"的趋向，所以两次联吟，只得"寒塘渡鹤影，冷月葬花魂"两句最佳，作者也借湘黛之口，称上句"何等现成，何等对景且又新鲜"，下句"果然好极，非此不能对"，虽有妙玉补缀数十句，却无出其右。

更多的原因，当与诗体本身的固有特点密相关涉。初唐时盛行歌行体，其篇幅没有一定的限制，平仄韵律都比较自由，写法上采用铺叙的可能性比较大，这需要更高的抒情技巧；结构上虽有起承转合的变化却不易把握，容易写得平板，像《春江花月夜》那样能将不同意象熔铸得自然一体而又起承转合节奏明显，实属不易。由于律绝是唐诗发展到成熟阶段的产物，其起承转合、平仄韵律均有固定的格式，且因为积淀深厚，有较为固定的意象群，篇幅又比较短小，要作起律绝来技术上比较容易掌控，不仅生活中的闺媛们方便写作，而且小说作者代拟起来也相对便宜；词则更是如此，有词牌限制的缘故，其平仄韵脚更为固定，长短句的形式对词作者而言更为自由活泼，所以大观园中起社填词时，只以小调为限。律绝和词调有法可依，故易作；因无法故，歌行难拟。

曹雪芹在摹写诗社比拼时，多次将桂冠戴在薛宝钗头上，如海棠诗、咏蟹诗、柳絮词以及诗社成立之前的大观园题咏，均是宝钗取胜；但在诗社聚会之外，他却将最难写的、最能铺叙、最易抒情的歌行体作品《葬花辞》《桃花行》《秋窗风雨夕》，一股脑儿都归属在林黛玉的名下。他把诗会的风采赋予了宝钗，却把诗歌的情感宣泄在黛玉身上。从另一个角度说，正因为社外的诗歌辉煌大多集于林潇湘一身，所以社内的赛诗荣耀要多匀一份在薛蘅芜方面，因为在小说作者的审美坐标中，薛宝钗毕竟是一个能与林黛玉"双峰对峙，两水分流"的角色，而不是纯粹的陪衬品。

也许是为了突出林黛玉与诗歌的不解之缘，小说还安排了香菱学诗的情节。香菱幼名英莲，其命运堪怜，故名谐"应怜"。既得宝钗改名，又有了进园与群媛朝夕相处的机会，故"香菱"者，与诸艳"相与为邻"之谓也。香菱想学诗，先求宝钗，宝钗嘲之得陇望蜀；继求黛玉，黛玉笑着应允，自谓做香菱之师游刃有余。黛玉先打去香菱畏惧心理，说作诗不是什么难事，然后告诉她步骤：格律为先，立意为旨，背诗为底。香菱先苦心背诗，然后与黛玉谈论所领略的诗中滋味，既感觉敏锐、体验真切，又联想丰富、很有悟性，即刻进入写诗阶段。第一首虽有意思，却用语直白，堆砌诸多意象，凑泊成句，不仅思路凝滞，视野比较逼仄，所抒也非真情，了无新意。第二首能用"花香""轻霜"比喻，又用"人迹""隔帘"等情景烘托，渐渐放开了手脚；但意境过于穿凿，未能切题，词藻亦较陈旧。第三首起势不凡，"精华欲掩料应难"十分自信含蓄,"影自娟娟魄自寒"是其寂寞幽怨心境的自我写照,仿佛对月低吟,顾影自怜;"一片""半轮"二句使用了特殊句式,笔法劲健,且用典精当,对仗工稳,言浅意深,堪称精妙;"绿蓑""红袖"二句拓展境界,情景并出,为末联层层铺垫;结句曲折含蓄,紧扣诗题,人月合咏,自然双关,余韵悠长。全诗无月字而句句关月,用词典雅含蓄,设意新奇别致。香菱写诗,经历了悬想、苦索、顿悟三阶段;宝钗嘲呆说疯,宝玉鼓励赞扬,黛玉则平和、真诚,教香菱从形式入手,突出立意,学时直奔大师,先读后悟,教的过程中巧问妙点,循循善诱,可谓善为人师者。

在这个过程中,读者还可注意到一点:林黛玉让香菱读的,不是歌行体,也不是词,而正是王维的五律、老杜的七律、李白的七绝;她让香菱作的,也是限题限韵的七律。一方面因为王维李杜律绝已臻唐代律诗的纯熟境界,最堪为学习的典范;另一方面也说明这种纯熟的诗体形式固定,容易为初学者把握。林黛玉要言不烦,将诗体特点说得相当透彻,而香菱则颇有悟性,一点即通。香菱判词云其"根并荷花一茎香",其品貌才情如月之精华,虽一度为云霾所掩,却终有射光溢彩之时,而堪与荷莲相邻也。

如果宕开一步,从小说作者的角度审视,学诗过程则赋予了诸多情节意义。一是作者模仿初学写诗者的笔调、心态,揣摩他们易犯的通病和不断进步的过程,按初学、改进、成功三个阶段代拟成诗,使韵文成为小说情节的有机组成部分;且善于将诗作者的性情、气质与诗作的精神、意象结合摹写,并融为一体,使韵文成为塑造人物形象的必要手段。二是借助黛玉教诗,表达了作者的学诗观点,即直奔大师,先背熟、玩味,再评析、联想,然后学习写作;而学诗也须经历颇多磨难,不可一蹴而就,其过程彷佛学者必经的三境界:苦读佳作登至高处——"昨夜西风凋碧树。独上高楼,望尽天涯路"，求索旨味百苦不怨——"衣带渐宽终不悔，为伊消得人憔悴"，灵犀顿悟成功在前——"众里寻他千百度，蓦然回首，那人却在灯火阑珊处"。三是描写了黛玉的热情宽仁、循循善诱和香菱的聪慧刻苦、痴心纯真，学诗过程成为小说刻画人物性格的重要手段，香菱学诗的绩效，也体现了大观园自由平等和谐友爱的文化氛围，构筑出作者理想的精神家园。

大观园诗社由探春发起，力显探春的不俗资质和组织才能，诗社活动的平等、民主、公正，构筑了大观园的和谐氛围，渲染了诸艳的性灵生活。从小说整体构架看，诗社内的合唱以群媛为主体，诗社外的歌咏则以林黛玉为主角；诗社活动仿佛群媛性灵生活世界里的一道道山梁起伏蜿蜒，林黛玉的一曲曲咏叹调则彷佛山谷间的瀑布溪流奔腾不息。无论社内诗会还是社外独吟，诸多情节既是"小才微善"的具体化，也是诸艳诗性生活的群体化，更是小说"千红一哭、万艳同悲"主题的阶段化。在这个意义上，大观园的诗社和诗作，就绝不是小说文本可有可无的点缀性元素了。

三 闺媛结社的文化价值

大观园诗社的存在，是明清时期普遍结社的社会风气在小说中的反映。结社本是中国文人的习好，而于明代尤烈，三百年内有名目可考的文人社团有八九百个之多，大多集中在江浙皖闽等东南沿海地区。明中叶以后，江南一带城市商品经济迅速发展，城市文化生活观念随之有了很大的改变，文化社团活动日趋繁多。明清之际，桐城、苏州、杭州、松江、镇江、江宁等沿江城市的诸多望门大族，相当重视家族女性的文化教育，不仅培养她们日后相夫教子的文化技能，而且也提供给闺流阅读创作文学的自由天地，一些文学世家多有女性文学群体，如吴江沈家与叶家、山阴祁家、桐城方家等。袁枚曾慨叹道:"闺秀能文,终竟出于大家。"[①] 毛奇龄、袁枚等名士还公开招收女弟子,鼓励闺媛吟诗作文,并为她们的作品结集。胡文楷在《历代妇女著作考》的《自序》中曾说:"清代妇女之集,超轶前代,数逾三千。"[②] 有的才媛本身就是女塾师,自己招收女弟子,如明末清初商景兰、清康熙间胡慎仪、道光间沈善宝等均有才名,胡慎仪受聘为闺阁师达40余年、弟子20余人。

在这样的时代风气感召下,贵族名媛效仿男性文人结成闺闱诗社,就成了明清之际沿江江南一带城市的闺中时尚。比较著名的如明末桐城的"名媛诗社"、清康熙年间杭州的"蕉园诗社"、乾隆末年吴江的"清溪吟社"、道光间"秋红吟社"等。名媛结社是贵族闺阁文化交流的产物,无疑促进了明清女性文学的繁荣。

闺媛结社雅集,内容多半饮酒赏花、谈琴论画、吟诗唱和,原起于望族女性的修养情性、追慕风雅,也有缘于自我生存的精神寄托,如桐城名媛诗社方维仪17岁丧夫、18岁殇女,堂妹方维则16岁守寡,均归母家守志,于是潜心研读,吟诗作画,彼此唱和。蕉园诗社顾之琼发出《蕉园诗社启》为起社之邀,清溪吟社江碧岑曾自叙结社目的云:"闻道香名,人人班谢;传来丽句,字字徐庾……丽矣名篇!美哉盛事!……即使须眉高士,亦应低首皈依;纵有巾帼才人,定向下风拜倒。真闺阆之雕龙,裙笄之绣虎也。"[③] 闺媛们以班谢徐庾自许,借助诗社的唱和交流,既丰富闺阁生活的层面、提升内涵,也欲与须眉较量一下高低,在青史天地之间留痕。

男性文人对闺媛吟诗雅事及其成就也推崇备至,钱谦益评价虽无结社之名而有诗会之实的吴江沈氏一门云:"中庭之咏,不逊谢

---

① [清]袁枚:《随园诗话》卷三,江苏广陵古籍刻印社1998年版,第47页。

② 胡文楷编著:《历代妇女著作考》,上海古籍出版社2008年版,第5页。

③ [清]江珠:《青藜阁集自序》,《青藜阁集》,清乾隆五十四年刻本,第1页。

家；娇女之篇，有逾左氏。"① 闺媛吟咏之后多有结集，如方维仪有《清芬阁集》，方维则有《茂松阁集》，冯娴有《和鸣集》，江碧岑有《青藜阁集》，清溪吟社有《吴中十子诗钞》等，表明闺媛吟诗，不仅仅在于填补生活空白或玩味生活旨趣，她们更看重身后的声名。而社会反应也是支持这种闺阁文化追求的，清时对闺媛诗词作品的选辑较以往任何一个朝代为多，且评价亦高。嘉庆时许夔臣曾辑成《国朝闺秀香咳集》，戴鉴序云："我朝文教昌明，闺阁之中，名媛杰出。于撚脂弄粉之暇，时亲笔墨，较之古人，亦不多让焉。"②

明清时闺媛诗社的成员一般都有雅号，如蕉园诗社中柴静仪为"凝香室"，钱云仪为"古香楼"，林以宁为"凤潇楼"等。诗社的社长一般也是以年长者为主，或是家族中有威望的女性，如名媛诗社的发起人是方维仪，她学识渊博，淹贯经史，工诗善画，弟媳吴令仪嫁入方家，即拜方维仪为师，后诗字琴画、刺绣酒浆，种种精绝；蕉园诗社的发起人是顾之琼，在社员中辈分最高；乾隆间任兆麟广招女弟子，有张芬等"吴中十子"，以张芬等人为主要成员成立的清溪吟社，社主是任兆麟妻子"清溪居士"张允滋。明末清初闺媛诗社成员基本来自名门望族内部，诗社社员之间的关系也比较亲近，多有血缘关系、姻亲关系或系家庭成员。桐城名媛诗社方孟式、方维仪、方维则三姐妹，是明末清初著名思想家、"四公子"之一方以智的姑母，吴令仪、吴令则姐妹分别是方以智的母亲和姨母。杭州蕉园诗社中，顾之琼与林以宁为婆媳，与钱静婉、钱凤纶为母女，与冯娴为妯娌，与柴贞仪、柴静仪为姑侄；姚令则是顾之琼姑母顾若璞的孙妇、顾之琼的侄媳，朱柔则是柴静仪长媳，也即顾之琼的侄孙媳。无组织之名而有结社之实的家族闺媛吟诗群体

① ［清］钱谦益：《沈氏宛君》，《列朝诗集小传·闰集》，上海古籍出版社 1959年版，第 753 页。

② 胡文楷编著：《历代妇女著作考》，上海古籍出版社 2008 年版，第 917 页。

中，吴江叶绍袁之妻沈宜修与三个女儿叶小鸾、叶纨纨和叶小纨，以及沈宜修的姐妹、姑母、嫂子、侄女吟咏唱和，可谓一门风雅；山阴祁彪佳遗孀商景兰与三个女儿德渊、德琼、德宦和儿媳张德蕙、朱德蓉，以及妹妹商景徽之女徐昭华常相唱和。

至清中叶，吴江清溪吟社成员的结构则有了向外拓展的趋势，除了张芬是张允滋从妹，陆瑛与李嬫为姑嫂之外，余席惠文、朱宗淑、江珠、沈缠、尤澹仙、沈持玉等则无直接姻亲关系，但还没有超出吴中范围，故当时号称"吴中十子"。沈善宝在《名媛诗话》中载己亥年（1839）秋日，与顾太清、项屏山、孙云林、钱伯芳结成秋红吟社，五人系诗友，钱伯芳与孙云林妹妹云姜为妯娌，彼此之间并无血亲关系；沈善宝、项屏山为钱塘人，孙云林为仁和人，钱伯芳乃嘉兴人，然其夫均在京城为官，故五人随夫居京，得以有机会与宗室奕太素贝勒之妻顾太清结交。这是将江南城市的闺媛结社风尚带到了北地，呈现了流动性特征，并使闺媛诗社从家族内部生活圈拓展到了城市文化生活社交圈。

明清闺媛诗社一般都有既定的规则和丰富多样的活动形式。社员吟咏有分题也有同题，有限韵也有拈韵，有独咏有联吟。商景兰"每暇日登临，则令媳女辈载笔床砚匣以随，角韵分题，一时传为盛事"[1]；林以宁跋冯娴《和鸣集》也提及，蕉园诗社每月数会，社会时拈韵分题，吟咏至夕；江碧岑言"香奁小社，拈险韵以联吟；花月深宵，劈蛮笺而酬酢"[2]；《吴中女子诗钞》载有同题《白莲花赋》，分别为清溪吟社八位闺媛所作。闺媛们社会的场所和诗作题材，多半在门墙院落之内，"葡萄之树，芍药之花，题咏几遍"[3]，或在春和景明之时，画船绣幕交映西湖，闺媛们相邀乘小艇游湖，

---

① [清] 施淑仪辑：《清代闺阁诗人征略》卷一，上海书店 1987 年版，第 3 页。
② [清] 江珠：《青藜阁集自序》，《青藜阁集》，清乾隆五十四年刻本，第 1 页。
③ [清] 施淑仪辑：《清代闺阁诗人征略》卷一，上海书店 1987 年版，第 3 页。

"练裙椎髻，授管分笺"①。社会过程多赏花饮酒，之后会催生诗作。沈善宝《名媛诗话》记道光庚子年（1840）秋，与顾太清、孙云林姐妹等"于寓园绿净山房赏菊，花容掩映，人意欢忻，行迹既忘，觥筹交错"，沈善宝不善饮，顾太清因命"以山房之山字为韵可赋七律一章"，若逾时不成，则罚酒三杯②。诗会之后闺媛们也就诗作选出优劣，评判名次。清溪吟社社会作品一般都由任兆麟加以评定，乾隆五十四年（1789）所刻任兆麟辑《翡翠林闺秀雅集》，目录页曾列出评定的名次高下，说明清溪吟社虽由张允滋发起并以其号清溪居士命名，但学者身份的任兆麟在相当程度上仍是金闺诗社的领袖人物。

不仅清溪吟社在闺媛之外有男性文人参与诗社活动，且其他闺媛群体的诗性文化生活也都有须眉的声音形影。从另一个角度来说，明清闺媛之能结社成名，或有父兄提倡，或有夫婿鼓励，或有后嗣彰扬，均与男性文人的支持分不开。沈宜修是明代吴江派戏曲家沈璟的侄女，丈夫叶绍袁为明末文学家，官至工部主事，三个女儿之外，子叶燮为清初著名文学家、文论家。商景兰是明史部尚书商周祚的女儿，嫁与明著名藏书家祁承之子、明著名戏曲家祁彪佳，情性相配琴瑟和鸣，有金童玉女之称，子理孙、班孙均有诗名，并有诗集留传。顾之琼姑母顾若璞的公公黄汝亨是汤显祖的好友，在儿子死后就将家族学问传承的责任交给了顾若璞，蕉园诗社先有五子、后又有七子，社员多为家族女性成员，顾之琼重视女媳教育并竭力发展闺媛文化，辑录诗集以弘扬闺媛才学，无疑也受到顾若璞的才媛意识与独立个性的影响。秋红吟社的社员，无一不是名门之后、京官之妻。有清一代，为闺媛诗集撰写序跋的男性文化

---

① [清] 施淑仪辑：《清代闺阁诗人征略》卷二，上海书店 1987 年版，第 25 页。

② [清] 沈善宝：《名媛诗话》，《续修四库全书·集部》第 1706 册，上海古籍出版社 1995 年版，第 622 页。

名人相当多，如钱谦益、吴伟业、任兆麟、袁枚、陈文述、俞樾等，其中任兆麟、袁枚、陈文述招收女弟子已是众所周知的事实，吴梅村、王渔阳均与闺媛有唱和往来。这就在更为广泛的意义上推动了闺媛文化的繁荣发展，扩大了清代女性文学的影响。

综而观之，《红楼梦》对大观园结社的描写和表现，反映了明清时期江南一带城市和京都贵族名媛结社吟诗的社会风尚，从结社的缘起与过程、社员的来源与结构、社会的形式与评判诸层面上，折射并辉映出那一时代名门才媛对自我性灵生活的追求和对闺媛生存价值的思考，她们在家族园林与生活范围内努力构建闺媛文化的诗意境界的企图，在相当程度上得到了家族长辈的关注、支持和男性社员的赞誉，并借助男性文学家曹雪芹之笔流播于世。

换言之，在江南城市生活过很长时间的曹雪芹，耳濡目染、心悦诚服之际，将他对贵族闺媛诗意生活的感受和评价用具体的小说情节描画了出来，令读者对过去时代的名媛才学与性灵有了比较确切的了解。至于江南及京都的名媛诗社谁最风流灵巧、谁更蕴藉含蓄，她们又都各擅律绝、歌行或词令、辞赋中的哪一种风情，男性文化圈对才媛们的何种风流最为推崇，已超出本章任务之外，当另撰他文论述。只是，在《红楼梦》中，曹雪芹将他对才媛的爱怜全都倾泻于林黛玉形象中，相对于众媛的温柔敦厚、恪守闺训，林黛玉的情感诉求、个性伸展与性灵抒发更令他倾倒。对于曾歌诗繁华于南地、又穷困潦倒于北都的小说家来说，林黛玉式的闺媛风范永远是他心底挥之不去的江南梦忆。

第七章
从“鸳鸯抗婚”说经典叙事逻辑

　　“叙事”乃谓叙述（一个真实的或虚构的）事件，在小说、戏曲、影视剧中即是“讲述故事”。如何讲好一个故事，是小说家和剧作家应着重解决的问题。在一般意义上，时间、地点、人物会作为叙事三要素被提及，如果谈到六要素，则会另加上事件的起因、过程和结果。这是叙事类文体所要共同遵循的基本原则。然而一部成功的叙事作品，仅持有这几个要素显然是不够的。叙事作品的符号学研究认为，任何事件或故事的讲述要服从一定的逻辑制约，体现其必备的叙事规律。经典叙事文学作品之所以能够成为经典，不仅有其出色的叙事技巧，还当有它合乎逻辑的叙事规律，能够将普通的故事讲述得风生水起，既符合作品本身基于时代文化的、文学体裁与作家风格的特性，也反映作品在它自身所赖以生存的特殊叙事领域内的逻辑制约。

　　“叙事逻辑”的概念出自法国学者克洛德·布雷蒙之说。布雷蒙用逻辑方法对俄国形式主义代表普罗普的功能线型模式作了改进后认为，“功能”仍是故事的基本单位，“行动和事件组成序列后，则产生一个故事”；故事的基本序列有三个功能：一是“以将要采取的行动或将要发生的事件为形式表示可能发生变化”，二是“以进行中的行动或事件为形式使这种潜在的变化可能变为现实”，三是“以取得结果为形式结束变化过程”。根据布雷蒙的说法，“这些功能在序列中并不要求前一个功能发生后，后一个功能一定可能发生"，叙述者可以将它实现，"也可以将它保持在可能阶段"①。既然三个"功能"的组合是和任何变化过程的三个"必然阶段"相适应的，那么我们也可以将故事进程中的三个必然阶段作为这三个功能的载体予以关联，也即可以直接理解为"可能—过程—结果"。布雷蒙列出了这三个阶段的图式：

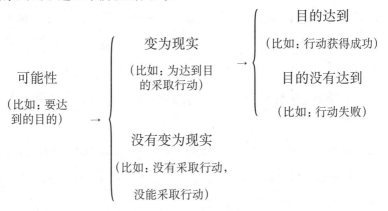

　　根据上引图式，我们可以这样来理解布雷蒙的"叙事逻辑"：事件如果具备了发生的"可能"，主体可以采取行动，这是由可能变成现实的"过程"；但也可以不（没有或没能）采取行动，那就意味着"过程"中止，没有"结果"。若主体采取了行动，有可能达到预期的"结果"，即是"成功"；但也可能未达到预期的"结果"，那就是"失败"。

　　以这样的叙事逻辑概念为起点来阅读和分析文学作品，可以发现，那些经典的长篇小说，总是在不经意之间彰显它强韧的叙事逻辑，字里行间充溢着令人探究与沉迷的审美张力，让人读了又读，常读常新。《红楼梦》就是这样一部读之历久、悟之弥新的经典作品。

---

　　① （法）克洛德·布雷蒙著，张寅德译：《叙述可能之逻辑》，原文刊于法国《交际》杂志 1966 年第 8 期，译文见张寅德编选：《叙述学研究》，中国社会科学出版社 1989 年版，第 154 页。

本章仅以"鸳鸯抗婚"情节为例作一阐析说明。

一 贾赦的威逼利诱

"鸳鸯抗婚"故事的主体发生在《红楼梦》第四十六回"尴尬人难免尴尬事 鸳鸯女誓绝鸳鸯偶",第四十七回又有半个章回的篇幅叙写了故事余波,因此可谓情节集中。由于这一情节除了当事人鸳鸯之外,还涉及贾赦、邢夫人、王熙凤、贾母等数十人,故而前后又有多个章回的情节或细节与这两回相关联。我们既然要对《红楼梦》做"整本书"的阅读与讨论,则不可忽视其他相关情节。

鸳鸯是一个"家生子"。所谓"家生子",是对古时奴婢在主家所生子女的一种称呼。父母为奴,本身没有人身自由,其子女一落地便是天然的奴婢,终身依附主家,天生没有自由人的权利,没有独立人格。小说第十九回,袭人声称明年家人将赎自己出府回家,因为她不是贾府的"家生子儿";第四十二回,平儿为鸳鸯是"家生女儿"而痛惜,不比平、袭二人是单在贾府。平儿已是通房丫头暂且不论,袭人因非"家生子",还有被赎还后恢复自由身的机会,鸳鸯则没有。偏偏这个家生的女奴,却有出色的容貌和轻盈的体态:细柔的腰身、瘦削的脊背,身段既袅娜又挺拔;鸭蛋脸儿高鼻梁,既是符合古代审美标准的脸型,五官又很有立体感;乌黑油亮的头发昭示她健康良好的体魄;腮上略有几点雀斑,是她美得真实、美得生动的证明,正所谓"真正美人方有一陋处"[①]。

鸳鸯是贾府老太君身边的一等大丫鬟。她侍候贾母生活起居,

---

① 《石头记》己卯本第二十回夹批,朱一玄编:《红楼梦资料汇编》,南开大学出版社 2001 年版,第 334 页。

管理贾母的钱财物品，敢于驳老太太的回，处事公平，在老太太眼中比小姐还强，是老太太的一把"总钥匙"（第三十九回）；她第一时间传达贾母的吩咐要求，来传贾母话、领宝玉请大老爷安（第二十四回），领话送果子给宝玉（第三十回），代替贾母送刘姥姥出府门（第四十二回），听命找出压箱的孔雀裘赏给宝玉（第五十二回）等，可谓是贾母最忠实的传令官和执行者；她关注府中发生的重要事件，当邢夫人当众训斥王熙凤致其暗泣时，她能敏锐感知并暗中索因，晚间无人时汇报给贾母知晓，借此平衡邢凤之间的婆媳矛盾；她常常和熙凤搭档唱对手戏，高兴时与熙凤恣意调笑，螃蟹宴上要拿腥手抹凤姐儿的脸（第三十八回），又和熙凤共同主持短小的园内娱乐节目，联手戏耍刘姥姥，引发大观园"众笑图"（第四十回）；她也会助力琏凤管理荣国府，在当家的少爷奶奶资金短缺时，会应贾琏诉求，悄悄将贾母暂时用不着的金银器皿运出，押个数千两银子以维护荣府财政的正常运转（第七十二回）。因此，鸳鸯不独貌美出挑，且为人忠诚可靠，行事周密稳妥，是贾府首席大丫鬟，贾母的得力助手。

故事发生很突然。小说第四十六回用两句话结束林黛玉秋窗风雨之夜的凄凉与孤独之后，迅疾转入"邢凤会谈"场面。这是贾赦逼娶鸳鸯事件的第一个阶段。邢夫人名义上是商议，实际是要借助凤姐的势，能够让贾母首肯此事。王熙凤直接拒绝，说出三个理由：一是老太太根本离不开鸳鸯伺候；二是老太太反对上年纪的长子贾赦娶一屋小妾，不仅误了他人、伤了己身，而且耽误做官；三是自己不敢去触碰老太太的忌讳。但邢夫人一向贪啬懦弱，刚愎自用，听不得逆耳之言；王熙凤无奈之际，迅疾转变态度，自我贬低，以熄灭邢夫人郁忿的怒焰。邢夫人又自以为是，要先去说动鸳鸯，不怕老太太不肯；王熙凤深知鸳鸯不能应允，立即想出计策，让邢夫人一起坐车同往，以免邢夫人猜忌自己走漏消息。这一场婆媳对话，反映出荣府内部的多重矛盾：贾赦渔色无度与贾母极端不满的母子失和境况，贾赦贪婪逼娶与邢夫人顺承自保的夫妻相处模式，邢夫人愚钝自是与王熙凤狡黠圆滑的婆媳交锋情状，以及心机玲珑的王熙凤对心气高傲的鸳鸯有可能恼羞成怒、迁怒于己的预判与预防等，无不描写得淋漓而细密。

经过一个小小的过渡，故事就进入"贾赦逼娶"的第二个阶段：邢夫人甘言利诱。邢夫人出了贾母处，径直来找鸳鸯。她拉着鸳鸯的手，笑容满面，从模样、性格、干净、温柔、可靠等多方面将鸳鸯满满地称赞了一番，将"老爷看重"、收作婢妾视为赐予鸳鸯的莫大恩典，并许诺一去就封为姨娘。

婢妾制度作为封建贵族特权的一个组成部分，在清代是被国家法律认定因而是被允许和鼓励的，其本质仍是基于掠夺的奴隶制度的残存。在贾府这个贵族之家，婢妾称名并不复杂、级数也不算多，然而等级分明：最低等的是普通丫头，她们或买来（如晴雯），或家生（如鸳鸯），她们从最初的三等丫头做起，如今做到一等大丫头；普通丫头被主子看中，收而升为男性主子的通房丫头（俗称"屋里人"），她们或是男性主子的贴身丫鬟（如袭人），或是女性主子的陪嫁丫头（如平儿）；生下子女后的通房丫头会被主子升作姨娘（如赵姨娘）。在通房丫头和姨娘之间，有一个特例是"准姨娘"：王夫人让王熙凤按周姨娘赵姨娘的待遇给袭人，但熙凤提议让袭人开了脸做屋里人，王夫人却没有同意。这是以普通丫头身份领着姨娘的薪资，虽未公开却是越级提拔，自是主子不寻常的恩典，因此黛玉湘云要来道喜，袭人要去叩头谢恩。在姨娘和正室之间，妾还有一个层级。第六十五回"贾二舍偷娶尤二姨"，写贾琏背地娶尤二姐做二房，虽亦称"姨娘"，却和赵姨娘之"姨娘"仍有不小的差别：赵姨娘是家生女儿出身，做了通房丫头生下一子一女后升级为姨娘，却仍是半主半奴身份；尤二姐出身于市民阶层，是自由身而嫁作妾室，有正式的迎娶礼节，有独立的房产仆妇，养在外面，虽按礼亦称"二姨奶奶"，但要高丫头出身的姨娘一个级别，是离正室只有一步之遥的"外室"。所以贾琏命人去掉"二"字，直呼"奶奶"，还打算凤姐一有变故，就将尤二姐接进府内扶正。

　　邢夫人告诉鸳鸯，一进门就封姨娘，给予越级提拔；并承诺过一年半载，生下一男半女，就再提拔一级，和自己"并肩"。"并肩"就是"同等"①的意思，当然，这不是要让出嫡妻之位，也不是要抬鸳鸯当"平妻"，而是许给她高于赵姨娘周姨娘一级、掌握实权的"姨太太"身份。邢夫人宣示：这是鸳鸯翻身当"主子奶奶"的绝好"机会"，一旦错过终生后悔；而若应允，则保管她"遂心如意"。

　　面对邢夫人的利诱，鸳鸯不予回应。于是逼娶故事进入第三个阶段：兄嫂轮番劝嫁。先是邢夫人令鸳鸯的嫂子来说，继而贾赦又命鸳鸯的哥哥金文翔来劝。这一对夫妻也是贾府的家生子儿，既缺乏鸳鸯判断人品高低的眼光，也没有鸳鸯挺起脊梁做人的骨气，只以奉承贾赦邢夫人为要，把贾赦逼娶鸳鸯一事视为"天大的喜事"，直言"当家做姨娘"何等"体面"。在贾赦的逼迫下，鸳鸯兄嫂轮番劝说轰炸，其行径无异于卖妹求荣，本质上暴露出家生奴婢与生俱来的人身依附特性和不能自主的悲哀。

　　金文翔夫妇无功而返，"逼娶"情节随即转入第四阶段：贾赦躬亲逼凌。此前逼娶计划多由邢夫人出面执行，屡遭失败后，贾赦恼羞成怒，从幕后走到台前，露出狰狞面孔，威逼金文翔再去逼婚。他认定鸳鸯抗婚原因有二：一是恋着少年嫌弃自己年老；二是念着贾母疼爱，有朝一日外聘为正头夫妻。因此他大放狠

---

　　① 《汉语大辞典》释"并肩"第三个义项为"同等"，句例正是第四十六回邢夫人的许诺之语。

话：第一步，如果贾赦大老爷要娶而不得，以后谁敢再要？第二步，即使将来外嫁为人正妻，又怎能逃脱得了他的手掌心？第三步，除非鸳鸯死了，或是终身不嫁，否则他一定要猎捕到手。贾赦锁定目标，步步为营，堵死鸳鸯的所有后路。鸳鸯由此陷入了绝境。

二 鸳鸯的反击对抗

贾赦如此霸道，一定要娶鸳鸯为妾，表现出不达目的誓不罢休的残忍心性与狠绝手段，原因究竟何在？当然，首先是因为鸳鸯貌美。在贾府众多丫鬟中，鸳、紫、平、袭齐肩；但可以充作人选的貌美丫鬟多而又多，为何贾赦盯住鸳鸯不肯放手？这是因为在貌美之外，鸳鸯还有两个独到的优势条件，是其他丫鬟所不具备的：一是鸳鸯聪明能干，贾母的朝夕调教，与熙凤的日常交往，养成了她治家的资质和才干，而这一点又恰恰是邢夫人的弱项，一旦娶鸳鸯为妾，恰好能弥补正室理家的不足及其智能的缺憾；二是鸳鸯位置特殊，她虽然地位卑下却是贾府首席大丫鬟，全面掌管贾母的钱财物品，一旦娶做妾室，相当于握住了贾母财产的一把"总钥匙"，为自己能够开箱取宝提供极大的便利。这才是贾赦试图娶鸳鸯为妾的根本原因。

这三个原因可以视为"贾赦逼娶"事件的三个目标，而以第三个目标为最重要的终极目标。即此可知，逼娶事件其实是一个阴谋，一个圈套。按布雷蒙的叙事逻辑理论，圈套分三步展开：首先这是一种欺骗；其次，如果欺骗得逞，受骗人就会发生失误；再次，"如果失误过程发展到底"，欺骗人就会"利用得到的优势"把解除武装的对手"沦为附庸"。"所谓欺骗，是指掩盖真相、制造假象，并且在表象的掩护下，用假象代替真相，使受骗人将表象错当实情。"① 既然是一种"欺骗"，那么欺骗人势必会制造假象来掩盖真实的目的，会用尽手段来让欺骗的对象相信这是一种真相，而一旦对方误以为真，就会一步步掉进设好的圈套。在欺骗人一方，叙事逻辑会按照这样一个基本序列展开：要进行的欺骗—欺骗过程—欺骗可能成功（也可能不成功）。如果进一步将"欺骗过程"细化，则又会在"可能—过程—结果"的三阶段图式中，滋生出一个新的叙事序列："可能"即是要掩盖的真相也即要伪装的非真相，"过程"即是掩盖的过程也即伪装的过程，"结果"是真相掩盖成功，也就是非真相伪装成功。贾赦嗾使邢夫人、金文翔媳妇、金文翔先后出动，以模样好、性格温柔、办事可靠等为名，以"当家做姨娘"为饵来诱说鸳鸯，显然是贾赦为了"欺骗"的目的而制造的"假象"，他所要掩盖的"真相"，是要借鸳鸯的渠道打着谋夺贾母私房的算盘，并终将打击二房势力，夺得治家权力。邢夫人作为贾赦的代言人，许给鸳鸯以厚遇，表现出主子对家生女儿的极大"诚意"和"恩惠"，这是一种明晃晃、金灿灿的"引诱"，其本质是"欺骗"。当然，这一"欺骗过程"也可能按照另一种叙事逻辑进发：如果掩盖和伪装不成功，那么欺骗过程就会发生变化，从而导致不成功的结果。

在被欺骗者一方，叙事逻辑的基本序列也会产生与前述序列相适应的三个阶段："要伪装的非真相"即是要使被欺骗人相信的"假象"；掩盖的过程就是"伪装"的过程，也就是使被欺骗的人"相信"的过程；一旦非真相伪装成功也即真相掩盖成功，那么被欺骗人则可能对这假象信以为真，相当于被欺骗人一方"要犯的错误"②。在小说中，一旦鸳鸯这个被引诱者被邢夫人的"诚意"所打动，信以

---

① （法）克洛德·布雷蒙著，张寅德译：《叙述可能之逻辑》，张寅德编选：《叙述学研究》，中国社会科学出版社 1989 年版，第 165 页。

② 参见（法）克洛德·布雷蒙著，张寅德译：《叙述可能之逻辑》，张寅德编选：《叙述学研究》，中国社会科学出版社 1989 年版，第 166 页。

为真，从而接受了来自大老爷大太太的所谓"恩惠"，意味着真相掩盖成功，就相当于在欺骗者和被欺骗者之间缔结了一个契约；这契约如果实行，便颠覆了被欺骗者原来的价值立场。换言之，鸳鸯一旦信从，就等于犯了一个"错误"，不仅自己身陷圈套之中不能逃脱，而且客观上可能会损害贾母、王夫人乃至整个荣国府的利益。贾赦不唯好色，而且贪财，为了达成一己之私可以不择手段：他为了谋取石呆子的二十把旧扇子而致对方家破人亡，就是一个很好的例证。因此贾赦逼娶鸳鸯事件，是一桩显而易见的"恶行"，而且随着贾赦的步步紧逼，事件在不断"恶化"。贾赦声称，除非鸳鸯死了，否则逃不出他的手掌心：事件目前虽然还没有恶化到极致地步，但恶化的极端结果却已经可以预见。

从叙事逻辑而言，这个事件需要得到改善。"改善"同样要经历"可能—过程—结果"的三阶段模式：可能需要改善—改善过程（或恶化过程）—得到改善（或恶化完成）。鸳鸯面临的困境和所要解决的问题，是要在"逼娶"事件的恶化阶段，阻止它继续恶化，使事件得到改善。但鸳鸯的障碍有三：其一，鸳鸯以女奴而且是家生子的微贱身份，试图对抗贵族权势之家的男性主子，对抗的权利与自由先天性缺失，这是一重障碍；其二，"嫁人"是女奴人生道路的必由之路，现在主子提供给鸳鸯一旦同意做妾便翻身成为人上人的绝佳机遇，看起来是鸳鸯不可能拒绝也无法越过的障碍；其三，鸳鸯生命中最大可能的倚仗是贾母，但在面对长子的索取和女奴的对抗时，贾母也可能成为鸳鸯抗婚的障碍。所以，"改善过程"就变成"消除障碍的过程"。这一过程又细化为三个环节："可能的方法"—"方法的采用"—"方法的成功"。就"逼娶"事件而言，鸳鸯可能采取的方式有两种：一种是和平形式，即"协商"——这好比与虎谋皮，有天然的不可能性；另一种是对抗形式，即"反击"——这无异于以卵击石，但它虽然力量微弱，却或许是可能的。

　　方法既然是"可能"的，那么方法的采用就至关重要。鸳鸯予以反击的"过程"有四个环节。第一个环节是低头不语。作为贾赦"逼娶鸳鸯"的同谋和助手，邢夫人先是甘言利诱，道喜、称赞之后，许以姨娘位置，并承诺不久后与自己并肩，又要告知鸳鸯的老子娘。鸳鸯却是"低了头不发一言""夺手不行""只管低了头，仍是不语""仍不语"——因为事出突然，鸳鸯还没想好对抗办法的时候，她的策略就是始终不语，不表态。

　　第二个环节是问策姐妹。鸳鸯在园中遇到平儿和袭人，此时她心意已决，不管贾赦开出什么条件、给出什么诱惑，哪怕是立刻让出"大老婆"的位置她也坚决不从。当平袭二人出策，假说老太太已给了贾琏或宝玉，让她以此来搪塞贾赦时，被她断然否决。了解贾赦为人的平儿，担心老太太一旦西去，鸳鸯就会落到贾赦手中。此时鸳鸯"对抗"策略的思路逐渐清晰起来：守孝三年势必不能逼娶；"至急为难"时就剪发出家；终不然还有"一死"。

　　第三个环节是叱嫂拒兄。因鸳鸯的嫂子是受邢夫人之命前来劝诱，所以她也是贾赦逼娶的帮凶。鸳鸯叱骂嫂子，是鸳鸯心志趋于明朗、决意抗婚到底的表现。贾赦再度派出鸳鸯之兄金文翔逼迫，鸳鸯"咬定牙不愿意"。贾赦获悉，恼羞成怒，推究鸳鸯抗拒的原因，并将她的去路全部堵死。

　　贾赦将"利诱"变为"威胁"，鸳鸯陷入绝境。于是对抗进入第四个环节：当众哭诉，铰发明志。鸳鸯听闻王夫人、薛姨妈等一众太太奶奶姑娘们和几个大管家媳妇都在，认定这是一个能够抵御贾赦威胁、对抗可能成功的一个良机，故而"喜之不尽"。作为贾母的贴身大丫鬟，鸳鸯不是没有向贾母求助的机会，但私下里的求助多半可能私下里解决，解决程度如何她无法把握；而当众哭诉，就抽离了贾母欲维护家族体面、掩盖长子丑事的任何可能。由于消除障碍的过程就是反击敌手的过程，鸳鸯要维护自我的人格尊严，就得舍得一身剐，主动控诉贾赦"逼娶"恶行的各种手段，并且宣布：不嫁人；侍奉老太太归西；寻死；当姑子去。这些悖逆人性常道的人生选择，桩桩都针对贾赦逼凌时的猜忌和威胁，没有一条可以为自己留下后路。为确保反击能达到预想的效果，鸳鸯发下毒誓，并且掏出藏在袖里的剪刀，打开头发就剪。

这是一种很具风险的方法，但却是极具成效的方法。一方面，鸳鸯将一桩正在实施的恶行，暴露在荣府太太奶奶小姐和有头脸的管家媳妇们面前，令她们猝不及防，惊诧莫名，这为鸳鸯赢得了良好的舆论氛围；尤其是那位权位至高的老太太，本来就对胡子花白的大儿子成日家和小老婆喝酒十分不满，现在对他算盘打到自己头上更是无法容忍，况且鸳鸯的当众揭露使她没有任何转圜的余地。另一方面，平日里以老太太一等大丫鬟身份，与在场诸位太太奶奶小姐们和大管家娘子们周旋，办事稳妥、为人温和的鸳鸯，此际偏以被霸凌、被欺辱的弱者角色大放悲声，赢得了众人的怜悯；而鸳鸯又发誓赌咒，堵住了自己的所有退路，让贾赦所有的逼凌手段都失去了重量。显然，鸳鸯抓住机会，采用"置之死地而后生"的方法，"反击"获得成功，障碍暂时消除，威胁得到改善，"恶化"没能完成。鸳鸯因此避免了一个"错误"的发生。

三　叙事的价值指向

众人对此事的反应延长了"结束变化过程"的时间，使得故事的讲述从情绪紧张期进入了情绪舒缓期，场面仍然热闹，情节还有跌宕，情绪则由张到弛。获得"结果"的这一阶段有六个环节。

首先是贾母揭底。鸳鸯反击见效，最主要的原因是成功争取到贾母的支持。贾母一听鸳鸯的哭诉，立刻知道长子长媳逼娶鸳鸯行动的目标对准的是自己终生积聚的钱财，所以气得浑身乱战，痛斥这种"弄开了他，好摆弄我"的阴险算计，并迁怒到次媳身上。贾母指破儿子媳妇表面恭顺、背地盘算的虚伪和欺骗，公开承认自己对鸳鸯好，并将这种信任置于长子长媳之上，等于宣告了自己的价值立场。老太太的迁怒，也可以视为一种超越打击对象范围的警告，昭示了荣府最高权威地位的不可动摇性。

其次是探春辩冤。老太太错怪了人，其他人或不便辩解，或不敢辩解，唯有探春走出来，陪着笑，用两个反问句、一个让步句向贾母进言，轻轻巧巧解脱了王夫人的冤屈，将场面尴尬化为乌有，贾母立刻笑转过来，以在薛姨妈面前称赞王夫人的方式，为自己怪错人当众道歉；见薛姨妈有保留的话语、王夫人又不吭声，老太太又以让孙子下跪方式逼二儿媳表态。这就是叙事高手对"场面"的掌控艺术，他调动了在场的大多数人来应和故事主角，从而不至于让鸳鸯用以把握反击时机的场面显得冷淡无趣。

其三是熙凤调侃。荣府什么事情是能够落下王熙凤的呢？当贾母话锋转向熙凤时，熙凤以老太太会调理人，将丫鬟调教得如此优秀，怨不得男主子要娶为妾为由，曲线逢迎，进一步化解了贾母的怨怒；当贾母故意让熙凤带去给贾琏做妾时，熙凤直接拒绝，说贾琏只配焦面黑颜的自己和平儿与他混，不配娶样样出色的鸳鸯为屋里人，在抬高鸳鸯地位的同时，终令贾母心花怒放，又杜绝了这个一等美慧丫鬟一旦变为夫妾而对自己正室利益和地位产生威胁的可能性。熙凤轻松运揶揄于自贬，化风险于无形，彻底改善了场面的尴尬，一场酝酿于暗夜中的罪恶就这样在阳光下消融殆尽。

其四是贾母责媳。好巧不巧，邢夫人偏在这时来请安，众人皆找借口避退了。贾母开口便批评长媳贤惠过度，由着子孙满眼的丈夫闹小性子；继而摆列鸳鸯的种种好处：体贴周到，能将自己的生活安排得妥帖恰当，不用长媳次媳操心，值得信任，不能放离；最后退一步，让长媳转告贾赦，一万八千的花钱另外买妾去，只不许打鸳鸯的主意。说完，也不等邢夫人有什么反应，直接叫人请回薛姨妈和众小姐回场斗牌。贾母的精明在此又一次体现：面对邢夫人，她斥责的确是斥责，却丝毫不提贾赦夫妇逼娶鸳鸯的动机与目的，给长子长媳留一点体面，不去扒他们的画皮，避免婆媳矛盾面对面爆发，同时也意味着将长子的"恶行"轻轻揭过，翻页不提。叙事至此，贾赦与邢夫人的阴谋已经完全无法继续实施，"逼娶"恶行就在贾母的温情打击中悄然中止，鸳鸯得到了保护。

其五是众人斗牌。玩牌前的一段对话非常有意味。先是老于世故的薛姨妈笑着递话："就是咱们娘儿四个斗呢，还是再添个呢？"她这是提醒老太太要叫鸳鸯上场，却不明说。王夫人秒懂其意，配合薛姨妈说："可不只四个。"凤姐儿火上加柴，说："再添一个人热闹些。"三番铺垫后，已是水到渠成，贾母果然顺话发话："叫鸳鸯来，叫他在这下手里坐着。"品读作者讲述故事、写人心理的艺术，读者完全可以说一句：此处应该有掌声！鸳鸯上场后的表现，再次证明：贾母须臾离不开鸳鸯！没有鸳鸯伙同熙凤作弊，贾母赢钱的快乐从何而来？此前鸳鸯表示愿意一直服侍老太太归西，这种自我牺牲将鸳鸯消除障碍的计划与贾母的利益捆绑在一起，相当于结成了同盟，或曰加固了原有同盟，贾母要维护自己的尊严和利益，就须和鸳鸯保持立场的一致。对于这个经历了54年家族风雨、现已四世同堂的贵族老太太而言，有什么是比她享受安乐平稳的生活更重要的呢？斗牌只是贾母享乐生活的一个小小的表征而已。这是鸳鸯能够赢得贾母支持从而改善"逼娶"事件恶化的重要原因。而整个斗牌过程中，邢夫人宛如透明人，作书人对她不置一词，这就更加凸显了贾母等人对"逼娶"行动的态度立场，鲜明地表达出作者的价值指向。

故事至此，"逼娶"事件双方当事人输赢已明，但作者叙事并没有结束。于是到了"结果"的最后一个环节：贾赦买妾。在知道鸳鸯的反击强度和贾母的否决力度之后,贾赦羞愧难当,推病不见贾母,花了八百两银子另买了一个丫头做屋里人。读者从第十九回袭人与宝玉的对话可知,不仅袭人自小卖到贾府仅仅是几两银子的身价,她那两位表姐妹目下已经 17 岁,如今想要,也不过花几两银子就能买来;而贾赦买妾,竟要付出百倍的价格。在这个贵族之家已经入不敷出、内囊尽倒的境况中,荣府大老爷为了遮人耳目、满足私欲而大肆挥霍,生活奢侈糜烂一至于此,其他男性主子也多是斗鸡走狗、荒淫无耻之徒,贾府焉得不败?因此这一情节,也为小说所表达的封建贵族之家由盛而衰的悲剧主题做了最好的注脚。

　　阐析"鸳鸯抗婚"情节的叙事逻辑,意义有三。

　　一是可以领略小说叙事逻辑的完整性和有效性。纵览"鸳鸯抗婚"事件的整个过程可知,曹雪芹叙事暗合了"可能—过程—结果"的叙事逻辑。作者以"邢凤会谈"为前奏,向读者展示了一桩欺骗恶行"可能"发生的态势;邢夫人甘言利诱,意味着一种"可以预见的恶化";随后兄嫂出面劝诱,贾赦背后逼凌,准备撒网猎捕,欺骗行动持续恶化,终因鸳鸯的反击而得以改善。故事展开了一个逶迤曲折的"恶化过程",其中鸳鸯"当众哭诉"是情节的高潮,由于鸳鸯机智反击,采取了行之有效的方法,争取到贾母的支持,消除了相关障碍,改善了事件的恶化程度,阴谋得以中止。随后叙事进入收束阶段,贾母发怒与众人调侃,延缓了此前快速发展的情节节奏;至贾赦高价买妾,行动截止,故事才告终结。布雷蒙提出这样一种观点:"与基本叙述类型相一致的是人类行为的最普遍形式。"[①] 作为经典的文学作品,《红楼梦》在"鸳鸯抗婚"的叙事进程,完美地呈现了文学的"基本叙述类型",因而可以视为人类行为的

---

　　① (法)克洛德·布雷蒙著,张寅德译:《叙述可能之逻辑》,张寅德编选:《叙述学研究》,中国社会科学出版社 1989 年版,第 175 页。

"最普遍形式"。读者自可由近及远，由局部而知全体，懂得如何从叙事逻辑视角观照《红楼梦》的整本书阅读。

二是可以体悟小说悲剧主题的实然性和潜隐性。贾赦作为荣国府的大老爷，年过半百，渔色无度，对少女鸳鸯威逼利诱，不达猎捕目的誓不罢休，贪鄙无耻之至，这一禀性是荣府后来事败抄家的原因之一。昏聩懦弱、自私狭隘的邢夫人助纣为虐，助力了荣府的落败进程。从这一层面看，有如"二尤之死"证成了贾珍贾琏的荒淫无耻一样，"鸳鸯抗婚"证成了贾赦邢夫人的膨胀私欲，而男性主子的这些堕落与腐朽，都是这个钟鸣鼎食之家、诗礼簪缨之族走向没落的助跑器。读者自可以小见大，以一斑而窥全豹，感知全书其他相类似情节之于主题表达的共振作用。

三是可以品味小说语言艺术的生活化和个性化。这一情节用短短一回半的篇幅，叙述了一个完整故事，其肖像描写简笔勾勒，纯净朴素，出神入化，对话描写则个性鲜明，自然传神，如在目前。鸳鸯的自尊自爱、机智刚烈，熙凤的机变诡谲、斡旋自如，探春的敏捷机灵、敢说会辩，贾母的明抚暗防、精明老道，以及平儿的心思细密、袭人的虑事周到、薛姨妈的世故机巧等，都在小说的叙事进程中得到或深或浅的体现。读者也可以少总多，见片段而覆全书，赏析《红楼梦》整本书的语言魅力。

第八章
从"湘云醉眠"见魏晋名士风流

　　《红楼梦》的整本书阅读，在以整体性、完整性阅读替代片段性和片面性阅读，以内涵式解读取代浅表式浏览之外，还应提升阅读的层次。美国教育家艾德勒曾提出阅读的四个层次：基础阅读，检视阅读，分析阅读，主题阅读。前面较低层次的阅读是包含在后面较高层次的阅读里的。艾德勒认为，分析阅读就是"全盘的阅读、完整的阅读，或是说优质的阅读"，这是读者能做到的"最好的阅读方式"；而主题阅读是一种最高层次的阅读，它需要读者阅读多本书，"列举出这些书之间相关之处"并能架构出主题分析，这是一种最主动、最有收获的阅读[①]。笔者曾提出这样一个观点："运用善恶并存思维、连类比较思维和文化拓展思维，分析《红楼梦》重要人物形象的性格构成及其文化内涵。"[②] 前两种思维属于分析阅读层次，后一种思维则属于主题阅读层次。

　　本章以"湘云醉眠"情节为例，从情节画面说起，兼及史湘云形貌特征和性格表现的分析，阐明曹雪芹对史湘云精神气质、人格内涵的设计，多方位浸润了魏晋风度的文化内涵，也渗透了曹雪芹自我的人格追求和审美理想；继而联系《世说新语》等书所记录

---

　　① （美）莫提默·J.艾德勒等著，郝明义等译：《如何阅读一本书》，商务印书馆2018年版，第20、21页。

　　② 参见本书第十一章相关阐述。

的魏晋风尚，探讨作者倾注于史湘云形象中的文化人格与审美理想，并借此说明，运用文化拓展思维，可以提升整本书阅读的主题层次。

一　芬芳流动，绘气质风神

湘云醉眠写在小说第六十二回"憨湘云醉眠芍药裀"。醉眠前事是宝玉、宝琴、岫烟、平儿四人这天生日，因贾母、王夫人等不在家，大观园少男少女们齐聚芍药栏中红香圃内，射覆、猜拳、行酒令、喝酒。这是大观园中一场青春的聚会，红香圃里欢声笑语，飞觞举白，洋溢着一派自由欢乐的气氛。戚序本回后批道："写寻闹是贾母不在家景况，写设筵亦是贾母不在家景况。如此说来，如彼说来，真是笔歌墨舞之乐。"①

湘云性情豪爽，多喝了点酒，一个人悄悄地找到一个僻静处石凳子上睡下了。戚序回前有批说："湘云喜饮酒，何等疏爽。"②曹雪芹用了优美简洁的文字来描绘湘云的醉眠画面，突出了醉眠的五个特点。

第一是香梦沉酣。湘云生性一向豪爽不羁，生日宴会又那样风雅亮丽，她本来是想到僻静山石上纳凉，却不知不觉睡着了。作者写湘云的醉酒，既不是酩酊失态、狼藉不堪，也不是醉意未浓、半梦半醒，而是恰到好处，眼不睁，口不张，酣然入梦，肢体放松，内心恬静，所以作者用香梦二字来形容。

第二是红香散乱。红是花瓣娇艳的颜色，香是落花纷飞的气味，"散乱"两字描绘出芍药花瓣因风飘洒、落满湘云全身的自然

---

① 朱一玄编：《红楼梦资料汇编》，南开大学出版社 2001 年版，第 491 页。
② 朱一玄编：《红楼梦资料汇编》，南开大学出版社 2001 年版，第 491 页。

状貌。作者想要将读者的视觉和嗅觉同时调动起来，发挥通感联想来欣赏湘云醉眠时的环境之美，可以称得上是匠心深远。她手中的扇子因为主人的入眠而不知觉掉落在地，花瓣飘落扇上，用它们的鲜活娇美点缀了原本素朴的扇面，使得扇子变幻为一柄立体感很强的芍药花扇，给书里书外诸多醉眠的观赏者以鲜丽的视觉享受。扇与花的组合，点染了醉卧的美少女，令她更加妩媚动人。

第三是蜂蝶喧舞。这同样是一种衬托和点缀。因为花的芬芳吸引了蜂蝶的上下飞动、左右嗡嘤，这就将原本静态的美女醉眠图变成了静中有动、动静结合的蜂蝶寻芳图；蜂蝶的飞舞不仅冲击着观赏者的视觉，同时也启动了观赏者的听觉。蜂蝶是宾，美少女是主，蜂蝶的欢快流动正是为了衬托少女的娇憨妩媚。这图景的佳处有似于"踏花归来马蹄香"的妙境。

第四是花瓣为枕。民间素有将菊花揉碎晒干充作枕芯的做法，可以让人在菊的清香柔软中安然入眠。菊花枕是人力有意做成，功利性比较明显；但湘云却是在石凳子上躺下之前，用随身的鲛帕包了一包芍药花瓣为枕，是随手拈来，无心造成，芍药花瓣和它的芳香刺激着湘云的触觉、嗅觉与味觉，使得她在甘美轻软的感官享受中酣然入梦，这就在花瓣为枕的随意行止中飘逸出一股芬芳洒脱的优美风韵。

第五是醉吟酒令。醉眠中有花瓣飘洒、花香袭人、蜜蜂嗡嘤、彩蝶飞舞还不够，还要醉眠少女的梦中吟咏。作者让湘云娇憨的声音嘟哝出一篇意蕴连贯、措辞清雅的酒面："泉香而酒洌，玉碗盛来琥珀光，直饮到梅梢月上，醉扶归，却为宜会亲友。"虽然是由一句古文、一句旧诗、一句骨牌名、一句曲牌名、一句历书语临时组合而成，但总体感觉却仿佛一篇独立成篇的词曲，完整而有意味，还透射出一个爽饮而又娇弱的贵族美少女形象。醉吟酒令，俊逸才思中透着娇憨本色，比起湘云酒席上所吟酒面的奔放与幽默，显示别一种柔媚与可爱。

湘云醉眠是体现史湘云气质性格风神的重要情节,是和黛玉葬花、宝钗扑蝶鼎足而三的流动优美画面,已经成为两百多年来的经典绘画题材。湘云之美,是率真任情之美,豪爽不羁之美,她不虚伪、不矫饰,这是《红楼梦》作者所推崇的魏晋名士风度,也是中国传统美学思想的重要构成。

二 饮酒啖羶,呈英豪气量

清乾嘉时期的诗人二知道人评价说:"史湘云纯是晋人风味。"[1]清道光时的读者涂瀛说:"青丝拖于枕畔,白臂搁于床沿。梦态决裂,豪睡可人。至烧鹿大嚼,裀药醉眠,尤有千仞振衣、万里濯足之概,更觉豪之豪也。"[2]"振衣千仞冈,濯足万里流"是晋时著名诗人左思《咏史》诗中的名句,写出了魏晋名士超凡脱俗的精神追求。史湘云不过是睡着时乌黑的长发从枕边拖下来,雪白的手臂伸出了盖被垂在床沿,冬天雪地里大口吃六七分熟的鹿肉烧烤,春夏之际喝醉了后在芍药花圃睡了一小会,比起林黛玉、薛宝钗来,多了几分豪爽不拘,放到今天也不过是一个个性爽快、胃口好的女孩子,涂瀛却用左思咏名士隐士的诗句来评价,说她是豪中之豪,这就道出了史湘云形象与魏晋名士精神气脉上的联系。

大观园女儿中,个性气质颇具魏晋风度的,不止史湘云一人。林黛玉居处潇湘馆,有"千百竿翠竹掩映","竿竿青欲滴,个个绿生凉"。晋人王子猷借住他人空宅,第一件事就是命人种竹,认为

---

[1] [清]二知道人:《红楼梦说梦》,一粟:《红楼梦卷》第一册,中华书局1963年版,第95页。

[2] [清]涂瀛:《红楼梦论赞》,一粟:《红楼梦卷》第一册,中华书局1963年版,第127—128页。

不可一日无此君。贾探春要结诗社遍发邀请函:"孰谓莲社之雄才,独许须眉;直以东山之雅会,让余脂粉。若蒙棹雪而来,娣则扫花以待。"寥寥数语,已使用了三个晋人典故:莲社雄才,东山雅会,棹雪而来。贾宝玉与众多女孩平等相处,生日夜宴,喝多了黑甜一觉,醒后推同榻而眠的芳官起身,毫无色欲之心。这和晋时阮籍、王戎常与邻家美妇饮酒甚至共眠,却没有任何私欲他意的故事相仿佛。这说明小说作者将魏晋名士的多方面气质个性放在了多个形象身上。

不过,史湘云形象却是这部小说中魏晋名士个性特征表现得最为集中、最为突出的那一个。作者要借这一个少女的气质与性格,表达对魏晋时代理想人格的追慕和推崇。为此,他把握住了两者的神似之处,加以突出描写。晋人越名教、任性情、尚自然,饮酒、渴酒成为一时风尚。竹林七贤常在山阳县竹林里聚会,吟诗下棋,喝酒谈玄,鼓琴吟啸,超然物外。《世说新语·任诞》篇记,山简都督荆州时,经常出游畅饮。《任诞》篇又记刘伶病酒,向妻子索酒喝,他的妻子认为他饮酒过度,非养生之道,哭着请求断酒。刘伶应允祝鬼神以断酒,妻子供酒肉于鬼神之前,刘伶却祝道:"天生刘伶,以酒为名;一饮一斛,五斗解酲。""酲"就是"病酒"的意思,指酒醉后神志不清。于是刘伶照样饮酒吃肉,一会儿就醉倒了。《任诞》篇又记阮籍遭母丧,在晋文王座上进食酒肉,司隶校尉何曾认为有违孝道,严正提出应流放在外,"以正风教",而阮籍却"饮啖不辍,声色自若"[1]。举杯畅饮是名士风度的一种标志,如果同时还能蔑视礼教,不随流俗,我行我素,就更为典型地呈现出魏晋时代名士的整体精神风貌。

---

[1] [南朝宋]刘义庆撰,[南朝梁]刘孝标注:《世说新语》卷下之上《任诞》,四部丛刊景明袁氏嘉趣堂本,第36页。

《红楼梦》中饮酒的人也多，但林黛玉身子弱，不敢多喝，只能抿一点点，喝茶还要喝最淡的品种；薛宝钗是恪守闺范，断不肯畅饮，还要从养生之道出发，劝贾宝玉暖了酒以后再喝。但史湘云不但大口喝酒，大声猜拳行令，还在冬雪环境里生吃鹿肉。李纨听说，赶紧找过去劝阻，史湘云却满不在乎。平儿褪去手镯，兴致勃勃和宝湘一起围着火炉烧烤鹿肉，而刚到不久的宝琴和李婶娘对这个场景大觉诧异。但史湘云向她们宣告说："我吃这个方爱吃酒，吃了酒才有诗。若不是这鹿肉，今儿断不能作诗。"吃鹿肉烧烤是何等粗放的事，饮酒作诗又是何等优雅的事，湘云将生吃鹿肉当作饮酒作诗的前提条件，无俗不雅，无酒不欢，这又是何等惊世骇俗的事！这对钗黛两人来说，是不敢想也不会去做的事。所以林黛玉知道这事后，便笑着讽刺说，好好的一个芦雪广，"生生被云丫头作践了"。但湘云却冷笑还击说："你知道什么！是真名士自风流，你们都是假清高，最可厌的。我们这会子腥膻大吃大嚼，回来却是锦心绣口。"作者将"脂粉香娃"和"割腥啖膻"有机组合，构成回目文字，对比悬殊，十分醒目。

"诗酒放达"是名士的标志，史湘云不能没有诗。大观园诗社成立之初，只有园内常住居民入了社。史湘云次日过来，"等不得推敲删改"，一口气写了两首海棠诗，获得众人的夸赞："我们四首也算想绝了，再一首也不能了。你倒弄了两首，那里有许多话说，必要重了我们。"但等看诗时，"看一句，惊讶一句，看到了，赞到了"，"不枉作了海棠诗"。有诗不能没有酒。作诗之前，史湘云急着要入社，说就是扫地焚香也是情愿的；作诗之后，她又主动揽事，要求大家明日罚她做个东道，先邀一社。薛宝钗支持了螃蟹和好酒，两人连夜拟题，精彩纷呈的菊花诗会诞生了。史湘云兴之所至，任情率真，才思敏捷，个性独立，"英豪阔大宽宏量"，毫无矫饰造作行止，体现出魏晋时代理想的人格美。

三 率真脱俗，写名士风流

阅读《世说新语》，我们可以发现，魏晋时人喜欢用美玉、明月、松风来形容人的光明澄洁，喜欢用玉树、青松、玉山来比方人的挺拔俊朗，在评赏时人脱俗的外形特征同时，也渗透了对那一时代理想人格的审美评价。这是当时的一种人物品鉴风尚。曹雪芹对史湘云的外形描绘，突出表现了她与钗黛两人的差异。林黛玉和薛宝钗两人，一如弱柳，婀娜风流，一如娇花，妩媚端庄，是典型的贵族少女之美。但史湘云却是蜂腰猿背，鹤势螂形，而且还喜欢穿男装，烧烤鹿肉那天，她穿的是一件小袖掩衿银鼠短袄，腰里紧紧束着五色丝带，脚上穿一双麂皮小靴，众人都认为"打扮成个小子的样儿"比"打扮女儿更俏丽些"。凹晶馆联诗，湘云最精彩的句子是"寒塘渡鹤影"，鹤在这里，既有隐寓湘云结局的用意，又有比拟湘云身形特征的意味。所谓蜂腰猿背，鹤势螂形，无非是说她颈长、腿长、肩宽、腰细，形体曲线明显，身材比例和谐，加上她性格外向，颇有今天模特儿的资质与气质。与钗黛的娇花弱柳特点相比，湘云就显得修长挺拔，风姿特秀，与众不同，别具一种魏晋名士风神。

史湘云待人率真，处事放达，有一颗赤子之心。和姐妹们相处，史湘云因为心直口快会带来一些误会和矛盾，但更多时候是率真本色，坦荡阔达，人际关系和谐快乐。芦雪广联句时她抢答频率最高，凹晶馆联诗她与黛玉互相赞美，胸无芥蒂，柳絮词她率先写出。听说岫烟受了委屈，她要出头去打抱不平，大有名士的慷慨英雄之气。她心中目中也没有什么主奴尊卑的概念。平儿可以和她一起坐下吃鹿肉烧烤，袭人可以请她帮忙做贾宝玉的针线活；她带来的绛文石戒指，除了送给小姐们，还要送给袭人、鸳鸯、金钏、平儿四个大丫头。她有时候行止动作比群芳豪放得多。第四十回刘姥姥配合凤姐和鸳鸯的设计，故意说出那几句粗俗的话时，引起众人大笑，湘云首先笑得撑不住，一口饭喷了出来，黛玉笑着叫哎哟，探春笑得把手里的碗扣在了迎春身上，惜春笑得肚子疼，让奶妈揉肠子，宝钗从头到尾根本就没有笑。但湘云是最先开始笑的，她笑的时间最长，动作幅度最大，也最为夸张，她一直伏着椅背大笑，结果最后连人带椅都倒在了地上。这种不拘形迹、任性而为的行止，大观园群芳中也只有史湘云能做得出啊！湘云言行举止之间，透射出一种洒脱豪放之美。

史湘云还是一个清谈高手。香菱学诗的师傅是林黛玉，但史湘云充分表现了她"话口袋子"的性格特征。她不仅没有主奴尊卑的界限，主动掺和其中，而且和香菱"没昼没夜高谈阔论"，大谈特谈"怎么是杜工部之沉郁，韦苏州之淡雅，又怎么是温八叉之绮靡，李义山之隐僻"，说的宝钗"实在聒噪的受不得了"。史湘云和丫鬟翠缕走在大观园中，看到园中花草，和丫鬟谈论阴阳之道，"天地间都赋阴阳二气所生"，"阳尽了就成阴，阴尽了就成阳"。她举生活中常能见到的对举的景象和物品，如天地、日月、水火、树叶、扇子、麒麟等为例，来解释阴阳概念。湘云和翠缕的对话，大有魏晋时人主客问答的谈玄方式，而且还触及哲学中的阴阳命题。三国魏玄学家何晏在他的《无名论》中就说："阴中之阳，阳中之阴，各以物类，自相求从。"[①] 湘云谈阴阳，举例证，和何晏的阴阳无名之论何其相似。《红楼梦》的诸多情节进程，都鲜明地体现了湘云的雄辩健谈，豪放脱俗，人生智慧中包含深邃的哲理，读者从中可以看到魏晋名士的风神和人格内涵。

《红楼梦》对史湘云形象的外形特征和人格内涵的塑造，与作

---

① 严可均：《全上古秦汉三国六朝文·全三国文》第39卷，中华书局1958年版，第1274页。

者自我的生命体验和人格追求是分不开的。

乾隆二十五年庚辰（1760）秋天，敦敏偶遇曹雪芹，惊喜交加，把酒欢饮，写下一首诗记录这次相会，诗前小序说："芹圃曹君霑别来已一载余矣。偶过明君琳养石轩，隔院闻高谈声，疑是曹君，急就相访。惊喜意外，因呼酒话旧事，感成长句。"诗句有："雅识我惭褚太傅，高谈君是孟参军。"孟参军指东晋文人孟嘉，他是陶渊明的外祖父，以襟怀淡泊、高谈善饮而著名。敦诚写有《寄怀曹雪芹》诗，有"接䍦倒著容君傲，高谈雄辩虱手扪"① 之句。"接䍦"是一种白帽，倒著就是反着戴的意思，典出《晋书·山涛传附山简传》，山涛之子山简出为征南将军，镇襄阳时，有儿歌说："山公出何许？往至高阳池。日夕倒载归，酩酊无所知。时时能骑马，倒著白接䍦。举鞭问葛疆，何如并州儿？""高谈"句典出《晋书·王猛传》："桓温入关，猛被褐而诣之，一面谈当世之事，扪虱而言，旁若无人。"② 王猛是五胡十六国时的政治家，桓温入关，王猛披着粗麻短衫去见他，一边谈政局，一边捉虱子，谈吐从容，无所畏惧。

乾隆二十六年辛巳（1761）秋天，敦诚和敦敏去西郊访曹雪芹，敦诚写下了《赠曹雪芹》一诗，有"步兵白眼向人斜"之句，步兵就是阮籍，他善于用青白眼看人，以区别脱俗之士和礼俗之人。敦敏《赠芹圃》诗，也有"一醉酕醄白眼斜"之句。曹雪芹逝后，敦诚写下《挽曹雪芹》两首，其中有"鹿车荷锸葬刘伶""山阳残笛不堪闻"③ 等句。刘伶嗜酒如命，常乘鹿车携酒出行，命人扛锹相随，说：如果我醉死了，你把我就地埋了。山阳残笛用的是向秀悼

① 一粟：《红楼梦卷》第一册，中华书局 1963 年版，第 6、1 页。

② 《二十五史》第 2 册，上海古籍出版社、上海书店 1986 年版，第 1386、1587 页。

③ 一粟：《红楼梦卷》第一册，中华书局 1963 年版，第 1、7、2 页。

念嵇康的典故：嵇康通晓音律，曾写《琴赋》。他被司马昭杀掉后，向秀路过嵇康山阳旧居，听到邻人笛声，感而写下《思旧赋》。前句是感叹曹雪芹有如刘伶一般蔑视礼法、"死便埋我"① 的生活态度，后句是以向秀自比，深切怀念逝去的曹雪芹。

对上引诗句做一番综合考察，就可以知道，在曹雪芹的好友心目中，曹雪芹本人就是魏晋风度及其文化人格的一个最佳代表。他高谈阔论有如孟嘉，倒戴帽子有如山简，扪虱雄辩有如王猛，白眼看世有如阮籍，旷达善饮有如刘伶，而人格独立有如嵇康。尽管有关曹雪芹生平的文献资料少而又少，但曹雪芹几位好友的诗句，却十分清晰地描画了一个拥有魏晋风流和审美理想的曹雪芹形象。这些诗句因此也在一定程度上显示了它们的文献价值。这也可以启示今天的读者，我们联系小说家本人的气质、个性和品格，可以约略知道他所写的小说人物的形象内涵构成和审美价值判断。从某种意义上说，史湘云是作家人格理想的载体之一，曹雪芹是小说艺术形象特质塑造与魏晋名士文化人格流传之间的一个桥梁。

从《红楼梦》文本的阅读和曹雪芹友人诗作的解析，延展到《世说新语》及魏晋时期相关著述的阅读，是一种主动的和有深度的阅读。生命是有限度的，这就需要我们在有限的时间内选择最能帮助我们心智成长的书来读，以提高阅读的性价比。一本或几本好书，值得深读、重读，它会提升我们阅读的技巧，促进我们心智的发展。艾德勒指出："如果我们没有内在生命力量，我们的智力、品德与心灵就会停止成长。当我们停止成长时，也就迈向了死亡。"② 阅读名著的意义原不在于阅读本身，它灌注给读者以生命的力量，使我们的精神与心智不断成长。

---

① 《二十五史》第 2 册，上海古籍出版社、上海书店 1986 年版，第 1404 页。

② （美）莫提默·J. 艾德勒等著，郝明义等译：《如何阅读一本书》，商务印书馆 2018 年版，第 297 页。

第九章
从"抄检大观园"谈整体阅读观

当"《红楼梦》整本书阅读"问题更多地进入读者视野,诸家刊物也越来越多刊发关于这一问题的讨论文章。在热烈的讨论氛围中,仍然有一些问题令人困惑:一种是仍热衷于影视剧、百家讲坛、演员海选等激趣方法的运用,而不是正面引导学生阅读原著文本;一种是以"教师读什么"和"学生读什么"为引,设想出两种有较大差异的阅读向度,而不是积极思考如何将师与生的阅读目标均聚焦于《红楼梦》本身并融合为一个整体;一种是从生物学层面盘桓于书中人物之间亲缘关系的梳理,而不是从小说学角度着眼于重要人物之间的社会关系及其交互作用。在这样的情势下,我们仍有倡议对《红楼梦》原著保持一种基本的"整体阅读观"的必要。换言之,我们应该对以下问题葆有清醒的认知:如何从主观上将阅读重点投放到纸质原著?如何有意识地将接受方式从视听传达切换为书面阅读?如何真正理解什么样的阅读才是"整体性"的而不是"碎片化"、是"有深度"的而不是"浅表性"的、是"内涵式"的而不是"外延性"的?

"抄检大观园"是《红楼梦》中又一个大关键情节。以整体阅读的视野和方法细读"抄检"前后文本,梳理其起灭因果,可以具体感受贵族之家盛衰败灭原因,准确把握作品的悲剧主题,深切体悟作者非凡的叙事艺术功力。本章的写作目的,即在于借助对"抄检大观园"这一个"大关键"情节的解读，阐明我们一贯的理念：《红楼梦》整本书阅读亟待建立合理的"整体阅读观"。

一 风波迭起，催生抄检

"抄检大观园"的主体情节写在第七十四回。邢夫人拿到傻大姐拾的绣春囊，封起来让陪房王善保家的送给王夫人；王夫人先错怪在王熙凤身上，后与熙凤商议暗地访拿事主，借此机会撵一批年大难缠的丫鬟出府配人，以节省用度。于是一支由王熙凤领衔、由周瑞家的等五家陪房再加上王善保家的为主力组成的抄检队伍，晚饭之后关锁园内各角门，在封闭的大观园空间内开始了抄检行动。抄检路线：上夜婆子住处，怡红院，潇湘馆，秋爽斋，稻香村，蓼风轩，缀锦楼。最后从迎春大丫鬟司棋的物品箱中抄出男子鞋袜各一双、同心挂件一个、情书一封，信中文字证明香袋的主人正是司棋。赃证没收，事主监守，加上已没收的上夜婆子私自积攒的用剩的蜡烛灯油，惜春丫鬟入画私下收着的哥哥的赏银，就是这次抄检行动的全部收获。

表面上看，抄检源于"痴丫头误拾绣春囊"，一个小小物件引发贾府管理者对大观园各处居所的大抄检，也即诸家所谓的风起于青萍之末①。实际上，细读抄检前的情节文本，可以知道，激起"抄检"这一重大行动的缘由，远不止一个绣春囊那么简单。

小说第七十一回至第七十四回，由贾母八旬庆寿开场，逶迤牵出一连串风波。

一是尤氏受辱引动熙凤受辱。尤氏因连日在荣府协助熙凤管理

---

① 参见邓彤：《风起于青萍之末——〈抄检大观园〉叙事艺术摭谈》，《中学语文教学》2004 年第 2 期。

大小事务，晚间让荣府管事婆子关园中正门及各处角门，并熄灯烛；两个婆子不服管，还口出恶言，熙凤得知，命人捆起来等待尤氏发落；婆婆邢夫人因陪房费婆子求情，有心要折损熙凤脸面，当众训斥熙凤，指责她不知轻重，不懂周贫济老，在贾母庆寿期间折磨年老资深的管家婆子。结果是熙凤气愧滚泪，王夫人下令放人，鸳鸯关注，贾母宽慰，惩治之事不了了之。

这一波事件的核心问题，是邢夫人与王熙凤的婆媳矛盾。从邢夫人心性悭吝、品行庸劣看，邢夫人应出身于寒微之家，贾琏、贾琮和迎春均非亲生，与熙凤本不是正经婆媳，既没有管理家政的能力，也缺乏亲和婆媳关系的情商。王熙凤是长房儿媳，却做了掌管荣国府家政大权的二房太太王夫人的得力助手，盖因两人均出身于贵族之家，姑侄亲厚，且熙凤理家能力超越凡众，弄权弄钱得心应手，因此熙凤自然不把邢夫人放在眼里。邢夫人由此积怨已久，只恨没有机会泄愤。第七十一回回目"嫌隙人有心生嫌隙"，直道邢夫人有意找茬要灭熙凤的威风。"嫌隙"者，乃谓人与人之间因猜疑或不满而产生的恶感与仇怨。史上有因微怨小恨而致嫌隙的，如《三国志》之《胡质传》有云："今以睚眦之恨，乃成嫌隙。"[1] 也有因所轻者声望提高而致嫌隙的，如南朝宋刘义庆《世说新语》记曰："王右军素轻蓝田，蓝田晚节论誉转重……于是彼此嫌隙大构。"[2] 作者将邢夫人定性为"嫌隙人"，将邢凤嫌隙之滋生归因于邢夫人的主观故意，则其道德评判倾向已十分显明了。

二是鸳鸯关情遇见司棋私情。因贾母要各处关照来看戏庆寿的两位旁支小姐，鸳鸯主动请缨，经稻香村去到晓翠堂告知李纨；尤

---

① ［晋］陈寿：《三国志·魏书·徐胡二王传》，陈乃乾校点：《三国志》第3册，中华书局1959年版，第741页。

② ［南朝宋］刘义庆撰，［南朝梁］刘孝标注：《世说新语》卷下之下《仇隙》，四部丛刊景明袁氏嘉趣堂本，第52页。

氏在旁，不由称赞贾母，引起李纨称赞熙凤。鸳鸯借此契机，当众剖析熙凤所处的艰难处境：为人儿媳，虽费力周旋于公婆面前却不得公婆理解疼爱，受尽委屈；当家管事，但管家仆妇们稍不如意就挑唆主子争斗倾轧，无时安稳。鸳鸯寥寥数语，道破前一风波的起因、性质和责任人，实则代表贾母为熙凤辩解冤屈，挽回颜面。回经园门，湖山石边偏僻处，鸳鸯撞破司棋潘又安幽会私情。过了两日，小厮潘又安因惧罪而逃走，司棋因气恼而病倒至于病重，鸳鸯望候司棋，发誓为这段私情保密，让司棋宽心养病。"鸳鸯女无意遇鸳鸯"风波至此告一段落。

　　"鸳鸯"原珍禽之名，传说此鸟雌雄偶居，是以毛诗称之"匹鸟"。晋崔豹《古今注·鸟兽》有云："鸳鸯，水鸟，凫类也。雌雄未尝相离，人得其一，则一思而死，故曰疋鸟。"[1]"疋"即"匹"，匹偶。是以民间向以"鸳鸯"比喻夫妻，如汉司马相如《琴歌》之一曰："室迩人遐独我肠，何缘交颈为鸳鸯。"[2]作者以"鸳鸯"命名丫鬟是一个反喻，不仅没有打算为她安排个佳偶，而且也没有让她偶遇的那对临时鸳鸯最后成就夫妻，盖因家奴原本没有随意使用自己身体的权利，未经主子指配就敢私恋偷情更是犯了奸盗之罪，所以当抄检暴露了潘棋之恋，被撵的司棋只能独自走向死亡之路了，而潘又安的私逃避罪，也是"鸳鸯"之词寓意的一个冰冷的反讽。第七十二回管家林之孝与贾琏商议减少奴仆人口、降低经济成本，第七十四回王熙凤与王夫人商议裁减丫头、节省用度，均是根据荣府财力衰减状况所制定的变通性的管理措施，潘棋私情恰为他们盘算的合理性提供了有力支撑，其间捎带彩霞拟配来旺之子，乃成另一例佐证。

---

① [晋] 崔豹：《古今注》卷中《鸟兽第四》，四部丛刊三编景宋本，第6—7页。
② [南朝梁] 徐陵：《玉台新咏》卷之八，四部丛刊景明活字本，第4页。

三是琏凤谋银带出夏邢索银。鸳鸯望候司棋顺便望候熙凤，贾琏借机向鸳鸯请求，将贾母暂时用不着的金银器具偷运一箱子出来，送当铺暂押千数两银子缓解支出窘境。贾府本身就入不敷出，一拨不肖子弟安富尊荣，府内人口众多，日常开销巨大，兼之贾母庆寿用去数千两银子，还要准备马上就要到来的南安府礼、元妃重阳节礼、几家红白大礼等，加起来是一笔庞大的开支。贾琏谋银的对象是贾母的大丫鬟鸳鸯，而鸳鸯素来胆大心细，又与熙凤交好，因此贾琏算准了这个借当计划稳能成功。他又让熙凤暗中再找一下鸳鸯，以促成此事；熙凤故意推辞不管，深知主子脾胃的平儿建议从中抽取一二百两银子作为谢礼，贾琏讥讽妻妾两人手段狠辣，熙凤却告知要用于尤二姐周年祭，这理由既冠冕堂皇又如刃刺心，令贾琏无语半晌。随后熙凤与来旺媳妇谈论府内用度，又道出贾母生日之先，她已和王夫人商议拿了些不太要紧的铜锡器具四五箱子出去，押了三百两银子；她还卖了自己的金自鸣钟，换得五六百两银子来填补公用。正说着梦见娘娘来要一百匹锦，就有夏太府小内监来索银，还假意说连已借的一千二百两年底一并还送。熙凤又故意先让旺儿媳妇别处去支银，后让平儿拿她的两个金项圈去当来四百两银子，拿一半给了小内监去。躲在里间的贾琏出来补叙：前一日周太监来索要一千两。还没消停两日，邢夫人闻知琏凤向鸳鸯借当之事，便借中秋节用钱为由直接向贾琏索银，并威胁要将借当一事宣扬出去，凤姐无奈，又拿了金项圈命人当了二百两送去。

一众人等对钱财的态度，可以彰显其个性品行：贾琏善于谋划然而虑事不周，凤姐貌似圆滑实则硬撑门面；鸳鸯善于应对不虞局况且颇有担当，平儿善于揣摩主子心思并积极配合；王夫人因绌乏而缺智，邢夫人善算计且刻薄；夏太监虚伪，周太监强横。作者有意借谋银和索银，集中披露多重矛盾与争斗：琏凤平尤之间的夫妻矛盾、夫妾矛盾、妻妾矛盾；邢夫人和王夫人家事权力的极不平等；邢琏母子矛盾，邢凤婆媳矛盾；贵妃娘家与后宫太监之间政治勾连与物质牵扯所形成的利益链等。

四是仆妇聚赌惊动贾母查赌。由于传来怡红院"有人跳墙，宝玉受惊"的信息，引起贾母警觉，当即判断各处守夜仆妇不尽责，且本身有偷盗嫌疑。众人默然，唯探春禀报园内仆妇由夜里坐更时掷骰斗牌，发展到开赌局斗输赢至于争斗相打等事。管家经验丰富的贾母指破此事所可能引起的严重后果：夜间赌钱要吃酒，吃酒就避免不了园门任意开锁，这等于给趁机藏贼、引奸、引盗等打开方便之门，继而给园中众多小姐丫鬟媳妇们带来安全隐患。动怒的贾母下令即刻查赌，查出大小赌头后，赌钱没收，驱逐的驱逐，惩戒的惩戒，申饬的申饬。迎春的乳母作为三大赌头之一，此前还偷拿了迎春的一件昂贵的首饰当钱做赌资，既不还也不赔，被大丫头绣桔借查赌之机吵闹出来，乳母之媳还捏造假账意图折算不还。迎春无力处理，探春出面弹压，平儿命王住儿媳妇赎还，风波始住。小姐首饰成了乳母赌资，丫鬟偷情盖因门禁不严，这都成为对贾母事态预判正确性的印证。

查赌是贾母旨意下林之孝家的等四大管事媳妇对仆妇阶层进行的一次小抄检，是不久后王夫人指令下六大陪房娘子对丫鬟阶层进行大抄检的一次预热。查赌结果损伤了多个主仆的脸面，迎春因受乳母牵连而遭到邢夫人严厉的训斥，但归根究底是源于迎春失于管束。邢夫人训词中，充斥着对迎春懦弱的不满，对探春精明的不平，对熙凤管家权力及其获取私利的觊觎和嫉恨，同时在开脱自己管教不严之过的同时，也暴露了她身份的尴尬和心性的狭隘。关键的是，虽然迎春非邢夫人所出，但其乳母获罪，直接落了荣府长房的颜面，而这又成为长房势力和实力不如二房的明证。这叫邢夫人如何不再次心生愤懑与不甘呢？

五是长房出招逼使二房拆招。邢夫人将绣春囊封了让所信任的陪房娘子送给王夫人,是无势力的长房太太向掌实权的二房夫人和不贴心的长房嫡媳挑衅的行为,是一种无声的嘲讽和主动的攻击;但显然,这位多欲少智的夫人只预测到故事的开头,并在暗中窃喜中等待事态扩大、局况混乱,却没有也没能猜到故事的结尾。王夫人收到绣春囊,明白是长房太太对二房管理疏漏的正面讨伐,气急败坏之余,与熙凤商议,借查赌为由,访拿事主,并借机找茬撵一批大丫鬟出门,从人事安全和经费用度两方面降低风险成本。

绣春囊是由王善保家的送达王夫人的,作为出身寒微的大太太的心腹,这位陪房娘子并没有多少识见和智慧,却对青春年少的美丽丫鬟心怀极度的嫉恨,这只能归因于她自身的人格缺陷和所侍奉夫人的教养缺陷。她深知邢夫人派遣自己的任务和使命,送完绣春囊回去之后不久,再次返回王夫人处,无非是要来看事件进展,带有一定的督促和看戏意味。标致就是妖精,是妖精就会有绣春囊:这是王善保家的心中划的等式。因此她死命进谗晴雯,促使王夫人下了抄检令。在这样的情势逼迫下,面向大观园丫鬟队伍的大抄检就在突然之间发生了。

二 动因攒聚,绾结香囊

综而思之,大抄检前荣府内部已经风波迭起,危机四伏:贾母泰山压顶,既是府中权位最高的管理者,也是私人物品最丰的聚敛者,更是公用钱财最大的消耗者;邢夫人身为长房,既无管家之权、生财之道,又无治人之智、理事之术,却满是算计之心、刻薄之词,对王夫人常怀不满,一有机会就主动出击;王夫人虽掌管财政大权,但架不住荣府财务每况愈下,缺少急智,不懂机变,遇到用钱大事而又偏无银可使时,就一筹莫展,遇到奸盗之事更是焦躁滚泪,剑走偏锋;熙凤协助王夫人管理内政,本已捉襟见肘,还要整日应付索银求告，但却从不会放过私囊中饱的机会，招嫉致恨已久；奶奶少爷先后押当，内侍夫人相继讹钱；荣府下人藐视宁府主子，长房继室嫉恨掌权嫡媳；长房系统奶娘偷当，奶嫂赖账，丫鬟偷情；二房内部姨娘进谗，丫鬟告密，小厮放纵；仆妇聚赌吃酒，小姐冷眼旁观，少爷安富尊荣：这就是小说第七十一回至第七十四回前半所展示的贾府内部衰败、倾轧、混乱的现实情状。

由此看来，抄检大观园的动因哪里是一只小小的绣春囊所能承载的呢？这正是"山雨欲来风满楼"：小说从第七十一回开始，叙事题旨骤变，不再是群芳夜宴怡红，不再是妻妾争锋后院，也不再是重开桃花社时的青春靓丽，而是风云多变，乱象丛生。所写大小风波，都是在为"抄检"大事件蓄势；所涉人物言行，都是在为"抄检"的到来攒聚前因。小说乃以绣春囊这个小物件，将此前诸多人和事串联起来。细思有以下数端。

其一，绣春囊是一个关键的扭结物。绣春囊的出现，将婆子失职、园门失禁、丫鬟失身等犯禁事件与奶娘无品、小姐无能、太太无德等人格缺陷纠合在一起，使得貌似无关的各路小事件扭结为因果明晰的一个逻辑整体。

其二，绣春囊是长房进攻二房的武器。由于抄检结果证明，绣春囊的主人正是长房庶女迎春的首席大丫鬟司棋；因此长房太太本欲等着看二房太太及年轻嫡媳的笑话，最后演变成将长房内部的笑话端给众人看。邢夫人就这样败在了她亲手开启的妯娌倾轧模式中，故事演变为事故。

其三，绣春囊是长房陪房兴风作浪的工具。王善保家的是荣府陪房一族的代表。这个人物像是作者专门为抄检大观园而设置的。她是邢夫人向王夫人公开宣战的帮手，是抄检风波最起劲的推波助澜者。她的嫉恨目标过于明显，暗算手段颇为直接，抄检态度相当浮躁，是荣府资深仆妇和年轻丫鬟前期矛盾积累深重的一个明证。

当最后发现事主并不是她意想中的晴雯，却反而是她嫡亲的外孙女儿时，她只好当众自我掌掴了事。

其四，绣春囊是抄检大观园的导火线。贾母查赌小抄检是王夫人查奸大抄检的前奏。只是抄检的对象由仆妇迁移至丫鬟，抄检的目的由禁赌止盗、整饬上夜秩序，转换为查奸拿私、削减经费开支。就此而言，抄检大观园行动明明白白是前几回所叙邢凤婆媳宿怨积深、司棋又安私会偷情、荣府财政捉襟见肘、长房小姐纷扰缠身、邢王妯娌倾轧争斗等交互作用的必然结果，没有哪一个事件出于偶然，也没有哪一桩事故与大抄检起因无关。

其五，绣春囊是王夫人憎恶晴雯的触发器。向以调唆邢夫人生事为务的王善保家的，并不放过调唆王夫人的机会，而后者盛怒之下失去常智，居然顺着这恶奴的思路往前走，叫来晴雯大声训斥，肆意羞辱，缘由仅仅是晴雯过于俊俏，有勾引宝玉的嫌疑和资本。宝玉的名声和前程是王夫人最为关切的人生要义，而珠围翠绕的环境容易消磨宝玉的意志，漂亮丫鬟的存在既是一种必须和高配，也是她缠绕于胸、挥之不去的心病。王夫人因贴身大丫鬟金钏与宝玉调笑几句，尚且掌掴、撵逐而致金钏投井，并触发"宝玉挨打"这一"大过节"；现在亲眼看到了这个"妖精"级别的大丫鬟，想到她可能每日都在耳目所不能及的内室"勾引"宝玉，怎不胆战心惊，怒火攻心？无论绣春囊与这只妖精有无瓜葛，妖精此时都已列在了撵逐名单上的第一位。

小说对抄检过程的叙述，是跌宕起伏，精彩纷呈的。知道遭人暗算的晴雯，倾箱倒尽，以行动表示对抄检的不满、对恶奴的愤懑；镇定从容的紫鹃，以笑语应对王善保家的恶意揣测。才智过人的探春明白抄检必有特定的缘故，先主动打开所有箱柜请阅，继以甄家早时自我抄家为参照系，痛心抨击眼下的抄检行动，进而逼使周瑞家的一干人放弃抄阅，更进一步掌掴敢于当众损害二房庶出小姐尊严的长房太太陪房，最后乃以侍书还击王善保家的、探春冷笑反讽两个细节缀尾。惜春大丫鬟入画被查出私自传递并收藏的银两及男子鞋袜，是为抄出迎春大丫鬟司棋收藏的情书与男子鞋袜等物做铺垫，盖因物品一来自亲哥哥，一来自情哥哥，犯禁等级明显升高。直至王善保家的因被众人嘲笑，羞惭自惩，司棋被人连夜看守，抄检风波才告停歇。

三　急管繁弦，奏响余震

"抄检"行动已按计划完成，对抄检目标所涉人和事又是如何处理的呢？惜春态度坚决，让尤氏将入画带回宁府处置，打、杀、卖一概不管，不仅没有因为尤氏调解而宽容入画，反而说从此不再去到宁府，避免沾惹宁府内部的口舌是非。这话语讥讽指向如此明确，断绝来往的态度如此坚决，惹恼了宁府当家少奶奶尤氏，姑嫂口角争锋，感情温度悬崖式下降至冰点。作者隔了两回，把个中秋节先过了，再来叙绣春囊后事。周瑞家的将实情禀明，王夫人惊怒，令几个陪房即刻处理撵逐司棋一事。管家媳妇只管催逼，司棋眷恋而不肯去，迎春含泪而不能留，宝玉伤心而留不成。荣府长房庶女的丫鬟与二房嫡出少爷之间的这种状态，颇有点暧昧意味。两组小姐与丫鬟表现各各不同，在惜春冷面冷心的言行衬垫下，迎春反倒显现了几丝温情。

入画与司棋之去，终究还只是铺垫。抄检大观园仿佛一场地震，震源本是司棋与绣春囊，震波所及，丫鬟主体结构发生断裂与位移，震中由缀锦楼迁移至怡红院。在绣春囊情色画面和妖精出色容颜的双重刺激下，王夫人亲自带人到儿子居所，雷霆震怒，首先将病卧的晴雯架起来拖出院去，再将丫鬟一一过目审查，撵出蕙香，斥逐芳官，连同分在小姐们身边的其他优伶一并令其干娘带走；而后对丫鬟屋里的宝玉物品进行彻底的搜检和清理，旋风般携裹而走。结果是晴雯病重夭逝，芳官、藕官、蕊官入了空门。

小说用了整整一回的篇幅来描写这一场余震，它所导致的震灾在一定程度超过了前一波地震。显然，它也是一场"抄检"。两次抄检对象都是丫鬟队伍，但两相比较，差异明显：前一次波及大观园各所，后一次仅限于怡红院内，抄检范围缩小；前一次王熙凤带队，后一次王夫人领衔，抄检等级上升；前一次借口寻赃，后一次直接撵人，抄检目标明确；前一次查物带出关涉人等，后一次阅人兼及查抄物品，抄检性质异变；同是丫鬟被撵，前一次主子小姐冷漠软弱，后一次主子少爷心痛神伤，抄检效果迥异。抄检大观园写在第七十四回，结果是拿住司棋；抄检怡红院写在第七十七回，目的是撵逐晴雯。从整体阅读的视野看，访拿司棋是驱逐晴雯的一个衬垫，后者才是"抄检"事件的重点。前回实写司棋事发，带写晴雯抵触；此回却以司棋之去为引子，以淋漓笔墨，描绘晴雯招嫉致恨、受屈被撵的缘由及其过程。而恰是这一过程，对宝玉的情感与心理造成了破坏性的冲击，导致他呼号涕泣，写成绝才惊艳的《芙蓉女儿诔》。

宝玉祭晴雯，事在第七十八回篇末。第七十九回开始，即写花影中走出林黛玉，连声称赞这是一篇新奇祭文。故事陡然又是一转，笔端从丫鬟迁至小姐。作者借助宝黛二人对祭文语句的斟酌讨论，逶迤牵出祭文的隐寓意义。庚辰本双行夹批道："明是为与阿颦作谶"，"试问当面用尔我字样，究竟不知是为谁之谶"，"当知虽诔晴雯，而又实诔黛玉也"，"诔文实不为晴雯而作也"①。就此可知，"抄检"事件的负面影响，不仅是摧伤大观园丫鬟群，而且也波及贾府的小姐圈。仿佛为了验证这一点，第七十九和第八十回，作者

---

① 朱一玄编：《红楼梦资料汇编》，南开大学出版社 2001 年版，第 522 页。

重点叙述香菱和迎春两人的不幸遭际及其将要夭逝的命运，其原因都与低出身、无依傍及恶姻缘密相关涉。迎春命运之不济，也与她自身的软弱有关，这在其乳母偷当聚赌被抓、丫鬟偷情遗物被拿的过程中已有昭示。香菱虽是侍妾，却是官宦小姐出身，列在太虚幻境副册的第一位，与正册首位林黛玉、又副册首位晴雯，恰成鼎足而三之势。

即此而言，"抄检"关涉的事件因果、带动的人物命运，远远超出了绣春囊的意义范围。从第七十一回至第八十回，作者实际上写了三次抄检，因果相继，前后相属。抄检之前风波涌动，山雨渐来；抄检之后急管繁弦，呕哑嘲哳。"抄检"故事用了十回的笔墨，紧密关联了涉及宁荣两府、赦政两房、主奴两层的多个事件，渐次展示了贾母、王熙凤、王夫人同中有异的管家理念与权限，集中表现了陪房族的恶劣、丫鬟群的不幸、小姐圈的无奈，浓墨中有对比之笔，实写中有隐寓之人，铺叙中有凸显之事。其中有三点尤其值得注意：一是"抄检"竟至十回，在全书中占比甚重，可知这一故事的重要性；二是细读原著，"抄检"故事的营构之妙才得以显现，可知阅读文本的重要性；三是将"抄检"十回作为一个整体来思考，才不至于沉迷在细枝末节的欣赏中，而是准确地把握作品主题，并进而认知整体阅读观的重要性。

第十章
情节质点的连类观照

  作为中国古代章回小说艺术高峰的《红楼梦》，在情节铺展中精心设置了诸多质点相称的内容，在故事进程中或对举，或层叠，或呼应。对这些情节质点做连类式的审美观照可知，它们同声共气，彼此相应，共同营造了小说情节的曲折性、生动性和丰富性，形成小说情节艺术的独特风景。读者也在连类观照的阅读、感受、领悟过程中，获得深度的审美愉悦。

  所谓"质点"，原是物理学上的一个名词，指在物体的形状和体积所起的作用并不显著时，用来代替物体的有质量的点（mass point，particle）。换一个角度说，当物体的尺寸和形状对所研究的问题影响很小、可以忽略不计时，可以将这个物体当作一个质点。可知它是一定条件下的科学抽象。本章借用这一名词，用来指称我们要讨论的《红楼梦》中的有关情节。当我们从情节设计艺术的视角抽绎出能指代情节主体的本质或要义的某个"特定的点"，情节篇幅大小、曲折程度、文字繁简等已处于一个次要的位置，情节设计的意义上升为重要的或关键的观察"点"时，我们视之为情节的"质点"。

  细读《红楼梦》会发现，有些情节彼此之间质点相应，它们在结构上可能是左右对称、前后对等的，也有可能是同类层叠、前后相属的，还有可能是以此衬彼、遥相呼应的。对称的情节往往在两两对举中生发对比的效果，相属的情节多半在三五迭出中显示铺垫的意图，呼应的情节则意在主次相和中发挥映衬的作用。无论哪种情形，诸多情节之间均有其审美思维的内在关联。阅读时关注情节之间的各类逻辑关联，不仅可以在比较和联想中深度体味《红楼梦》艺术构思的独到之处，而且可以借助这种跨章回的连类思维，提升"整本书阅读"的阅读效率和理性认知。

一　两两对举，左右对称

"对举"意为"相对举出"，汉语中如"轩轾""依违""然疑""淹速"，均为对举之例；辞赋与律诗中词句两两对举亦属常规。章回小说中使用率高的对举首推回目，自明至清亦成常态，《红楼梦》回目文字的对举则更见其构思之精、用词之妙。在人物形象的设计上，《红楼梦》也呈现两两对举的艺术匠心，其中以钗黛对举最为经典，其他如熙凤与李纨、袭人与晴雯、尤二姐与尤三姐、迎春与探春、邢夫人与王夫人、周姨娘与赵姨娘等，身份、位置大致相等，但两两之间，或是在性格、气质层面，或是在品德、才能层面，或是在智力、情商层面，却悬殊明显。这种特意设置的对举，就在众多形象中形成了一种"对称"的局况，在展示艺术上的对称美的同时，对书中人物序列起到平衡、稳定的作用。从某种意义上说，这种对举，是一种"结构化"的存在。

从回目和人物的"对举"现象出发，寻绎《红楼梦》中情节的对举设计，可以发现，这种两两对称的故事情节也是一种结构性的存在。"黛玉葬花"是表现林黛玉出众的才情、爱情的孤独、忧郁至极的气质、敏锐感知命运本质的智力等内涵的一个重要情节，它有三个特点：集中性、迸发性、唯美性。与这一情节形成对举的，恰恰是同一回中的"宝钗扑蝶"。在表现宝钗性格的众多情节中，

"扑蝶"可能是一次偶然发生的行为，兴之所至，身形随之，其意义似不如"赛诗""理家"等情节所显示的那样重大，且"扑蝶"之后的活动篇幅远胜于"扑蝶"本身的文字。然而细读则知，它也蕴涵三个特质：偶发性、灵动性和唯美性。而当我们略去情节的发生过程与具体性状，将这一情节的质点抽绎出来，成为"宝钗扑蝶"这一个概念的时候，它便与"黛玉葬花"明显对称。从时间节点看，两个情节发生在同一个季节、同一天的同一个时间段，本身就带有设计感；从画面情绪看，一则乐观随意，悄发香汗，一则悲观积郁，慢奏哀声；从回目文字看，一为诉诸视觉的滴"翠"亭和"戏""彩"蝶，一为诉诸嗅觉的埋"香"冢和诉诸听觉的"泣"残红。尽管其间穿插了其他生活化的情节，"宝钗扑蝶"和"黛玉葬花"对举而出，其质点铢两悉称，其结构左右对称，这是毋庸置疑的。

与此相类的对举现象，多次发生在钗黛之间。海棠赛诗，作者以含蓄浑厚为标准，让薛宝钗夺魁；两日后再咏菊花，作者又以新巧别致为标准，将林黛玉三首诗排在前三位，让她稳居第一。这当然也有以花喻人的用意，但"咏海棠"与"咏菊花"对举而出的意图却是相当明显的。林黛玉桃花诗一出，煞是惊艳；薛宝钗就在咏柳絮词上全面翻新，让众人拍案叫绝，而柳絮词原是史湘云偶一为之，最后成了钗作的小引。这是两次近距离的对举。第四十二回借着惜春作画，设计宝钗教画，款款道出一番"画论"；第四十八回便借着香菱学诗，安排黛玉教诗，娓娓说出一套"诗论"①。虽则两回相隔有点远，但从情节质点而言，无疑它们是作者有意的对称式设计。当然还有更远的：第六十四回黛玉题写《五美吟》，脂批云

① 钗黛行止个性的描写往往呈现"双峰并峙，两水分流"局况，详见本书第十一章。

"与后《十独吟》对照"①；前80回中并无《十独吟》，自当是曹雪芹原著中80回后某一回的情节，且当为宝钗所作。两回中间至少相隔20回以上，但并不妨碍它们成为作者刻意经营的对举情节之又一例。

两相对举的情节也不一定发生在分量相等、不分轩轾的两个人物身上。第六十二回"憨湘云醉眠芍药裀"，因宝玉等人生日小宴，略微多吃了点酒，想到无人处山子石上纳凉，不意睡着。"湘云醉眠"画面，人以花瓣为枕，沉酣于香梦，半空散乱红香，蜂蝶一并喧舞，而少女兀自醉吟成串的酒令。曹雪芹笔下多才深情的少女，醉眠也这等风流雅致。与此恰成对照的，是刘姥姥醉入怡红院。这个发生在第四十一回的故事，亦是作者随意拈来，却像是刻意设计一般，村妪之醉鼾声如雷，酒气熏天，扎手舞脚仰卧于贵公子床榻，粗俗不堪，就自然与"湘云醉眠"形成对比。尤其袭人寻来，悄无声息地处理了这一醉眠事件，并嘱咐刘姥姥以"醉倒在山子石上"作为掩饰之词。然而真正醉眠于山子石的，却是隔了21回后的史湘云，且在众人环绕笑闹中慢启秋波，正应了她"是真名士自风流"的话。戚序本回后批曰："众看湘云醉卧青石，满身花影，宛若百十名姝抱云笙月鼓而簇拥太真者。"②"刘氏醉眠"与"湘云醉眠"，一则写实，以村俗为主，一则写意，以风雅为旨，遥相对举，而出对比之效。

生日排场是小说作家较为重视而习用的写作切入点。《红楼梦》重点描写了贾母、贾敬、王熙凤、薛宝钗、贾宝玉等人物的生日场景，其他数人则一笔带过。情节质点可成对举的，是第二十二

---

① 甲辰本第六十四回批语（戚序本同），朱一玄编：《红楼梦资料汇编》，南开大学出版社2001年版，第493页。

② 朱一玄编：《红楼梦资料汇编》，南开大学出版社2001年版，第491—492页。

回宝钗的生日和第四十三、四十四回熙凤的生日。细读可知，这两个生日场景有诸多对应点。其一是生日资费：宝钗因十五岁整生日，由熙凤从官费中支出，在常例基础上稍事添加，而贾母独蠲资二十两；熙凤生日，由贾母出主意，采取凑份子方式集资，尤氏接单。其二是定下酒戏：宝钗生日，演了《西游记》《刘二当衣》《山门》，借宝钗之口出《山门》中《寄生草》词，以寓示宝玉将来动向；熙凤生日，演的是《荆钗记》，借黛玉之口出《男祭》，以讽喻宝玉当天行止①。其三是人物冲突：宝钗生日，因玩笑话点燃宝玉、黛玉、湘云之间的矛盾，继而宝玉悟禅机，末以四人和解了结；熙凤生日，因偷情事引爆贾琏、熙凤、平儿之间的冲突，熙凤借机闹大事态，末以贾琏赔罪、三人和解结束。庚辰本第四十三回双行夹批道是："看他写与宝钗做生日后，后又偏写与凤姐做生日。阿凤何人也？岂不为彼之华诞大用一回笔墨哉？只是亏他如何想来……迥不犯宝钗。"②这说明最早的读者也领悟了这两个生日描写的对举意图。

就上述事例看，情节的对举与回目的对偶不是一回事。虽说回目是对本回情节的精当概括，本身又以工整相对的文字呈现，但也只有当对举的情节恰好同回时，两者才是同步的。如曰"葬花"与"扑蝶"同回出现，回目文字对偶工整，回内情节衔接紧密，呈现出一种同步对称；那么"咏海棠"与"咏菊花"，"画论"与"诗论"，《五美吟》与《十独吟》等，无论距离远近，都不在同一回中出现，自然也就与回目对偶无关，而只能是一种遥相对称。同理相衡，情节对举与人物对等也不是一回事。质点相对应的情节中，事主的身份地位可能是彼此对等的，如宝钗与黛玉；也可能是不相匹配甚至

---

① 详见本书第十四章。
② 朱一玄编：《红楼梦资料汇编》，南开大学出版社2001年版，第462页。

两相悬殊的，如宝钗与熙凤、湘云与刘氏。其共同点是：在不同的情节位置发生，内容各异而质点相称，彼此形成对应或对比，成为情节结构中的重要"节点"。

二 同类层叠，前后相属

"层叠"意为按层级重复出现或有层次地累积叠加，"相属"则意指相续、相继。当质点相类、事主各异的情节在不同情形下先后发生，而其内容又有相关性，先出现的情节为后来的情节提供了诱因，或是作了情势上的铺垫，直至关键节点来临，读者方悟此前情节铺设的意义，这样的情节构思艺术，我们称之为情节的同类层叠。它们同样是小说中的一种"结构化"的存在。

作为《红楼梦》中"大过节、大关键"的"宝玉挨打"，无疑是最能体现贾政贾宝玉父子两代人思想交锋、触及小说主旨的重要情节。这一情节的发生并不突然，作者先从远处蓄势，设置了三条导火线，渐渐逼来，至贾政笞子、众人解救过程，则使王夫人、贾母、熙凤等人分层出场，峰峦叠聚，而后高潮回落，情节峰回峦低，逶迤而去①。作者在三条导火线的铺设过程中，有意识使用了"同类层叠"的情节设计手段，使得此前出现的诸多情节产生内在的相关性，结构上前后相属，内容上意脉相连。

第一条导火线是雨村会谈，宝玉表现不佳。贾雨村来访不是偶然发动，宝玉参与会谈也不是仅此一回。从贾政立场看，让宝玉现场观摩官僚会谈，相当于岗前见习；从贾雨村目的看，经常的拜访自会加固与贾府的关系，百利无害。贾雨村能常来拜访、会谈，是因为他曾经当过贾政甥女的老师，解救过贾政姨甥的命案。隐伏

---

① 详见本书第五章。

其间的是贾雨村的宦途沉浮史：第一回"甄贾会谈"，贾雨村因甄士隐资助而踏上"求仕"之路；第二回贾雨村"得官"又"丢官"，偶遇冷子兴，"贾冷会谈"，获知贾府诸多信息；第三回"贾林会谈"，贾雨村得林如海荐书，又得贾政之助"谋官"成功；第四回贾雨村与门子"官吏会谈"，顺利实施官场权术，以回报贾政之厚恩。就这样，贾雨村为自己挣得了日后能自如出入荣国府的政治资本。从第一回甄贾会谈、雨村求官，到第三十二回贾政雨村会谈、宝玉观听，这一条情节链上的凸出节点是"宦途""会谈"。它们在不经意的叙写进程中，勾起了层进叠加、前后相续的"情节质点"脉络，渐聚起贾政对儿子的期望和不满，直至逼发贾政笞子。

第二条导火线是琪官失踪，王府上门要人。宝玉起初还多番搪塞，王府长史官却以宝玉腰间的大红汗巾子为据，直击要害。汗巾子是琪官和宝玉初见日互赠的礼物，事在第二十八回。以"赠物"为质点，读者立刻便发现，从"宝琪互赠"发端，接续发生了多起"赠物"事件：第二十八回中，"宝玉转赠"大红汗巾子与袭人；同回，"元妃赠物"，赏了宫扇、红麝香珠等端午节礼，引起宝玉疑惑；第二十九回清虚观打醮，"张道赠物"，捧来一盘子金银珠玉饰品为礼，宝玉独独留下金麒麟，激发宝黛矛盾；第三十一回"湘云赠物"，带来绛纹石戒指为礼，小姐丫鬟要好者一个不落；宝玉留的金麒麟原是要赠给湘云的，偏偏让翠缕捡着，仍然算是"宝玉赠物"。其间宝黛口角、湘袭对话，又带出宝玉的玉上穗子和身边的香袋子是"黛玉赠物"。这条情节线上一连串的"赠物"质点，同样铺垫了"宝玉挨打"情节高潮的掀起。高潮回落之后的第三十四回，作者又设计了三个"赠物"情节：钗黛先后探伤怡红院，"宝钗赠物"是手掌上托着的棒伤药，"黛玉赠物"是心窝儿里流出的泪；至晚，"宝玉回赠"黛玉的是两方旧帕。小说以"宝琪互赠"为中心质点，在生活化的情节进程中叙写各类"赠物"琐事，密布于

"宝玉挨打"情节的前后，既证成宝琪"互赠"一事合乎自然情理，也表明贾政"流荡优伶"之叱有点上纲上线。"赠物"情节逐层叠加，直至宝玉赠帕、黛玉题帕，攀至人性与情感的制高点后，方始落幕。

第三条导火线是金钏投井，贾环借机进谗。这是引爆贾政积聚多时的怒火、即刻下令棒打宝玉的直接原因，也是"宝玉挨打"这一情节质点的近距离铺设。第三十回宝玉和金钏调笑了几句，假寐的王夫人翻身起来，打骂并作，撵了金钏出府。"金钏挨打"之后，是"袭人挨打"：看了龄官划蔷又被雨淋的宝玉，回怡红院时因开门迟了，边骂边踢，结果袭人中招。随后是晴雯因跌损了扇子而"挨骂"。从来善待丫鬟的宝玉，在这个端午节前，接连使脾气打骂丫鬟，而且还是他的两个一等大丫鬟，这充分暴露了贾宝玉天然的公子哥儿脾性和时下发作的青春期浮躁心性。情绪上的这种不稳定状态，在"诉肺腑"之后，不可避免地牵引他迷惑于自己的感情世界，对雨村会谈兴致缺缺，对母亲训骂垂泪以待，对父亲斥责置若罔闻。如此这般，助燃了贾政怒火，"宝玉挨打"便势在必然。就此一线，读者可以细细领悟作书人的苦心孤诣："金钏挨打""袭人挨打"与"晴雯挨骂""宝玉挨骂"，铺好了关目，蓄足了态势，逐层叠加，前后相属，最后推出"宝玉挨打"这一全书的关键情节。

上述层叠各例，一般四五层叠加，如"会谈""挨打（骂）"，多的则达到十层，如"赠物"。也有少至两层的。作为"宝玉挨打"之后的余波，《红楼梦》写了两个"晋级"事件。一是"玉钏晋级"：王熙凤要给王夫人添加大丫鬟，出于对金钏的愧疚，王夫人让玉钏晋级，宣布将金钏的月例钱加诸玉钏之身。二是"袭人晋级"：王夫人做主，让王熙凤每月从自己的月例中拨出一份相当于姨娘月例标准的薪资给袭人。两个晋级事件的共同点是：都标志着事主政治地位和经济收入的同时上升。玉钏晋至王夫人第一大丫鬟的分位，并且从此收入双份月例；袭人从普通大丫鬟越过通房丫头阶位，直接晋级为准姨娘，获得与周姨娘赵姨娘一样的身份和月例。玉钏和袭人的晋级，了结"宝玉挨打"事件，平复了金钏投井所致的负面影响，消融了王夫人的负罪感，也缓解了贾政笞子所彰显的两种人生观的激烈冲突，加固了王夫人对宝玉行止的监管力。两个晋级指令在同一时间、同一场合相继发出，形成了最简单的情节层叠，同样反映出一种"连类而及"的审美思维。

"连类"意为"连缀同类事物"。"连类而及"原是古人的一种用语习惯，在指称某人某事时顺便提及相关或相类的他人他事，如"鼓之以雷霆，润之以风雨"[①]，是因"雨"而及"风"，意在出"雨"；"陟罚臧否，不宜异同"[②]，是因"异"而及"同"，目的在"异"。写人则有《左传》语例："昔文襄之霸也，其务不烦诸侯……有事而会，不协而盟。"[③]晋文公乃春秋五霸之一，襄公系文公之子，能够继承父业，故言文公而及襄公。从语词习惯延伸，便发展为写人纪事的方法，如清许奉恩《余徐二公轶事》曰："徐公平生乐善不倦，笔难尽述，以此与余公相似，故连类及之。"[④]以此为出发点来读《红楼梦》，便会惊觉在曹雪芹笔下的生活日常中，潜藏着如此之多"连类而及"的情节，当读者以某个"质点"为切入口审视它们时，它们便如浮标般显现于情节的水面。前述诸例中，四类质点叠加便是四个情节系列，它们各有一个主体质点，又各显各的"浮标"线。整体上看，它们均以"宝玉挨打"为核心出发点，连类而

---

① 《周易·系辞上》，[晋] 王弼：《周易正义》卷七，[清] 阮元刻：《十三经注疏》上，中华书局 1980 年影印版，第 76 页。

② [三国蜀] 诸葛亮：《前出师表》，[晋] 陈寿：《三国志》第 4 册，中华书局 1959 年版，第 919 页。

③ 《左传·昭公三年》，[晋] 杜预注，[唐] 孔颖达疏：《春秋左传正义》卷四十二，[清] 阮元刻：《十三经注疏》下，中华书局 1980 年影印版，第 2030 页。

④ [清] 许奉恩著，诸伟奇校点：《兰苕馆外史》，黄山书社 1996 年版，第 17 页。

及种种，在结构上形成了同类层叠、前后相属的现象。

三　以此衬彼，遥相呼应

"呼应"是指两个相关或相类的情节前后关联、彼此韵和。"呼应"不同于铢两悉称的"对举"，也不同于连类而及的"层叠"。构成呼应的两个情节在小说的不同章回先后出现，内容上也有其相关性，然多半有主有次，先出现的情节为主，后出现的情节为辅，以后出呼应先出，既有相似之妙，又有相异之趣，形成以次应主、以此衬彼、复以彼映此的效果。在结构上，它们往往以遥相呼应之势，关联了不同的人物和情势。

"凤姐治家"是《红楼梦》中渗透情节各部的一种日常化行止，在王熙凤与王夫人对话、与平儿闲聊之中，奉承贾母之际，吩咐仆妇之时，甚至打趣林黛玉、调解宝黛矛盾之间，都在尽她管家的职责。读者也可将那些碎片拼成凤姐治家的整图，然作书人还是在故事展开的较早阶段，集中笔墨描叙了王熙凤的"治家"风姿。那就是第十三回"王熙凤协理宁国府"，临时协理而且还是暂时接管宁国府理丧大事，一直延展至第十四回中，写足了熙凤出众的治家才干。与此形成呼应的，是第五十五、五十六回的"探春理家"。小说用了两整回的篇幅，叙写探春如何弹压辱女的亲娘、制服欺瞒的刁奴，如何得宝钗之助兴利除弊，实施府内行政制度的局部改革。这也算是给了贾探春一个小试牛刀的机会。

"探春理家"与以协理宁国府为代表作的"凤姐治家"，相隔了42回的距离，它既对"凤姐治家"形成补充和呼应，又借此机缘指破"凤姐治家"的缺陷，暗示了贾府常态化的家族管理机制中潜伏着一系列的弊病。作者对这两个重要情节的设计意图是较为显明的：王熙凤派了管家的得力助手平儿来襄助探春，平儿回去又向王熙凤细细汇报探春的管家措施和效应，凤平二人遂对探春的才能、出身及将来的命运进行评议，也对自身的管家理念作了反思。"凤姐治家"与"探春理家"的情节架构，支撑和验证了作者"裙钗一二可齐家"的创作理念，因此它们是共构而互补的。从人物与情节的重要性来说，"凤姐治家"乃情节主线，无疑为主，"探春理家"系临时替补，应当为次。两大情节以主带次，以次衬主，成遥相呼应之势。熙凤纵然是脂粉堆里的英雄，却无奈"凡鸟偏从末世来"；探春纵然有令熙凤刮目相看的治家才干，却"生于末世运偏消"。她们均无法挽救贾氏家族的颓败之势。从其寓意而言，两大情节也呈现出在整本书中的结构性意义。

　　"金玉逢面"也是这部小说中的重要情节质点。第八回宝玉与宝钗在梨香院内交换观赏彼此的佩饰物：一是莹亮红润的通灵玉，一是珠光金灿的璎珞锁，玉上八字与锁上八字内容关合，对仗工稳。对话之际，林黛玉摇摇地走来，漾出一段"冷"与"暖"的戏谑。此后每每有金玉良姻的阴影，笼罩在宝黛眉头与心间。作书人却不肯省事，必定要宕开一笔，另写一个"金玉逢面"。小说第三十一回，湘云主仆边走边讨论"阴阳"道理，翠缕在园中捡到的金麒麟，恰与湘云原有的佩物是一对。随后验证了此金麒麟就是宝玉留赠的金麒麟。与第八回相似的是，林黛玉闻知湘云在此，唯恐"金""玉"相逢生出"风流佳事"，悄悄来察看，结果演出一幕"诉肺腑"的场景。由于第三十一回回目文字的不确定性，致使诸多读者误以为"金玉良姻"当发生在宝湘之间。然而最早的读者和评点者却明白注出："金玉姻缘已定，又写一金麒麟，是间色法也。何颦儿为其所惑？故颦儿谓情情。"① 所谓"间色"，是指两种原色相互混合而

---

① 己卯本第三十一回回前批（庚辰本亦有此条，"惑"字作"感"），朱一玄编：《红楼梦资料汇编》，南开大学出版社 2001 年版，第 428 页。

成的"第二次色"。国画中基本色外有诸多与之相近的中间过渡色，"间色法"乃谓在基本色之上再使用其他中间色以作过渡。将这一绘画技法运用到小说创作中，则意指正事之外所写的与之相关而接近的其他事，目的仍在于映衬正事。就"金玉逢面"而言，以宝湘之"金玉"映衬钗玉之"金玉"，即是借用了"间色法"，其目的在于借黛玉"为其所惑"，写黛玉之"情情"。显而易见，以宝钗为女主角的"金玉逢面"先出，理应为主；以湘云为女主角的"金玉逢面"后出，且其本质是一个"干扰项"，宜当为辅为次。两个情节相隔 23 个章回，其质点的相似点与相关性，同样决定了它们在全书结构中所起的前后关联、彼此呼应的作用。

第三十回"龄官划蔷"篇幅不多，写出的是龄官的痴情。本是用簪子在地上写"蔷"字，却借宝玉之眼，看龄官像是在葬花，同时又借他心思，以为真也葬花，便难免有"东施效颦"之嫌。作者有此设计，恰是以此回的"龄官划蔷"呼应第二十七回的"黛玉葬花"。"划蔷"之举是龄官忧郁伤感情绪的一次小小释放，与"葬花"出于黛玉感伤意绪的外在释放正同，而这种少女青春期的感伤，都是从贾宝玉的角度侧面烘染的。所不同的，"葬花"是耳闻其哭歌，"划蔷"是目睹其泪容。无论是从人物的相貌气质、情感特质和动作形态看，还是从情节画面及其设置意义看，"龄官划蔷"和"黛玉葬花"都高度相似，而其行为本质与意蕴层次又有明显的差异。"葬花"先出而为主而为君，"划蔷"后出而为宾而为臣，"划蔷"既是"葬花"的投影，又成为它的映衬，在全书结构上适成前后呼应之势。

"呼应"是古代诗文创作常用的手法。清时钱泳《履园丛话》有云："造园如作诗文，必使曲折有法，前后呼应。"[1] 他说的是造

---

[1] ［清］钱泳：《履园丛话·园林·造园》，见《履园丛话》，中华书局 1979 年版，第 545 页。

园之法，却是以诗文作法为标准。诗文如此，小说戏曲更当如此。清初戏曲理论家李渔有"立主脑""脱窠臼""密针线"之说，其中"密针线"即是针对戏曲结构的前后照应而言的。他说："每编一折，必须前顾数折，后顾数折，顾前者欲其照映，顾后者便于埋伏。"[①]所谓"照映"，也即照应、映衬。作为小说的《红楼梦》，这样的照映显然不止一人一事。曹雪芹在构思布局时，便已精心安排质点相似或相关的情节在不同的位置出现，一则为君为主，一则为臣为宾，气势上以君带臣，笔法上以宾衬主，宾主相望而君臣相闻，前凸后显，彼此呼应，体现了作者构思的缜密性与整体性。

本章从"质点"切入小说情节构思的艺术分析，原意是要略去情节的具体情境、画面与内涵，突出情节的本质要义，以利于话题的讨论。但在阐述进程中，为语意尽可能周全故，也难免会涉及一部分具体的情节元素。好在《红楼梦》是我们大多数人比较熟悉的小说，诸多情节"质点"的抽绎也能够比较得当地实施。讨论至此，我们或许可以较为清楚地看出：小说的情节"质点"，就是用以指称小说情节结构的最小的语词单元。《红楼梦》情节结构的连贯性、延续性和整体性，正是由这些左右对称、同类层叠、前呼后应、彼此关联的情节质点支撑住和体现出的。

"质点"不独这些能引发连类思维的情节才可抽绎，诸如"可卿出殡""元妃省亲""抄检大观园"等语词，也是对书中起重要作用的情节的凝练概括。它们是书中众多关键情节中的"大关键""大过节"者，有如突出的高峰，直干云霄；"凤姐治家""宝玉挨打""黛玉葬花"等情节，则带动、牵引较多的对应质点，环拱周围。概而言之，质点"对举"的情节多呈双峰对峙、两水分流的态势，质点

---

① ［清］李渔著，郁娇校注：《闲情偶寄》，江苏凤凰出版社 2019 年版，第 11 页。

"层叠"的情节显示了络绎相续、多音共振的效应，质点"呼应"的情节摇曳着因桑及柳、以影彰形的姿容。三者交错为用，在整体情节结构中便生发出激波为澜、一波三折的节奏感，共同营造出小说情节的曲折性、生动性和丰富性。读者对此若有真切的理解和把握，则在领略、体验小说情节经营艺术的高妙境界的同时，也从结构角度掌握了"《红楼梦》整本书阅读"的方法和价值。

第十一章
人物形象的三维考察

　　没有故事情节的小说不能叫小说，没有鲜活生动的人物形象的小说也不能算是成功的小说，没有运用高妙的形象描写手段的小说恐亦难成其为经典小说。《红楼梦》之所以是中国古代小说的经典之作，就在于它塑造了一大批个性鲜明、气质各异的人物群像。作者以实录原则描写人物的性格构成，以连类方式呈现两三人物之间的性格差异，以文化景深充盈人物的性格内涵，读者则从善恶并存、连类比较和文化拓展三个维度去把握诸多人物形象，以期获得丰厚的阅读体验和切实的审美研判。在提倡"整本书阅读"的时代，准确掌握文本阅读的维度，有助于从宏观层面理解文本的形象描写，重点把握主要人物的精神特质，对小说群像予以整体性的审美评判。

一　善恶并存辨情理

　　《红楼梦》第一回，作者借助石头和空空道人的对话，表明自己对小说创作的看法，认为历来野史均遵循一种套路，才子佳人小说则更是千部共出一套，写男子都是貌比潘安、才胜曹植，写女子则是西施容颜、文君才情，丫鬟婢女开口都是"者也之乎，非文即理"；自己则逆而行之，不蹈旧辙，要描写几个异样女子，"或情或痴，或小才微善"，以出"新奇别致"的效果。作者自云根据自己半世的"亲睹亲闻"来创作，其间的悲欢离合、兴衰际遇，俱是"追迹循踪，不敢稍加穿凿"。曹雪芹出身于贵族之家，熟悉贵族家庭的种种事体和人物，能够按照生活中人物本来的"事体情理"去塑造艺术形象，这表明了他追求"实录"的严肃态度。正因如此，《红楼梦》才写出了真实、鲜活的人物。但《红楼梦》描写形象，又并非对现实生活与真实人物的原版翻拍。曹雪芹善于采撷生活中真的人物的特质，根据实录原则艺术化地设计小说形象的性格构成，以期获得超越此前小说的审美效果。因此，观照《红楼梦》人物形象的第一个维度，就是从实录精神出发，对人物的主要性格元素作出恰当的审美解读。

所谓"实录"，原是史家修史的基本原则。唐时史学家刘知几《史通》有云："明镜之照物也，妍媸必露，不以毛嫱之面或有瑕疵，而寝其鉴也；虚空之传响也，清浊必闻，不以绵驹之歌时有误曲，而辍其应也。夫史官执简，宜类于斯。苟爱而知其丑，憎而知其善，善恶必书，斯为实录。"[1] 史书犹如明镜，无论所写是人是事，按其本来面目反映、书写，善亦书，恶亦书，这一原则和态度即谓之"实录"。换言之，"善恶必书"是中国历代史家必然遵循的修史原则，也就是"爱而知其丑，憎而知其善"。这在大多数史传人物的性格描写中表现得十分显明。如《史记》中既尊贤爱才、从善如流，又圆滑狡黠、权术练达的刘邦，既勇武豪雄又急躁无谋，既刚愎自用又慷慨赴死的项羽等，无不是性格真实的历史人物。中国古代小说本源于史传，唐时又有史说同质的意识，如刘知几即认为："是知偏记小说，自成一家，而能与正史参行。"[2] 史家善恶必书观

---

① ［唐］刘知几：《史通》，上海古籍出版社 2008 年版，第 289 页。
② ［唐］刘知几：《史通》，上海古籍出版社 2008 年版，第 193 页。

念自然影响到后世小说创作。如果小说家能够对史家的实录原则作出正确理解，继承并发挥其不虚美、不隐恶的写作精神，那么他所写出来的小说人物形象，自然会是善恶必书、美丑并举的，也自然会呈现出思辨性的审美效果。《红楼梦》正是这样一部运用善恶必书的原则和态度，成功塑造出诸多美丑并举、令人难忘的人物形象的经典小说作品。

既然现实生活是丰富多彩的，真实人物是复杂多样的，曹雪芹作为一位自觉遵守实录精神的小说家，他在描写人物时自然就会写出"美丑并举"的形象。所谓"爱而知其恶"，曹雪芹对他笔下的少女形象都是非常喜爱的，但他在写出红楼女儿惊世之美的同时，对她们的缺点也不加讳饰。就外在形体而言，林黛玉风流袅娜，具有希世之美，却体弱多病，眉头常蹙；薛宝钗虽然健康端庄，却有个先天性的热症；史湘云兼钗黛之长而无二人之短，可说起话来却有个爱咬舌的毛病。在丫环当中，鸳鸯的品貌当与平儿、紫鹃、袭人等并肩，妻妾成群的贾赦也为之动心，立意要娶她做姨娘，可见其美丽非凡，但她的脸上却微微有几点雀斑。就个性而言，林黛玉有超凡脱俗的气质和绝世的才华，却尖酸刻薄，多愁善感；薛宝钗温柔敦厚，宽容大度，却城府深沉，矫情造作；史湘云开朗豪爽，却口无遮拦，无意伤人；惜春具有艺术气质却冷面冷心；王熙凤精干而权诈，探春睿智而凉薄，晴雯真率可爱却脾气暴躁。男性形象也是如此：贾宝玉对少女爱护有加，博爱多情，有时候也不免流露贵族公子的骄纵之气；柳湘莲侠肝义胆，但对女性的存在价值缺乏正确的判断。

对另一些较具否定意味的男性人物，作者也写出了他们真与善的一面：贾雨村世故圆滑，贪酷奸诈，但对贾宝玉"正邪两赋""情痴情种"特质的认知却很深刻，对落魄的甄家丫鬟娇杏也颇有真情；贾琏是个无耻好色之徒，对尤二姐却是情深义重；薛蟠是个呆霸王，却颇有几分忠厚豪爽之气。此所谓"憎而知其善"者也。鲁迅说《红楼梦》中的人物没有"叙好人完全是好，叙坏人完全是坏"，确实道出了《红楼梦》人物塑造的艺术成就，所以，"自有《红楼梦》出来以后，传统的思想和写法都打破了"①。

从创作与阅读的思维特征看，善恶并书既是《红楼梦》性格描写原则，也是我们解读这部小说人物性格构成的思维路径。走对了这条路径，也就可以破除阅读的困惑，较易对小说形象作出切合文本实际的把握。

二　连类比较识异同

曹雪芹在塑造人物形象时，巧妙地运用了连类比较的思维方式，按故事发展的需要设计对应性的形象，有的是异质形象两两对举，有的则是两三个同类形象彼此映衬，在小说中形成了多个彼此关联、连络有序的人物形象群组。对《红楼梦》的人物形象塑造作高屋建瓴式的"连类"比较，进一步解读作者的形象塑造艺术理念及技巧，深入理解重要人物形象的个性化差异，有助于提高中学生的审美鉴赏素养，提升其思维发展水平，有效促进优秀传统文化的当代传承。这是理解《红楼梦》人物形象的第二个维度，也即连类比较的维度。

异质形象的性格凸显艺术是差异对比，互补共构。曹雪芹善于将身份相同、地位相称的两个人物的不同性格进行对比描写，在差异中显示他们的性格特质。钗黛二人是《红楼梦》中"两峰对峙，双水分流"式的人物，作者对她们进行了全方位的对照，使她们各

---

① 鲁迅：《中国小说的历史的变迁》，鲁迅：《鲁迅全集》卷九，人民文学出版社 2005 年版，第 348 页。

尽其妙，难分轩轾。在体态容貌上，黛玉风流袅娜，瘦弱多病，宝钗端庄妩媚，健康丰满。在性格上，黛玉尖刻机敏，率真任性，宝钗温婉和顺，不苟言笑。在情感状态上，黛玉多情多愁，宝钗寡情淡漠。在人际关系上，黛玉孤高自许，目无下尘，宝钗安分和婉，豁达大度。在价值取向上，黛玉真挚自然，崇尚自由，追求人格尊严，宝钗城府颇深，恪守本分，遵从礼教规范。同为小姐，探春精明能干，迎春懦弱无能。同为少奶奶，王熙凤精明能干、威重令行，是才与恶的化身；李纨却贤惠平庸、恪守妇道，是德和善的典型。同为祖母，史太君富贵安详，一向怜贫惜老；刘姥姥贫贱卑微，惯于奉承讨好。同为优伶，芳官活泼娇憨，龄官多愁善感。同是丫鬟，袭人温柔和顺，晴雯刚直暴烈。姐妹中尤二姐温柔懦弱，尤三姐刚烈泼辣。兄弟中贾宝玉善良宽厚，贾环自私猥琐。性格内涵差异悬殊，以正反两极对比呈现，使各自的性格更趋鲜明。从形象设计的格局上看，钗与黛、迎与探、凤与纨、贾母与刘氏、芳官与龄官、袭人与晴雯、尤二与尤三、宝玉与贾环，两两构成一对群组，由于他们在价值追求、性格内涵上表现出对立性的差异，形象之间便产生了两相对举、彼此冲突的局面，带来了性格描写上互为补充、相反相成的效果。这是凸显异质形象不同性格的差异性对比手段带给读者的审美认知。

相类性格的形象描写策略是刻同镂异，以宾衬主。与上述差异悬殊的性格描写有异，对一些性格相近、相似的人物形象，作者特别善于描写他们之间个性气质的细微差别，以表现各自的独特性。一种是同中求异，同类有别。这在地位身份相同的人物群组中表现得比较明显。同为孤高，黛玉的孤高透射率真，妙玉的孤高则满溢冷僻。同为豪爽，史湘云的豪爽近于洒脱不羁，尤三姐的豪爽趋于刚烈执着。同是泼辣，凤姐的泼辣中暗藏着狡诈无赖，探春的泼辣中体现着清正严明。同为温顺，平儿的温顺浸润着善良，袭人的温顺融入了世故。

另一种是以宾衬主，宾主相望。这可以在性格同类、地位身份不同的人物群组中获得验证。细读原著可知，曹雪芹描写了一些与主要人物性格气质相类的次要人物，用以衬托主要人物的性格和命运。袭人和晴雯同样都是宝玉的丫环，一个温柔和顺，忍辱负重，一个性情暴烈，天真任性，两人性格截然不同。晴袭之间的性格差异颇大，本身形成一组对比。但晴袭两人形象设置的意义，又不仅仅止于自身的差异对比。袭人温柔宽容，善于隐忍，有似于宝钗；晴雯不仅削肩膀、水蛇腰，眉眼儿有似于黛玉，而且聪明灵慧、口角锋利也与黛玉相类。这样的设计就对钗黛两人的性格起了映衬、补充的作用。所以脂批有"袭为钗副，晴为黛影"之语。

从情节走向和人物关系看，宝玉挨打后，派袭人去向宝钗借书，派晴雯送旧手帕给黛玉拭泪，消解黛玉的担忧；晴雯的悲凉夭亡是黛玉将要夭逝的前兆，宝玉对袭人的不满也预示宝玉婚后对宝钗的态度。优伶龄官眉眼、个性都像林黛玉，麝月"公然又是一个袭人"。小说对香菱从未有过正面的肖像描写，只点出她眉心有颗痣，那是作为应天府门子辨认的记号而存在的，并非美的标志，但是读者却觉得她非常美。因为作者采用了连类而及、宾主相望的方法，写她容态举止都非常像秦可卿的品格儿，而可卿又兼有钗黛之美。这些描写都起到了联类想象、彼此比衬的作用。注重表现同类群组中不同人物性格的细微差别，使得形象之间产生彼此呼应、相辅相成的效果。

对《红楼梦》人物形象描写的对比、映衬手法，有很多睿智的读者曾经有过精细的解读与分析。20世纪20年代时，俞平伯即以"两峰对峙，双水分流"[①] 来喻指钗黛形象对举、性格对比的局况，

① 俞平伯:《红楼梦研究》，人民文学出版社 1988 年版，第 75 页。

认为两人乃是春兰秋菊，各竞其芬。至 40 年代，革命家、红学家王昆仑从形象"质"的对比性差异，对钗黛两个形象作了透彻的分析，认为"宝钗在做人，黛玉在做诗；宝钗在解决婚姻，黛玉在进行恋爱；宝钗把握着现实，黛玉沉酣于意境"①。80 年代时，红学家傅憎享指出《红楼梦》人物描写所采用的"美的共变链"手法，认为小说对袭人晴雯的形象描写，对钗黛起到了"以影彰形"的作用，反过来交换位置便能互为因果，由此产生了"相互作用、往返流动的共变"②。这些阐论都触及了《红楼梦》形象描写的"兼美"本质，而诸多形象之间的连络、对比、映衬与互补，使得这些形象在小说中形成了一种有序的结构性存在，形象之间共生共振，充盈着人物描写的流动的美。

三　文化拓展探蕴涵

从"整本书阅读"的视野对《红楼梦》人物形象作连类比较，仅止于小说文本内部的讨论还是不够的。《红楼梦》之所以是古代小说的经典之作，在于它根植于传统文化的深厚土壤，小说中的主要人物多多少少都经受过传统文化的滋养，一言一行都辉映出丰厚的文化背景，一颦一笑都显得那么意味深长。如果我们越过小说文本的拘囿，进一步拓展阅读的深度和广度，去探寻小说背后传统文化层面的精神要旨，在较大的格局上把握和理解小说人物形象，会获得更为宏观的阅读体验和更有深度的审美判断。这是理解《红楼梦》人物形象的第三个维度，亦即文化拓展的维度。

即如黛玉葬花，不少读者都会误以为这是林妹妹身为贵族小姐

---

① 王昆仑：《红楼梦人物论》，生活·读书·新知三联书店 1983 年版，第 221 页。

② 傅憎享：《等闲识得东风面——从风姿与风变的关系看〈红楼梦〉一组女性肖像的描写》，《红楼梦学刊》1985 年第 3 辑。

的一种娇弱病态行为，在解读黛玉形象时有意无意将这一情节忽略过去。殊不知葬花情节恰是理解林黛玉形象特质的一个重要的支撑点。在小说中，鲜艳灿丽的花是众多少女青春和生命的象征，在封建礼教的高压下，这些"小才微善"的女性最后落得个"群芳碎"的结局，正所谓"千红一哭""万艳同悲"。作者设计黛玉生日为二月十二日花朝节，葬花时在四月二十六日饯花日，时间节点具有丰富的寓意。所以，"黛玉葬花"是作者对书中以钗黛为代表的所有青春女子悲剧命运的一种寓示和预演，是曹雪芹的一种诗意化的叙事手段。从文学史视野看，"葬花"之事有较多作品涉及。明代通俗小说家冯梦龙的短篇小说《灌园叟晚逢仙女》，描写了花农秋先养花、护花、赏花、葬花的"花痴"行止：花开时他雀跃欢欣，饮酒歌啸；花谢后，他扫花洒泪，装瓮深埋。明代唐寅曾作落花诗三十首。明末时，文士朱学熙以古窑器装落花葬于南禺。康乾时吴雷发所撰《香天谈薮》也记下洛阳赏花习俗，并记录了葬花之事与葬花之诗①。由此可知，葬花是明清时期文人生活中颇为流行的一种清雅行为，这足可证出黛玉葬花情节有其深厚的历史文化渊源。若只将它当作林妹妹一时的病弱之事看，自然是一种片面化的误读。

再如宝钗扑蝶，也是一个容易被误读的情节。以宝钗生活常态而言，她沉稳持重，素朴淡泊，从不爱花儿朵儿，也不喜动，素日风格以静为主，平日里端庄冷凝，不苟言笑。但在满目春光的感召下，于大观园中无人之处，偶然看见了翩跹的蝴蝶，也会追扑迎风蹁跹的飞蝶。那双蝴蝶忽上忽下，穿花度柳，可以想象，作为扑蝶的人，其手形也会随之忽上忽下，其身形也一样穿花度柳，逶迤而去，一直跟到滴翠亭上，香汗淋漓，娇喘细细。这一情节披露了这

---

① 详见本书第四章。

个端凝自持的青春少女原来还有活泼可爱的一面。所以脂批在这里点出，池边戏蝶可以证明宝钗不是"一味知书识礼女夫子行止"①。庄生梦蝶是道家的和谐，庄生醒来不知身是蝶、蝶是身，自然与人浑然一体；宝钗扑蝶，乃有道家所唱的动静相和、刚柔相济之美。《周易·系辞上》云："刚柔相推而生变化。"②晋人韩康伯解释说："刚柔发散，变动相和。"③以静为尚者，以动间之，令动静相和，柔而趋刚。这是将"和"置于变通中来审视，令"和"有动静变化之美。扑蝶画面是流动的、时时变化着的，它不是静态的赏蝶，而是动态的追蝶，人非静观其变，而是参与画面的流动。它令人想起"轻罗小扇扑流萤"式的轻盈、活泼、流动、酣畅。这令读者对宝钗气质、性格的认识有一种新异的感受。"扑蝶"也是古代社会中女子的生活日常，具有浓厚的民俗文化风味，是古代诗人画家创作的常见题材。可以说，小说中的"扑蝶"乃是曹雪芹刻画薛宝钗内心世界的一个重要细节。也许这正是"宝钗扑蝶"成为后世《红楼梦》画作重要题材的原因。

又如湘云醉眠，乃是描写湘云气质性格中浸润魏晋风度的重要情节画面。宝玉生日之际，湘云多喝了点酒，在一块山石上躺着暂歇。我们看，这样一个豪爽曼妙的青春少女带着酒意卧于山石僻静之处的石凳上，四面芍药花飞落铺洒在全身，掉落在地上的扇子也飘满了落花，娇美鲜艳的落花仿佛有情，自来亲近美人，烘托了香梦沉酣的湘云，也点缀了她的扇子；那些蜂蝶因有花香，也飞来围舞，嘤嘤嗡嗡，动静相生，声色并作。在这样芳香弥漫的画面中，

---

① 甲戌本第二十七回侧批，朱一玄编：《红楼梦资料汇编》，南开大学出版社2001年版，第407页。

② ［三国魏］王弼注，［唐］孔颖达疏：《周易正义》，［清］阮元刻：《十三经注疏》，中华书局1980年版，第76页。

③ ［东晋］韩康伯注：《说卦》，楼宇烈校释：《王弼集校释》，中华书局1980年版，第576页。

湘云酒意朦胧中吟出一串酒令，端的是个性不拘，才情横溢。清代读者二知道人说湘云"纯是晋人风味"[①]，正道出了史湘云的形象特质：她虽为闺中弱女子，却豪爽不羁，有如魏晋名士一般性情洒脱，不为世俗礼教束缚，"好一似霁月光风耀玉堂"。湘云自己也称道："是真名士自风流。"魏晋名士那样一种率真任情、清爽洒脱的气度，便悄然成了史湘云这一少女形象内涵的最好注脚。

又如探春结社，出自这一贵族少女为风露所欺、无聊闲暇之时的偶发行为，反映了探春不俗的资质和出色的组织才能，诗社活动过程也是大观园群芳"小才微善"的具体化和诗性生活的群体化过程。这也是一个容易被误读的情节。一般人的心目中，古代女子除了李清照、朱淑真这样的女词家之外，大多是刘兰芝、赵五娘、琵琶女这样的女子，至多有一两个崔莺莺、杜丽娘，像大观园诗社群芳荟萃的局面，不过是作者的乌托邦写作，出于曹雪芹的一种空想或幻想。事实上，明清之际长江中下游一带城市望族的闺媛结社，几乎是一种普遍的现象，如明末桐城方维仪发起的名媛诗社，姐方孟式、妹方维则，弟媳吴令则及其姐吴令仪均参与其中；吴江叶绍袁之妻沈宜修与叶纨纨、叶小纨、叶小鸾三个女儿之间的吟咏互动，成了家庭日常的生活方式。又如康熙时杭州顾玉蕊发起的蕉园诗社，乾隆时吴中任兆麟召集的清溪吟社，道光以后北京顾太清与沈善宝等组成的秋红吟社，多为家族内部有文化教养的女性成员间的雅集行止，或是望族名媛的有机组合。闺媛结社现象的出现，不仅是因为江南风气较为开通，商品经济发展较快，闺媛社交空间逐步扩大所致，也与望族重视家族文化建设和女子文化教育息息相关，更与文人结社在明代达到鼎盛，从而促进了仕女结社活动的开

---

① ［清］二知道人：《红楼梦说梦》，一粟：《红楼梦卷》第一册，中华书局1963年，第95页。

展密相关涉①。

"黛玉葬花"和"探春结社"是《红楼梦》中的大情节，而"宝钗扑蝶"和"湘云醉眠"则似乎是这部小说中的较小情节，读者眼光往往在不经意之间掠过这些较小的故事画面，或以为不过是作者的诗意化表达。事实上，"宝钗扑蝶"不仅与"黛玉葬花"构成对称式的情节结构，形成了情节的均衡布局，而且也是支撑和凸显薛宝钗性格独特一面的一个饶有深意的故事；"湘云醉眠"则作为与"黛玉葬花""宝钗扑蝶"鼎足而三的情节显示了它的存在价值，昭示了曹雪芹妙用"间色法"来构建钗、黛、湘矛盾冲突的写作意识。"探春结社"则与"探春理家"一道，夯实了探春形象的重要基石。从这个视角看，这些情节的确没有一个是可有可无的"闲极"之文。当然，《红楼梦》中用以丰富形象文化蕴涵的情节多而又多，本章乃撷取其中数例以为前文之验证耳，并非认为书中佳处仅止于此。

综而言之，读者清醒地树立"整本书阅读"意识，运用善恶并存思维、连类比较思维和文化拓展思维，分析《红楼梦》重要人物形象的性格构成及其文化内涵，是面对这部描写了数百人物的长篇小说感觉无从切入时所宜采取的阅读策略。掌握了这三个阅读维度，我们应该能对小说的系列人物形象获得切实而深入的审美观照。

---

① 详见本书第六章。

第十二章
居处环境的人文解读

《红楼梦》对大观园园景风格作了精心设计，渗透中国古代园林艺术的诸多理念，特点各异的园中园与诸景齐备的大观园在较高的层次上实现了整体和谐。怡红院、潇湘馆、蘅芜苑、秋爽斋等园中园风格与居处其中的人物形象贾宝玉、林黛玉、薛宝钗、贾探春等形象的气质、才情相融合，取得审美客体和审美主体之间的相和相生。作者对众多人物形象美的艺术描绘，又体现了兼容众美、和而不同的审美理想。大观园是一个得天地自然之灵秀的人文景观，作者借助它展示了自然天地之和，也表现了人与自然之和、人与人之和。这种尚"和"的审美理想，反映了中国传统文化中的"中和"观，是天人合一、和而不同等传统人文精神在古代经典文学作品中的具体展现。

一 大观园：人文化的自然景观

《红楼梦》中主要的故事都在大观园里铺开它们的进程。以钗黛为中心的一群花季少女，在元妃省亲那年的春天，奉懿旨住进了花招绣带、柳拂香风的大观园；贾宝玉因系元妃爱弟，从小又在姐妹丛中长大，也得命随进园住。《红楼梦》叙事从此展开了一个春夏秋冬四季循环的空间向度。

　　大观园是一个相对封闭的生活空间，却又并未与园外完全隔离。贾母常有游园的兴致，刘姥姥数次随进花园，王熙凤因负职责也常进园来嘘寒问暖。园中唯一男性贾宝玉经常走出园子，读书、会友、听戏、吃花酒，园中众裙钗偶然也整体外出，去清虚观打醮，在宁国府看戏，路过农庄时观赏村姑的纺车。园内与园外原本是两个世界：园内清澄明净，演尽一群贵族少女和年少丫鬟们的喜怒哀乐，她们的争吵与和睦，欣喜和忧伤；园外浑浊纷乱，满是男权社会里尔虞我诈、争权夺利的世俗和惨淡。因为有贾宝玉、王熙凤等人的进出园子，他们的活动宛如一道流动的桥梁，沟通了园内和园外两个截然不同的叙事空间。大观园内的世界与大观园外的世界，便形成对立并存的两个现实世界。这种流通中的对立，形成了对园内园外不同世界的整体观照，在呈现园内世界的清纯芬芳之时，又借助园外世界的污浊泥淖反衬了园内世界的绝尘弃埃，令清者更清，浊者更浊。园内与园外的沟通、清与浊的对立构成了《红楼梦》中整体空间世界的和谐与统一。

　　与大观园呈对应关系的空间有二。小说第五回构演了一个太虚幻境。这是一个与大观园密相关涉的虚拟空间。大观园荟萃了人世间秉承精华灵秀而来的诸多少女，演出她们生命历程中点滴生活场景，弥散她们丝缕的爱与哀愁；太虚境却宛如一个档案馆，用文字、图画、歌舞等多种方式，储存了关于她们性情、命运、结局的所有材料，借助贾宝玉梦游之际，向读者一一播演她们的悲欢信息与生死符码。大观园是书中人感性生命的勃发空间，太虚境却成了作书人理性观照的演绎途径。大观园为实境，太虚境乃虚园。天上人间，两相对应。另一个与大观园对应的空间虽然逼仄狭小，却蕴藏丰富的象征内蕴。那就是林黛玉堆垒的埋香冢。埋香冢不过是这个贵族少女集中存放她扫取的落花的一个小小土堆，然而它却凝聚着一种人世间所有美好事物飘谢、衰落、埋葬、尘化的深层意蕴。

仿佛是大观园的一个缩微，春花娇媚鲜艳的花瓣终将飘零，终将归葬于这座小小的埋香冢，众多青春少女虽也在大观园中尽情绽放她们的妩媚靓丽，却终归有凋零毁灭的那一天。女儿如花，大观园是放大了的埋香冢，埋香冢是缩微了的大观园。天上、园中、地下，就这样在不同的空间层面上构成了三维对应。不同层面上的这种内在对应，体现了作者"和"的空间意识。

大观园一如中国古代园林，在园内又构设了诸多独立的园中之园。大观园名义上乃因元妃省亲而造，实际却是为诸多佳人提供一个展演悲欢故事的舞台空间。当众少女奉命入住园中时，园中早有一座与她们各自性情、气质均相配合的居所装饰停当静候其间。事后分给众人居住时，这些居处的景致与室内氛围却与择居主人的气质性情无一不合。林黛玉爱幽静，便有翠竹掩映、幽雅静谧的潇湘馆；薛宝钗习素淡，便有山石藤蔓、冷而苍翠的蘅芜苑。贾探春性明快，于是秋爽斋内通达阔朗、未加隔断；贾宝玉喜红颜，于是怡红院中蕉棠两植、红娇绿媚。藕香榭、稻香村、栊翠庵、暖香坞以及诸多起居之所，均各有风格，呈现不同气象。它们并非宝黛钗探诸人根据自己的性情喜好修葺装饰而成。在诸位居民搬入大观园之前，这些园中之园的景致特征和室内陈设均已按照省亲的程序需要一一配就：潇湘馆用于读书下棋，蘅芜苑宜于煮茶操琴，秋爽斋适于写字作画，稻香村可以做一做归农梦。这就在两个层面上体现了作者"和"的审美观：一是园中诸园作为大观园内的小景观，在局部意义上造就了与大观园之间整体和谐的美的风貌；二是诸园之间因为各有风格、各不相同，形成了大观园内和而不同的人文景观。

大观园作为一个人文化了的自然景观，它的"和"美是既儒又道的。道家以为天地有一种自然生成的和谐的美，体现的是一种无为无不为的和谐自然。儒家的天地和美，是认为天地体现了一种和谐相生的秩序的美。大观园是一个文学园林，完全来自曹雪芹的纸上营构。在现实世界里四处寻觅大观园的原型不免泥执，然其形制与风格却又确实源于中国古代园林的艺术理念。大观园与太虚境、埋香冢的三重对应，园内世界与园外世界的流通，园内各小园本身的自然风貌与彼此之间的默相对峙，在一定的对立统一中体现为一种有序的和谐美。潇湘馆幽绿如春，怡红院热烈如夏，秋爽斋清爽如秋，蘅芜苑冷淡如冬，自然界的季节循环，在同一个时空界限内就可进行。正所谓"天上人间诸景备"，人文景观与自然景象的天然璧合，形成了大观园内各园之间既交错又有序、共构互补的生命空间。

二　园中境：个性化的栖迟空间

大观园中最幽静的居处是潇湘馆。林黛玉择居时，看中了那里的几竿翠竹隐着一道曲栏，盘算着要搬到那里去。潇湘馆的环境特征，是既清凉幽静，又绿意盎然。这一处千百竿翠竹掩映着的地方，凤尾森森，龙吟细细，因为环境色的衬托，袅袅茶烟也染成了淡绿，棋局结束时曾经移棋的手指尚感清凉。贾宝玉探望林黛玉时，觉得有一缕幽香从窗内细细透出，这幽香仿佛也沾染了清淡的绿意，令宝玉感受到它的温馨。夏日里，庭院中竹影参差，苔痕浓淡，窗外竹影映入窗纱，屋内便感阴阴翠润，几簟生凉。这样一个充满绿意、生机盎然的环境，正适宜林黛玉这样一个幽雅、清纯、喜静、多愁、诗意化的贵族少女居住。潇湘馆居室内满满的书架，又仿佛是林黛玉满腹诗书、才情横溢个性的证明。怀有淡淡哀愁、浓浓才情的林黛玉，与潇湘馆的景与境融为一个和谐的整体。这是特定风格的园景与特定的人物性情的"和"美。

相似的"和"之美也体现在薛宝钗、贾探春、贾宝玉等人的居处。薛宝钗之"薛"谐音"雪"字，作者为她拟写的判词是"金簪雪里埋"，《终身误》曲子赞她为"山中高士晶莹雪"，她又出生在寒冷的冬天。所以在入住大观园时，薛宝钗选择了只有山石草蔓、没有繁花绿树的蘅芜苑。进到室内，也是一色摆设玩器全无，白壁白床，青纱帐幔，像进了雪洞一般，连高龄老太太都觉得太过素朴，有所忌讳。这样的居所却与主人薛宝钗素喜浅淡、不事奢华的生活方式和她淡漠寡情的情感特征相吻合。秋爽斋院内植有枝叶阔大的芭蕉，贾探春豪爽地自称蕉下客，室内三间屋子又不曾隔断，所有的陈设布置都突出一个"大"字，纸帖砚笔又非常之"多"。这与贾探春的爽快明朗个性相合，也凸显了她的书生意气。怡红院内的景致是蕉棠两植，绿叶舒展的芭蕉崇光泛彩，娇艳欲滴的海棠妩媚静好，在大红大绿的彼此映衬中，突出了主人贾宝玉愉悦红颜、青春焕发的阳光少年形象。

潇湘馆、怡红院、蘅芜苑、秋爽斋这些园中之园，是作者在心中构建大观园之时，为他笔下心爱的角色谋划的具有个性化特征的人文景观。在林黛玉、贾宝玉、薛宝钗、贾探春入住其中时，它们便成了作者刻画人物形象的一个重要手段。《论语·雍也》曾云："知者乐水，仁者乐山。知者动，仁者静。知者乐，仁者寿。"[①] 这是说不同的人对山水景致有不同的喜好，因此体现出了带有个性特征的选择。智者喜好的是水，水的流动不息能给人以灵动鲜活的生命启迪和智慧暗示，仁者却从山的稳定沉静中得到更多道德上的感悟，所以仁者爱山。智者与仁者实际上都在自然的山水之境中获得了自我生命的观照，由此产生审美主体与审美客体的相生相谐。

《红楼梦》作者欲要表现园中园与园之主的和谐相生，也很自

---

① 《论语·雍也》，杨伯峻：《论语译注》，中华书局1980年版，第62页。

然地写出那是出自他们自己的选择。小说第二十三回，元妃下旨，命贾宝玉和众姐妹进大观园居住，既不使佳人落魄，也不致花园寂寥，于是众人便都开始了择居的盘算。择居，即是对择居者性情、气质、爱好、情感特征所采取的特殊视角的切入。林黛玉只会选择幽雅清静的潇湘馆，而不会选择大红大绿的怡红院；薛宝钗更愿意住进简淡素朴、毫无装饰的蘅芜苑，而不可能去选择阔朗的秋爽斋，或是艳丽的怡红院；然而艳丽的怡红院却正好符合了贾宝玉爱红的个性，又与潇湘馆相距很近。众人对居处的选择反映的是他们于山水竹木花草景致的审美观照。作为审美主体的人与审美客体的客观环境之间的和谐之美，正是传统乐山乐水观在后世小说世界里的一种自然展现与合理延伸。

如果说园中居所与居住主人两相契合是一种静态的和谐美的话，那么《红楼梦》也更多地展现了园中景观与活动的人之间动态的和谐美。黛玉葬花是书中经典画面之一。正值暮春时分，满园花落殆尽，林黛玉扫花、葬花、哭花，在荧荧泪光中吟唱出一篇芬芳悲凄的《葬花辞》。林黛玉仿佛"花魂"，从初春到暮春，都在花树中穿行，去堆垒她的埋香冢。这样美好而伤感的情怀，展示在这样一个华艳而生动的春景之中，《红楼梦》便在动态的进程里绘出景与人和谐相生的经典画面。宝琴立雪，也是景与人和的经典画面：大观园内粉装银砌，宝琴披着凫靥裘站在山坡上遥等，身后一个丫环抱着一瓶红梅。众人将这幅画面比做仇十洲的《双艳图》，贾母却说名画不如实景好看。

黛玉葬花是"动"，宝钗扑蝶也是"动"，宝琴立雪则是"静"，而湘云醉眠则是"静中有动"。无论是花团还是雪阵，是蜂飞还是蝶舞，作为大观园中自然景物之一，它们都以其鲜活的生命特质参与了人的活动，成为人的精神世界的一个有机组成部分。《世说新语》记简文帝游览华林园，顾谓左右曰："会心处不必在远。翳然林水，便自有濠濮间想也，觉鸟兽禽鱼自来亲人。"① 鸟兽禽鱼与人的亲近无间，是人在内心的自我观照所产生的审美感受，有如辛弃疾说的"我见青山多妩媚，料青山见我亦如是"②。传统文化中所推崇的自然与人的和谐之美在这里得到丰美的体现。

《红楼梦》中的箫笛之声，也体现了一种人与自然相生相和的美的韵律。第二十三回林黛玉经过梨香院墙角，隔墙聆听墙内笛韵悠扬，歌声婉转，及听到杜丽娘《游园惊梦》的经典唱段，不禁心痛神痴，眼中落泪。第四十回贾母与众人在缀锦阁下饮酒，命女伶们铺排在藕香榭的水亭子上，借着水音听戏。因为有一道水面的间隔，噪杂之音得到了过滤，声音入耳时感觉更加清亮纯净。等到表演时，箫管悠扬，笙笛并发，又值风清气爽，那乐声穿林度水而来，使人心旷神怡。第七十六回两次写到贾母带人饮酒听乐，明月清风，天空地净，从桂花树荫下呜呜咽咽、袅袅悠悠，传过笛声来。林黛玉和史湘云离众来到凹晶溪馆，皓月清波，微风一过，池面皱碧铺纹，令人神清气净。此时笛声悠扬起来，两人遂生联句的兴致。

音乐与自然的和谐是传统和谐观中重要的一个方面。因为中国古代"和"的观念本身就来自音乐。"和"，古作"龢"，郭沫若认为："龢之本义必当为乐器，由乐声之谐和始能引出调义，由乐声之共鸣始能引出相应义。"③ 这种观点将和谐与音乐的关系阐发得非常精到。《礼记·乐记》以为："大乐与天地同和，大礼与天地同节。"

① ［南朝宋］刘义庆撰，［南朝梁］刘孝标注：《世说新语》卷上之上《言语》，四部丛刊景明袁氏嘉趣堂本，第 38 页。

② ［南宋］辛弃疾：《贺新郎》，唐圭璋主编：《全宋词》第 3 册，中华书局1965 年版，第 1915 页。

③ 郭沫若：《甲骨文研究·释和言》，《郭沫若全集·考古编》第 1 卷，中华书局 2002 年版，第 96 页。

又云:"乐者,天地之和也。"① 与天地自然万木山川同和的,不止悠扬美妙的乐音本身,还应包含奏乐与赏乐的人,人在一种接近自然、物我两忘的音乐世界中与外在的山水草木同和。魏晋时嵇康赋诗云:"春木载荣,布叶垂阴,习习谷风,吹我素琴"②,"藻汜兰池,和声激越,操缦清商,游心大象"③。这也是认为乐和在于自然与音乐的和谐。而操琴之人能够游心大象,是能进入"和声"境界的前提。人与音乐与自然,彼此消融,共成一体。

传统的和美观认为,要使主体与客体达到和谐统一,先要客体之境自然,优美便是这种境域美的形态。作为主体的人,内心恬淡素朴,有与优美之境相谐的心理基础,才有可能达到物我两忘的境界。司空图《二十四诗品·实境》云:"清涧之曲,碧松之阴。一客荷樵,一客听琴。"听乐音的主体已消融在水光松声琴音的客体意境之中,物我两忘,达到"至一""太和"境界,是所谓"情性所至,妙不自寻"④。此也即是诗家所说的"思与境谐"。《红楼梦》诸多场景中,戏曲唱腔、箫笛乐音、园中天籁,协调了作为审美主体的人与审美客体之间的关系,奏出了天地人相和相生的艺术人生之美。

宋时理学家程颐亦言:"推本而言,礼只是一个序,乐只是一个和。只此两字,含蓄多少义理。又问:礼莫是天地之序?乐莫是天地之和?曰:固是……无序便乖,乖便不和。"⑤ 显然,程颐的乐和观念本于《礼记》,只是更强调礼与乐之间的关系。作为对儒

---

① [东汉]郑玄注,[唐]孔颖达疏:《礼记》,[清]阮元刻:《十三经注疏》,中华书局1980年版,第1530页。

② [三国魏]嵇康:《兄秀才公穆入军赠诗十九首》,韩格平注译:《竹林七贤诗文全集译注》,吉林文史出版社1997年版,第287—288页。

③ [三国魏]嵇康:《四言诗十一首》,韩格平注译:《竹林七贤诗文全集译注》,吉林文史出版社1997年版,第343页。

④ [唐]司空图:《二十四诗品》,清同治艺苑捃华本,第4—5页。

⑤ 王孝鱼点校:《二程集·河南程氏遗书》,中华书局2004年版,第225页。

家和谐观的呼应和补充，道家强调人与天地自然之间的和谐。《庄子·天道篇》曰："夫明白于天地之德者，此之谓大本大宗，与天和者也。所以均调天下，与人和者也。与人和者，谓之人乐；与天和者，谓之天乐。"① 在这"天人合一"的观念中，天和决定人和，而人和又影响着天和。天人交感，互相作用，就更显和谐。

三　境中人：审美化的异质群体

《红楼梦》作者借助主人公贾宝玉表达了对女性美的看法。在贾宝玉眼中，袅娜清秀的林黛玉是神仙似的妹妹，端凝丰盈的薛宝钗却又另具一种妩媚风流，史湘云则兼有林黛玉的率真和薛宝钗的健康。李纹、李绮、宝琴、岫烟到时，贾宝玉惊叹老天将所有的精华灵秀都集中在她们身上了。丫鬟中晴雯是生得最好的，眉眼身影都很像林黛玉，袭人却也柔媚姣俏，麝月公然又是一个袭人，鸳平紫袭一向并称，香菱模样像蓉大奶奶的品格，而可卿却又兼具钗黛二人之美。显然，这些青春少女并非都是一个模子里铸出的美女样榜。她们各有各的特点，或清秀柔弱，或端庄丰满，有的削肩细腰、长挑身材，有的蜂腰猿背、鹤势螂形。谁才是《红楼梦》中女性美的代表呢？自小说面世至今，钗黛优劣之争便一直没有停歇，甚至有老友为了这纸上婵娟而彼此龃龉，几挥老拳。苏轼曾云："短长肥瘦各有态，玉环飞燕谁敢憎。"② 在典型的清秀美和端庄美之间，曹雪芹并没有厚此薄彼。符合他审美理想的女性形象，既不是林黛玉，也不是薛宝钗，而是兼有钗黛两人之美的可卿仙子。太虚幻境中显现的警幻仙子的妹妹可卿，其端庄妩媚有似于宝钗，其

① 曹础基：《庄子浅注》，中华书局1982年版，第188页。
② ［宋］苏轼：《孙莘老求墨妙亭诗》，张春林编：《苏诗全集》上册，中国文史出版社1999年版，第58页。

袅娜风流又如黛玉。她小名"兼美"。"兼美"之命名，表明作者没有执其一端，而是兼容众美，和而不同。

众多女性在性情、气质上也是各有特点，互不重复的。林黛玉多愁善感，聪明灵秀，是一个具有诗人气质的少女，一有机会便思展露诗才，春花秋月，风晨雨夕，无一不引发她的诗家情怀。薛宝钗端庄凝重，不苟言笑，衣着朴素，平日里总以针线为业，却善于处理身边的人际关系。作者让林黛玉发表诗论，让薛宝钗发表画论；林黛玉有葬花之雅，薛宝钗有扑蝶之兴；菊花诗是林黛玉的风流别致取胜，海棠诗是薛宝钗的含蓄浑厚压卷。在她们的感情生活中，也是各具风流、难分轩轾的。林黛玉多于情、深于情，拥有贾宝玉的爱情；薛宝钗淡于情、明于理，得到贾宝玉的婚姻。她们的个性各有优长，命运却各有缺陷，均属于不完美的人生。两百多年来，读者每每感叹，若兼有钗黛二人之长、去除钗黛二人之短，既温柔平和又深情缅邈，既有爱情作为基础又能发展为心心相印的婚姻，该多么美好。事实上，在那个封建时代，任凭女子有多少才华和抱负，都不配有更好的命运。因此，《红楼梦》对钗黛两种风格的美，都是赞赏的、推崇的；而对这两种风格的美的毁灭，又都是缅怀和哀悼的。《红楼梦》没有认可哪一种风格是个性美的最佳典范，没有只推崇其中一美而否定其余各美。作者眼中心中，众美之和才是真正的美，才足以达到美的理想境界。所谓"兼美"，并不止是兼具钗黛二人之美，更有兼具众人之美的深层企望。所以，以众美之和为美，才为"兼美"。

"兼美"的审美理想，与传统文化中的中和观相为应和。以儒家的中和观看来，"和"是杂多、对立元素的有机统一，"中"则是指一种居中持重、不偏不倚的兼容态度。"和"侧重于不同事物、不同因素的调和，"中"侧重事物的共存状貌、处事时所采取的某种准则或方法。《尚书补疏》曰："变易其行，则宽而栗，强而义，不执于一矣。"① 不执于一，即是两端兼容。孔子曾云"宽猛相济"，"相济"即强调不同因素的彼此调和。沈约《宋书·谢灵运传论》有云："夫五色相宣，八音协畅，由乎玄黄律吕，各适物宜，欲使宫羽相变，低昂互节，若前有浮声，则后须切响。"② 艺术形象的美有如五色八音，单奏一音不成调，独出一美不为美，彼此映衬才更显其独特的美。"五色相宣"是色彩的调和映衬，"八音协畅"是音声的协调和畅，众色相和、众音相协，众美毕集而不推其一美，正是"中和观"的体现。刘邵《人物志》亦论"中和"曰："凡人之质量，中和最贵矣。中和之质必平淡无味，故能调成五材，变化应节……圣人淳耀，能兼二美。"③ 兼二美即能兼众美，兼美必表现为中和。以是观之，《红楼梦》对待诸多女性美的态度，正源于传统文化中的这一中和观。

传统文化讲求"中和"，并不抹杀各类质素之间的区别，而是存其异端而求其协调，不要求"同"而要求"和"。如果统一为一个声音、一种色彩、一样个性、一条轨迹，则不能有效地促进事物的生存和发展。此即传统文化中极为重要的"和而不同"的人文精神。《礼记·乐记》谈色和曰："五色成文而不乱。"④ 唐代孙过庭《书谱》论字和云："至若数画并施，其形各异；众点齐列，为体互乖。一点成一字之规，一字乃终篇之准。违而不犯，和而不同。"⑤ 致"和"的渠道，是将不同事物、不同因素按一定规则协调为一个有机整体。如果让所有事物和因素都呈现为"一"种样貌，即非"和"，

---

① ［清］焦循：《尚书补疏》，《续修四库全书》第 48 册，上海古籍出版社 2003 年版，第 8 页。

② ［南朝梁］沈约：《宋书》，延边人民出版社 1998 年版，第 120 页。

③ ［三国魏］刘邵：《人物志》，青海人民出版社 1998 年版，第 2 页。

④ ［东汉］郑玄注，［唐］孔颖达疏：《礼记》，［清］阮元刻：《十三经注疏》，中华书局 1980 年版，第 1536 页。

⑤ 朱建新：《孙过庭书谱笺证》，上海古籍出版社 1982 年版，第 116 页。

而成为"同"。《国语·周语》云："夫和实生物，同则不继。以他平他谓之和，故能丰长而物归之。若以同裨同，尽乃弃矣。故先王以土与金、木、水、火杂，以成百物。是以和五味以调口，刚四肢以卫体，和六律以聪耳……声一无听，物一无文，味一无果，物一不讲。"① 所谓"以他平他"，即是以事物质素的不同性和相关性为前提的，因为有异质存在，事物质素之间相互制约、彼此协调，就能促进事物的发展。所谓"以同裨同"，即是将相同的事物、相同的质素彼此重合叠加，因为没有异质的交互作用，同质复置，不仅不能促进事物的发展，反而还会堵塞路途，窒息生机。

从这个角度切入《红楼梦》，就可发现，曹雪芹通过对大观园内各处园景风格的多方设计和对众多女性形象的容貌体态气质性情的描绘，实际上与传统文化的"中和"观密相扣合，既不泥执于一端，讲求兼收并蓄，又不抹杀其间差异，推崇和而不同。这样就使该书的审美理想体现出了一种雍容宽和、博雅大度的"和之美"来。

---

① 《国语》，上海古籍出版社 1978 年版，第 515、516 页。

第十三章
语言鉴赏的多元视角

文学是语言的艺术，经典文学作品的语言无不富有表现生活的生命力和独到的艺术魅力。作家出于摹写生活、表达思想、抒发情感的需要，按语言内部系统构建属于他个人风格的话语体系。读者阅读经典作品，借助联想和想象，感受语言所要表达的内涵和意绪。作为中国古代章回小说的杰出代表《红楼梦》，其语言最为成熟，最为优美，特点是简洁明净，清雅朴素，文质兼美。著名语言学家王宁先生说："对文质兼美的言语作品熟读、精研、玩味、复述、引用都有助于语感的生成和改造。"①在阅读、领会《红楼梦》故事情节的同时，关注、体悟小说的语言表达，会在较大程度上促进读者的语感生成，激发其审美体验。

《红楼梦》语言鉴赏当从描写语言、叙述语言和人物语言等诸多层面进行。整本书阅读视野下的《红楼梦》语言鉴赏，宜结合重要故事情节的行进同步开展；面对表现人物性格比较重要的情节，可以借助版本异文比较，探究人物语言的合理性。语感与语理的结合，会促进语言鉴赏能力的获得，提高效度。

① 王宁：《谈谈语言建构与运用》，《语文学习》2018 年第 1 期。

一　品读文字循语理

《红楼梦》语言朴素简洁的总体风格，体现在各个方面。读者首先要关注这部小说描写景物、肖像、心理等语言的风格特征。

小说描写园景居所时渗透诗情画意。第十七回贾政贾宝玉等人大观园题对额，所到之处俱是佳景，不经意抬头看见"一带粉垣，里面数楹修舍，有千百竿翠竹遮映"，三句简洁的文字，写出潇湘馆环境之美。匾题"有凤来仪"，因传说中凤凰以竹实为食，题名含义与环境特征十分切合。贾宝玉题联云："宝鼎茶闲烟尚绿，幽窗棋罢指犹凉。"鼎炉上烹茶已止而水烟尚绿，幽窗前下棋已罢而手指还凉。这种烟绿香清、幽凉淡雅的氛围，都是因为窗外翠竹茂密，绿意透窗入屋产生的感觉。第十八回元妃省亲时贾宝玉赋诗，有"竿竿青欲滴，个个绿生凉"之句，再次对潇湘馆的环境作了优美的形容。第二十六回贾宝玉信步走到一处，只见"凤尾森森，龙吟细细"，正是潇湘馆。"凤尾"原指凤尾竹，又泛指一切竹子；"森森"是树木茂密的样子；"龙吟"形容声音深沉细碎。第三十五回又借助林黛玉之眼，再次摹写潇湘馆夏日的清凉雅致："只见满地下竹影参差，苔痕浓淡"，"只见窗外竹影映入纱来，满屋内阴阴翠润，几簟生凉"。"竿竿""个个""森森""细细""阴阴"均为叠字词，"参差"为双声词，"浓淡"为对举词。小说对第一女主人公林黛玉的居处环境，用简洁清雅的诗笔反复皴染，突出了"绿"和"凉"，不仅诗意盎然，画面感强，声色俱佳，而且这个幽静清雅的居处，正适合林黛玉这样一个清雅多愁的诗意化少女居住。其他如蘅芜苑内只草无花，藤蔓萦绕，异香弥漫，自然素朴，一扫浓艳娇妍、花红柳绿气象。稻香村里有百株杏花，更兼桑榆槿柘，青篱土井，佳蔬菜花。怡红院数本芭蕉，一株西府海棠；秋爽斋芭蕉舒展，梧桐高大。作者在小说中人择居之前，已经预先设计了与他们个性相符、气质相宜的诗意化居处环境。此外，主要人物活动的场景，如沁芳泉、滴翠亭、芍药裀等，也无不充溢诗的意境和韵味。这些园景，既是大观园中风格不同的小景观，也共构了丰富多彩的大观园整体景观。

小说描写人物肖像时富有文化韵味。第三回林黛玉进贾府，见到迎春是"腮凝新荔，鼻腻鹅脂，温柔沉默"，探春是"削肩细腰""俊眼修眉，顾盼神飞"。寥寥数语，文字雅洁而底蕴丰厚，我们很容易联想到《诗经·硕人》中的经典语词："手如柔荑，肤如凝脂"，"螓首蛾眉，巧笑倩兮，美目盼兮"①。作者化用这些诗句，分别描写迎、探二春的容貌，一侧重面容、肤质，一侧重眉眼、身腰，写出迎春的丰润白腻、探春的灵动机敏，更画出她们内在气质和精神风貌的不同，同时也表达出作者富含审美情感在内的审美评判态度。林黛玉的容貌偏从贾宝玉眼中看出，重点描画她的"罥烟眉""含情目"，她的娇靥与泪光，她的聪慧与病弱，尤其是"闲静时如姣花照水，行动处似弱柳扶风"，一个面容娇媚、形体袅娜的美少女如在读者目前。第八回贾宝玉去梨香院，见到宝钗"唇不点而红，眉不画而翠，脸如银盆，眼如水杏"，可知宝钗是一个眉眼盈盈、丰满白润、健康端庄的美少女，而"不画""不点"两词，又透露出薛宝钗朴素自然的淡雅气质和不爱妆饰的个性特征。由此可知，作者描画人物容颜，不仅用富有文化内蕴的文字作简笔勾勒，而且也着意透射人物的个性气质与精神世界特征，使得读者刚一睹面，就获得了对书中人基本信息与状态的了解。

小说描写人物心理时注重细腻真切。第三十二回"诉肺腑心迷活宝玉"，林黛玉知道史湘云来了，要去观察一下贾宝玉的态度，结果无意中听到宝玉背地里一片私心称扬自己，"不觉又喜又惊，

---

① 江阴香译注：《诗经译注》卷二，北京市中国书店 1982 年版，第 55 页。

又悲又叹"：她因知己获得认同而喜，因宝玉不避嫌疑而惊，因宝钗横亘其间而叹，因自己不能久待而悲。林黛玉喜、惊、悲、叹的原因都借黛玉自己的心理活动揭示出来，千回百转，无奈落泪，转身离去。第三十四回宝玉赠帕之后，林黛玉不觉可喜、可悲、可笑、可惧、可愧：她因悟出赠帕含义而喜，因不知命运走向而悲，因旧帕如无深意而觉可笑，因宝玉私相传递而觉可惧，又因自己每每会错宝玉情意而惭愧。林黛玉左思右想，心情激荡，五内俱燃，顾不得嫌疑避讳，写下题帕三绝句。这样的心理描写，文字同样简洁明净，朴素流畅，但人物心理世界的揭示却复杂细致，层次丰富，即列之于世界文学名著之林当毫无愧色，而在以描写行动见长的中国章回小说中，显得尤为真切而珍贵。

小说对事件的描写，则有客观冷静、含蓄平淡的特点。无论是宝玉挨打、抄检大观园这样的激烈场面，还是黛玉葬花、湘云醉眠这样的诗意场面，或是可卿出殡、元妃省亲这样的肃穆场面，写来都简洁而不简单，冷静而不冷漠，朴素而不寡淡，生动逼真地传达出特定情境下人物的风神和事件的原貌。因已有相关章节在前，此不赘述。

经典作品的阅读与鉴赏，能培养我们优质的语感。但仅有语感是不够的，还要对语言的品质有理性的认知，这就需要上升到"语理"层面来指导阅读。王宁认为："要想改变语感的品质，必须有一定的语理来调整。语理是对语言现象的理性认识，把语言现象提升到规律，就产生语理。"[①] 与曹雪芹原著相比，80 回以后的文字，虽然故事情节大致接续上并完成了全书架构，但在具体人物和景物的描写上，续作的艺术功力大大不如前 80 回。如第二十六回"凤尾森森，龙吟细细"一句，甲戌本有脂砚斋旁批说："与后文落叶

---

① 王宁：《谈谈语言建构与运用》，《语文学习》2018 年第 1 期。

萧萧、寒烟漠漠一对。可伤！可叹！"① 这个"后文"自然是 80 回后佚稿中的相关描写，可惜今天的读者已经读不到了。又如黛玉之死，续作描写她"出气大入气小，已经促疾的很了"，"手已经凉了，连目光都散了"，"浑身冷汗，不作声了"。这些文字，不仅寡淡、拖沓，也没有个性色彩，更无一丝丝诗化意绪。此前尤三姐之死，作者尚且还用"揉碎桃花红满地，玉山倾倒难再扶"这样凄美的文字来形容，何况林黛玉这样一位遗世独立的绝代佳人，她的死一定会呈现更为凄美的画面，如果在曹雪芹笔下，何至于是这样的一种景况呢？再如宝玉中举后出走未回，王夫人"直挺挺的躺倒床上"，宝钗"也是白瞪两眼"，袭人"哭的泪人一般"，居然还要骂贾兰。这些描写毫无意趣可言，而且也违背了小说人物身份、地位、性格的质的规定性。它们既不真，也不美。

和高中生谈《红楼梦》的整本书阅读，自然要将 120 回作为一个整体来对待，但一线教师也须在原著与续作语言的高下优劣上，给予中学生的鉴赏以到位的指导。理解语感的获得途径，发挥语理的认知作用，可以提高中学生鉴赏《红楼梦》语言品质的效度。

二　分析话语见个性

经典作品的语言鉴赏自然少不了对人物语言的鉴赏分析。《红楼梦》人物语言鉴赏的过程，更需要理性的概括，因为"理性的概括对语感有解释作用，也形成了语言运用的自觉性"②。

《红楼梦》中的人物语言具有显著的个性化艺术特征。作者观察社会生活，洞悉人生百相，为书中人设计的语言极符合其身份、

---

① 朱一玄编：《红楼梦资料汇编》，南开大学出版社 2001 年，第 399 页。
② 王宁：《谈谈语言建构与运用》，《语文学习》2018 年第 1 期。

教养、阅历、性格等，读者能从说话看出人来。林黛玉说话聪慧灵巧，尖酸善谑，满是书卷气；薛宝钗言辞端庄温和，豁达大度，善解人意。史湘云爽快开朗，王熙凤机巧泼辣。迎春懦弱，探春机敏，惜春胆小。贾宝玉开口总有贵公子怜红惜翠的意味，薛蟠一开口则显得粗俗野蛮。贾太君精明慈爱，刘姥姥世故村俗。"也亏你倒听他的话。我平日和你说的，全当耳旁风，怎么他说了你就依，比圣旨还快些！"这话只能是林黛玉才能说出，因为依恃和贾宝玉交往密切，感情与众不同，尖酸中蕴含深情，嗔怪中透露娇憨。"我吃了一点子螃蟹，觉得心口微微的疼，须得热热的喝口烧酒。"这也是体质娇弱的林黛玉才会有的口吻。"你死了，我做和尚去。"反映的是贾宝玉的纯情和心志。从人物语言入手，可以真切地了解人物的个性特征；另一方面，把握住了人物的基本性格，也可以更准确地理解人物的语言内涵。两者密相关涉，不可分割。

整本书阅读视野下的《红楼梦》语言鉴赏与分析，宜当结合作品前五回以及重点解析的关键情节来进行，而不宜全面铺开，目标散漫。面向高中生的阅读活动，应综合考虑学生的阅读基础、学情、学业等现实因素。就此而言，"可卿出殡""宝玉挨打""抄检大观园"等重大情节，是语言鉴赏主体内容的较好选择。本章仅以"抄检大观园"为例作一说明。

抄检进程中最能给读者留下深刻印象的人物形象，首推王熙凤。王夫人接到邢夫人封送的绣春囊，主观断定是王熙凤的物品，不小心丢失在大观园山石上的。她直奔凤姐屋里，劈头劈脑将凤姐训斥了一通。王熙凤首先询问王夫人这么判断的理据："太太怎知是我的？"结果王夫人又哭又叹，说了一大篇完全出于自己主观臆测的话，而且加重了叱骂。王熙凤又急又愧，虽然口中说道不敢自辩，但在紫涨了脸面、双膝跪下之际，还是急中生智，瞬间便想出五个理由为自己辩护：一是香囊做工不够精致，自己不会使用；二是即使有这种香艳级别的香囊，也会收在家里而不会带在身上随便让姐妹或丫鬟仆妇们看见；三是奴才中年轻媳妇很多，更有可能是绣春囊的主人；四是贾赦、贾珍的年轻妾侍常到园中走动，绣春囊是她们的可能性更大；五是园中丫头也太多，不乏有年纪大、懂人事的丫头，也有可能有绣春囊。王熙凤不仅说自己没有这样的事，而且连平儿也可以担保无事。

王熙凤寥寥数语，立刻打消了王夫人的无端猜忌，扭转了情势不利于己的局面，让王夫人退了一步自责，又以商议的态度继续对话。于是王熙凤在安慰王夫人之后，接着进一步向王夫人献计：以查赌为由查人，借机撵出一批丫鬟。我们看，凤姐的辩词首先是摘干净自己，再由近及远，渐次想到绣春囊主人的多种可能性，最后指向年大难缠的丫鬟。这个辩护过程是一个思考过程，也是一个推断过程，等她和王夫人商议裁人时，基本上已经锁定了丫鬟群。后来的事实证明，凤姐的判断是准确的，解决问题的办法和策略也比较切实可行，这智商要比误判事端的王夫人高出好几个等级。两人的对话过程，凸显的是王熙凤反应灵敏，思维缜密，口齿伶俐。她始终以管家少奶奶的立场和口吻来考虑问题，应对的办法不仅可以整治内乱，摆脱王夫人的尴尬，而且还可以节省开支，减缓荣府财务颓败的速度。

小说不但集中笔墨描写凤姐的急智和口才，还通过抄检过程来表现她的态度和个性。当王夫人猜忌晴雯时，她有心回护，只推说"忘了那日的事"；当王夫人叱骂完晴雯后，她因王善保家的总调唆邢夫人生事，"纵有千百样言词，此刻也不敢说"。当探春的大丫鬟奋力还击邢夫人的陪房娘子时，凤姐情不自禁笑赞道："好丫头，真是有其主必有其奴！"当抄检结果证明事主是王善保家的外孙女儿时，"凤姐见司棋低头不语，也并无畏惧惭愧之意，倒觉可异"。凡此种种，都显示了凤姐和王夫人在情感立场和价值判断层面上的较大差异。这些细节的描写，足以说明王熙凤思想的独立性和性格的多样性，这就丰富了王熙凤形象的内涵，提升了情节的审美层次，故事也趋于深刻、生动。

《红楼梦》的人物语言，除了对话这一生活语言之外，还包含一种特殊语言，即书中人的诗词歌赋作品。在小说中安排诗词歌赋，是中国古典小说的一大特点。一般小说中诗词歌赋往往游离于情节人物之外，成为可有可无的点缀。《红楼梦》却不同于以往，它的诗词歌赋完美地融于小说情节中，带有丰富的隐寓性和叙事功能，是小说不可分割的有机组成部分。书中人创作的诗词作品，则成为作者用以塑造人物性格的有力手段。

在咏白海棠诗中，"淡极始知花更艳，愁多焉得玉无痕"就非常符合薛宝钗崇尚淡泊无欲、内心了无愁痕的特点；而"偷来梨蕊三分白，借得梅花一缕魂"就符合林黛玉灵巧娇柔的脱俗气质。李纨评价钗黛诗风是"含蓄浑厚"和"风流别致"的不同，已明显感受到两人情感状态有很大的区别。脂砚斋评说宝钗之诗是"自写身份"，黛玉之诗"不脱落自己"，是很准确的 [1]。菊花诗会中，林黛玉的诗作虽有"素怨""秋心""相思""幽怨"等触动伤感情怀之词，却都是在表达对菊花高洁贞白情操的倾慕相思之情，菊花在传统诗歌王国里却一向是士子高洁人格的象征，在某种程度上是作者人格的代拟和书写。柳絮词，林黛玉语词悲凄，薛宝琴声调悲壮，史湘云风格妖媚，薛宝钗格调欢愉。无论黛玉诗作还是宝钗诗作，都不过是曹雪芹模仿她们身份、阅历和口吻代拟写出的。《桃花行》是林黛玉悲愁怨慕的诗意表达。宝玉一看就知道是谁作的，宝琴骗他说是自己写的，宝玉说"这声调口气迥乎不像蘅芜之体"，"妹妹虽有此才，比不得林妹妹曾经离丧，作此哀音"。这说明作者模拟书

---

[1]　朱一玄编：《红楼梦资料汇编》，南开大学出版社2001年，第446、447页。

中人写诗时，已经考虑到每人的性格特点、身世经历等。其他如胸无点墨的薛蟠，吟诗只能是"一个蚊子哼哼哼，两个苍蝇嗡嗡嗡"；迎春缺乏才情，诗写得没有光彩，猜诗谜猜得不对，行酒令一开口就错了韵。香菱学诗，三首诗显示出初学写诗者进步的过程，"精华欲掩料应难，影自娟娟魄自寒"句，成了香菱才华难掩、学诗必成的精神追求的写照。

三　比勘异文判优劣

《红楼梦》的成书与古代其他章回小说不同的地方，在于曹雪芹原著没有完整地保留下来，在各种版本中，拥有原著最多章回的本子是庚辰本，它也只有前 80 回中的 78 回，缺第六十四、六十七回。现今比较流行的 120 回本，一是程甲本，一是程乙本。如果只是阅读故事情节，选择哪个版本都不太重要；但如果对《红楼梦》作语言鉴赏，版本的选择就比较关键了[①]。程甲本是 1791 年程伟元、高鹗刊印行世的，他们次年又刊行了程乙本。后 40 回是续作，暂且不论；程高本对前 80 回作了文字上的修改，造成文字上的不少差异，几乎每页都有[②]。这些差异影响到我们今天对人物语言的理解，也在一定程度上影响我们对人物性格的准确把握。

我们且以晴雯和探春在第七十四回"惑奸谗抄检大观园"中的语言表现为据，来说明上述问题。很明确，在抄检之前，王夫人与王熙凤已经确定了抄检的主要目的，是要借绣春囊事件来裁减丫

---

①　参见张庆善：《读〈红楼梦〉，选哪个"本子"》，《光明日报》2018 年 05 月 02 日 16 版。

②　参见詹丹：《为什么程印本的思想艺术不如脂钞本》，光明网—文艺评论频道 2019-12-13。

头，减少开支。哪些人应该列入裁减的名单范围呢？王熙凤定出的标准，第一是年纪大的，第二是咬牙难缠的。年纪大了，就有思春可能，现在看到了绣春囊，保不定还有别的事；性格难缠，小姐们降不住，也会生出其他事端。这本来没有晴雯什么事儿，晴雯既不属于年纪大的，又不属于咬牙难缠的，更没有私情来往或是勾引主子少爷的事。直到王善保媳妇因私怨而向王夫人定向调唆，引动王夫人对往事的联想，触及她内心里的最大忌讳时，晴雯才一跃而为抄检名单的第一名。王夫人下令让晴雯前来，核实一下晴雯的样貌和身份的时候，晴雯敏锐地感知自己遭到了小人的暗算。王夫人问宝玉起居，说"宝玉今日可好些"；晴雯如果回答得很详细，就暴露了宝晴两人日常的"密接"状态。所以她宁肯让王夫人误会自己不够尽责，也不肯说实话，于是就推说不了解宝玉近况："我不大到宝玉房里去，又不常和宝玉在一处，好歹我不能知道，只问袭人麝月两个。"又假借老太太的话，将自己贬低到"不伶俐""笨"的级别。她的对答非常机敏，让王夫人信以为真，部分抵消了自身伶俐俊俏所激发的他人嫉恨，在一定程度上降低了王夫人心中震怒，从而免去了眼前的灾难。

等夜幕降临，抄检队伍进入怡红院后，别人开箱让查，唯独晴雯带病挽发进来，将箱子掀开，捉住箱底往地下尽情一倒。庚辰本道是："王善保家的也觉没趣，看了一看，也无甚私弊之物，回了凤姐，要往别处去。"王熙凤带人就离开了怡红院。但程高本不是这样写的。程高二人可能觉得，这样写未免将王善保家的轻轻放过，有点不过瘾，所以增加了一段原本没有的对话。王善保媳妇恼羞成怒，打着"太太打发来的"旗号震慑晴雯："我们并非私自就来的，原是奉太太的命来搜察。你们叫翻呢，我们就翻一翻，不叫翻，我们还许回太太去呢。那用急的这个样子。"晴雯指着她的脸说道："你说你是太太打发来的，我还是老太太打发来的呢！太太那边的人我也都见过，就只没看见你这么个有头有脸大管事的奶奶。"王善保家的还要发飙，却被凤姐用话止住，轻轻带过。对这段描写的版本异文孰优孰劣的评议一向存在，这是一个开放式的话题。肯定程高本的读者，认为它酣畅淋漓地写出晴雯对王善保家的强烈不满，写出了晴雯刚烈不屈的个性；认同脂本的读者却觉得，原著描写的晴雯用行动表达了不满和不屈，表现得更为内敛，也更有自我保护的意识，而程高本所写是一种更为张扬、不计后果的宣泄，会导致更为严重的惩治风暴。

仔细忖度，王善保媳妇打着王夫人的旗号来威胁一个丫鬟，是有问题的。因为这次抄检，领队的是王熙凤，王善保家的不过是协同搜检，王熙凤还在，她无权摆出领队的架子；如果被搜检的丫鬟有阻碍抄检行为的事情发生，自有管家少奶奶辖制，王善保家的作为邢夫人的陪房娘子，自然不能越过王熙凤，以王夫人代言人身份来弹压不服管的丫鬟。所以这里涨出来的文字，没有庚辰本的文字好，后者更有表现力，也更符合人物性格质的规定性。

当抄检队伍到探春院里，探春早已"命众丫鬟秉烛开门而待"。探春只让搜她的箱柜，却不许搜检她的丫鬟们的箱柜，因为丫鬟一旦出问题，伤的是小姐的脸面，护住丫鬟，也是护住自己。这和她在第七十三回中对付迎春奶嫂的胡搅蛮缠一样，为迎春出头，是维护迎春的利益，也是捍卫迎、探、惜三春及一干小姐的尊严。她向平儿强调："物伤其类，齿竭唇亡，我自然有些惊心。"在第七十四回，探春将抄检上升到政治高度来认识，认为这是一种"自杀自灭"的摧毁行动，必将导致整个家族的"一败涂地"。因此她悲愤交加，"不觉流下泪来"。她既有对家族运道不断下滑的理性认知，又有对尔虞我诈极度痛恨的情绪积郁，在这种情况下，当王善保家的倚风作邪，故意上去翻检探春的衣襟时，探春不禁大怒，抬手打了这个挑唆生事、为虎作伥的奴才一巴掌，并且叱骂她"狗仗人势，天天作耗，专管生事"。这表明，探春对贾府内乱的政治局面看得极为清楚，对抄检的缘起和目的也十分明了，对中年仆妇的阴暗心理和险恶用心非常痛恨，对王夫人、王熙凤的自我抄检行动也相当不满。

作为领队的管家少奶奶王熙凤喝斥王善保媳妇，陪着笑脸帮探春整理衣袂，向探春解释、道歉不止。但王善保家的仍然不知轻重，口出怨言，说要回老娘家去。探春喝命丫鬟还击。丫鬟的回敬文辞很漂亮，引发熙凤喝彩。这里也出现了版本异文，庚辰本说："你果然回老娘家去，倒是我们的造化了，只怕舍不得去。"程高本在这句后加了几句："你去了，叫谁讨主子的好儿，调唆着察考姑娘，折磨我们呢？"程高本显然对年轻丫鬟怒怼陪房娘子很有兴趣，但是他们忽视了大观园的丫鬟和大太太的陪房娘子身份的距离、地位的不平等，将一些原本是主子姑娘才够格说的话，放在丫鬟口中说出来，就有点宣泄过度。写者酣畅，读者痛快，人物性格的某一面得到强化，人际矛盾更趋激烈，而人物性格的表现却有一定程度的失真。理解这一点，对高中生语言鉴赏能力的磨练是大有裨益的。

说到底，语言鉴赏能力的训练与思维方式关联紧密，如果阅读、鉴赏作品语言要依靠语感并提升语感的品质，那么要在不太长的时间内准确解读作品语言并把握人物形象，更要依靠语理，因为"从语言现象中概括规律，同时也是思维的训练。有了语理，语感的形成便更加自觉，这既是语言运用经验的积累，又必然使语言运用的能力更快、更好地提高"①。在"整本书阅读"任务驱动下，面对《红楼梦》这部文质兼美的经典小说，要更好地理解人物性格，就要运用科学合理的方法，在通读主体故事，感受其语言魅力的同

---

① 王宁：《谈谈语言建构与运用》，《语文学习》2018 年第 1 期。

时，还要抓住那些比较重要的情节描写，借助对不同版本人物语言的异文比较，深入思考探究人物性格的合理与合度，并通过语感与语理的结合，指导中学生语言鉴赏流程，促进其审美鉴赏能力的获得，提高整本书阅读的效度。

第十四章
点戏与观剧："戏中戏"结构的叙事策略

　　"戏中戏"是一个戏剧概念，指的是在一部（出）戏中套演另一部（出）戏。它是一种结构形式，相当于在正常演出的戏剧进程中"插演"另一个游离于原剧情节之外的戏剧故事或戏剧情境。《哈姆雷特》中王子让艺人在宫廷演出的小戏《贡扎古之死》，其情节与老王被害经过极为相似。哈姆雷特借助这一直观性的情境摹拟，验证了他对叔父克劳狄斯"弑兄篡权"罪恶的猜想。克劳狄斯弑兄，是发生在原剧开始之前的"剧前史"，《贡扎古之死》的"插演"相当于一种追述，补充了观众对剧前史的认知。《红楼梦》中元妃省亲时所点折子戏《豪宴》，出自清初李玉传奇《一捧雪》第五出，严世蕃家中豪宴之际，命家班演出《中山狼》杂剧。李玉借助这一情节，讽刺了曾受莫怀古救助的汤勤后来恩将仇报、陷害莫氏的中山狼行径。汤勤忘恩负义的情节发生在搬演《中山狼》之后，因此《中山狼》的"插演"乃是一种预示，警醒了观众对后续情节的想象。中外戏剧中运用"戏中戏"元素的作品不在其少。与其说它是一种编剧技巧，毋宁说它是一种境界高超的结构理念。

　　笔者所言"戏中戏"，是借用这一戏剧概念，阐述作者如何运用"戏中套戏""戏中演戏"的理念来营构小说情节，并分析其所产生的叙事效果。作为原剧意义上的"戏"，本章替换为"小说"；作为插演元素的"戏"，则专指那些在小说元文本中承担着一定叙事功能的戏剧，包括戏曲剧目的设置与演出、戏剧文本的阅读与评论等。因此，本章的"戏中戏"概念，等同于"小说中的戏剧"这一指称，亦可简言为"说中戏"或"稗中戏"。安插在小说叙事进程中的戏剧，其故事本是游离于小说情节之外的，但因为作者的有意营构，两者发生了内在联系，形成了某种对应关系，内层戏剧文本对外层小说文本起着映照、比喻、暗示等作用，因此形成了"说中戏"结构。相对于"戏中戏"而言，由于"说中戏"是以案头阅读而不是以场上演出为接受渠道，因此它不是"插演"而是"插叙"，"戏"的直观性缺失而其想象性增强，为读者的解读留下了较大余地，会在多元空间促进小说中戏曲元素的意义生成。

一 剧目名称的叙事职责

出现在《红楼梦》小说文本中的戏曲元素在在而有，它们或是剧目名称，或是唱词念白，或是优伶演出，或是人物观演，与其他元素一起，共构了小说人物依存的文化生活图景。就其存在而言，它们本身即是作者所叙之事，是小说故事整体的有机组成部分；然就其寓意而言，一些元素昭示了它们独具的"戏中戏"叙事功能。

《一捧雪》中的《豪宴》一出，原剧镶嵌了《中山狼》杂剧在内，本身就是"戏中戏"结构。它以中山狼比拟汤勤，以显豁的寓意提醒观众关注人物潜在的性格因子，并向观众预示情节发展的走向。原剧在此显示为"套层"式的框架结构：严世蕃豪宴演戏是情节外层，所演之戏《中山狼》是情节内层。内层故事的题旨补充了外层故事的内涵，扩大了外层故事的容量，形成一个立体的叙事空间。不止如此，《红楼梦》第十八回借元妃点戏之机，特意拈出《豪宴》名目，这也是"戏中戏"的叙事方式。深谙作者写作构想的脂砚斋曾断言：“《一捧雪》中伏贾家之败。”① 从小说写作的视角看，这是伏笔；从戏剧演出的视角看，则是典型的“戏中戏”结构。其一，莫怀古将汤勤举荐给严世蕃，汤勤为了一己之私而出卖莫怀古，致使莫氏倾覆；其二，莫氏祖传玉杯“一捧雪”，是汤勤献媚告密的前提，是严世蕃欲谋夺侵占的对象，也是莫氏惹祸的根本。这是《一捧雪》剧情的两大关键内容。

《红楼梦》小说中可堪类比的情节有两个：一是贾雨村曾受贾政举荐，二是贾雨村曾助贾赦谋夺石呆子祖传宝扇。现存原著前80回并未见到贾雨村出卖贾政的迹象，80回后情节有没有相关故事已不可知；两条线中亦不知哪条线上的故事是贾家之败的根本缘由，但这两条线均与同一个人物贾雨村密相关涉。如同《中山狼》文本发生在《一捧雪》文本之前一样，《豪宴》（或曰《一捧雪》）发生在《红楼梦》文本之前：发生在前的文本业已成为众所熟知的典故，发生在后的文本对它的插演或插叙，是以一种“引用”的方式替代对现行文本所演故事的描绘。这种以替代描绘为目标的“引文”，是“对外部世界话语的直接再现”②。读者可以推知，作者设置《豪宴》名目，乃是以“戏中戏”的方式昭示贾雨村的“中山狼”特质。

叙事结构行进至此，显示了三级套层，《一捧雪》剧情成为故事内容最丰富、最具有比拟作用的中间层。它在小说文本中，虽然没有像戏剧中的“戏中戏”那样展演开来，但读者却可以借助对它剧情的联想，补充对相关人物形象本质的认知，并以类比思维为基础，推导具备可然性的后续情节。

---

① 庚辰本、己卯本第十七、十八回夹批，朱一玄编：《红楼梦资料汇编》，南开大学出版社 2001 年版，第 299 页。

② （法）蒂费纳·萨莫瓦约著，邵炜译：《互文性研究》，天津人民出版社 2003 年版，第 139 页。所谓“外部世界话语”，可以理解为发生在后的文本的叙事话语。

　　与此相类，元妃同时点的另外三出戏《乞巧》《仙缘》《离魂》，同样以其名目寓示相关情节的走向：《乞巧》亦即洪昇传奇《长生殿》第二十二出《密誓》（舞台本分为《鹊桥》《密誓》两部分），《仙缘》（又称《仙圆》），乃是汤显祖传奇《邯郸梦》的第三十出，《离魂》亦即《牡丹亭》的第二十出《闹殇》（舞台本名《离魂》）。脂批点明，戏名分别伏写元妃之死、甄宝玉送玉、林黛玉之死。这几个故事都安排在小说 80 回情节之后，其真正样貌已不可再现，但读者可遵循原著"戏中戏"的叙事模式，借助所点之戏的情节内容补充对佚失故事的想象。从前述《一捧雪》剧情可以推知，它们被用以比拟的人物和情节，并不局限于所点的这出戏本身，而是涉及四部戏的整体内容。因此，《乞巧》寓示元妃死于政治斗争，《离魂》寓示林黛玉死于对爱情生命的渴望，《仙缘》寓示贾宝玉被度出家。这些意涵早已为诸多研究者所指出，若从"戏中戏"视角切入，其寓意则更为显明。了解 80 回后情节走向的脂砚斋在此点醒读者："所点之戏剧伏四事，乃通部书之大过节、大关键。"[1] 既说明这四事是决定通部小说故事命脉的四大关键情节，也说明此四戏是小说后续情节的情势铺垫和内涵扩容。

　　第二十九回贾母率众在清虚观打醮，神前拈了戏，为《白蛇记》《满床笏》《南柯梦》。打醮时所观之戏，只能是折子戏而不太可能是连台大戏，因此实地演出只会是三本戏中的各一出。然小说不写折子戏之名，却要点明整本戏之名。作者如此叙写，不过是要将这三部戏名嵌入正常的叙事进程中，发挥"戏中戏"的插叙功能。如将小说文本比作中国式的园林，这些戏名就仿佛是垣墙上的窗，关注园林内景致的游览者读到的是文本的常态化叙事，有心人则会透

---

① 庚辰本、己卯本第十七、十八回夹批，朱一玄编：《红楼梦资料汇编》，南开大学出版社 2001 年版，第 299 页。

过这些小小的窗口去欣赏领悟窗外的另一番风光。小说作者好比是园林设计师，开窗的目的就是要借窗外之景来丰富读者的阅读视野，满足他们的阅读期待。这三部大戏的戏名是一种隐喻，它们依序涵括汉高祖斩白蛇起家、郭子仪满堂子孙皆居官位、淳于梦一生功名终归梦幻等内容，显然寓示贾氏家族由兴到盛再到衰的三个历史阶段。

清乾隆年间苏州人钱德苍根据当时流行的舞台演出的折子戏，编选了《缀白裘》。该书收了《一捧雪》中的《送杯》《搜杯》《换监》《代戮》《审头》《刺汤》《边信》《杯圆》8折，唯独没有《豪宴》；有《满床笏》的《笏圆》，但没收《白蛇记》和《南柯梦》。《缀白裘》成书于乾隆二十八年至三十九年（1763—1774）之间，剧目收录与否反映了它们在康乾时期戏曲舞台上的演出频率信息。可知《豪宴》与《白蛇记》《南柯梦》并非当时盛演的剧目，曹雪芹插叙这些剧名，并非现实生活的真实摹写，而是主观特意的艺术设计。然从叙事进程而言，这些剧目又都是作为《红楼梦》中生活化的"点戏""拈戏"方式，不经意地安插在小说重要情节的叙事进程中，对未至而必至、决定贾氏家族命运的关键情节作了"预言"。

因此这些剧目在甫一出现之时，便以其"双关性"的特殊存在，丰富了即时场景的深层内涵，生发并拓展了小说的主题意蕴，远远地牵制着小说情节的发展方向。元妃省亲日，居然上演《豪宴》，若非有意以隐喻方式昭示某个人物的"中山狼"特质，难不成可以解释为出自元妃对该剧内容的偏好？从另一个角度而言，曹雪芹在整个小说叙事进程的前五分之一处，就预设了人物和家族最后的结局，这表现出作者对小说故事整体布局的成竹在胸，叙事能力的从容不迫。这里暗含这样的意思：《红楼梦》原著80回后文本的缺失，并非没有写完，而更可能是写完后出于某种我们不可知的原因毁弃了。

元妃省亲，是贾氏家族的盛大喜事，省亲期间文化活动的安排，是一种家族内部的文化建设，是这个贵族之家社会地位的动态标志、点戏之人文化品位的外在显示，带有庄重的仪式感。因此所有的文化活动，都应表现出喜庆的、庄严的氛围，在最大程度上显示"烈火烹油，鲜花着锦"的贵族气势。贾氏打醮，也是这个家族对外文化建设的一次展现，点戏虽是打醮之后的娱乐活动，也会辅助性地带有仪式的性质。因此戏剧营造的氛围也应是热闹华贵中带着严肃庄重。但显然，曹雪芹的叙事策略似乎有点偏离了正常的轨道。由于他要借助戏名来寓示重要人物的命运和贾氏家族的结局，所以《仙缘》《离魂》的演出，营造的是出世、离世的感伤；《南柯梦》的登场，演绎的是颓败、梦幻的悲凉。剧目所具有的双关性的叙事职责，令其在喜乐的庆典场面和庄重的法事情境中注入了哀伤的悲音，带有悲剧意味的哲理思考点缀了生活化的活动进程，喜处含哀，乐中见悲。所谓"悲凉之雾，遍被华林"①，剧情本身的悲凉、伤感或是虚幻，就在剧目呈现之际，自然而然地弥漫开来，渗进点戏人、观戏人的眉间心头。所以阅世深厚的贾母，一听《南柯梦》之名，"便不言语"。这四个字内涵厚重，意味深长。

即上而言，小说设置"戏中戏"，可以呈现多元化叙事功能。

一是扩容：故事进程中嵌入具有双关意义的戏名，借有限的文字叙述扩大文本的思想容量。作者开窗借景，窗口虽小而墙外风月无边；读者隔窗望景，凝神定气之间想见窗外景色的丰稔，借此补充对墙内情境的理解。

二是寓示：剧目出现在故事的开始阶段，其剧情提醒读者预想故事行将结束时的可然状貌。这种寓示，于作者是一种预设，一种

---

① 鲁迅：《中国小说史略》，鲁迅：《鲁迅全集》卷九，人民文学出版社 2005 年版，第 239 页。

铺垫；于读者是一种预想，一种期待。它需要读者对剧目剧情有先期的阅读、观赏和体验，否则阅读小说文本时将毫无趣味可言。

三是钳制：剧情的进程规定了小说情节的发展走向，剧中人物的命运昭示小说人物的最后结局。这是作者小说布局之整体观的体现。续作现存状貌与作者所布之局的不契合，是续作者因为阅历、知识、才情、识见等的限制，无法遵循原作构思走完小说叙事全程的表现，因此 80 回后的情节才会越过这一钳制，出现诸多违和的甚或逆转的局面。

四是映照：剧情的悲喜与现场的悲喜交互映照，戏剧观众的审美体验观照出剧情的悲剧性审美意蕴。剧情自带的悲凉弥漫在庆典活动的喜乐之中，有良好艺术修养的观众（如贾母）和读者，在所观所读之戏中产生“乐中悲”的审美体验，强化了“戏中之戏”的叙事功能。

二　优伶角色的叙事作用

作为演出“戏中戏”的人，优伶则有更多的以“戏”说“人”的叙事契机。《红楼梦》中十二优伶从姑苏采买而来，演出的剧目自当为明清之季盛行于贵族阶层的昆曲剧目。小说第五十八回，曾叙及优伶各自的角色：文官、藕官为小生，蕊官、菂官为小旦，芳官为正旦，葵官为大花面，荳官为小花面，艾官为老外，茄官为老旦。在其他回中，又透露宝官为小生、玉官为正旦的信息。只有一个龄官，情况稍微复杂一点。

不少人认为，第十八回元妃省亲，龄官表演的是《牡丹亭·离魂》里的杜丽娘，因此龄官角色是小旦。但在元妃赐下礼物、命龄官再演两出且不拘哪两出，戏班的管理者贾蔷让龄官出演《游园》《惊梦》时，龄官却以“非本角之戏”为由拒绝，执意要演的是《相约》

《相骂》。这两出戏出自明传奇《钗钏记》，本戏女主角史碧桃固然是由小旦扮演，但龄官选的这两出却只有丫鬟云香和皇甫老夫人上场活动。即是说，龄官擅演并且喜演的角色是以做功见长的贴旦而不是小旦。《离魂》一出，场上确乎以杜丽娘为主，但丫鬟春香的戏份也较多，且必不可少。因此龄官演《离魂》时，有可能演小旦，也有可能演贴旦。但她戏路比较宽，主演贴旦而能兼演小旦。

　　一个有力的证据是，第三十六回贾宝玉读《牡丹亭》文本，不能惬怀，于是专访梨香院，央求龄官唱"袅晴丝"一套，原因是"小旦龄官最是唱的好"。可知龄官亦擅演以唱功见长的小旦。贾蔷让龄官演《游园》《惊梦》，自然是要让她展示唱功，而不是让她表演贴旦的做功，因为这两出戏中，小旦可以没有贴旦配戏而独立演唱杜丽娘的曲子，贴旦却没法离开小旦单独表演春香的戏份。龄官拒绝贾宝玉请求的第一个理由是"嗓子哑了"（不再是"非本角之戏"），第二个理由是宫里娘娘传唱都拒绝过（何况是你）。然而其他女伶说，贾蔷来了叫她唱，是必唱的。可知一切理由都不是理由，龄官唱与不唱、演与不演，全由自己内心，率性个性十分显明。第十八回己卯本双行夹批说，这是戏班中技业出众之人惯有的"拿腔作势，辖众恃能"之事，谓之"恃能压众，乔酸娇妒"之态"淋漓满纸"①。今词可谓之"傲娇"。

　　若从"戏中戏"叙事的视角看，情节潜在的意涵要比字面读到的深得多。十二优伶从苏州买来、安排人教习，至省亲演出，不过数月光景，已排成 20 余出戏，龄官擅演的至少有《游园》《惊梦》《离魂》《相约》《相骂》5 个折子戏，且悟性高，无论小旦贴旦均能表演，唱功最好、演技最佳，堪称贾府家班中一等优伶，可谓天生的

---

① 庚辰本双行夹批同，朱一玄编：《红楼梦资料汇编》，南开大学出版社 2001 年版，第 300 页。

戏骨。此其一。

作为情节内层的"戏"往往具有双关性，戏中角色的个性气质在一定程度上对戏外人物的个性气质形成映照与衬托。龄官喜演《相约》《相骂》，那么云香率真泼辣、敢说敢为行径的表演，就既是龄官个性养成的触媒，又是龄官情绪宣泄的渠道。龄官的执意求演，使其性格内涵由潜在而趋于显扬。小说以彼映此，以戏补稗，以戏内角色特征补充了读者对小说人物个性的理解，从而达到凸显小说人物的内在精神与气质特征的叙事目的。此其二。

龄官擅演也喜演丫鬟云香，作为贾府戏班的管理者，贾蔷自当了解，但他却要龄官演官宦小姐杜丽娘，这映射出贾蔷对龄官人生价值取向的期望。《游园》《惊梦》中小旦唱词典雅优美，身段端庄蕴藉，虽是唱做并重，然唱多于做也胜过做；《相约》《相骂》中贴旦与老旦演对手戏，其行、坐、说、骂，动作幅度比较大，无论是相约还是讨钏，云香先后几次坐在椅子上，双脚相并动个不停，唱词和念白则完全口语化、生活化，唯一雅言是将下场时云香的念白："你本将心托明月，谁知明月照沟渠。"[1]龄官愿演云香，是因这个角色活泼伶俐，本色随性，尤其在舞台上能放开脚步，酣畅惬意。贾蔷希望龄官演《游园》《惊梦》，除了这两出正好是杜丽娘春心萌动、梦中与柳梦梅遇合的情色故事之外，也有对这个优伶按杜丽娘生命模式成长的期许。然而龄官却并不想按照贾蔷的意愿往前走，哪怕是戏里人生也不肯，她只愿按丫鬟的位阶前行。依此思路延伸，龄官后来或许与贾蔷没能走到一起。此其三。

有此三者，龄官执意要演《相约》《相骂》，其意涵就远远超出对龄官傲娇个性的表现了。有别于常态的线性叙事，小说作者以内

---

① ［清］钱德苍编撰，汪协如点校：《缀白裘》，中华书局 2005 年版，第 3 册，五集卷四，第 223 页。

层戏剧文本隐喻外层小说文本,指导读者对直接文本和间接文本进行双关的、双层的阅读与理解,因此读者就从常态的线性阅读层面进入了非线性的互文阅读界面。《钗钏记》一共三十出,《相约》为原本第八出,《相骂》(又名《讨钗》)为原本第十三出,舞台上两出常连演,均为昆曲中的经典。曹雪芹有意将这两出戏设置为龄官的主打戏,其目的在于以丫鬟云香的个性世界丰富充实优伶龄官的生命空间。因此,龄官演戏,其戏名剧情既是对龄官形象内涵的"扩容",又是对龄官未来人生的"寓示"。小说现存样貌中看不到龄官的结局,但她既为林黛玉的影子之一,最后演出生命的悲剧是可以肯定的。

龄官以外,其他优伶中略有些故事的,是藕官、菂官。藕官角色是小生,与演小旦的菂官配戏,两人假凤虚凰,假戏真做,情同夫妻,在小说中演了一出"戏外之戏"。贾府优伶名字大多都是草字头的某个字加上"官"字,葵、荳、艾、茄等都是蔬菜(葵:葵菹,滑菜;荳:豆类植物;艾:艾蒿;茄:茄子),藕、菂亦是可食类植物的根茎与果实。藕官之藕,是莲藕;菂官之菂,是莲子。汉王延寿《鲁灵光殿赋》曰:"绿房紫菂。"[1] 唐李绅《重台莲》诗:"绿荷舒卷凉风晓,红萼开萦紫菂重。"[2] 莲藕莲子,本是同根所生。汤显祖《南柯记·偶见》有云:"寻荷终得藕,池上白莲香。"[3] 所以藕官、菂官,一小生、一小旦,名字也比较般配。似乎演小旦的结局都不太好,菂官进府后不久就死了。她的故事是从藕官为她烧纸被人发现受斥责后补叙出来的。所谓十部传奇九相思,明清之际恋情戏居多,而小旦一角又多扮演恋情戏中的深闺少女或帝王妃子,是

---

① [梁] 萧统:《文选》卷十一,清胡刻本,第 678 页。

② [清] 彭定求编:《全唐诗》,中华书局 1960 年版,第 15 册,第 481 卷,第 5478 页。

③ [明] 毛晋:《六十种曲》,明末毛氏汲古阁刻本,第 4979 页。

以小旦又名闺门旦。少女相思之戏，对扮演者而言，本身就是一种情感教育的过程，入戏深的，可能会付出生命的代价。我们不知道药官因何而死，但据藕官"哭的死去活来"的情状，可以推测藕官与药官相处模式之一二。

所谓情深不寿，专演恋情戏中女主角的小旦，年小、体弱兼之情深者，因情生病、由病而死的事情，是有可能发生的。小旦与贴旦兼擅的龄官，眉眼神情大有林黛玉之态，病弱之状、用情之势亦如之，既悲哭且咳吐，已传出命将不永的信息。龄官后来怎样，读者不知，但必定是生命悲剧。药官之死应是龄官之死的前兆，而她们在某种程度上又都成为林黛玉的不同侧影。演戏之人与观戏之人性格命运彼此观照，戏外有戏，亦是这部小说形象描绘时同类映衬手法的一种体现。

藕、药、葵、荳、艾、茄之外，名字相关的优伶还有芳官、蕊官，芳、蕊虽非食用植物，却也还与植物有关。芳者，花卉也。战国宋玉《风赋》曰："回穴冲陵，萧条众芳。"① 蕊者，花朵也。《楚辞·离骚》："揽木根以结茝兮，贯薜荔之落蕊。"② 毫无疑问，前六个优伶是作者同一批命名的，都是可食类植物，是别名；后两个是一批，都是观赏类植物，是共名。蕊官是在药官死后补的，可知蕊官名字亦是后补；同类相衡，芳官也当是改稿过程中后出现的人物。现存原著中，芳、蕊二人尚未呈现"戏中戏"元素，但芳官后来却编入怡红院丫鬟队伍，且表现不俗，令人寻味。此外数人，文官、宝官、玉官，命名方式与前八人均不同，"宝"与"玉"尚属一类，"文"则更是另类。这说明这三人是同一批命名，且没有太多的寓意，作者不打算在她们身上大费周章。

---

① ［梁］萧统：《文选》卷十三，清胡刻本，第 761—762 页。
② ［梁］萧统：《文选》卷三十二，清胡刻本，第 1825 页。

　　唯有龄官是独一无二的，"龄"字和哪一批优伶命名都不搭。庚辰本第三十回回目作"椿灵划蔷痴及局外"，可以知道，曹雪芹曾让龄官叫"椿灵"。《庄子·逍遥游》："楚之南有冥灵者，以五百岁为春，五百岁为秋；上古有大椿者，以八千岁为春，八千岁为秋。"隋唐成玄英疏曰："冥灵、大椿，并木名也，以叶生为春，以叶落为秋。"① 可知"椿"与"灵"均为生命长久之树，然而龄官其人却必定不长寿。这种反其意而用之的命名方式的确是曹雪芹式的，如名"鸳鸯"者未必成就夫妻或情人之格局，名"小鹊"者未必报喜一般。"椿灵"属于植物，这说明龄官其人也是曹雪芹早期构思中就已有的人物，后来这个人物的故事渐渐多起来、清晰起来，为与众优伶名字相配，而改名"龄官"。"龄"字保留了"灵"的读音，同时又留有"长寿"义项的痕迹，是书稿修改过程中一个不错的选择。（诸本第三十回回目，庚辰本作"椿灵"，应是初始构思；梦稿本目录作"春龄"，正文回目作"椿灵"；蒙古王府本作"龄官"，当为后出，乃据正文名改回目名。舒序、甲辰、列藏均作"椿灵"，可知其承袭痕迹。程甲本则作"龄官"。）和"滴翠亭杨妃戏彩蝶"一样，第三十回也是回目在前、正文在后的。这又正好能佐证，名字首次出现在该回中的文官、宝官、玉官，是书稿修改到后来时带出的人物。

三　曲词念白的隐寓意义

　　如曰曹雪芹将云香的戏份安排给了龄官，那么他则将崔莺莺、杜丽娘的情感空间留给了林黛玉。与前述"戏中戏"的叙事方式有异，作者是从阅读戏剧文本和观听优伶演唱两个视角，将《西厢记》

---

① ［清］郭庆藩：《庄子集释》，中华书局1961年版，第1册，第11、13页。

《牡丹亭》的戏内故事与林黛玉的戏外人生穿插起来作互文式叙述的。第二十三回"西厢记妙词通戏语　牡丹亭艳曲警芳心"，集中展现了戏曲与小说交互式的叙事进程，堪称古典小说运用"戏中戏"叙事样式的经典案例。关于这一回所引《西厢记》《牡丹亭》戏文的丰厚涵义，此前有不计其数的读者早已阐析入味，自不待言。此处仅将戏文与小说交互行进的状貌简述一番。

这一回的美妙情境首先是由贾宝玉阅读《西厢记》戏文开启的。它包含以下 5 个交互环节。

（1）贾宝玉正读到《西厢记》曲词"落红成阵"，小说描写一阵风过，吹下大片桃花，落得满身满书满地都是，宝玉不忍踩踏，将落花兜了撒在水面。戏文所写之景与宝玉身临之境互相映衬，仿佛镜中之影，光彩焕发。

（2）林黛玉一气读完《西厢记》十六出，贾宝玉用"我就是个多愁多病身，你就是那倾国倾城貌"引逗黛玉，黛玉继而用"银样镴枪头"讽喻贾宝玉，说明宝黛二人阅读一遍即食髓知味，曲词活学活用，亦是作者借助宝黛对彼此的比拟与调侃，令读者生发对二人所比拟对象的关系的联想。

（3）林黛玉偶然间听到家班小旦演唱《牡丹亭》[皂罗袍]"原来姹紫嫣红开遍"等前四句曲文，来自姑苏城的她自然一听就懂昆曲的吐字与声腔，她首先领略到的是这段曲词的经典绝妙，惊叹"原来戏上也有好文章"，慨叹世人只知看戏，不懂得领略曲词的趣味。

（4）林黛玉听到小生演唱 [山桃红] 曲词"则为你如花美眷，似水流年""你在幽闺自怜"等句，心动神摇，如痴如醉，坐在山石上。林黛玉之心痴神醉，当然不止是被这曲词的优美文字所打动。这支著名的 [山桃红] 曲子，是柳梦梅在牡丹亭边、湖山石畔对杜丽娘表白的情词，紧接其后的即是"转过这芍药栏前，紧靠着湖山石边,和你把领扣松、衣带宽","是那处曾相见,相看俨然,早难道好处相逢无一人"数句。这是真正的"艳曲":所谓"艳",不仅是文辞华美之"艳",亦是男女情爱之"艳"。汉语中,男女情爱习称"艳情",男女情爱的故事俗称"艳史",以男女欢爱为题材的诗称"艳诗",艳情之歌为"艳歌",艳情之唱为"艳唱",那么艳情之曲自然叫作"艳曲"了。墙内小生演唱这段"艳曲"时多半声情并发,对墙外听者林黛玉的情感起着催发、孵化作用。墙内曲声仿佛墙外行人的心声,墙垣隔不断声音与情感的脉流。墙内艳曲的优美深情,有如镜子,照出了墙外听者爱情的渴望与青春的悸动。由于此处叙及林黛玉,作者采取了含蓄蕴藉的叙事态度,有意隐去了〔山桃红〕曲词的后几句,遮蔽了"艳曲"真面,读者读到的,也只是一段惜春、叹春的优美诗句罢了,孰知其后有那么多扰动芳心的摄魂句呢?

(5)林黛玉联想到古人诗词"水流花谢两无情""流水落花春去也",及《西厢记》崔莺莺曲词"花落水流红,闲愁万种",不觉心痛神痴,眼中落泪。这又从所听唱曲回到所读戏文,林黛玉刹那间领悟到青春易逝、生命不永,不知如何才能让爱情有个存身之处,所以伤痛不已。

在这一大段文字中,来自《西厢记》《牡丹亭》的曲词与贾宝玉眼中之境、林黛玉心中之情交替出现,戏曲元素与小说情节交互进行,用一种类似复调的形式,将贾宝玉青春觉醒、林黛玉情感发育的刹那过程放慢了叙述。戏中角色情感的勃发,对戏外人物心理的发展起着映照和促发的作用,有相关知识储备的读者自然也就能借助对剧情的联想,补充和完善对宝黛此时此际敏感微妙心理的理解。庚辰本回后批曰:"前以《会真记》文,后以《牡丹亭》曲,加以有情有景消魂落魄诗词,总是争于令颦儿种病根也。看其一路不迹不离,曲曲折折写来,令观者亦自难持,况瘦怯怯之弱女乎!"① 脂砚的是解人。所谓病根,即是情根,也即是情感发育的过程。所谓不迹不离,正道出戏文情境与小说情境互为映照,崔张、杜柳与宝黛互文显发的叙事策略。《西厢记》《牡丹亭》是戏,是虚构的世界,在这部小说中成了"戏中之戏"。它们的存在,构成了小说主人公情感生命赖以生存和发展的参照系。宝黛从这面镜子里发现了真实的自己,因此他们欣欣然,戚戚然。小说作者对"说中之戏"与"戏外之说"两个世界的交互设置,已交融为一,淡化了戏文虚境与小说实境、优伶演唱与听者观闻的界限。这一回"戏中之戏"的人物情态,不仅与小说主人公性格与情感世界彼此映照、焕发,而且推动了男女主人公情感性质的突变与迸发。作者对"戏中戏"策略的运用,于此已达到化境。

从互文性视角看,《西厢记》《牡丹亭》戏曲文化在《红楼梦》小说叙事进程中的穿插(插叙/插播),使得戏曲文本和小说文本之间表现出一种趋同效应。经典戏曲文化对曹雪芹记忆的历史渗透,让他在交互"引用"已有文本和"描述"现实世界时,启迪读者对小说文本做互文性的阅读与理解,而不再仅止于一种线性的阅读,或是将戏曲"引文"仅视作对大观园景物的一种诗情画意的渲染。后世小说及当代影视作品引用《牡丹亭》之[皂罗袍][山桃红]曲词,以"戏中戏"方式作双线叙事,都可视作在向《红楼梦》致敬。

原著构思中林黛玉是如何死去的?这个问题不如换成"曹雪芹是如何描写林黛玉之死的"来得更为恰当。尤三姐拔剑自刎,本是十分血腥恐怖的场景,但作者只用"揉碎桃花红满地,玉山倾倒再难扶"这样两句唯美的诗来表达。林黛玉乃是小说精心塑造的第一女主人公,作者必不令她遭遇沉水、挂树等有不良后效的死亡方式。从林黛玉惜花、葬花、哭花的审美式行为习惯与生活方式,也

---

① 朱一玄编:《红楼梦资料汇编》,南开大学出版社 2001 年版,第 370 页。

可推知她对生命的珍惜程度，而必不会以决绝的方式放弃生命。从"戏中戏"的叙事理念看，曹雪芹以《牡丹亭》艳曲警醒林黛玉少女的情怀，以杜丽娘为林黛玉的镜像，以《离魂》情境寓示林黛玉之死，则杜丽娘的死亡方式亦可以作为林黛玉死亡方式的参照。

《牡丹亭》演杜丽娘游园惊梦之后，缠绵缱绻之际，复寻梦至花园梅树边，借一曲［江儿水］发出死后葬于梅树之下的誓愿："待打并香魂一片，阴雨梅天，守的个梅根相见。"这是第十二出《寻梦》。待至第二十出《离魂》，杜丽娘哀告母亲："那后园有一枝大梅树，是儿心所爱。我若死后，把我葬在梅树之下，儿心足矣。"其［玉莺儿］曲曰："做不的病婵娟桂窟里长生，则分的粉骷髅向梅花古洞。"又［尾声］曰："怕树头树底，盼不到的五更风，和俺小坟边立断肠碑一统。"①杜丽娘死在中秋之期，葬于梅花树下，生前情系梅树，死后魂守梅根。这一凄美情境，成为曹雪芹构思林黛玉之死的审美参照。也许这才是脂批所言《离魂》一出"伏黛玉之死"的真正含义吧？从这一思路出发，或可构想出这样的图景：林黛玉惜花扫花、葬花哭花，哀叹"尔今死去侬收葬，未卜侬身何日丧"，来年春深之时、情深之处、春残花渐落之际，大观园山坡那边花树之下、香冢之旁，哀伤至深的林黛玉终于撑不住弱躯，扑倒在树底坟头，与她所埋的落花一般，回归尘埃。甲戌本脂批所谓"诸艳归源"，《葬花辞》乃"诸艳一偈"，自然包含了诸多暗示意味。

乾嘉时焦循（1763—1820）《剧说》卷六引沈硐房《蛾术堂闲笔》说，崇祯时杭州名伶商小玲擅演《还魂记》，"尝有所属意，而势不得通，遂郁郁成疾。每作杜丽娘《寻梦》《闹殇》诸剧，真若身其事者，缠绵凄婉，泪痕盈目"。一次演《寻梦》，唱到［江儿水］"守

---

① 本章所引《牡丹亭》曲词，分见［清］钱德苍编撰、汪协如点校：《缀白裘》，中华书局 2005 年版，第 2 册，四集卷二，第 109、111、120 页；第 6 册，十二集卷一，第 34、35、38 页。

的个梅根相见"时，"随身倚地"，待扮演春香的女伶上前视之时，商小玲已气绝身亡①。歙人鲍倚云（约1766年前后在世）《退余丛话》亦叙及商小玲事。《剧说》《退余丛话》虽晚于《红楼梦》面世，但商小玲演殇之事在清初已流传甚广。沈名荪，字碉房（又作碉芳），为康熙二十九年（1690）举人，少从王渔阳游，年逾四十始举京兆试，康熙五十七年（1718）秋谒选得攸县令，因年老之故去官，不久后离世（据清章藻功《思绮堂文集》卷九《哭沈碉芳文》）。沈名荪著述颇多，且多作于中举之前，计有《蛾术堂文集》十卷、《青灯竹屋诗》三卷、《退翁诗》一卷、《笔录》十卷、《史裔》八卷、《兼录》一卷及《冰脂集》四卷，其门人赵昱编其诗为《梵夹集》，查慎行为序（据清阮元《两浙輶轩录》卷六）。《蛾术堂闲笔》作于1690年之前，则可知商小玲故事在发生之后不久已经流传世间，文人才士多有所闻。

以曹雪芹对《牡丹亭》文本及其演出的喜爱度、关注度看，他熟知商小玲故事当是很自然的事。在杜丽娘梅下葬香魂、商小玲梅边断痴情的双重启示下，要写林黛玉娇躯覆香冢并非不可能。它不是单纯的重复，而是文学记忆的一种"再现"。脂砚斋的点评，是有意为读者的非线性阅读搭台布景。

四　戏曲元素的史学价值

"戏中戏"是古代戏剧常用的结构，明清剧作家有不少人都热衷于使用"戏中戏"的方式来撰构作品。明万历年间临川派作家孟称舜传奇《贞文记》，叙沈佺与张玉娘素有婚约，而张父欲悔婚，第二十一出举子殿试之时演出徐渭杂剧《女状元》，沈佺胜出，由

①　[清]焦循：《剧说》，民国诵芬室读曲丛刊本，第220页。

此获得如愿成婚的机会。"戏中戏"在此直接推动了情节向前发展。明末吴江沈自晋将冯梦龙小说《钱秀才错占凤凰俦》改编为传奇《望湖亭记》，增加了关目：颜秀让钱万选冒名去高府求婚，复顶替成婚，成亲筵席之上宾主点戏助兴，钱万选所点之戏居然叫作"柳下惠坐怀不乱"。这一"戏中戏"的设置，一方面使得故事的舞台性大大增强，另一方面也借助内层"戏"中柳下惠的品性对外层戏中钱万选的人格内涵作了映照和阐释。原剧演出的故事是一个直接文本，或曰元文本；戏中插演的故事是一个间接文本，或曰潜文本。两者的双关性，使故事在双层时空框架中推进。

对明清戏剧"戏中戏"格局稍作考察，便可知道，作为元文本的外层戏与作为嵌入文本的内层戏，原本是存在于不同时空中的两个故事，但由于两者之间存在某种对应关系，或是对比反衬，或是正比映照，或是连类比喻，或是局部勾连，由此便形成结构性的"互文"关系。"戏中戏"的编剧理念与艺术技巧运用在《红楼梦》中，同样显示了结构性的意义。小说正文所叙的故事，与小说中嵌入的戏剧故事，本是两个互不相干的意义空间，但因为小说中人物的各种需求而发生联结。两个文本互相影响，彼此牵制，形成了"互文"现象。

如曰小说文本是元文本，穿插出现剧目、唱词、念白的戏剧则是一种潜在的文本，它以另一个先行存在的意义空间，扩大了元文本意义空间的生命。潜文本的存在，使得它与元文本同时成为对方的一面镜子，互相照亮对方的生命；又如影子，彼此依存，一方如若缺失，另一方就形单影孤，失去光华。简言之，在《红楼梦》中，元文本与潜文本"互文"关系照亮了彼此的意义空间。由于潜文本是一种先期的存在，若要充分理解元文本层面的题旨，须对潜文本的情节意义、主题内涵等有先行的认知。这对小说读者提出了观戏读剧的基本要求。

可以这么说，曹雪芹素有戏剧艺术修养的深厚积淀，熟知明清剧作的"戏中戏"结构方式及其叙事功能。曹家养过家班，曹寅自己就有过编剧的切身体验。曹雪芹看过敦诚《琵琶行》传奇剧本之后，题诗盛赞敦诚编剧技巧高超。他在《红楼梦》文本中叙及大量的戏曲作品，书中人物阅读过的、演出过的、观赏过的、评点过的剧目多达 40 余种，演出的折子戏、清唱的戏曲或评点所涉折子戏等近 50 个。小说所写的戏班，既有从苏州买来优伶而后培训的昆曲家班，也有从外面请来演出、昆弋两腔都唱的职业戏班；剧种则在昆弋之外，还有高腔、梆子腔等。所写优伶则小生、小旦、正旦、贴旦、大花面（净）、小花面（丑）、老外、老旦八种必备的角色均有，且家班中正旦有二、小生小旦各三，与彼时贵族家班角色分布情况亦较相符，盖因家班常演之戏中，此三种角色戏份最多、最常出演之故也。

可为佐证是小说文本中设置了宝玉祭钏之情节。"金簪子掉在井里头"，金钏是在府中投井自尽的，宝玉却出城门、往北先策马七八里路、而后又往前跑了两里地，终点是水仙庵，摆放香炉的地儿是在井台上。这自然是暗喻死在水井中的金钏成了水仙，然而这一构思正是来自戏剧《荆钗记》。钱玉莲被逼投江是在温州的瓯江，五年后王十朋从广东潮阳金判擢升江西吉安太守，本可以选择由南往北的行走路线，但他却要绕道去温州祭江，是先从西南去往东北，再折向正西偏南方向，里程比直接去吉安多出两倍半①。《红楼

----

① 潮州地处北纬 24°/ 东经 116°，温州地处北纬 28°/ 东经 120°，吉安则在北纬 26°/ 东经 114°。若按元代"里"数计，并走当时官道，由潮州直接去吉安，因多为山脉、丘陵地带，官道会绕一些，约在 1130 至 1300 里之间。从潮州到温州，约 1454—1560 里；从温州去吉安，多为平原与丘陵交织地带，约 1418 到 1550 里之间。以最小数值计，绕道温州去吉安，路程比直接去吉安多出 2.5 倍。当然这只是一个估测，主要依据是：（1）因当时官道与现代公路大致一样，按现代公路距离，潮州至温州约 800 千米，温州至吉安 780 千米，潮州至吉安 620 千米；二是以"千米"折算为元代的"里"，即除以 0.55，得出当时两地相距的大概里数。

梦》写投井祭井的思维方式，与《荆钗记》叙投江祭江如出一辙，可以认为作者受到《荆钗记》艺术构思的影响。小说写宝玉绕远路去祭钏，回府后被正在看戏的林黛玉讽刺一顿，认为贾宝玉不知变通、不够灵活。没有这样巧的事：林黛玉正在看的戏是《荆钗记》，而且此时正演到《男祭》，即王十朋到江边祭祀钱玉莲。林黛玉认为天下的水总归一源，不拘在哪里舀一碗水祭祀就罢了，做什么偏要绕路去瓯江，因此认为王十朋是迂腐不通之举。到底还是林黛玉懂贾宝玉，宝玉私自出府编了个堂皇的理由，众人都被瞒了过去，唯独林黛玉猜到是去祭金钏，而且还猜到他跑得很远，只是她觉得没必要绕远，故而借王十朋讽刺宝玉"不通的很"。

小说元文本与嵌入文本情节高度相似的这种"戏中戏"格局，也是从戏剧中学习得来。清初李渔传奇《比目鱼》即巧设了"戏中戏"格局，它所用以嵌入的文本正是《荆钗记》：女伶刘藐姑借在江边演钱玉莲抱石投江的机会，假戏真做，纵身投江；谭楚玉授官后携藐姑返乡，遇刘母的戏班演戏，于是他借点戏来刺探刘母真心，而他所点之戏恰是《男祭》。曹雪芹叙林黛玉借《男祭》讽刺贾宝玉，说明他理性地选择了"戏中戏"的模式来构思祭钏情节，而这，恰是源于戏剧常用模式的艺术启示。王十朋绕道温州去吉安，固然可以理解为他始终不忘钱玉莲，哪怕辗转千里、舟车劳顿，也要去瓯江祭奠；另一方面，也可理解为是《荆钗记》的作者对南戏发源地温州的一种深刻的记忆和自觉的礼敬。同理相衡，贾宝玉舍近求远去祭钏，自可理解为是曹雪芹在向经典戏曲致敬。

曹雪芹对剧目、唱词、念白、情节、角色及演出等戏曲元素的引用，从来都不是简单的复制与粘贴，而是出自一种自然的习惯，复活一段文学的或艺术的记忆。戏曲与小说作为古代文学谱系的构成部件，本来就是互相孕育、彼此影响的。一向杂学旁收的小说人物贾宝玉，对各种小说与传奇脚本喜读爱读，小厮四处搜集了来孝敬，其知闻之广可谓大观园之最。虽说小说人物不等于作者，但其中必然折射出作者往昔生活的印迹。小说文本对各类戏曲精巧结构、经典桥段的高频率"引用"，也反复向读者说明，观戏与读剧，是如何密切地渗透在曹雪芹过往生活的时空中，而我们或可借此复原小说家的原生阅历。

　　换言之，嵌入小说文本的各色戏曲元素，如同一粒粒的珍珠，饱含作者的文学记忆。元文本和潜文本的各种紧密联系，可以令我们跨越考据技术和实证思维，去寻求作者在作书之前的文学储备情况或是作书之时的日常生活状貌。这也是西方互文性理论所提倡的文学批评的方法："我们无需求助于那些文本之外的作者生平资料，在不离开文本的情况下，我们只需通过对作品包含的书面材料的考察就可以了解作者创作的主观要素。"[①] 在曹雪芹生平资料极度匮乏的情况下，对小说文本中时时处处脉动着的潜文本进行深度的阅读与理解，考察作者以一种什么样的情感和态度引用（插叙／插播）那些戏曲元素，可以大略知道他曾经的生活印迹。这就在更深刻的层面上显示了《红楼梦》中戏曲元素存在的价值。

---

① （法）蒂费纳·萨莫瓦约著，邵炜译：《互文性研究》，天津人民出版社 2003 年版，第 135 页。

第十五章
撕扇与扑蝶：生活物象的道具化功能

道具，原本是指戏曲等舞台艺术在表演时所使用的小物件。舞台上的一桌二椅，将士的刀、剑、军旗与马鞭，游子的衣衫、思妇的信，美人窗前的菱花镜、手中的扇与帕，均可成为体现剧作家意图的舞台道具。戏曲中，有的道具被直接用来命名剧作，典型的如《桃花扇》《十五贯》《白罗衫》《珍珠塔》等。由于被赋予了特定的意义和功能，诸多道具在古典戏曲中，或摹写环境、酝酿氛围，或表现个性、抒发情感，或点醒题旨、推动情节发展，甚或成为贯串全剧的"戏眼"。可以说，道具往往成为古代戏曲家青睐的功能性物件。

在中国古代叙事文学体系中，戏曲与小说关系密切，彼此影响，形成了特殊的交互关系。戏曲的诸多表现手法也悄然渗透了小说的创作。原本呈现于舞台表演的具有典型意义的道具，也受到小说作者的关注，现身于供书面阅读的小说作品中。也正由于小说以书面阅读方式与读者相处，所以很多时候，一些道具是被读者当作"意象"来阅读的。所谓"意象"，指的是"有意味"的物象、景象等，是文本结构中最小的材料单元和语词单元。"意象"原是中国古典诗歌意境构成的元素，小说作家在创作中，将一些形体较小的自然物象、景象或生活物件设置为"意象"，来塑造人物、表情达意，是受到古典诗歌艺术的启发；但其中一些富有空间流动意味的物件，却与通常意义上的"意象"有异，其作用更近于戏曲舞台上的道具。如《蒋兴哥重会珍珠衫》中的珍珠衫，《转运汉遇巧洞庭红》中的洞庭红等，即是。

《红楼梦》中的"扇"，就是这样一个富有舞台道具功能的物象。

一 听声感其嗔，闻香识其媚

"扇"从户、从羽，初指用竹或苇编的门，后泛指门扇、门扉。古代仪仗中障尘蔽日的用具称掌扇，或障扇。其最普遍的义项"扇子"，即是人人均可握于手中、摇动以生风的用具。《红楼梦》中，"扇"之一字出现94次，其中两次在回目中出现："宝钗借扇机带双敲"（第三十回），"撕扇子作千金一笑"（第三十一回）。其余均出现于正文。除了"门扇""稚尾扇"及动词意义上的"扇（风）"之外，大多时候都是指可以摇动生风的扇子。扇子与巾帕、香皂、字画、诗作一样可以用作礼物：宝玉生日，薛蟠赠以巾扇香帛四色寿礼，姊妹们分别赠以扇、字、画、诗；中秋月夜，贾政将两把海南扇子赏给宝玉。扇面可以题诗作画：宝玉所写《四时即事诗》，被抄录到府外，有轻浮子弟题写于扇面四下传播；惜春为作画而盘算颜料、着色笔等画器，宝钗说她自己收有不少，品质优良足以用来画扇子。扇子常用的制作材料是绢帛、纸，也有羽毛、蒲叶、云母、金箔等。纨扇常以绢帛制作，折扇则多用纸张为之，羽扇则由长羽毛制成。质料精良兼有名人字画的扇子甚至成为传家之宝：石呆子所藏的20把扇子，扇骨用湘妃、棕竹、麋鹿、玉竹等名贵竹子做成，扇面有古人写画真迹，每把价逾千两银子；石呆子因此而被讹，以致破家败业。

石呆子的扇子自然是折扇。清时读者王希廉曾言："扇子虽小，可以扇风，可以扇焰，其为祸颇大。"①贾赦为满足私欲而搜求佳扇，逼贾琏贪酷而贾琏不肯为；雨村为讨贾赦欢心而讹石呆子宝扇，不择手段陷良人于牢狱；贾琏因不满父亲作为而受挞，平儿因此怒骂雨村是"饿不死的野杂种"……父子矛盾、官民矛盾、官官关系、夫妾关系，全然暴露。扇子作为扭结贾雨村、贾赦、石呆子、贾琏、平儿多重关系的物品，在这里起到了"道具"的作用。脂砚斋曾云《一捧雪》之戏伏贾家之败，小说以"戏中戏"的方式昭示了贾雨村的"中山狼"品质。"扇"之一具，乃是贾府抄败的根由之一。其形制也小，其作用也大。

与此相类，晴雯手中的扇子也是折扇。因偶然失误，晴雯跌折扇骨；为宣泄情绪，晴雯撕扇听声。这折扇扇面应为纸质，否则不易撕裂。小说虽引"千金难买一笑"形容宝玉此时情绪与心理，"撕扇"也表现出晴雯娇憨任情的个性，然区区两把纸折扇就能化解矛盾、调和宝晴关系，还是物有所值的。己卯本、庚辰本回前批曰："撕扇子是以不知情之物，供娇嗔不知情之人一笑，所谓'情不情'。"②显然，扇子的作用已不止于生活物品层面的摇动生风，而多出了一些"道具化"的意味。

如曰晴雯撕扇是令读者听其声，那么湘云醉卧时所写之扇，则令读者闻其香、想其韵。醉眠前事是宝玉生日，湘云性情豪爽，多饮了点酒，遂寻至僻静处石上悄然卧下。醉眠画面有五美：一美在香梦沉酣，睡意在深浅之间，甜梦在浓淡之际，意态秾丽自然；二美在红香散乱，飘落的花瓣娇艳芬芳，自然堆积，视觉与嗅觉同时发动；三美在蜂蝶飞舞，嗡嗡嘤嘤，且歌且舞，营构了一片动感地带；四美在花瓣为枕，温软香甜，触感柔美；五美在醉吟酒令，俊

---

① 朱一玄编：《红楼梦资料汇编》，南开大学出版社 2001 年版，第 617—618 页。

② 朱一玄编：《红楼梦资料汇编》，南开大学出版社 2001 年版，第 428 页。

逸才思中透着娇憨本色，摇动观者的心扉。在这样一个唯美的画面中，本该拿在少女手中的扇子落在地上，扇面堆满了色泽娇艳的芍药花瓣，宛若一把立体的芍药花扇。人傍芍药，花落扇面，蜂蝶在旁飞舞，风过处，花瓣在扇面上游走，轻轻缓缓，翩翩然若起舞之状。鲜花装点了扇面，扇子装点了少女醉卧的环境，画面温暖而妩媚，衬托出了湘云率性自然的个性。这一把芍药花扇，自然也有了那么一点道具的意味。

元妃省亲之日，李纨有诗云："绿裁歌扇迷芳草，红衬湘裙舞落梅。"歌扇常与舞衫、舞裙、舞衣同时入诗，如唐时戴叔伦"身轻逐舞袖，香暖传歌扇"，李义府"镂月成歌扇，裁云作舞衣"，上官仪"送影舞衫前，飘香歌扇里"，钱起"舞衫招戏蝶，歌扇隔啼莺"[1] 等。诸诗中，歌扇分别与花香、月形、莺声并举，互为映衬，画面丰富生动。李纨诗作乃曹雪芹代拟，"绿裁歌扇迷芳草"句，以绿草的色与香比拟歌扇，说明曹雪芹深谙前人诗句旨味，且亦可说明，湘云醉卧时花瓣覆于扇面这一画面，乃是出于小说作者的有意设计。

古代戏曲中经典的花扇是"桃花扇"。在孔尚任剧作中，"桃花"底色乃是李香君的鲜血，经杨龙友画手点染而成凄艳桃花。扇子原系侯方域题诗后所赠，是其表达爱意的物件；血溅诗扇，扇子成了李香君坚守爱情的见证物。此后画扇、寄扇、撕扇，这一把桃花扇，便成为该剧关联不同情节、融合政治与爱情的道具和"戏眼"。以"桃花扇"题名，也足以证明作者孔尚任对扇子功用的重视程度。所谓"桃花扇底看南朝"，由扇子串连的离合之情，寄寓作者的兴

---

① 分见 [唐] 戴叔伦：《独不见》，[唐] 李义府：《堂堂》，[唐] 上官仪：《八咏应制二首》，[唐] 钱起：《陪郭常侍令公东亭宴集》，[清] 彭定求等编：《全唐诗》卷 26、卷 27、卷 40、卷 238，中华书局 1960 年版，第 2 册第 366 页，第 2 册第 380 页，第 2 册第 506 页，第 8 册第 2664 页。

亡之感，则扇子一物，虽体轻形小，其内涵则厚重。舞台演出时，扇子持在李香君之手，时开时合，上下展现，左右移送。桃花现于扇面，花扇时遮人面，人面又如桃花，则人面扇面交相辉映，桃花扇作为道具的功能发挥到了极处。

以此观照红楼之扇，则亦可见出两者的异曲同工之妙。同是撕扇，香君撕扇寄托的是国破家败之悲，晴雯撕扇消解的是主仆浮躁之气，题旨一大一小，性质不同。同为花扇，桃花扇由鲜血点染，平面而殷红，芍药花扇则自然天成，立体而鲜活，色泽一浓一淡，意趣各异，然两者之间自有一种天然的艺术气脉悄然流动。如果说，这是素有戏曲艺术修养的小说作者从经典戏曲中感受到扇子的妙用，而后自然而然地用于相关情节画面之中，亦不为过。

二 举扇情自在，合扇韵宛然

《红楼梦》中最灵动的扇子出现在宝钗扑蝶之时。第二十七回所叙故事，发生在农历四月二十六日芒种节，谓芒种一过，便是夏日，故众人均聚集于大观园中为花神践行。宝钗素有"热毒之症"，生性怕热，在这个春夏换季、天气渐热的时候，随身携带一把扇子实属自然。扇子是摇动生风的用品，也是宝钗扑蝶的工具。宝钗原为寻黛玉而至潇湘馆，又因避嫌而离开。此时忽见一双团扇般大的玉色蝴蝶翩跹飞舞，便从袖中取出扇子，蹑手蹑脚，跟着蝴蝶穿花度柳，悄然行至滴翠亭边。这是动感极强的一个画面：一位素喜安静的妙龄美少女，手持扇子追扑蝴蝶，蝶高飞，扇子与手俱上举，眼即仰观；蝶低舞，身子与手与扇俱下移，眼亦俯视。蝴蝶忽起忽落、忽前忽后，则少女身形与手中之扇亦随之起起落落、来来往往。闭目思之，仿佛戏曲舞台上持扇游园的小旦，正在表演穿花扑蝶的画面，何其妩媚，何其动人。

　　说宝钗所扑的玉色蝴蝶代表宝黛二玉，是没有任何道理的。从回目文字"彩蝶"与正文"玉色蝴蝶"彼此龃龉看，稿本经历了从彩蝶到玉蝶的改写过程。玉蝶乃谓白色蝴蝶，金蝉脱壳亦非出于嫁祸，这一点已在相关著述中阐明，此不赘述①。事实上，"扑蝶"乃是古代女子闲暇时常有的戏要活动，唐周昉、明陈洪绶均画有著名的仕女扑蝶图，《宣和画谱》称五代时杜霄多得周昉笔意，画有多幅扑蝶仕女图。元不著撰人《群书通要》引杨万里《诚斋诗话》云，东京二月十五日为扑蝶会。宋人词作中常见"扑蝶"二字，如苏轼《蝶恋花·佳人》："扑蝶西园随伴走。花落花开，渐解相思瘦。"吕渭老《生查子》："摊钱临小窗，扑蝶穿斜径。"严仁《鹧鸪天·闺思》："多病春来事事慵，偶因扑蝶到庭中。落红万叠花经雨，斜碧千条柳因风。"李彭老《清平乐》："合欢扇子，扑蝶花阴里。"王沂孙《锁窗寒·春思》："扑蝶花阴，怕看题诗团扇。"②明清诗文中，"扑蝶"亦是常写及的画面。曹雪芹将表现女子天真活泼的"扑蝶"游戏置于宝钗之身，实是对这个一向端凝的贵族少女在此刻表露的率然天性作出的描绘和赞美。脂批曰："池边戏蝶偶尔适兴……明写宝钗非拘拘然一女夫子。""可是一味知书识礼女夫子行止。"③作为第一读者，批者十分明晓作者描述扑蝶画面的意图，并作由衷点赞。正由于扑蝶画面本身具备传统的民俗文化意味，这一情节又是宝钗妩媚性情的外露，所以"宝钗扑蝶"每每成为后世画家作画的重要内容，邮票（刘旦宅绘）、火花、烟标、年画及各类贴画，凡涉《红楼梦》情节者，几乎没有不选择这一题材的。这说明，在后世画家眼中心中，"扑蝶"只是作为宝钗率真天性的注脚而存在，它和阴

　　① 参见俞晓红：《红楼梦意象的文化阐释》第七章，安徽师范大学出版社，2013年版，第125—129页。

　　② 唐圭璋主编：《全宋词》，中华书局1965年版，第1册第300页，第2册第1126页，第4册第2548页，第4册第2971页，第5册第3361页。

　　③ 朱一玄编：《红楼梦资料汇编》，南开大学出版社2001年版，第416、407页。

险、嫁祸没有什么关系。

读过早期抄本的明义曾题有咏红绝句二十首,其咏扑蝶情节的诗句谓"追随小蝶过墙来","扇纨遗却在苍苔"[1]。句中"扇纨"即"纨扇",因照顾平仄而倒置。一般意义上,"纨扇"即是团扇,又叫宫扇、合欢扇,乃指圆形的有柄的扇子,扇面以细绢制成,扇边(扇骨)与扇柄多用湘妃竹、棕竹或象牙、兽骨等硬质材料制成。汉班婕妤所作《怨诗》,开头四句曰:"新制齐纨素,鲜洁如霜雪。裁为合欢扇,团团似明月。"[2] 句中纨素即是白色的细绢。南朝梁江淹据此写了《班婕妤扇》一诗,有曰:"纨扇如团月,出自机中素。"[3] 由此衍生,"纨扇"成了"团扇"的同义词。从明义诗可知,明义所见情节与今之样貌有很大不同,小说细节在修改过程中悄然发生了变化:不仅少女所扑的彩色小蝶变成了大如团扇的玉色蝴蝶,扑蝶少女转过墙根也变成了跟着蝴蝶走近滴翠亭,扇子也没遗失在苍苔,而且扑蝶之具还是"纨扇"。今所见诸本均叙宝钗"遂向袖中取出扇子来":扇子能藏于袖中,不太可能是有硬质扇边的团扇。这说明作者此时已将"纨扇"改成了"折扇"。

也有人认为,宝钗所用之扇当和黛玉、湘云、探春一样,是精致灵巧的宫扇(即纨扇),或许就是元妃所赐的宫扇;且无柄的折扇难以扑蝶,而宫扇有炳,方便手握以扑蝶[4]。这一判断的前提是,这把扇子要能收藏于宝钗的袖子中。其实古代女子的衣袖,并非都像影视剧中所现的宽大飘逸。上层社会中人,虽礼服多宽袖、长袖、广袖;然一般情况下,为方便行动,多着生活装,其衣袖则多

---

① [清] 富察明义:《题红楼梦》绝句二十首之四,朱一玄编:《红楼梦资料汇编》,南开大学出版社 2001 年版,第 25 页。

② [南朝梁] 徐陵:《玉台新咏》卷之一,四部丛刊景明活字本,第 26 页。

③ [南朝梁] 徐陵:《玉台新咏》卷之五,四部丛刊景明活字本,第 136 页。

④ 参见王连仲:《〈红楼梦〉与扇子》,《明清小说研究》,1996 年第 2 期。按:元妃赐扇事在宝钗扑蝶情节之后,故宝钗所持扇与前者无关。

为窄袖、小袖。小说写贾宝玉首次出场，穿的便是"箭袖"，第八、十五、十九、五十二回又多次写他着箭袖。箭袖袖身狭窄，袖端为斜面，是利于行动的礼服，而非宽袖。第四十九回亦曾叙及史湘云身着"小袖掩衿银鼠短袄"。显然，要想将一把圆形的团扇放入箭袖、小袖，是不太可能的。如系琵琶袖，因小臂到手腕处较宽而袖口较小，可以放一些小物品；如系袖口宽大的广袖、垂胡袖，想要放些香袋、手帕等随身物品，袖内须有暗袋，或须于袖口下端缝起三分之二，留三分之一口子便于取物。绢面团扇虽轻，一直拿在手中自然无妨，然而要藏于袖内暗袋中，取与放显然都是不太方便的。如果能轻易地从袖中取出，那袖子应该非常宽大才行，而且一位贵族少女要着宽袖衫裙，还须贴身再穿一件窄袖的衣服，以避免举手时露出手臂。相对而言，一把精致小巧的折扇，无论是折叠后收入袖内（暗袋），还是取出打开使用，都会便捷得多。明义所读稿本是何样貌已不可知，曹雪芹告诉读者的是，宝钗扑蝶的扇子有如手帕之类的小物品，可以灵便地从袖子中取出。因此，这是把折扇而不是团扇才更合情理。

折扇较团扇更合理的另一个理由是：折扇可开可合、可收可取，适用于不太热的天气；团扇在手，可以随时扇风，更适用于较热的天气。"扑蝶"情节发生于京城的四月二十六日芒种节当天，此时天气渐热，但远没有热到需要随时扇风的地步。团扇虽更便于扑蝶，却没必要时时在手；如果宝钗从袖中取出的是团扇，则她应穿宽袖衫裙、且须内着一件窄袖的衬衣，而若如此，则似乎穿得厚了，有点不合时宜。若是折扇，不仅便于携带，也可用于扑蝶，且更符合小说所写的特定季节与情境。折扇开合自如，宛若蝶翅翩跹，与一双轻舞半空的玉蝶彼此呼应，令整个扑蝶画面翩然流动。也许正是出于这样的考虑，作者才将初期某版稿本中的纨扇改为可以从袖中取出的折扇的吧？

对此，我们还可以另举两例以为佐证。一是第二十八回宝玉初会蒋玉菡，从自己袖中取出扇子，解下玉玦扇坠送之。身为贵族少爷的宝玉出门所用之扇自然是折扇，而不可能是纨扇。此事发生在宝钗扑蝶之后的当天。二是第三十回靛儿误以为宝钗藏了她的扇子，宝钗"借扇机带双敲"，敲打了贾宝玉。虽然出于丫鬟误会，但一把扇子能容易被误会"藏了"起来，这扇子也是折扇更为合理。这是五月初三日。随后便是第三十一回晴雯撕纸折扇，是在五月初五端阳节。由此可知，从芒种节到端阳节这段时间，季节由暮春到初夏，天气渐热，然晴雨不定，所以需带扇子，但又不需要时时扇风，所以收取自如的折扇成了书中人恰当的选择。

以往诸多呈现于邮票、火花、烟标及其他各种贴画中的宝钗扑蝶图，有用纨扇的，有用折扇的，而以折扇居多，刘旦宅邮票即是折扇。用纨扇的画中，宝钗的袖子也较宽，但都不够宽大到足以放进她手中的那把扇；有的画宝钗举扇时，宽袖落至臂弯处，露出了她的一截玉臂，这一细节固然真切，却不够真实。87版电视剧《红楼梦》中，宝钗扑蝶用的也是纨扇，但宝钗的衣袖却是窄袖。当然，后世改编的作品可以充分体现改编者的审美意图，而不必事事拘泥于原作。笔者之意，不过是要说明原作成书过程中，作书人如何照顾到书中人的生活细节，而将纨扇改为折扇的缘故。

三 扇本为道具，钗持即传神

若从"道具"角度看，宝钗扑蝶用折扇更为合适。

明清戏曲舞台上，扇子经常用为道具。一些戏曲剧目，本身就用扇子命名，如《桃花扇》《沉香扇》《芭蕉扇》《蛟龙扇》等。生、旦、净、丑四大行当均可使用扇子作为舞台表演的辅助用具，"扇子功"成为戏曲表演的基本功之一。角色不同，演员手持的扇子也各各不同：小姐多用折扇，丫环则用团扇，轿夫、差役用葵扇，谋士、军师用白羽扇。如何用扇子、扇子扇身体的什么部位，戏曲舞台上也很讲究："文胸武肚轿裤裆，瞎目媒肩奶肚旁。道领青袖役半扇，书臀农背秃光郎。"[1] 戏曲根据角色的身份、行业、相貌等特征，规定了各自使用扇子时须有高低、前后、左右等身体方位的不同。长期实践中，就形成了一套用扇的程式规范。

在昆曲舞台上，"扇子功"运用得最多、技巧也最丰富细腻的，除了"扇子生"，就是闺门旦和花旦。旦角首先要掌握拿、捏、抱、压、翻、指夹等基本的持扇方法，表演时借助指扇、抖扇、背扇、举扇、倒扇、展扇、磨扇、推扇、掖扇、观扇、藏扇等动作，辅之以优美的身段，呈现各种扇姿造型，组合为连贯的动作序列，来表达人物的性格和情感[2]。昆曲名家张洵澎曾专门描述过昆曲《贵妃醉酒》如何开扇、关扇和抖扇[3]。一把折扇在旦角手中，或摹写明月升起，或比拟嫦娥出宫，演员醉意朦胧的眼神、肢体与摹形写意的折扇彼此配合，人扇同行，扇人俱舞，既表达了人物内心情感，又丰富了舞台表演空间，满足了观众的视觉审美需求。

以青春版《牡丹亭》为例，或能说明扇子功在昆曲舞台上是如何重要，小旦又是如何将折扇的艺术功能表现得酣畅而饱满的。"游园"时，闺门旦扮演杜丽娘来到后花园，一下子迷醉在满园的春色中，当演唱 [皂罗袍]"原来姹紫嫣红开遍"的时候，小旦左手持打开的折扇，由右向左扇面朝上、又从左往右扇面朝下，展扇、抖扇，摹拟春花烂漫、到处都开遍的情景。唱"雨丝"时，杜丽娘左侧与春香相对应，右手持打开的扇子，左手轻扶左扇尖，扇面

---

① 参见杨非：《谈戏曲导演艺术创造方法及艺术形式的独特性》，《戏曲艺术》，2001 年第 2 期。

② 参见万凤姝：《折扇组合动作教材》（一）（二）（三）（四），分见《戏曲艺术》，1986 年第 4 期，1987 年第 1、2、3 期。

③ 参见西月：《此曲只应天上有（三）》，《上海戏剧》，2013 年第 9 期。

朝上,右扇尖朝右前侧,步子走圆场,往舞台右前方送扇;至"风片"时,与春香双双后退,右手持扇,竖起,扇面遮脸,旋即放平,再竖起遮脸,再放平,再翻过扇面,以背面遮脸。伴随这四个字的动作,小旦用折扇、花旦用团扇,双双描述了"遮风挡雨"的情状。待唱至"烟波画船"时,小旦右手捏扇,垂扇,呈现画船形态,云步,左右晃扇。这样就描摹出了画船在浩淼烟波中轻轻荡漾的状貌。

又"寻梦"中[懒画眉]一节,小旦演唱"少什么低就高来粉画垣"时,右手持扇头,左手捏住左边扇尖,缓缓打开,扇面微倾、朝向观众,右手立扇、翻扇,眼神观扇,转身走圆场,由低到高抖扇,描述画垣高高低低的样子。待唱至"是睡荼蘼抓住裙钗线"时,演员停住往左侧走的步子,回头,左手水袖高过头顶翻下,右手关扇后伸向右侧膝下,扇尖轻绕两圈,描述裙摆的丝线被四下伸长的荼蘼钩住的情境。这时候,扇子就起到延长手臂的作用,且比手的描摹更具艺术感。在唱"恰便是花似人心向好处牵"一句时,开扇,右手持扇、扇面朝上,抖扇,步走圆场,逆时针转一小圈,眼神看着扇尾指向的前方。这个过程,是在描述杜丽娘春心萌发好比烂漫的春花一般美好;或是在说,姹紫嫣红的花儿牵着杜丽娘的心,使之不由自主地悸动。

这几出经典的戏中,小旦持折扇,花旦持团扇,以柔美舒缓的扇姿、扇舞摹拟姹紫嫣红的风光,配合以婀娜宛转的身段,展示了青春生命的美好。

翻阅古代诸多戏曲文本,也可以看到小旦抚弄"折扇"的例子。清初孔尚任传奇《桃花扇》第7出《却奁》,众人要看侯方域的催妆诗,李香君边说"诗在扇头",边"从袖中取出扇介"[①]。此处有

① [清]孔尚任:《桃花扇》,人民文学出版社,1959年版,第52—53页。

两点值得注意：一是小旦的袖子不是广袖而是水袖，可以藏于水袖中并能随时取出的扇子自然是折扇；二是"介"字原系舞台动作提示的术语，多虚拟性质，但此处演出时，小旦恰能从袖中取出扇子实物来。末接扇看过后，脚本又有"旦收扇介"云云，此句表明李香君遵嘱将诗扇收好，同时"介"字提示旦角，此时要作出专门的"收扇"动作。昆曲舞台上的"收扇"，并非随便收起扇子，而是要完成"扇子功"中一个程式化的"收扇"动作：右手持扇轴，翻转扇面，左手指从扇尖自右至左收拢扇面。

　　清中叶编成的昆剧选本《审音鉴古录》，是当时剧目演出的实录本。它在收录《牡丹亭》时，对小旦的舞台动作添加了许多提示说明。如《寻梦》一出，开头即是"小旦插凤、绣袄，袖中暗带细扇上"。"细扇"之词，表明这是一把小而精致的折扇，可以暗藏小旦的水袖中而不被发现。当小旦唱［懒画眉］首句"最撩人春色是今年"，旁小字注"出扇要慢"。随后第二支［懒画眉］末句"辜负了春三二月天"句后有"收扇于袖"四字。［忒忒令］中"榆荚钱线儿春"旁以小字注云"出袖扇介"；念白"强我欢会"旁又有小字注云"折扇掩弄介"。［嘉庆子］"待酬言"后接"捡扇于袖"，因扇子此前已收折，故此处不能再用"收扇"的动作，而是直接将扇子收于袖内①。这个过程包含藏扇、出扇、收扇、掩扇、捡扇等诸多用扇动作，说明昆曲小旦的扇子表演在清初即已趋于程式化且较完善。上述几处提示亦充分表明，小旦杜丽娘始终用的是折扇，它较一般折扇更细小、更精致，更符合杜丽娘身份。曹雪芹写宝钗从袖中取出扇子，大抵亦有昆曲小旦"取扇"之风，也当是一把小而精致、能收藏于袖的折扇。

---

　　① ［清］琴隐翁编：《审音鉴古录》，王秋桂主编：《善本戏曲丛刊》第5辑，台湾学生书局，1987年据清道光十四年东乡王继善补雠刊本影印，第569—573页。

还有一种可能，就是明义所见版本中宝钗手持的"纨扇"，并不是团扇，而是绢面的折扇，可以收拢后藏于袖内。以相关戏曲文本为例，或可佐证这一推断。晚明叶宪祖杂剧《夭桃纨扇》第四折，生题诗于扇，让丫鬟转交任夭桃，"贴收扇介"①。剧目明题"纨扇"，丫鬟却有"收扇"动作，说明这是一把折扇。清初南山逸史杂剧《翠钿缘》："须将纨扇轻轻收折。"纨扇能够收折，表明这纨扇亦非团扇，而是绢面折扇。此句后即有"代收扇介"②，乃是生角代旦角收起扇子，如系团扇，不知如何"收"扇。又《桃花扇》第7出《却奁》，末（杨龙友）接过香君手中的扇，看后说："是一炳白纱宫扇。"待香君收扇之后，末又唱云："正芬芳桃香李香，都题在宫纱扇上。怕遇着狂风吹荡，须紧紧袖中藏，须紧紧袖中藏。"③"白纱宫扇"即"宫纱扇"，名称侧重于制作扇面的材料，而并不表明扇子的形状。如系有圆形扇骨的团扇，定不能"紧紧袖中藏"。桃花扇最后的撕毁，也说明这是一把折扇，并非有硬质扇边的团扇。

综上可知，宝钗扑蝶时用的必是折扇；如系"纨扇"，也是一把纨面（即绢面）折扇。宝钗身为皇商之女，不用普通的纸折扇而用细绢扇面的折扇，是很自然的事。

就扑蝶而言，戏曲场景对小说情节的影响也是显而易见的。昆曲传统剧目《西厢记》和《牡丹亭》在舞台表演中，红娘与春香分别有以扇扑蝶的场景。当然，花旦用扇是团扇，似不能作为宝钗扑蝶用折扇的证明。然而昆曲舞台上，小旦（小姐、后妃）一般用折扇而不用团扇，花旦（丫鬟）则用团扇而不用折扇；小旦各种折扇动作中，还有专门的"扑蝶扇""观鱼扇"等。曹雪芹是一位熟悉戏曲作品的读者、懂得戏曲演出艺术的观众，昆曲舞台表演中的扇

---

① [明] 沈泰：《盛明杂剧二集》卷十二，民国十四年董氏诵芬室刻本。
② [清] 邹式金：《杂剧三集》，民国三十年董氏诵芬室刻本，第605页。
③ [清] 孔尚任：《桃花扇》，人民文学出版社1959年版，第53页。

姿与扇舞浸濡了他的观赏体验，这会使他在写作时自然地想起"扑蝶"的优美画面，并将这一舞台化的扇姿造型赋予一个以端凝持重自矜的贵族少女，以此表现她青春生命的别样美好。也许最初他让宝钗手持的的确是"纨扇"，但在对花旦扑蝶与小旦持扇的交互审视中，他终究还是改成了"折扇"，以使"扑蝶"图更符合宝钗身份与季节特征。既如此，说扑蝶的这一把"折扇"天然地带有戏曲舞台表演的"道具"性质，也就是顺理成章的事了。

由道具化的"折扇"推而观之，可以约略知道，《红楼梦》中有诸多物件均具备类似的性质与功能。如林黛玉常荷在肩的花锄、悬挂其上的花囊，林黛玉题诗其上的手帕、林红玉丢来丢去的手帕，原属于花袭人和蒋玉菡、后被贾宝玉互换、成就了袭琪姻缘的汗巾子，贾宝玉先送给史湘云、后来不知怎么到了卫若兰手上、从而成就卫湘婚姻的金麒麟，都有舞台"道具"的意味。和一般的意象、物象不同，它们不是以其意义象征、而是以其工具特征为标志的，因此它们更多地呈现为"物"而不是"象"。当它们和人物行为、动作发生联系时，本身具备存在的空间感和移动性。这将它们与花、玉、竹、梅这样一些传统诗歌中常用的意象显明地区别开来。

进而观之，小说中物件的"道具化"，正与戏曲舞台道具有关。翻阅小说史可知，唐人小说基本上是以人名为篇名的，其中被目为"传奇"的一部分文言小说，人名之后多缀以"传"字，如《飞烟传》《庐江冯媪传》等，大多数文言小说则直接冠以人名。全唐五代一千余篇文言小说，几乎看不到立体感的"道具"的存在。宋元时期，小说篇名有了一些变化，以写人为主者多缀以"传"，以纪事为主者则多缀以"记"，如《芙蓉屏记》等。此时小说虽有以物入题者，其"物"的道具意味并不明显。但到了明代，这种情况有了较大改观。"三言"中多篇题名含物的篇目，"物"在小说中明显有了"道具"的意味，如《蒋兴哥重会珍珠衫》中的"珍珠衫"，

《转运汉遇巧洞庭红》中的"洞庭红",均有显著的空间移动性,且都在小说中起到绾结故事情节、调节叙事节奏的作用。章回小说亦然,《三国志通俗演义》中诸葛亮的羽扇、关云长的大刀,《水浒传》中各路英雄的武器,《西游记》中孙悟空的金箍棒、猪八戒的九齿钉耙等,均以其可以想见的舞台化物象游弋于小说的叙事世界。作为文人独立创作的小说,《红楼梦》出现道具化的物件,是小说发展至此的一种必然。梳理可知,小说中的物件开始具备道具功能,恰恰与古代戏曲的成熟发展同步。

本章从"扇子"切入《红楼梦》的整本书阅读,一是以小见大,以一个小物件而牵动诸多故事,纠偏正误,助成青少年读者对贾雨村、史湘云、晴雯、薛宝钗等多个重要人物形象的多元解读,并进而探及作者题旨;二是以此注彼,从小说的物件使用延及古代戏曲的道具设计,推动读者对古代叙事文学内部影响与互动关系的纵深理解,拓宽中学生的文化视野,增强其文化自信,养成其文化传承的基本意识;三是以少总多,借助文字辨析,促进中学生审美鉴赏能力和发展思维水平的提高,使语文核心素养能够在经典文学的阅读进程中落到实处。

第十六章
空间与象喻：名词传译的跨文化阐释难题

空间，原是一个与"时间"相对的概念。本章所谓"空间"，系指《红楼梦》中出现的具有地理意义的空间，包括区域、地方、场所等，其中也包括作者为叙事需要而虚构的区域、地方、场所等地理空间，或是宫室等建筑空间。原著撰拟的不同空间，指向某个特定的或特别的位置，寄寓了一定的文化意涵，或赋予了它们特定的象喻功能。不同的译者因为立足于各自的文化立场，在翻译时采取了不同的策略，使得诸多空间意象的英译，在内涵的深浅、象征的丰简、情感的浓淡上，体现出诸般差异。由于翻译是一种使原作得以在异域产生持续生命的文化行为，考察不同译本的这些差异，可以从文化层面探究不同译者对原著作跨文化阐释而致的不同文化效应。本章以《红楼梦》第一回为个案，以杨宪益和霍克思两个英文全译本为对象，对此作一思考探析。

一 大荒山·无稽崖·青埂峰

《红楼梦》叙事伊始，便以女娲补天的原始神话为起点，延展出新的想象："原来女娲氏炼石补天之时，于大荒山无稽崖炼成高经十二丈、方经二十四丈顽石三万六千五百零一块。娲皇氏只用了三万六千五百块，只单单剩了一块未用，便弃在此山青埂峰下。""大荒山""无稽崖""青埂峰"是小说作者为"木石前盟"这一后神话故事的生发而虚拟的世外空间，也在故事开始之先，为全书繁华落尽、大厦倾颓、红楼梦醒的悲剧结局奠定了悲凉底蕴。"大荒"寓此书故事的缘起"大抵荒唐""荒诞不经"；"无稽"乃谓故事发生之地"失落无考"，故事本身连同其中的人物"没有根据，无从查考"。脂砚斋特特于此点醒读者曰："荒唐也。""无稽也。""青埂峰"之"青埂"谐音"情根"，乃谓书中悲剧故事的发生不过源于人的"情缘""情根"，故小说后文有"情天情海幻情深"之谓。脂砚斋针对"青埂峰"三字批注曰："妙。自谓堕落情根，故无补天之用。"① 因此，"大荒山无稽崖青埂峰"乃是一个虚拟的、整体化的、极富象喻意味的地理空间。它既具体微渺，又很辽阔宏远：具体到它是那块被娲皇遗弃的顽石置身之所，宏远到它是故事发生的原始起点，辽阔到它对故事无所不容，微渺到它在故事中无处不在。因此对这样一个虚拟的空间意象的翻译，读者自然会有更多的期待。

翻译家杨宪益、戴乃迭夫妇对这段文字的翻译如下：

When the goddess Nu Wa meited down rocks to repail the sky，at Baseless Cliff in the Great Waste Mountain she made thirty-six thousand five hundred and one blocks of stone，each a hundred and twenty feet high and two hundred and forty feet square. She used only thirty-six thousand five hundred of these and throw the remaining block down at the foot of Blue Ridge Peak.②

杨译"大荒山"为"the Great Waste Mountain"，其中"Waste"

---

① 均甲戌本脂批，朱一玄编：《红楼梦资料汇编》，南开大学出版社 2001 年版，第 80 页。

② 本章所引杨译本译文，均出自曹雪芹著，杨宪益、戴乃迭译：*A Dream of Red Mansions*，外文出版社 1994 年版。后不另注。

意为"废弃的；多余的；荒芜的"，显然未足以传递出"荒唐；荒诞"的意蕴。又译"无稽崖"为"Baseless Cliff"，其中"Baseless"意为"无根据的；无基础的"，与"无稽"义涵庶几近之；"Cliff"意为"悬崖绝壁"，亦很准确。又译"青埂峰"为"Blue Ridge Peak"，回译即是"蓝脊峰"。汉语文化谓"青出于蓝而胜于蓝"，青与蓝本身颜色相近、差异甚小，此处以"Blue"译"青"无有不可；以"Ridge"译"埂"，均含"物体鼓出（高出）的部分"的意思，亦较对应。不过这是直译。为了向英文世界的读者说明"青埂"的寓意，杨宪益对"Blue Ridge"做了脚注：Homophone for "roots of love"。句中"roots of love"意为"爱的根源"，与"情根"义脉想通，可谓得原文精髓而传译之。

与杨译有异，霍克思以"on the Incredible Crags of the Great Fable Mountains"[1] 来译"大荒山无稽崖"，以"at the foot of Green-sickness Peak in the aforementioned mountains"来译"青埂峰"，显示了作为汉学家的英国翻译家处理方式的不同。"Fable"意为"无稽；虚构"，似比使用"Waste"更近"大荒"之"荒"的原意。"Incredible"意为"不可思议的；难以置信的"，"Crags"乃是"峭壁"之复数。相较之下，还是杨译"Baseless Cliff"更为准确，也更显得陡峭、形象。以"Mountain"译"山"，两者相同，但如果不用复数（不加 s）应更好。"Greensickness"字面意思是"黄萎病"，延伸义指"相思病"，说明霍克思注意到了"青埂"的寓意，只是"Greensickness"与汉语"情根"的文化内涵尚有一距离。如能综合两译优长，以"at Baseless Cliff of the Great Fable Mountain"对译"大荒山无稽崖"，以杨氏直译"Blue Ridge"加脚注"roots of

---

① 本章所引霍译本译文，均出自曹雪芹著，David Hawkes 译：*The Story of The Stone*，Penguin Books 1973. 后不另注。

love"的方式对译"青埂峰",似更好。

二 十里街·仁清巷·葫芦庙

作者以石头下凡历劫、终又回归青埂峰下一段文字交代故事始末,继以石头落地之处作为红尘故事的开端。于是故事空间就从虚幻的世外切换到现实的人间:"当日地陷东南,这东南一隅有处曰姑苏,有城曰阊门者,最是红尘中一二等富贵风流之地。这阊门外有个十里街,街内有个仁清巷,巷内有个古庙,因地方窄狭,人皆呼作葫芦庙。"姑苏、阊门是实有地名,杨译为"Kusu"、"Chang-men Gate",霍译为"Soochow"(苏州)、"Chang-men Gate",均系音译,自无问题。后数句杨译如下:

Outside this Chang-men Gate was a certain Ten-*li* Street,off which ran the Lane of Humanity and Purity; and in this lane stood an old temple,which being built in such a narrow space was known from its shape as Gourd Temple.

杨氏将"十里街"译为"Ten-*li* Street",将"仁清巷"译为"the Lane of Humanity and Purity"(人性纯洁的街道),又将"葫芦庙"译作"Gourd Temple",均为意译。从情理上说,意译而能简洁是较好的选择。问题在于,这样的译法,三个地理空间意象的内在寓意未能予以揭示。十里街、仁清巷、葫芦庙三词所指具体而微,却并非实有之地,乃是作者虚构的地理位置。作为世俗故事发生的地方,作者在命名时寄寓了特定的象喻功能。以"十里"指喻此"街",非谓此街有十里之长,也非指街距阊门有十里之远,而是寓有"势利"之意。因甄士隐遭遇爱女丢失、家被烧成瓦砾场、田庄难以安身、投奔岳父却遭嫌弃等一连串事件,无处不有世俗势利之情浸润其间,作者预先借助"十里街"这一空间意象埋下伏笔。脂砚斋在"十里街"一词旁特地点醒读者道："开口先云势利，是伏甄、封二姓之事。"同理相衡，"仁清巷"之"仁清"，既没有"仁义、仁慈、人性"的意思，也没有"纯洁、清纯"之意，而是"世俗人情"之"人情"的寓示。脂砚斋于此又提醒读者说："又言人情，总为士隐火后伏笔。"①也就是说，"人情"与"势利"接续，都是为后文甄家败落、封家嫌恶、世情不堪种种情状伏笔。这两处名词均是谐音的，却未必是双关的。所以"Ten-*li* Street"和"the Lane of Humanity and Purity"的译法并不是一种好的选择。

"葫芦庙"虽因庙窄而赋名，这一虚拟的建筑空间意象名词，却也是一种伏笔写法。后文叙贾雨村初任应天府尹，审判的第一件案子就是冯渊命案，因为门子的一个提示，贾雨村胡乱判了此案。这个门子即是当年葫芦庙里的一个小沙弥。第四回回目"葫芦僧乱判葫芦案"即揭明此意。实际上，"葫芦庙"之"葫芦"二字，乃是"葫芦提"一词的省称。按，"葫芦提"又作"葫芦蹄""葫芦题""葫芦啼"。相关句例有："（钱穆父）一日，因决一大滞狱，内外称之。会朝处，苏长公誉之曰：'所谓霹雳手也。'钱曰：'安能霹雳手？仅免葫芦蹄也。'"②"念窦娥葫芦提当罪愆，念窦娥身首不完全。"③"薛仁贵本等是个庄农，倒着他做了官；我本等是官，倒着我做庄农。军师好葫芦提也。"④"此时知县一心要去赴宴，已不耐烦，遂依着强盗口词，葫芦提将王屠问成斩罪，其家私尽作赃物入

①　均甲戌本脂批，朱一玄编：《红楼梦资料汇编》，南开大学出版社 2001 年版，第 86 页。

②　[明] 宋岳：《昼永编》下集，明嘉靖四十三年阎承光刻本，第 5 页。

③　[元] 关汉卿：《窦娥冤》第三折，[明] 臧晋叔：《元曲选》，中华书局 1958 年版，第 1510 页。

④　[元] 张国宾：《薛仁贵》第一折，[明] 臧晋叔：《元曲选》，中华书局 1958 年版，第 321 页。

官。"① 详此诸端，均可见出，"葫芦"两字，实含有"糊涂；胡乱；含混"等义涵，曹雪芹用以形容贾雨村之含混审案、胡乱决案，十分恰当。脂砚斋在"地方窄狭"处点评曰："世路宽平者甚少。"又在"葫芦庙"处指明："糊涂也。故假语从此具（兴）焉。"② 由是观之，"十里街""仁清巷""葫芦庙"三个空间意象语词，乃是后发故事之寓意的预先提点，昭示了作者叙事之先的艺术匠心。若仅以"Ten-li""Humanity and Purity""Gourd"三词对译之，尚不足以将这份匠心传译到位，寓丰厚于简约的汉语文化风神自然有所减损。

霍克思的处理与杨宪益略有不同：

Outside the Chang-men Gate is a wide thoroughfare called Worldly Way; and somewhere off Worldly Way is an area called Carnal Lane. There is an old temple in the Carnal Lane area which, because of the way it is bottled up inside a narrow cul-de-sac, is referred to locally as Bottle-gourd Temple.

他译"十里街"为"Worldly Way"，译"仁清巷"为"Carnal Lane"，又译"葫芦庙"为"Bottle-gourd Temple"。"Worldly"意为"世俗的；市侩气的；老于世故的"；"Carnal"意为"世俗的；色欲的；物质化的"；"Bottle-gourd"意即"葫芦"。除了"Bottle-gourd"之外，前两个词的传译都比较到位。这说明，霍克思对原著地理空间的理解比较深入，虽然同是采取了意译的方法，但霍克思对词语的选择和传译却要比杨宪益要更为深刻和精准，也更符合原著作者的设计与构想。当然，读者自己也可以选择其他的方式来解读这三

---

① [明]冯梦龙：《醒世恒言·卢太尉诗酒傲王侯》，上海古籍出版社 2012 年版，第 528 页。

② 均甲戌本脂批，朱一玄编：《红楼梦资料汇编》，南开大学出版社 2001 年版，第 86 页。

个语词，如以"Worldly Street"对应"十里街"，以"Secular（世俗的）Lane"对应"仁清巷"，以"Careless（草率的；疏忽的；不负责任的）Temple"对应"葫芦庙"。或者选择"Bottle-gourd"再加注：Homophone for"Careless"。有意思的是，第四回回目"葫芦僧乱判葫芦案"一句，杨译作"A Confounded Monk Ends a Confounded Case"。其中"Confounded"一词意为"糊涂的；困惑的；混乱的"，逼近"葫芦提"的义涵。这说明杨氏清楚地了解"葫芦庙"之"葫芦"的真实含义。或许是因为"葫芦庙"作为庙名出现时不宜使用"Confounded"一词（那会让读者误会这是一个"混乱的糊涂的"寺庙），杨氏才选择了"Gourd Temple"的译法？相较之下，霍克思对第四回回目的翻译"And the Bottle-gourd monk settles a protracted lawsuit"（葫芦僧解决拖延的诉讼案），倒是简捷明了，只是这案子不是"protracted"（拖延的），而恰是"confounded"（糊涂的、混乱的）。

此外，还有两处地理空间意象内涵也是应译而未能译出的：贾雨村"原系胡州人氏"，封肃"本贯大如州人氏"。"胡州"和"大如州"，杨译本分别为"Huchou"和"Tajuchou"，霍译本为"Hu-zhou"和"Ru-zhou"，显然都是音译。"胡州"和"大如州"并非实际存在的地方，均是作者虚拟的地方。既为有意虚拟，则亦当有其寓意。甲戌本在"姓贾名化，表字时飞，别号雨村"一行侧批曰："雨村者，村言粗语也。言以村粗之言，演出一段假话也。"又甲戌本侧批"胡州"曰："胡诌也。""假话"即"胡诌"，亦即"假语村言"。此处英译，亦不妨也用脚注方式说明其寓意：Homophone for"cook up"。"cook up"即是"胡诌；虚构"的意思，恰与作者"将甄士隐去，用假语村言"的艺术构想义脉相通。同样，"大如州"紧跟"封肃"之后，"封肃"意谓"风俗"，"大如"意谓"大概如是"。甲戌本眉批曰："托言大概如此之风俗也。"又侧批曰："所以大概之人情如是，风俗如是也。"① 所以译"大如"亦可加脚注：Homophone for "roughly equal"。"roughly equal"即是"大致相等；大体相同"的意思。

三 灵河岸·三生石畔·赤瑕宫

小说从天上渡到凡尘，故事又一次开始后，作者借助甄士隐的梦境，再次接续大荒山无稽崖青埂峰的无垠空间，构建木石前盟故事的缘起："只因西方灵河岸上三生石畔，有绛珠草一株，时有赤瑕宫神瑛侍者，日以甘露灌溉。"这一段叙述中，作者采撷来"灵河""三生石"等神话世界的意象，构建灵河岸上三生石畔的虚拟空间，点醒"赤瑕宫"这一建筑意象的存在。杨宪益和霍克思对这些空间意象的翻译，亦呈现出不同风貌。杨译如下：

On the bank of the Sacred River, beside the Stone of Three Incarnations there grew a Vermilion Pearl Plant was watered every day with sweet dew by the attendant Shen Ying in the Palace of Red Jade.

杨译"灵河岸上"为"On the bank of the Sacred River"，句式中规中矩，然将"灵河"译为"the Sacred River"，却有可商榷之处。因"the Sacred River"回译即为"圣河"，从字面上看并无不可：圣者，灵也；然"灵河"却并不是一般意义上的"圣河"。在中国古代诗文中，"灵河"往往指银河。如明许三阶《节侠记·诛佞》："做鸾镜光分，风箫声断。堪怜，欲似灵河牛女难。"② 句中"灵河"一词语意甚为明了。《红楼梦》之"灵河"词义，当无出这一词语的特定文化指向。相较之下，"灵河"之译，不妨拈取通用的"galaxy"一词，抑或选取曾在 20 世纪 30 年代中国译界引发诸多争议的归化

---

① 朱一玄编：《红楼梦资料汇编》，南开大学出版社 2001 年版，第 92、93、96、97 页。

② ［明］毛晋编：《六十种曲》第 12 册，中华书局 1958 年版，第 74 页。

译法"the Milky Way"。

杨译"三生石畔"为"beside the Stone of Three Incarnations"。这一地理空间的核心意象是"三生石"。"Incarnation"意为"化身，变身，赋予形体；前身"，"the Stone of Three Incarnations"回译则是"三化身石"或"三个化身的石头"。这与"三生石"的意思还是有一些差距的。其一，"三生"原为佛教名词，意指前生、今生、来生。唐牟融《送僧》诗："三生尘梦醒，一锡衲衣轻。"① 宋史达祖《杏花天》："鸳鸯带上三生恨，将泪揩磨不尽。"② 元乔吉《七夕赠歌者》："无半点闲愁去处，问三生醉梦何如。"③ 由此可知，"三生"之"生"，乃一生一世之"生"，一辈子、一生之谓，是故世间而有"愿生生世世为夫妇"之誓、"他生未卜此生休"之叹。三生为人，必然三度化身；然化身可在当世，而不必尽于三生。其二，"三生石"乃一经典故实，源于唐袁郊《甘泽谣·圆观》，谓唐时李源与僧圆观友善，相与三十年，后同游三峡，见有妇人引汲，圆观谓己将托身于王姓孕妇，更约十二年后中秋月夜，相会于杭州天竺寺外。是夕观殁，妇产。及期，李源如约而至，闻一牧童歌《竹枝词》："三生石上旧精魂，赏月吟风不要论。惭愧情人远相访，此身虽异性常存。"视之，乃圆观也 ④。杭州天竺寺后山有三生石，俗谓即李源和圆观相会之处。后诗文中常用作前因宿缘的典实。宋刘辰翁《沁园春》："叹十年波浪，悠悠何补；三生石上，种种无缘。"⑤ 明冯梦龙《精忠旗》第三十五折："莫道驰驱行路难，三生石上梦

---

① [清] 彭定求等编：《全唐诗》卷467，中华书局1960年版，第5318页。

② 唐圭璋编：《全宋词》第4册，中华书局1965年版，第2330页。

③ 隋树森编：《全元散曲》上册，中华书局1964年版，第603—604页。

④ [宋] 李昉等编：《太平广记》卷387，第8册，中华书局1961年版，第3091页。

⑤ 唐圭璋编：《全宋词》第5册，中华书局1965年版，第3233页。

魂寒。"① 神瑛侍者与绛珠仙子的前盟宿缘，宜当在"三生石畔"的灵动空间里曼妙展开。以是观之，以"Three Incarnations"对应"三生"，有明显的语意不到之嫌。若以"Reincarnations"（转世）代替"Incarnation"，将"三生石畔"译作"beside the Stone of Three Reincarnations"，似更为恰当一些。

这样的灵河岸上、三生石畔，是一个何等美丽的神话空间！这里有"赤瑕宫"一座，有神瑛侍者一枚。杨氏又将"赤瑕宫"译为"the Palace of Red Jade"，回译则为"红玉宫"。"赤瑕宫"乃是小说作者为神瑛侍者虚拟的居所。"瑕"乃赤色玉石，典出司马相如《上林赋》："赤瑕驳荦，杂臿其间。"郭璞注引张揖曰："赤瑕，赤玉也。"②《说文·玉部》曰："瑕，玉小赤也。"③ 从其本义来看，杨译"the Palace of Red Jade"与"赤瑕宫"之名是相当匹配的。不过，脂砚斋在此批注曰："按瑕字，本注玉小赤也，又玉有病也。以此命名恰极。"④ 盖因"瑕"字又指玉上的斑点或裂痕。《左传·宣公十五年》："川泽纳汙，山薮藏疾，瑾瑜匿瑕，国君含垢，天之道也。"后比喻事物的缺点或人的过失、毛病。《左传·闵公元年》："谚曰：'心苟无瑕，何恤乎无家？'"⑤ 因"赤瑕"也即"神瑛"（瑛，美玉也；神瑛，通灵宝玉也），也即小说主人公贾宝玉的化身，而贾宝玉乃是一"病玉"。所以深味作者命名意图的脂砚斋才发出点赞，认为以"赤瑕"命名神瑛侍者居处之地"恰极"。细思之，杨译未能揭出"赤瑕"的更深意涵，在汉语文化传译过程中造成了一定的信息漏损。如果考虑到"瑕"字的两个义涵并兼顾"赤瑕"的双重

① [明] 冯梦龙：《精忠旗》，中国文史出版社 2002 年版，第 248 页。
② [南朝梁] 萧统编选：《文选》卷 7，清胡刻本，第 7 页。
③ [汉] 许慎：《说文解字》，中华书局 1963 年影印本，第 12 页。
④ 朱一玄编：《红楼梦资料汇编》，南开大学出版社 2001 年版，第 88 页。
⑤ [晋] 杜预注，[唐] 孔颖达疏：《春秋左传正义》卷 21、11，[清] 阮元刻：《十三经注疏》下，中华书局 1980 年影印版，第 1887、1786 页。

象征意蕴，则莫若以"the Palace of Red Jade with Flaws"来对译"赤瑕宫"。

霍译本此处作如下翻译：

Now Disenchantment could tell that there was something unusual about this stone, so she kept him there in her Sunset Glow Palace and gave him the honorary title of Divine Luminescent Stone-in-Waiting in the Court of Sunset Glow.

But most of his time he spent west of Sunset Glow exploring the banks of the Magic River. There, by the Rock of Rebirth, he found the beautiful Crimson Pearl Flower, for which he conceived such a fancy that he took to watering her every day with sweet dew, thereby conferring on her the gift of life.

霍克思将"灵河"译为"the Magic River"，回译则为"神奇的河"。这一译法也是将"灵河"作为一般意义上的神奇、神圣的河来解读的，与"灵河"本义亦有距离。霍译"三生石"为"the Rock of Rebirth"，亦在若即若离之间。"Rebirth"意为"重生；再生；转世"，意思很接近，且有宗教意味，但"重""再"均转一世，"三"生之意不足。但若在"the Rock of Rebirth"后加上"for Three Times"，回译则为"三次重生的岩石"，似与"三生石"意涵更为接近。

此段文字中，霍译与杨译差异较大的地方有二。其一，"赤瑕宫"不见，代之以"Sunset Glow Palace"，回译则为"晚霞宫"，且前面加之以"her"，此宫便成了警幻仙子的宫殿，再也不是神瑛侍者自为主人的宫殿了；其二，"Sunset Glow Palace"情节在前，"the Magic River"故事在后，叙事顺序与杨译相反。两个译本何以有如此大的差距？这是因为杨译本与霍译本所依据的汉文原著的版本不同所致。据研究，杨译本前80回乃以有正本为底、择庚辰本和程本作补，霍译本乃以程乙本为底。程乙本原文如下："那仙子知他有些来历，因留他在赤霞宫中，名他为赤霞宫神瑛侍者。他却常在西方灵河岸上行走，看见那灵河岸上三生石畔有棵绛珠仙草，十分娇娜可爱，遂日以甘露灌溉。"[①] 两相对照，霍译倒也并未超离这段文字多远；只是在对照杨霍译文之后，方悟得程乙本在神话思维和审美层次上与庚辰本的明显差异。脂本僧人向道人讲述故事，直接从"西方灵河岸三生石畔"开始，何等超远，何等奇妙；赤瑕宫主即是神瑛侍者，何等英爽，何等霸气。程本却让那块未能补天的顽石四处闲逛，被警幻仙子"留"在自己的"赤霞宫"中作侍者，虽与大荒山无稽崖青埂峰下的弃石故事衔接紧密，然却恰恰暴露了程高本"补天"的痕迹，也泯灭了神瑛侍者的神灵之气与英爽之风。虽说霍克思选择了程乙本为底，就不得不依违程乙本的文字以译，但因此不能将赤瑕宫主"玉小赤也""玉有病也"的双重特质传递给英语世界的读者，终归是一件憾事。

四　离恨天·灌愁海

在僧道的对话中，木石前盟故事继续延伸。神瑛侍者所灌溉的绛珠仙草后来修成了女体，"终日游于离恨天外，饥则食蜜青果为膳，渴则饮灌愁海水为汤"。杨译如下：

All day long she roamed beyond the Sphere of Parting Sorrow, staying her hunger with the fruit Secret Love and quenching her thirst at the Sea of Brimming Grief.

霍译则是：

This fairy girl wandered about outside the Realm of Separation，eating the Secret Passion Fruit when she was hungry and drinking from

---

① ［清］曹雪芹：《红楼梦》，人民文学出版社 1964 年版，第 5 页。

the Pool of Sadness when she was thirsty.

　　杨宪益以"the Sphere of Parting Sorrow"译"离恨天"，霍克思则以"the Realm of Separation"译之。端的是美文难以传译，要将汉语的丰富内蕴传递给英语世界的读者，注定了会有很多遗憾。"Parting Sorrow"（离愁）对应"离恨"很精准，然以"Sphere"对译"天"，感觉总归有点不稳妥。"离恨天"原为佛教名词，谓须弥山正中有一天、四方各有八天，共三十三天。民间传说三十三天中最高为离恨天，后用以喻男女生离、抱恨终身的境地。元吴昌龄杂剧《张天师断风花雪月》第二折："便好道三十三天离恨天最高，四百四病相思病最苦。"[①]元王实甫《西厢记》第一本第一折："这的是兜率宫，休猜做了离恨天。"[②]元乔吉杂剧《玉箫女两世姻缘》第一折："最苦是相思病，极高的离恨天，空教我泪涟涟。"[③]"Sphere"意为"天体（球体）；（球形的）范围，领域"，以译三十三天之"天"，还是有点不如人意。霍译"Realm"，意为"范围；王国；区域，界"，似胜于"Sphere"多多。霍译"Separation"意为"分开；分离"，"恨（愁苦；憾恨）"的意思未能表达。若综合两译之长，以"the Realm of Parting Sorrow"对应"离恨天"，庶几近之。

　　"灌愁海"的译文又显示了两位译者的不同选择。杨译为"the Sea of Brimming Grief"，回译则为"满溢悲伤的海"，霍译为"the Pool of Sadness"，其中"Pool"意指"水池；水潭"，水潭较水池深，但范围与水池一样，都比较小，与深而远阔的"海"相去甚远。所以有这样的差别，是由于霍克思选择了程乙本为底，程本此句作"渴饮灌愁水"，原非"海水"。这一对照，映出了程高本自身审美

---

　　① ［明］臧晋叔编：《元曲选》，中华书局1958年版，第179页。

　　② ［元］王实甫著，王季思校注：《西厢记》，上海古籍出版社1978年版，第7页。

　　③ ［明］臧晋叔编：《元曲选》，中华书局1958年版，第974页。

思维的缺陷。也许续作者觉得"灌愁水"三字简洁明了，殊不知以海容愁、视愁如海乃是汉语诗文中惯有的思维方式，如"挂帆愁海路，分手恋朋情"（孟浩然《永嘉别张子容》），"我弃愁海滨，恒愿眠不觉"（韩愈《答柳柳州食虾蟆》），"醒时不可过，愁海浩无涯"（孟郊《招文士饮》），"朝朝暮暮愁海翻，长绳系日乐当年"（李贺《梁台古愁》）[①] 等，灌满了哀伤、悲愁的自然是如海一般深的"心"，所以往往会"愁海深无底"（周必大《点绛唇》）[②]。小说第五回警幻仙子自称"吾居离恨天之上，灌愁海之中"，再次凸显了离恨之高、愁海之深。

很有意思的是，第五回的这两句话，两位译者的处理也是有差异的。杨译为："I live beyond the Realm of Separation, in the Sea of Sadness." 霍译则为："My home is above the Sphere of Parting Sorrow in the Sea of Brimming Grief." 杨宪益一方面优选了"Realm"译"天"，却丢弃了"恨"，意涵减薄；另一方面坚守了"海"意象，却以"Sadness"替代了"Parting Sorrow"，少了"满溢"之义，也减损了"灌愁"的丰盈意蕴。霍克思这次译出了"海"并以"Brimming Grief"（满溢悲伤的）饰之，可谓精准之至；然他丢弃了"Realm"却选择了"Sphere"来对译"天"，却并非一个优选。他用"My home is above…in…"的句式来译"吾居……之上，……之中"，或许是他以为仙子的家在离恨天上、而离恨天又处于灌愁海之中，所以选择了 Sphere，便于英语世界的读者理解。倒是杨宪益所译"I live beyond…, in…"的句式要更为生动也更为准确地传达警幻的话意和仙子的渺然与妙然。在古代中国，神话世界里的仙子谁不是缥缈而又灵动、居处不必定所的呢？值得注意的是，杨宪益似乎不

---

① ［清］彭定求等编：《全唐诗》卷 160、341、375、393，中华书局 1960 年版，第 1641、3827、4210、4429 页。

② 唐圭璋编：《全宋词》第 3 册，中华书局 1965 年版，第 1608 页。

肯用一个模式来传译"离恨天""灌愁海"这样两个前后相同的地理空间意象，杨译本和霍译本似是译法互换，又似有彼此参照。又或者，这是一种翻译策略。

五　北邙山·太虚幻境·悼红轩

甄士隐从梦中醒来，却见到癞僧跛道疯疯癫癫，谈笑而至。这一僧一道与士隐梦中的一僧一道可谓同体而异形。他们从大荒山无稽崖的天外空间植入甄士隐的梦幻空间，又踏进甄士隐生活的现实空间，来去自如，变幻莫名，打破了幻境、梦境、实境的界限，关联了此回三个不同的开头。跛道说："三劫后，我在北邙山等你，会齐了，同往太虚幻境销号。"这又是一次对实境与幻境作的关联。北邙山是实有之地，亦即邙山，因在洛阳之北而得名。东汉魏晋的王侯公卿多葬于此。唐沈佺期有《邙山》诗曰："北邙山上列坟茔，万古千秋对洛城。"[①] 太虚幻境乃是一个虚构的地理空间，是小说中警幻仙子居处之地，也是既能将大荒山、无稽崖、灵河岸、三生石畔、赤瑕宫、离恨天、灌愁海等虚拟空间涵括在内，又能将十里街、仁清巷、葫芦庙这样一些世俗地理位置涵括在内的无垠空间。此词源出佛典《菩提心论》所谓"太虚空"，谓浩浩宇宙之虚空。这一虚空之境湛然常寂、无为无物，佛教中常以之譬喻小乘灰身灭智之涅槃。因此，僧道既然相约到"北邙山"相聚，那自然归之于"太虚境"了。

跛道的这两句话，杨译如下：

Three aeons from now I shall wait for you at Mount Peimang, and together we can go to the Land of Illusion to have this affaif expunged

---

① 　[清] 彭定求等编：《全唐诗》卷 97，中华书局 1960 年版，第 1055 页。

from the rediater.

霍译则是：

Three kalpas from now I shall wait for you on Bei-mang Hill. Having joined forces again there，we can go together to the Land of Illusion to sign off.

显然，译者对"北邙山"都采取了音译的方式，一为"Mount Peimang"，一为"Bei-mang Hill"。从北邙山实况看，似译为"Bei-mang Mount"更妥。对"太虚幻境"，译者则不约而同，均译为"the Land of Illusion"，回译即是"幻想的境地"。这一译法"虽不能至"，也庶几近之了。

最能包容所有区域、场所、地方等空间的"空间"，是"悼红轩"。因为这是作者为自己著书场所撰拟的室名。书中构筑的所有空间，无论是实有还是虚拟，均出自悼红轩主人之手。作者身处茅椽蓬牖、瓦灶绳床的陋室空间，愧则有余、悔又无益的无奈时日，往日的家族荣光，曾经的青春美好，一时间，都来眼底复心头。于是他以"悼红轩"名陋室，以饱蘸辛酸之笔，写此大荒无稽之书。悼，是伤感、悲悼，也是怀念、追念。红，是红楼之红，也是红妆之红。杨译"悼红轩"为"Mourning-the-Red Studio"，"Mourning"意为"哀悼"，"Studio"意为"工作室"。悼红轩是作者著书的场所，自然可以视同工作室。问题在于"Red"一词在英文中不指代，原著"红"所象喻的红楼贵族、红楼女儿等丰富意涵，也就不在译意之中了。若要语意周全，可以译作"Mourning the Golden Days Studio"。这么做，也还不如霍克思的译文。霍译"悼红轩"为"Nostalgia Studio"。"Nostalgia"是"怀旧；缅怀过去"的意思，"Nostalgia Studio"回译则是"怀旧工作室"。显然，霍克思的选择更为自然流畅，原文寓意也传译得相当到位。

汉语名著的域外传译，存在诸多难题。作为《红楼梦》原著的源语，汉语语词的文化信息本来就丰赡精深，兼之作者有意选择一系列蕴涵深厚的意象，来构拟故事发生发展的空间，并赋予了它们以文化象喻的功能，解读并传译便成了一项艰难的工程。《红楼梦》在源语文化空间里生存了两百余年，它的译本却要在译语文化空间里运行，译者承担的是文学传播和文化传递的任务，其实质乃是一种跨文化阐释的行为。既是跨文化阐释，遭遇文化难题是不可避免的、必然的。仅止于翻译技术层面的纠偏与正误，希冀利于翻译实践的指导，是不够的；翻译研究宜当更多地关注源语文化传统和译语文化接受，实现翻译研究的文化转向。无论哪一译本，对《红楼梦》这部经典小说的翻译，都是译者对中国文化和世界文化的一大贡献。从这个意义上说，译文对原著的忠实与否，只是一个策略而已。

本章从《红楼梦》第一回多个物理空间名词切入英译文本的比较阅读与解析，希冀能借此提升青少年读者"《红楼梦》整本书阅读"的精神空间。学者对经典文学作品的翻译，是从中国文化语境出发去呈现当代人共同关心的核心命题，它以超越国域的世界文学价值判断为其终极指向；读者以比较文学的理论思维和技术方法来阅读《红楼梦》，或可促进其发展思维水平，形成初步的文化交流意识，并进而认知中国经典文学作品在世界文学格局中的特殊地位，获得超越民族文学文化的重要意义。

第十七章
胡适与《红楼梦》百年阅读

胡适发表《红楼梦考证》至今，已经一百年。此文一出，对《红楼梦》百年来的阅读与研究起了示范引领的作用。它的问世，有其特殊的文化背景和浓烈的时代氛围；而它的深入人心，也与亚东图书馆标点版《红楼梦》拥有庞大的读者群有重要的关系。

一　胡适考证古代小说的文化语境

中国古代小说每每被视为史余、史补而受轻视，大方之家每不屑道及。"戊戌变法"前后，一些较早接触域外文学文化的知识分子，基于小说可以化民成俗的认识，开始译介欧美及日本的小说，并充分肯定小说的社会价值和教化功用。严复曾言："夫说部之兴，其入人之深，行世之远，几几出于经史之上，而天下之人心风俗，遂不免为说部之所持……且闻欧美、东瀛，其开化之时，往往得小说之助。"① 这代表了当时士林的一种普遍认知。"戊戌变法"失败后，梁启超流亡日本，创《清议报》并发表《译印政治小说序》；1902年《新小说》创刊，梁启超发表《论小说与群治之关系》，强调"小

---

① 《本馆附印说部缘起》，1897年10月16至11月18日天津《国闻报》。梁启超说此文"实成于几道、别士之手"，见《新小说》1903年第3号《小说丛话》。几道即严复，别士即夏曾佑。

说有不可思议之力支配人道",认为"今日欲改良群治,必自小说界革命始;欲新民,必自新小说始"①。小说关乎世道人心,本是一个传统话题。梁启超首倡"小说界革命",强调小说的"载道"功用,以小说为文学之"最上乘"者,适应了晚清维新派改良群治的愿望,兼之借助日渐兴盛的报纸刊物等快捷面广的传播媒介,动摇和瓦解了以往歧视小说的正统文学观,使得小说的译印和创作风起云涌,"十年前之世界为八股世界,近则忽变为小说世界"②。这就改变了中国文学场域的格局,创造了一种新的文化语境。

　　不过,梁启超倡导的小说界革命,乃是以否定中国古代诲淫诲盗的"旧小说"为前提的。其弟梁启勋(曼殊)却认为小说是社会生活的反映,是"民族最精确、最公平之调查录",并且对《水浒传》《红楼梦》给予了很高的评价;同时署名"侠人"的论者指出:"故有暴君酷史之专制,而《水浒》现焉;有男女婚姻之不自由,而《红楼梦》出焉。"他进而指出,《红楼梦》"可谓之政治小说,可谓之伦理小说,可谓之社会小说,可谓之哲学小说、道德小说"③。1907年王钟麒连续发表文章,高度评价中国古代小说的社会政治价值,认为《水浒传》是社会主义小说、《红楼梦》是社会小说和哀情小说④,推崇施耐庵、王弇洲、曹雪芹为中国小说三大家。

　　与这种以政治小说、社会小说等标准来肯定古代小说价值的方式有异,王国维则从哲学、美学的角度切入《红楼梦》的价值评判。在20世纪的中国文学研究史上,王国维是援引西方哲学美学理论对中国文学作品进行系统性阐发研究的第一人。他的《红楼梦评论》

---

① 《新小说》创刊号,1902年11月14日。

② 寅半生:《〈小说闲评〉叙》,《游戏世界》1906年第1期。

③ 《小说丛话》,《新小说》1905年第2卷第1号。

④ 分见天僇生:《论小说与改良社会之关系》,《月月小说》1907年第9号;《中国三大小说家论赞》,《月月小说》1908年第2期。时人多据旧本以为王世贞为《金瓶梅》作者。

以逻辑思辨的形式阐述《红楼梦》的艺术价值，象征着中国传统学术向"现代学术"转型，开辟了中国古代文学的现代性研究之路，引领了整个 20 世纪学术史阐发研究的主流态势。只是在用叔本华哲学美学理论来阐发《红楼梦》的价值时，该篇难免存在西方理论与本土作品之间的文化沟壑和思维罅隙，而这也正是 20 世纪采用这一范式进行文学研究的几乎所有著述的共性缺陷。

1915 年 9 月，陈独秀在上海创刊《青年杂志》，第二卷改名《新青年》。此后《新青年》便成为陈独秀、胡适发表"文学革命"主张的主阵地。1917 年初，胡适发文抨击桐城派古文、选体和骈文，旗帜鲜明反对文言文，提倡白话文，提出"白话文学之为中国文学之正宗，又为将来文学必用之利器"，认为"施耐庵、曹雪芹、吴趼人皆文学正宗，而骈文律诗乃真小道耳"，《水浒》《西游》《三国》等小说是"通俗远行之文学"①。陈独秀正式标举"三大主义"的旗帜，发布文学革命宣言曰："推倒雕琢的阿谀的贵族文学，建设平易的抒情的国民文学"，"推倒陈腐的铺张的古典文学，建设新鲜的立诚的写实文学"，"推倒迂晦的艰涩的山林文学，建设明了的通俗的社会文学"，并明确提出"元明剧本、明清小说，乃近代文学之粲然可观者"②。钱玄同也认为"戏曲、小说为近代文学之正宗"③。

在这样的文化语境中，一些有新思想、用新方法的学人开始以空前的热情对古代小说开展了学术研究。1918 年 3 月 15 日，胡适首先在北大文科研究所作了《论短篇小说》的演讲，讲稿先在《北京大学日刊》上刊载，修改后发于《新青年》第 4 卷 5 号④。该文虽只 6000 余字，却昭示了中国古代短篇小说研究的系统性。不过

---

① 胡适：《文学改良刍议》，《新青年》第 2 卷 5 号，1917 年 1 月出版。
② 陈独秀：《文学革命论》，《新青年》第 2 卷 6 号，1917 年 2 月出版。
③ 钱玄同致陈独秀的信，《新青年》第 3 卷 1 号，1917 年 3 月出版。
④ 1918 年 5 月 15 日出版。

让胡适付出更大热情的是中国章回小说的考证研究。1920 年 8 月，上海亚东图书馆推出汪原放标点版的《水浒传》，胡适撰写的《水浒传考证》置于卷首作为前言。此后 8 年中，胡适先后为《儒林外史》《红楼梦》《西游记》《醒世姻缘传》《三国演义》《镜花缘》《儿女英雄传》《老残游记》《海上花列传》《官场现形记》等章回小说撰写了 20 余篇考证及序跋文章①。它们对相关小说的成书过程、版本之间的关系、作者以及续作者情况等作了较多的清理，对作品文本的艺术特点及其价值也作了初步的分析评价。

由于中国古代小说与 20 世纪初兴的现代文学主流在文体上具备"同一性"，也因为这一时期中国社会文化的特殊语境，令中国古代小说研究得以突破经学独尊的学术格局，在现代学术研究的道路上起步，成为中国现代学术史上最早建立起来的学科之一。活跃在"五四"新文化运动时期的胡适等人，以其对中国古代小说的系列研究，成为现代学术意义上的学科奠基人。

二　胡适与亚东图书馆的因缘际会

毫无疑问，胡适对古代小说的系列考证工作，始于他 1920 年为亚东图书馆标点版《水浒传》所作的序言。汪原放标点出版《水浒传》、胡适作序，是一个改变中国古代小说阅读史、刷新中国人阅读方式和审美视野的标志性历史事件，它的出现并非偶然。

---

① 　胡适专门为亚东图书馆出版的标点版章回小说作的考证和序跋文章主要有：《〈水浒传〉考证》(1920 年 8 月)，《吴敬梓传》《吴敬梓年谱》(1920 年 11 月)，《〈红楼梦〉考证》(1921 年 5 月)，《〈西游记〉考证》(1921 年 12 月)，《醒世姻缘传〉考证》(1922 年 1 月)，《〈三国志演义〉序》(1922 年 5 月)，《〈镜花缘〉引论》(1923 年 5 月)，《〈水浒〉续集两种考》(1924 年 2 月)，《〈儿女英雄传〉序》(1925 年 12 月)，《〈老残游记〉序》(1925 年 12 月)，《〈海上花列传〉序》(1926 年 12 月)，《〈官场现形记〉序》(1927 年 11 月)，《〈宋人小说八种〉序》(1928 年 9 月) 等，参见《中国章回小说考证》，上海实业印书馆 1942 年版，上海书店 1980 年影印。

亚东图书馆的创办人汪孟邹（1878—1953）系安徽绩溪人，少时从近代著名的徽州教育家胡晋接（1870—1934）[①]就学。彼时胡晋接年纪尚轻，很多教育思想尚未形成，但他在教历史地理之外，建议学生节衣缩食以购阅当时出版的新书新报，却对汪孟邹影响至深。1901年，汪孟邹随兄长汪希颜进入南京陆军水师学堂读书，结识章士钊；次年汪希颜与刚留学日本回来、途经陆军水师学堂的陈独秀结交，称之为皖城名士，写信给因奔父丧而回家乡的汪孟邹，汪孟邹又得以与陈独秀书信来往。1903年，在胡晋接鼓动下，汪孟邹由朋友出面借了1200元（银元），来至江城芜湖，在当时的地理中心长街徽州会馆边开办"芜湖科学图书社"[②]，并在上海开办了驻沪分销处"申庄"，附在群益书社。此时汪希颜已病逝，陈独秀遂致函胡晋接，希望科学图书社能出版《安徽俗话报》。汪孟邹与陈独秀神交已久，兼之业师推荐，随即应诺并付之实施[③]。

1913年，在陈独秀建议下，汪孟邹前往上海，在四马路惠康里一家石库门门口，挂出了"亚东图书馆"的牌子，并发出《上海亚东图书馆宣言》[④]。1915年，陈独秀创办的《青年》杂志虽由群益书社发行，却是出于汪孟邹的牵线，并由亚东图书馆代理销售。

---

① 胡晋接于1913年受命创办安徽省第五师范学校（后改为第二师范学校，今休宁中学前身），任校长15年，被誉为徽州学府。

② 芜湖乃鱼米之乡，素有四大米市之称；1876年中英签订《烟台条约》，芜湖增辟为通商口岸。长街是一条颇为繁华的商业街，南沿青弋江，西接长江码头，西北方向1.5公里处是1877年2月设立的海关。街面青石板铺就，道旁商铺鳞次栉比。科学图书社装有电灯，门面不阔而长，店门外开，主要印制、出售新书新报。

③ 因芜湖此时尚无印刷厂，陈独秀遂请章士钊帮忙在他主办的上海大东书局印刷厂印刷。《安徽俗话报》第1期于1904年3月21日面世，虽只出23期而止，但它思想先进，内容厚重，影响巨大，销售量一度超过3000份。

④ 建馆之初，汪孟邹出版了胡晋接等编纂的《中华民国四大交通图》《中华民国自然图》《新编中华民国地理讲义》等，陈独秀专门撰写《新体英文教科书》以襄助，章士钊将名气已大的《甲寅》杂志交由亚东发行。

陈独秀 1917 年出任北京大学文科学长后，推荐亚东代理北大出版部书籍，还将自己创办的《每周评论》《新潮》等杂志交由亚东销售①。"五四"时期的陈独秀和胡适高举新文化的大旗，倡导白话文，亚东是坚决的支持者。胡适以白话翻译小说与诗，刊登于《新青年》，是该杂志发表的最早的白话文字；胡适创作新诗，后编为中国现代第一部白话诗集《尝试集》，亦交由亚东于 1920 年出版。亚东图书馆在上海出版界的迅速崛起，以及不久之后步入它的黄金时期，与陈独秀、胡适等以其特殊的文化地位和时代声望所给予的鼎力支持密相关涉，也与汪孟邹对时代文化变革思潮的积极响应关系深切。

父叔辈能在思想上与新文化旗手同声共气，身为子侄的汪原放能浸染其间而与时俱进，乃是自然之事。汪原放蒙馆时期未曾学习《三字经》《千字文》《百家姓》，本源于陈独秀的建议。汪希颜逝后，家庭无力支持汪原放继续升学，只读完小学的汪原放于 1910 年来到芜湖科学图书社，在叔父身边当学徒。1913 年他跟随汪孟邹到了上海，襄助创办亚东图书馆，随后在上海青年会的夜校学习了四年英文，了解并掌握了西式标点和分段符号。1918 年虽已不上夜校，他仍坚持读英文版的报纸如《大陆报》以及《林肯传》《弗兰克林传》等英文书籍。1919 年，他尝试翻译英文短篇小说。由于参与《新青年》前期的出版工作，汪原放一直为杂志刊文标点分段，获得了进一步的体验。

标点符号的使用始终是和白话文体的倡导相伴相随的。1904年严复在其《英文汉话》一书中第一个使用标点符号；1916 年，胡适在《科学》杂志刊文②，阐述他对传统句读和新式符号的积极思

---

① 1919 年孙中山创办的《建设》杂志亦由亚东出版发行。
② 胡适：《论句读及文字符号》，《科学》杂志 1916 年第 1 期。

考，并创制了部分符号；1917 年，刘半农在《新青年》上刊文 [1]，正面主张行文使用标点符号；1918 年，胡适撰写《中国哲学史大纲》一书，对符号做了增删改易。1919 年，以胡适为首的北大六教授向国语统一筹备会第一次大会呈交《请颁布新式标点议案》并获得通过。至 1919 年下半年，中国的白话文报刊已逾 400 种。1920 年，在使用白话文已形成时代呼声的情况下，北洋政府教育部出文以白话为"国语"，并通令各中小学校采用新式标点符号。在中国文学文化由古代向现代逐步转型的进程中，"文学革命"为白话成为现代标准汉语奠定了坚实基础；20 世纪初的文学翻译热潮，打破了中国文学自我封闭的格局，沟通了中国文学与世界文学的联系；相关教育政策的施行，也使得学校成为白话文学和标点符号普及教育的重要基地。这样的文化气候大力改变了国人对外来文化的态度，促使一批有志青年以开放的胸襟持续译介域外文学，形成了文学革命和文化转型的全国性大气场。标点符号就这样随着"援外用中"的文化潮流而来，逐渐进入国人的文化生活中。

回溯这段历程可知，胡适对新式标点的理论倡导和政策促进，与汪原放标点《新青年》刊文、翻译英文小说，几乎是共时并进的。胡适一向视绩溪人为"徽骆驼"，对给予了新文化运动以有力支持的亚东负责人汪氏叔侄尤为看重，每称"我的朋友汪原放"。从《胡适遗稿及秘藏书信》所收汪氏叔侄的书信看，汪孟邹最迟在 1915 年即已开始与胡适通信；汪原放信的最早时间是民国九年（1920）10 月 1 日，讨论有关《儒林外史》出版的事，但他与胡适的交往显然远在此之前。叔侄俩在各自的信中均称胡适为"适之兄"，并十分关心胡适的身体健康。汪原放在同年 12 月 6 日的信中提出，胡适来信称他为"兄"，他表示不能接受，说不然就要改称胡适为

---

[1] 刘半农：《我之文字改良观》，《新青年》杂志 1917 年 5 月号。

"先生"了,"其实我早应如此称呼了"①,而竟没有改之。叔侄俩的书信在形式上也有明显的区别:汪孟邹的六十通信,略见分段而不见任何标点;汪原放的二十九通信不仅分段合理,还将冒号、逗号、句号、问号、感叹号、引号、破折号、圆括号、书名号(波浪线)等符号运用得娴熟而规范。从这些信中亦可见出汪孟邹、汪原放与胡适彼此间既是同乡又是同道的那种信任、关切和情谊。它根植于汪希颜与陈独秀之间精神契合的交谊,也夯实于汪氏叔侄和陈独秀、胡适为张扬新文化理念而推进出版实务的进程。

1919 年,汪原放大病一场。1920 年 2 月病愈后,他决定出四部加新式标点符号和分段的古代小说:《水浒传》《红楼梦》《儒林外史》《西游记》。不可不说汪原放"踩点"踩得非常之好。这是一个聚合了时代文化特征和个人体验因素的特殊时空的点:文化界对《水浒传》《红楼梦》等古代白话小说的极力推崇,白话文报刊的大量出版发行,使用新式标点符号的呼声强盛,且教育部《通令采用新式标点符号文》业已于 2 月 2 日颁布,这些均已汇聚为时代的最强音;陈独秀、胡适"新文化"观念的思想引领和青年汪原放对二人的信任追从,汪原放主动使用新标点所滋生的喜悦与欢欣,对读者之于新面孔小说的阅读期待的敏锐把握,对亚东出版新标点小说的获利局况的朦胧预判等,凝聚成汪原放的坚定信念。时代的感召与政策的施行,促使他迅速作出标点古代小说的决定。他要先做《水浒传》,做成功了再做其他三部。决定一出,行动紧跟:他只管去买了几种石印、铅印的《水浒传》和红银砂,即刻动手做起标点,同时用蓝色做分段记号。

即将付排时,汪孟邹忧心忡忡,顾虑颇多:他既担心删除金圣叹批语后读者不习惯,又担心标点分段的新书读者不接受,卖不

---

① 耿云志主编:《胡适遗稿及秘藏书信》,黄山书社 1994 年影印,第 490 页。

动，亚东要亏本。于是去征求陈独秀的意见。陈独秀给予了肯定的答复，并告诉汪孟邹，胡适正在写一篇有关《水浒传》的文章，自己已去信告知原放正在做《水浒传》的标点分段，提出让胡适成文后放在这部书前作序。汪孟邹完全放下心来，转而请求陈独秀也写一篇。胡适承诺一定送原放一篇三万字的考证文章。此时正值暑期，胡适在南高①讲授哲学和文学课，他让汪原放先做一个样本，排几页标点分段的《水浒传》，再写个《校读后记》《句读符号例》排一两页附后，订成小册子寄给他。胡适面向青年学生散发了这些小册子，其受欢迎的程度可想而知。8月中旬，新式标点分段、卷首有胡适《〈水浒传〉考证》《〈水浒传〉后考》和陈独秀《〈水浒〉新叙》的《水浒传》顺利出版，第一批 400 部书由汪原放全部带至南高出售，结果一售而空。胡适说："我的朋友汪原放用新式标点符号把《水浒传》重新点读一遍，由上海亚东图书馆排印出版，这是用新标点来翻印旧书的第一次。"②

《水浒传》的成功，大大鼓舞了汪原放。在同年 10 月间汪原放致胡适的信中，可以见到两人商讨标点《儒林外史》《红楼梦》有关事宜。陈独秀也时时关心新书标点的具体事务。新标点小说的阅读优势令亚东版小说的传播速度极快、受益面极广，1922 年底，新标点小说版次已非常可观③，亚东在前后 10 年内出版古代小说共 16 种④。这也使亚东图书馆获得了前所未有的发展。可以这么说，胡适原已着手古代小说的考证工作，他愿意将成文置于

---

① "南高"指南京高等师范学校，今东南大学的前身。

② 胡适：《〈水浒传〉考证》，《水浒传》，亚东图书馆 1920 年版，第 1 页。

③ 1922 年底，《水浒传》已印 4 版 14000 部，《儒林外史》业已印 4 版 13000 部，《红楼梦》印 2 版 7000 部，《西游记》印 2 版 5000 部，《三国演义》印 2 版 5000 部。至 1928 年，这些小说重印版数有的达到 5 版甚或 10 版之多。

④ 亚东版古代小说共计 16 种，其中 10 种为汪原放亲自标点，其兄汪乃刚完成《醒世姻缘传》等 3 种，其妹汪协如完成《官场现形记》等 2 种，另有《三侠五义》1 种系俞平伯完成。

亚东版各部小说卷首，明显带有为新标点小说增广告之益的主观动机；汪孟邹敦请陈独秀撰叙，源于出版家对名人效应与市场行销及利润空间重要关系的一种惯性思考与理性认知。而汪氏兄弟叔侄三人与陈独秀、胡适两位文化名人的原生态厚谊，徽州人看重乡情、互帮互助的文化传统，使得这种结合来得相当自然且十分快捷，效果显著。著名学者和有识书商的精诚合作，促使新式标点符号与古代白话小说联袂登堂，和"新文化"运动同气连枝，桴鼓相应，快速占领了社会大众的阅读市场，同时乘教育政策之东风，以席卷之势进入中小学校，换新了青年学生的阅读视野，彻底改变了中国人的阅读方式，也改变了国人之于古代小说的研究方式。

三 胡适考证成果引领国人百年阅读

在胡适的系列考证中，影响最大的首推 1921 年 5 月置于亚东版《红楼梦》卷首的《〈红楼梦〉考证》。《红楼梦》对中国古代社会文化的影响，可能难以与流播久远的世代累积型经典小说《三国演义》《水浒传》相比，但因其精神内涵丰富，艺术表现高妙，题材与格调更适合文人读者的口味，所以程甲本问世后，它便受到读书人阶层的群体青睐。中国的读书传统一向是文史不分家，读者习惯以史家笔法来阅读小说中的人和事。《金瓶梅》问世之初，即有诸多有关本事的传闻，《红楼梦》问世之后更是如此，因其开卷第一回写出甄士隐、贾雨村两个有符号意味的人物，脂批道是"真事隐"去、"假语存"焉，导致不少读者以"微言大义"的方式揣测《红楼梦》究竟隐去了什么本事，因此便有了"和珅家事""张侯家事""傅恒家事""明珠家事"等各种说法。最初它们不过是民间茶余的传闻、文人酒后的谈资，直至 1914 年王梦阮、沈瓶庵《红楼梦索隐》，后又附《红楼梦》以刊行①，"索隐"旗帜由此高张。1916年蔡元培发表《石头记索隐》，次年又以单行本行世②，将"索隐"往前又推进了一步。蔡元培是一位翰林出身的宿儒，有过留学德国的经历，曾是民国首任教育总长，1917年1月出任北京大学校长，在当时教育界、文化界威望颇高，胡适亦以"领袖"称之。以蔡元培这样的身份、声望，论述《红楼梦》是一部政治小说，赋予它以重大的内容，就在很大程度上提高了它的价值和影响。

"隐"本是中国古代的一种写作策略，也是传统文学与史学的一个重要的美学原则。无论是孔子的春秋笔法，还是屈骚的香草美人，都有"隐"的成分在，因此《文心雕龙》专设"隐秀"一篇，与"比兴""夸饰"等并举，以"文外之重旨"来解释"隐"的内涵。有文本之"隐"，也就有研究之索"隐"。"索隐"由此自然成为中国传统学术之于文本的一种解读方式。"隐"是作者层面的写作手段，"索隐"是读者层面的思维方式和解读途径。即此而言，《红楼梦》索隐派试图从小说文本表面的字里行间演绎、求索出文本背后的微言大义，实际上是沿袭了传统学术的解经思维。既然作者说"真事隐去"，那就一定有隐去的历史真相，索隐派孜孜以求的，就是要将这真相找出来，以使自己的阅读与接受符合传统学术的解经轨道。然而胡适的考证，却完全改变了这样的思维方式。

胡适对古代小说的考证，采用了两种不同的方法。一是对《水浒传》《三国演义》等世代累积型小说采用了历史演进法，主要考察小说的历史演进情况；二是对《儒林外史》《红楼梦》这类作家

---

① 王梦阮、沈瓶庵《红楼梦索隐提要》发表于1914年《中华小说界》第6、7期，1916年以《红楼梦索隐》之名附上海中华书局《红楼梦》刊行。

② 蔡元培《石头记索隐》1916年先载于《小说月报》第七卷1—6期，商务印书馆于1917年出版单行本。

个人创作的小说，则侧重考证其作者与版本。在 20 多篇古代小说考证及序跋文章中，胡适在很大程度上厘清了诸多作品的成书过程、版本之间的关系，考证了不少古代小说作者的生平事迹，大多数工作是开创性的。他对《红楼梦》的考证用力最勤，成就最高，影响也最大。

胡适《红楼梦考证》首先向索隐派提出批评。对早期所谓的"纳兰家世说"和王梦阮、沈瓶庵的《红楼梦索隐》，胡适用考证历史事实的方法予以批驳；对蔡元培的《石头记索隐》，则用"猜笨谜"的措辞指破它的牵强附会。《红楼梦考证》后一部分是对著者和本子的考证。他根据顾颉刚、俞平伯寻求出的文献，勾稽出与作者相关的六条结论，前五条关涉曹雪芹生平与家世，最后一条提出《红楼梦》是曹雪芹的"自叙传"，认为甄贾两宝玉是曹雪芹自己的影子，甄贾两府是当日曹家的影子。关于本子，胡适认为程高 120 回本的后 40 回是乾隆六十年（1795）高鹗在中进士之前补作的，这就是著名的"高续"说。胡适《红楼梦考证》的面世以及随后发生的与蔡元培之间的论战，在当时引起极大的轰动，一则是因为在一定程度上借助了蔡元培的身份背景，二则是因为胡适之说是附亚东版的《红楼梦》小说刊行的 ①，小说读者面有多大，胡适观点的受众范围就有多大。虽然胡适的考证成果并未完全终结索隐派，但蔡胡论战确实是以胡适的胜利而告终。这不得不在一定程度上归功于亚东版《红楼梦》的大行于世。

胡适对古代小说的系列考证工作最重要的学术意义，是在当时的历史背景和文化语境中，促使中国传统学术向现代学术"转型"。

---

① 1922 年蔡元培为《石头记索隐》第 6 版所作的序中加副标题为《对于胡适之先生红楼梦考证之商榷》。同年 5 月亚东版《红楼梦》的第 2 版，卷首增加了蔡元培之《商榷》一文，同时增加了胡适的《跋〈红楼梦考证〉》及《答蔡子民先生的商榷》两文。

他在晚年曾这样评价："这种工作是给予这些小说名著现代学术荣誉的方式；认定它们也是一项学术研究的主题，与传统的经学、史学平起平坐。"① 胡适的考证将长期受到贬抑、轻视的小说提高到与经学、史学等传统的"学术研究的主题"平等的地位，不仅实现了学术研究对象和范围的突破，而且更重要的是借助新标点分段的亚东版古代小说席卷全国的运势，使考证的学术理念和全新的阅读方法渗入世人之心，换新读者的耳目，改变了传统学术研究的重心，大大推进了中国学术的现代转型。

进而言之，胡适对《红楼梦》作者和本子的考证，建立在"科学方法"的基础之上，对整个 20 世纪古代小说的研究起到了引领和示范的作用。1923 年俞平伯《红楼梦辨》出版，顾颉刚在序言中道："我希望大家看着这旧红学的打倒，新红学的成立，从此悟得一个研究学问的方法。"② 这是"新红学"一词最早的出处。这一命名的出现，表明胡适的《红楼梦》考证具有与以往索隐派红学完全不同的学术品质。

然而胡适的考证也存在学术走向上的偏颇。俞平伯和顾颉刚都参与了胡适的研究工作，俞、顾两人曾频繁通信，讨论《红楼梦》的问题。1922 年夏初，俞平伯完成《红楼梦辨》三卷，1923 年 4 月由亚东图书馆出版。其内容是承续《红楼梦考证》，继续讨论《红楼梦》的版本和文本，但俞平伯提出要从文学的眼光来读《红楼梦》。1925 年，俞平伯提出："小说只是小说，文学只是文学，既不当误认作一部历史，亦不当误认作一篇科学的论文……《红楼梦》在文坛上，至今尚为一部不可磨灭的杰构。昔人以猜谜法读它，我们以

① （美）唐德刚：《胡适口述自传》，华东师范大学出版社 1997 年版，第 229—230 页。

② 顾颉刚：《〈红楼梦辨〉序》，俞平伯《红楼梦辨》，亚东图书馆 1923 年版，第 11 页。

考据癖读它，都觉得可怜可笑。"①俞平伯对胡适思想方法上的继承和纠正，是古代小说研究逐渐深入的一种表现，对《红楼梦》研究有理论和方法的指导意义。但因为俞平伯的见识遮蔽于胡适的学术光芒之中，以致学术界很长一段时间内误以为俞平伯与胡适完全相同，这显然与史有所不合。

一般认为，胡适"新红学"有两块基石：一是作者身世的考证，二是后40回作者另有其人。但其真正的核心是他的"自叙传"说。"著者"和"本子"原本是历史考证的范围，但将《红楼梦》视为曹雪芹的自叙传，实际上将有待进一步考证的历史问题当成了毋庸置疑的事实。由于曹雪芹文献资料的缺乏，胡适有关作者身世的考证本身就有一定局限，"自叙传"说从根本上就是一个需要证明的"假设"。到了20世纪下半叶，人们不得不承认："从一般的（而不是严格的）考证标准来看，我们实在没有理由说《红楼梦》是'曹家的真实事迹'。"②从学理上看，胡适将《红楼梦》当成曹家的历史实录，忽视文学层面的研究，仅得出"自然主义"的判断，是存在很大问题的。如果死守"自叙传"说，坐实小说原型，将《红楼梦》的文学研究变相为历史研究，就会与索隐派殊途同归，走到王国维所批评的以索隐方法附会、揣测小说文本的老路上去。索隐派将《红楼梦》所写认定为纳兰家事（或是其他家事），胡适的自叙传说则是将《红楼梦》所写认定为曹家家事，内涵有异而其质相类。前贤时俊多有高论③，此不赘述。

胡适作为20世纪现代意义上的古代小说研究的先行者和新的

---

① 俞平伯：《〈红楼梦辨〉的修正》，1925年2月《现代评论》第1卷第9期。

② 余英时：《眼前无路想回头》，原载香港《明报月刊》1977年2至5月号，后收入胡文彬、周雷主编：《海外红学论集》，上海古籍出版社1982年版，第70页。

③ 陈维昭对此有较多思考，参见陈维昭：《考证与索隐的双向运动》，《红楼梦学刊》1998年第5辑；《新红学百年祭》，《红楼梦学刊》2021年第1辑。

学术"典范"的创造者①，其思维方式和解读方式，引导并支配了《红楼梦》百年阅读与研究的主流进程，成为"新红学"的重要构成。进入 21 世纪，胡适的"高续"说也终于在动摇许久后宣告终结，其标志是：人民文学出版社第三版《红楼梦》封面已改"高鹗续"为"无名氏续"，扉页则标明"程伟元、高鹗整理"。笔者对"非高续"说曾撰专文论述②，本章不再展开。胡适《红楼梦》考证隐含的问题不可避免地给 20 世纪古代小说研究带来了较多的负面影响，当然这不能归咎于胡适。前修未密，后出转精，本是学术研究的规律，后世不能纠正前贤的偏颇和失误，甚而在错误的道路上越走越远，是没有理由指责先行者的。

---

① 余英时借用孔恩的理论，认为胡适是"红学史上一个新'典范'的建立者。这个新'典范'，简单地说，便是以《红楼梦》为曹雪芹的'自叙传'，而其具体解决的途径则是从考证曹雪芹的身世来说明《红楼梦》主题和情节"。余英时：《近代红学的发展与红学革命》，原载《香港中文大学学报》1979 年第 2 期，胡文彬、周雷主编：《海外红学论集》，上海古籍出版社 1982 年版，第 14 页。

② 俞晓红：《〈红楼梦〉后 40 回非高鹗续写说》，《明清小说研究》2013 年第 2 期。

第十八章
《红楼梦》整本书阅读与文学教育

作为古代文学经典之作的《红楼梦》，成为高中语文教材"整本书阅读与研讨"的对象和载体，取代了以往以《葫芦僧判断葫芦案》《林黛玉进贾府》《诉肺腑》《香菱学诗》《宝玉挨打》《抄检大观园》等选文为标志的"片段性"阅读模式，既是语文教育的进步，也是历史的必然选择。毫无疑问，"《红楼梦》整本书阅读"是经典的"文学阅读"，其本质是"文学教育"。

文学阅读是一种文学教育，经典的文学阅读是最好的文学教育，这本来是不言而喻的事实。然而在学术分科愈来愈细致严密、学科定位制约其学科特性的今天，却似乎有了再思考的必要。

一 文学教育是"什么"的？

当《红楼梦》作为"文学阅读"的文本时，它天然地属于"文学"这一学科门类；而若将《红楼梦》视作"文学教育"的选本，教育学的学科特性与功能必定限制了它身为"文学"经典的审美特性和化育功能。那么，"《红楼梦》的整本书阅读"的过程与目的，究竟是文学本位的文学感知与审美接受，还是教育学本位的知识获得与思政渗透？换言之，文学教育是文学的，还是教育的？在它前面的问题是：文学是教育的吗？

就中国古代文学传统而言，诗歌是其最早的代表性样式。《论语》记录孔子的话说："诗可以兴，可以观，可以群，可以怨。迩之事父，远之事君。多识于鸟兽草木之名。"① 这就在三个层面上确定了诗歌的教育功能：一是可以"兴观群怨"，通过读诗，进而懂得如何感发情志，如何博观天地风俗，如何合群相处，如何批评社会、抒发怨情；二是近可以孝、远可以忠，从悟诗中学会做人与从政的道理；三是可以获取知识，掌握各类自然物的称名及其功用。孔子要求他的儿子伯鱼要读《诗》，如果"不学《诗》，无以言"，不读《诗经》中的《周南》《召南》，"其犹正墙面而立也与"②。"南"是周公、召公的采邑，地处禹贡雍州岐山之阳（今陕西岐山以南），称为"南国"。周公、召公将文王教化施行到南国，是以在"南"之二地所采的诗，分别名之"周南""召南"。孔子认为《诗经》是最好的教育文本，《周南》《召南》又是其中经典的篇章，不读这些文学名篇，就无法表达自我，甚至如面墙而立，无所知觉。《论语》不仅确立了儒家的诗教观，它本身也是孔子教育思想的载体。

后世文学家将"文章"亦列为教育文本，强调读文和作文有修身、理家、治国的大功用。曹丕《典论·论文》将文章提到建功立业的高度："盖文章，经国之大业，不朽之盛事。"③ 刘勰究文道关系，韩柳倡"文以明道"，宋时"文以载道"与"诗以言志"并举，成为中国古代"文学教育"的核心内容。桐城派作为古代历时最长的文派，以古文而雄踞文坛二百余年、培养出千余名作家，乃是因为桐城派诸多重要作家长期从事教育活动，他们以书院讲学或是私授弟子的方式，实施文派的传承。对中国古代文学做历时性的纵向

---

① 《论语·阳货》，杨伯峻：《论语译注》，中华书局 1980 年版，第 185 页。

② 分见《论语》之《季氏》《阳货》诸篇，杨伯峻：《论语译注》，中华书局 1980 年版，第 178、185 页。

③ 曹丕：《典论·论文》，黄霖、蒋凡主编：《中国古代文论选新编》，上海教育出版社 2008 年版，第 34 页。

考察，可以约略知道：文学教育是"文学的"，也是"教育的"，因为"文学"本身即是"教育的"。

小说进入教育领域，则是 20 世纪的事。先是"戊戌变法"前后，一些有志之士开始译介西方及日本的小说，严复、梁启超、梁启勋、王钟麒等人强调小说的政治功用与社会功用，陈独秀发布"文学革命"宣言，钱玄同公开表示小说与戏曲是近代文学之正宗。1904 年春夏之际，王国维撰写长篇论文《红楼梦评论》，专注古代小说的哲学美学内涵，分 5 次刊载于上海《教育世界》杂志第 8、9、10、12、13 期，后收入《静庵文集》于 1905 年 11 月出版。"其见地之高，为自来评《红楼梦》者所未曾有。"① 胡适无疑是推动古代白话小说进入中小学教育的领军人物。1917 年 1 月，胡适发表《文学改良刍议》，以施耐庵、曹雪芹、吴趼人为文学正宗；1918 年 4 月，胡适发表《建设的文学革命论》，宗旨是"国语的文学，文学的国语"，主张"有了国语的文学，方才可有文学的国语。有了文学的国语，我们的国语才可算得真正国语。国语没有文学，便没有生命，便没有价值，便不能成立，便不能发达"。他认为《红楼梦》等小说正因为是一种"活文学"，才会有这样的生命、这样的价值；"真正有功效有势力的国语教科书，便是国语的文学，便是国语的小说、诗文、戏本"，在尚无"标准国语"之时，"可尽量采用《水浒》《西游记》《儒林外史》《红楼梦》的白话"，而要实施这个主张，首先须"多读模范的白话文学"②。如何让国人"多读"白话小说？唯有借助教育政策，进入学校教育的渠道，方能广泛实施。

---

① 涛每：《读王国维先生〈红楼梦评论〉之后》，《清华文艺》第 1 卷第 2 期，1925 年 10 月版。吕启祥、林东海主编：《红楼梦研究稀见资料汇编》收录，人民文学出版社 2001 年版，第 148 页。

② 两文先后发表于 1917 年 1 月《新青年》第 2 卷第 5 号、1918 年 4 月《新青年》第 4 卷第 4 号，分见季羡林主编：《胡适全集》第 1 卷，安徽教育出版社 2003 年版，第 14、54、56—57、60 页。

经过一年多的思考，胡适的观点逐渐成熟。1920 年 2 月 2 日，教育部颁布《通令采用新式标点符号文》；几乎同时，胡适的同乡兼好友汪原放跟随着胡适思想的脚步，开始为标点分段出版《水浒传》《红楼梦》《儒林外史》《西游记》等 4 部白话小说做准备。3 月 24 日，胡适做了一次题为"中国国文的教授"的演讲，提出要将小说、白话的戏剧、长篇的议论文与学术文这三类文本纳入中学"国语文"课程的教材，其中要"看二十部以上，五十部以下的白话小说。例如《水浒》《红楼梦》《西游记》《儒林外史》……等等。此外有好的短篇白话小说，也可以选读"①。8 月中旬，新标点分段的亚东版《水浒传》出版；11 月，亚东版《儒林外史》问世。1921 年 5 月，亚东版《红楼梦》与读者见面。

1922 年 8 月 17 日，胡适在题为"中学的国文教学"的演讲中强调，要让白话文学作品进入中学国文教材："白话文非少数人提倡来的，乃是千余年演化的结果。我们溯追上去，自现在以至于古代，各个时代都有各个时代很好的白话文，都可供我们的选择。有许多作品，如宋人的白话小词，元人的白话小令，明清人的白话小说，都是绝好的文学读物。"② 这段话透露出胡适已然在斟酌哪些文学作品可以用作中学国文教学的选文。这为他不久后的实施奠定了思想基础。

1923 年，全国教育联合会刊布《新学制课程标准国语课程纲要》。其中《初级中学国语课程纲要》乃由叶圣陶起草，《高级中学公共必修的国语课程纲要》即是由胡适起草，分别设定了"使学生发生研究中国文学的兴趣"和"培养欣赏中国文学名著的能力"的

---

① 胡适：《中国国文的教授》，原载 1920 年 9 月 1 日《新青年》第 8 卷第 1 号。见季羡林主编：《胡适全集》第 1 卷，安徽教育出版社 2003 年版，第 213 页。

② 演讲稿经整理收入文集，题目改为"再论中学的国文教学"，见胡适：《再论中学的国文教学》，季羡林主编：《胡适全集》第 2 卷，安徽教育出版社 2003 年版，第 788 页。

课程目标。后一份课纲列出必读书目 22 种，其中纳入了《水浒传》《儒林外史》《镜花缘》3 部章回小说，要求均须使用标点、分段、校勘、整理过的版本。《红楼梦》不在这份课纲中，甚至也没有在 20 世纪 20 年代的其他课纲中出现，这表明胡适在考虑选目时尚有顾虑，在推崇《红楼梦》为"模范"教育文本的观念和实施行为之间存在着一定的罅隙。

但事实上，在 1924 年至 1936 间，至少有 18 套国语文教材节选了《红楼梦》文本作为教学篇目[①]，这还没有把各地中学自选《红楼梦》为课外补充阅读书目的情况计算在内。另一方面，以胡适身为文化名人的社会影响力和亚东版《红楼梦》的发行力度，《红楼梦》是否在教材选目之内，并不影响各地中小学生以极大的热情阅读这部"绝好的文学读物"。当时有人不满意于胡适倡导的白话文运动及其对《红楼梦》的推举，曾撰文讽刺那些"新式人物""时髦的少年"，"扛了一个文学革命的大旗"，以胡适之、陈独秀为"祖师"，以《红楼梦》《水浒传》为"利器"，其实对文学并没有"彻底的觉悟"和"真正的了解"[②]。这段话反过来证明了当时的中学生对《红楼梦》《水浒传》的阅读与追捧到了何等狂热的地步。

20 世纪很多著名作家都曾说过，是在中学时代就阅读了《红楼梦》并深受其教育和影响。《红楼梦》对丁玲（1904—1986）小说创作的影响是很明显的，她在 1919 年至 1922 年之间进入长沙周南女子中学读书，1922 年她到了上海，进入陈独秀等人创办的平民女子学校学习。她后来回忆中学时代的消遣生活时，提到自己曾迷恋于阅读《红楼梦》等一批章回小说，因为它们"有故事，

---

① 参见张心科：《〈红楼梦〉与百年中国语文教育》，华东师范大学出版社 2019 年版，第 19 页。另据李根亮统计有 19 种，参见李根亮：《红楼梦阅读史》，齐鲁书社 2021 年版，第 232—234 页。

② 薛竞：《中学校国文教授的我见》，《中华教育界》1922 年第 1 卷第 5 期。

有情节，有悲欢离合"①。巴金（1904—2005）曾读过《红楼梦》百遍，1923 年至 1925 年间在南京东南大学附中学习，而这所大学在它还是南高（南京高等师范学校）的 1920 年夏天，就接受了胡适关于标点版白话小说的课堂宣传和亚东版《水浒传》的校园销售。吴组缃（1908—1994）小学时读过石印本的《金玉缘》，1922 年刚一进入安徽省立五中（芜湖），最先从陡门巷"科学图书社"买到的，就是亚东版《红楼梦》，"行款舒朗，字体清楚"；这部白话经典不仅教会了他如何分段、空行、低格、标点，而且教会了他"在日常生活中体察人们所说话的神态、语气和意味"②，教会了他如何写作。出生于 1920 年的张爱玲，甚至在 8 岁时就开始阅读《红楼梦》③，1931 年 12 岁进入上海女子教会中学圣玛利亚女校（St. Mary's Hall）时，她已经读出了《红楼梦》前 80 回和后 40 回的文本差异；这不仅对她的小说写作影响颇深，而且也为她后来写出那部颇具版本学意味的《红楼梦魇》铺垫了基础。

概而言之，作为小说的《红楼梦》，因其带有"模范的白话文学"的标签，以标点、分段的全新阅读界面，借助相关教育政策，从 20 世纪 20 年代起，陆续进入中小学校的国语文课程，成为当时中小学生课堂内外的阅读书目，助力了一代中国人的精神成长。《红楼梦》是文学的范本，也是教育的读本。显而易见，在中国古代，文学作品一身而二任，兼顾文学与教育的双重职责；在 20 世纪 20年代，培养教育学专门人才的学科和专业已开始在高校中设置，以经典白话文学作品为教育读本进入中小学课程的做法，实际上也体现了文学与教育的合体前行。只是到了学科分工愈加精细化的今

---

① 陈惠芬编：《海上文学百家文库》70《丁玲卷》，上海文艺出版社 2010 年版，第 490 页。

② 吴组缃：《漫谈〈红楼梦〉亚东本、传抄本、续书》，吴组缃：《说稗集》，北京大学出版社 1987 年版，第 235—237 页。

③ 张爱玲：《流言》，北京十月文艺出版社 2012 年版，第 82 页。

天，人们才会生出一丝困惑：文学教育是文学的，还是教育的？

二 文学"何以"教育？

假如文学不是"教育"的，那又是什么的？

文学可以是娱乐的，它使人在生活中生发兴味和快乐；可以是休闲的，如同园林漫步那样轻松；可以是审美的，给人带来精神的愉悦和审美的享受；当然可以是也必然是教育的，因为它使人获得知识与成长。读诗和写诗之于《红楼梦》中的林黛玉，不是休闲的，也不是娱乐的，是缓解焦虑的，是宣泄意绪的，也是抒发情感和意志的；当然，读诗也是教育的，如同她指导香菱学诗的步骤一样，林黛玉在诗歌文本的大量阅读中，认知了作诗的规则和方法，在不断的实践中成长为大观园优秀的闺阁诗人。与此相仿，戏曲的文本阅读和舞台演出之于林黛玉，则同时是审美的和教育的。她读完《西厢记》，会援引曲词来讽喻贾宝玉，或是充作抢答题的答案；她听到《牡丹亭》曲，立刻惊艳于［皂罗袍］的文辞之美，赞叹戏上也有好文章；她边观看《荆钗记》，同时就可以借王十朋绕道祭妻的关目，批评贾宝玉城外祭钏行为的不通透。经典戏曲文学在不知不觉之时，开启了林黛玉的自我教育模式。读剧令她的应对更加机敏蕴藉；听曲警醒了她的芳心，情感经历剧烈疼痛后蓦然成长；观戏使她悟知生命的况味，启导她可以用一种冷静的态度用情。即此可知，文学之于林黛玉，更是教育的。这是文学的一种更具精神张力的功用。可知"文学阅读"必然是一种"文学教育"，文学就既是"文学"的，也是"教育"的。

这会延伸出一个新的思考：文学"何以"教育？这里"何以"是"以什么""用什么"的意思。文学以什么教育人？换言之，文学的育人功用主要体现在哪些方面？

仍以《红楼梦》为例，何以生活在相同或相似的成长空间，年龄相仿的年轻人在心智、情感、人格诸方面的表现有各种差异？除了遗传基因、原生家庭的差异之外，教育文本和教育持续性的差异应是一个重要的原因。因为不是所有的闺阁女子都能像林黛玉这样，不断获得经文学教育而成长的时间与空间。《红楼梦》中的贵族少女或多或少接受过家庭的文化教育，会写诗，会品诗，会论诗，也懂观剧和评戏，然而她们对诸多戏剧文本，则往往没有太多的阅读。博识多闻的薛宝钗曾坦言，《西厢记》《琵琶记》及元人百种曲，小时候都是读过的，但大人知道后使用暴力手段，逼使她不得不放弃文学阅读，就此隔断了她接受文学教育的渠道，封闭了她精神成长的空间。从今天的眼光来看，这无疑是一种反教育、反文化的行为，但在当时却是一种顺应时代要求的教育行动，它使得这位被隔断者滋生与那个时代比较合拍的认知，后者会潜在地引导她主动去阻断他人经由文学阅读而获得的自我教育、自我成长的机会。

前节所谓"文学"的概念，除了诗、文、小说、戏曲等文学作品之外，还包含"文章经籍"在内。由于阅读文章经籍以求仕进原本就是古代士子常规的人生道路和价值追求，因此对这一类文本的阅读不但不在禁止之列，反而成为时代积极倡导和鼓励的对象。所以薛宝钗所叙被"打的打、骂的骂、烧的烧"后"丢开"的阅读文本，是诗、词、戏曲一类纯文学文本而不是文章经籍文本；暴力手段隔断文学阅读的对象不仅是女孩，也包括那些以求取仕进为目标的男孩；逼使他们放弃纯文学阅读的理由和目的，在男子是为了促使他们"读书明理，辅国治民"，在女子是为了阻止她们因阅读"杂书"而"移了性情"。由此可知，《西厢记》《琵琶记》及元人百种曲，都在这"杂书"的范围内；不用说茗烟悄悄带进园子给贾宝玉阅读的"外传野史"之类的专供品，自然更在禁止之列。

　　然而恰恰是这一类文学文本，提供给大观园中大多数少年居民以精神成长所必需的良性营养；那些在诗词写作的才智上有所欠缺的青年女子，也恰好是较多地阅读其他类型的读本如女经类或宗教类文本，对诗词、小说、戏曲类的纯文学文本所读甚少，甚或是对任何文学读本都没有阅读量的女子。这些文学阅读量稀薄的女子，不仅诗作没有光彩，猜谜猜的不对，行酒令一开口就错了韵，而且情商也比较低，在相伴多年的贴身大丫鬟被撵的时候，没有表示出一点温情。这说明不是所有的阅读都能令人获得健康的成长。而当文学的阅读量为零或接近零时，当事人的语言表达会变得粗俗不堪（例如王熙凤），即使是出身富贵之家的男子（例如薛蟠）也不能幸免。《红楼梦》对文学阅读之于人的教育作用的情节表现，与孔子所强调的"不学诗，无以言"和"不学礼，无以立"的教育思想一脉相承。

　　因为文学是"人学"，是表现人和教育人的载体。在现代，国内学界最早提出"文学是人学"这个理论命题的是钱谷融。1957年2月，钱谷融写了一篇题为《论"文学是人学"》的文章发表对这个问题的看法，文中还引用车尔尼雪夫斯基的话说："诗人指导人们趋向于高尚的生活概念和情感的高贵形象：我们读诗人的作品，就会厌恶那庸俗的和恶劣的事物，就会看出所有美和善的迷人的地方，爱好所有高贵的东西；他们会使我们变得更好，更善良，更高贵。"①这里谈的是诗歌对读者人性成长的教育作用。23年以后，钱谷融以更为简洁的方式再次表达了这一观点："文学的任务，主要应该是影响人，教育人。"文学以什么影响人、教育人？他继续阐发道："文学既以人为对象，既以影响人、教育人为目的，就应

①　钱谷融：《论"文学是人学"》，《文艺月报》1957年5月号。

该发扬人性、提高人性。"① 时隔 36 年，钱谷融再次申说："真正的文学艺术创造活动务必是建立在'尊重人的自然天性''珍惜人间一切真情'的基础之上的"，因为"文学艺术与人类的生命存在于同一个层面上"②，人的天性和人间真情是生命价值的体现，因而也是文学最值得表现的价值层面。

《红楼梦》叙及的男女主人公所阅读的文学作品，诗是杰作，文是佳篇，戏曲是蕴涵民主性精华的经典文本，无不闪耀着"真情"的温暖和"人性"的光辉，正适宜作为成长中的少年男女的教育读本。林黛玉父母双亡，是她可以不受正统教育束缚的现实条件，这使她能够从容地进行文学阅读与诗词写作，接受来自经典戏曲文本的情感教育，自由地伸展少女的天性，从而焕发人性的光彩。作为对比描写，薛宝钗因为原生家庭的干预而阻断了文学阅读的正常开展，文学教育中途搁置，人性遭致挤压，真情受到压制，结果就显得率真不足而淡漠有余。小说写她每每用"冷香丸"来克服先天的"热毒"，正是从寓意层面来表达这一过程。

以《红楼梦》所描写的世界为例，也许还不足以回答"文学以什么教育人"的问题。如果我们回溯百年以前，作为优秀教育读本的《红楼梦》，影响那一时代国人精神成长的种种情形之后，就可以从另一个层面更好地理解这个问题。除前节所叙之外，我们还可再举典型案例作进一步说明。

曾有一种说法，认为冰心（1900—1999）不喜欢《红楼梦》。这可能是一种误解。1963 年，冰心从作家的角度写了一篇专文来谈《红楼梦》的写作技巧。文中郑重提及："《红楼梦》这部书，在老一辈的知识分子中间，几乎人人熟悉。"冰心 1914 至 1918 年在

---

① 钱谷融：《〈论"文学是人学"〉的自我批判提纲》，《文艺研究》1980 年第 3 期。
② 钱谷融：《文学是人学，艺术也是人生》，《文汇报》2016 年 7 月 18 日第 W03 版。

北京教会学校贝满女中读书，1919 年开始发表文学作品，1923 年进入燕京大学学习。冰心所言"老一辈的知识分子"，自然是和她同辈、出生于 20 世纪初、接受过新文化运动洗礼的那一代人。冰心又说她自己是"一个喜爱《红楼梦》的读者"，一个"从事写作、希望从祖国的古典名著里得到教益的人"，平日和朋友在一起的时候，会就这部小说的某个具体情节"兴高采烈地谈个没完"①。显然，冰心受到来自《红楼梦》这部"绝好的文学读物"的影响，能够获得有益于写作和人生的教育，乃与她那一辈人一样，源于她中学和大学时的时代氛围和文化感召。

　　另一个例子是历史文献学家和教育家姜亮夫（1902—1995），这样一位在楚辞学、敦煌学等多个学术领域卓有成就的著名学者，中学时代（1918—1921）是在云南省立第二中学度过的。他曾在 1935 年写过一篇题为《〈红楼梦〉送我出青年时代》的文章，提到自己爱读的小说很多，但偶然间在书架上发现一部《红楼梦》后，"不料竟成了整个中学生时代的好伴侣。差不多一个中学时代，不曾离过他"。他还为贾府画了世系图，为钗、探、湘、黛画了四张特别大的画像；《葬花辞》读得烂熟；"也陪过黛玉落泪，也陪过宝玉想思，无所不为，只要想得到"，以至于连《红楼梦》的续书和评论都找了来看，王国维的《红楼梦评论》是促使他"学问兴趣转变的一个大关键"。文学阅读让他明白世事，令他知悟人生哲理，使他的青春期成为他一生中的"黄金时代"②。

　　百年以前的中学生能以极大的热情沉浸于《红楼梦》的阅读，肆意地想象、落泪，纵声地谈论、争辩，痴迷地背诵诗词、撰写心

---

　　①　冰心：《〈红楼梦〉写作技巧一斑》，《人民文学》1963 年 11 月号。
　　②　姜亮夫：《〈红楼梦〉送我出青年时代》，上海《青年界》第 8 卷第 1 号，1935 年 6 月。吕启祥、林东海主编：《红楼梦研究稀见资料汇编》收录，人民文学出版社 2001 版，第 585—586 页。

得，从中获得成长的体验和人生的感悟；百年过去，今天的中学生要完整地阅读《红楼梦》整本书，何以竟成为一件难事？因为40年来的应试教育影响了青少年的阅读思维，与考试无关的人文艺术类书籍几乎全然摒弃于阅读范围之外，经典文学作品所能给予的关于生命、人性、真情等教育资源搁置已久，即便是身为"主课"的语文在高中阶段不受重视的情况也比较普遍，刷题积习甚重，高考语文的阅读材料题不一定需要深厚的阅读积累和良好的阅读感觉就能做出。文学阅读的缺席必定导致文学教育的缺憾，长此以往，将不利于一代青少年的人格精神与生命情感的健康养成。陈平原曾言："语文学习与人生经验密不可分。"这句话也可以这样理解：经典文学的阅读能提供丰富的人生经验。"所谓'精英式的阅读'，正是指这些一时没有实际用途，但对养成人生经验、文化品味和精神境界有意义的作品。"[1]教育部"新课标"明确指出，通过对经典文学名著的整本书阅读，不仅能拓展阅读视野，提高阅读鉴赏能力，而且更重要的是能传承中华优秀传统文化、促进中学生正确"三观"的形成。这是"新时代"提炼出来的、与"立德树人"的育人目标高度吻合的文学教育思想，比起一百年来以文学阅读促进生命教育的文学观，更具时代文化的高度和价值内涵的深度。

三　文学教育"如何"可能？

从另一个视角来看，纪念"新红学"一百年，其意义不仅仅止于对一种研究范式所给出的文学史学层面的价值判断。教育部最新"课纲"明确要求让"阅读整本书"进课程、进教材，"拓展阅读视野，

---

[1]　陈平原：《语文之美与教育之责》，陈平原：《六说文学教育》，东方出版社2016年版，第139页。

建构阅读整本书的经验，形成适合自己的读书方法，提升阅读鉴赏能力，养成良好的阅读习惯"数句，可视为整本书阅读的课程目标；"促进学生对中华优秀传统文化、革命文化、社会主义先进文化的深入学习和思考，形成正确的世界观、人生观和价值观"数句，理当视为高中学生的培养目标①。新"课纲"目标导向性如此明确，必将对全国中学语文教育起到深度警醒、积极推动和全面促进的历史性作用。这与百年前亚东版《红楼梦》《水浒传》等名著借助教育部"通令"和胡适"课纲"，以"席卷"的态势进入中学课程的局况相似，昭示当代的"文学教育"会经由经典"文学阅读"而达成人格塑造、"三观"养育的目标的最大可能。两个"课纲"遥隔百年：这一场跨越时空的对望，揭明百年前"新红学"及亚东版《红楼梦》所深藏的文学史和教育史的双重价值。

以文学名著《红楼梦》为当代青少年精神成长的教育读本，当在两个层面上思考实现其教育价值的可能性。一方面，在应试教育意识浸润人心已久的今天，面向高中生的文学教育"何以"可能？高中生阅读群体有时间、有勇气去阅读整本书，并获得正面的感悟和心灵的成长吗？

最近一次全国性的"《红楼梦》整本书阅读"主题征文活动成果表明：这个受众群体不仅能读懂《红楼梦》的主题内涵，更能从中领悟什么是真情，什么是人性，什么事做人的风骨，什么是做事的境界。他们在小学时就知道了《红楼梦》的存在，初中开始阅读整本书，与它相遇、相知、相识、相感，"不断体味人心的复杂与美好，得到一份心灵的宁静与清明"；他们从宝黛追求向往的自由的过程中，体悟出"即使没有炬火，也敢于做那唯一的光"的道

---

① 中华人民共和国教育部：《普通高中语文课程标准》，人民教育出版社 2017 年版，第 11 页。

理；男生敢于直率地表达为什么喜欢林黛玉，因为"否定的美更动人""率真的美更可贵"；女生敢于自我反思，"是否保留有黛玉的那种率真与朴实"？他们感叹王熙凤"掌贾府大权只是为了满足贪婪的欲望，而从未想过要重振贾府"；他们赞赏探春理家所显示的"小女子大魄力，心有规矩不偏私，秉公执事行大义"；他们从晴雯的渥手、撕扇、补裘中读到了晴雯"自我意识的极致彰显"，又从晴雯的断甲中读出了晴雯对现实世界的"割离、放弃、诀别"，悟得晴雯因没有"读书受教育"而致的自我意识的局限性；他们从"真"与"假"的对立中认知探求真假的"过程"的重要性，从而自我勉励："现在做个深呼吸，备好你名为初心的行囊，开始你伟大的历险，去追逐你心中的'真'。当然不要忘记，过程，才是真正值得你永远铭记的'真'。"① 这次征文活动，中学生应征作品2976 篇，涉及作品主题、人物、情节、意象、语言等多个层面，其中对人物形象的评析作品占比最大，达到 54.2%，说明中学生受众更关注小说的故事，"对处于故事中心的人物产生了浓厚的兴趣，生发出自己独到的见解"②。获奖学生的年龄多在 15 到 17 岁，其中出生于 2005 年的最多，占到 71.88%，正是二八芳华。作为同龄人，他们的青春生命与小说中的少男少女一起脉动，相对于其他受众群体，因而更具备解读这些文学人物个性的年龄的和心

---

① 安徽省歙县中学高二（6）班鲍枝俏：《相约红楼》，安徽太湖中学高二（1）班汪寅澜：《涸辙鲋小，莫嘲禹门浪高》，安徽师范大学附属中学高二（18）班项铮：《我为何更喜欢林黛玉》，安徽省合肥市第十中学高三（2）班程羽晗：《只道相思却成空》，安徽师范大学附属中学高二（16）班陈唐娜：《问西风》，淮北师范大学附属实验中学高二（3）班刘婉婷：《说说探春的"大"与"小"》，上海市建平中学高三（9）班刘梦申：《〈红楼梦〉中晴雯的自我意识》，北京市八一学校高二（9）班王兆宇：《论〈红楼梦〉中的真与假》，分见俞晓红主编：《悦读红楼》，安徽教育出版社 2021 年版，第 77、84、94—95、97、108、120、81 页。

② 李娜：《强化整本书阅读教学，助推中学生素养提升》，《安徽教育科研》2021 年 11 月中旬刊。

理的优势。因此，宝、黛、探、晴率真的品质与有趣的灵魂会深深地感染这些年轻读者的精神世界，在他们心灵成长的过程中烙下不可磨灭的教育印迹。

另一方面，作为实施阅读整本书这一学习任务的教育行为主体，已经做好准备了吗？通过调研发现，不仅"微时代"碎片化、浅表化阅读导致整本书阅读在中学的大面积缺席，功利化应试思维挤压众多中学生整本书阅读的时间与空间，而且作为他们的语文老师，多半也是经过应试教育的训练走出来的，有不少人已形成一种模式化的思维定势，一提到命题制卷就成竹在胸，一涉及指导学生阅读整本书就茫然失措。因此又滋生一个新的问题：文学教育"如何"可能？

这个命题给了大学教师介入中学语文教学研究的途径。大学中文系从事古代文学教学与研究的教师，有很多是在阅读《红楼梦》方面有深入体悟和独到见解的；尤其是中文师范专业教师，要教会师范生如何指导将来的中学生阅读整本书，以促进师范生的传承使命和职后发展，自己必须承担起正确解读古典名著的责任。

循此出发，中文系的教师需要思考以下三个问题：一是文学研究与文学教育如何结合？传统的中文专业课程教学以文学文本解读和文学史研究为主，很少涉及文学教育；确立《红楼梦》整本书阅读的理念并推动其成功实施，可以为促进文学研究向文学教育转化提供样本。二是高等教育与基础教育如何衔接？专业课程设置对接基础教育需求，是教育部师范专业认证的标准之一；设置"《红楼梦》整本书阅读与研讨"课程，重构研讨式、探究式的课堂教学流程，可以为师范生职后发展提供可复制的教学范本。三是研究方案与教育实践如何实施？整本书阅读方案如何进入基础教育一线实施，本身是一项艰难的工程；为基础一线语文教师提供切实可行的策略和方案，可以促进整本书阅读"培养目标"

的有效达成①。

陈平原曾提及，民国时期，历史学家钱穆、吕思勉，文学家朱自清和美学家朱光潜，都是以中学教师进大学教书；但 20 世纪 50 年代以降，大学与中学之间存在的不仅是裂缝，而且是不可逾越的鸿沟。这自然与学科分工愈来愈细密、大学评价制度愈来愈体系化有因果关联，语文教育成了教育学科的事儿，而大学中文教师更专注于专业研究成果的获得，因为"人的精力有限，大力介入中小学教育，多少会影响专业著述的速度"；就连大学的中文专业课是否具有文学教育的功能目标都是一个困惑，"大学里的文学教育，又在'专业'与'趣味'、'知识'与'技能'之间苦苦挣扎，始终没能找到正确的位置"②。要回答前面的问题，需要从高等教育和基础教育两个层面进行研究并推动实施。

大学中文系的专业教师，首先需要拓展红学研究的领域，寻找学科交叉的学术视野与有效方法，改变以往红学研究重理论探讨而轻现实需求、多静态思考而少动态观照的现状，将原本纯文学层面的《红楼梦》研究转向而为文学教育层面的"《红楼梦》整本书阅读"教学研究，文学研究与教育学研究相结合，在显性的文学教育中渗透隐性的价值引导，以跨界的路径为红学领域的拓展提供新的学术范式。

其次，应重视文学教育的价值，推进高等教育与基础教育的紧密衔接，将高等教育《红楼梦》研究的学术思维与高中语文阅读教育的应用思维相结合，突破单一的高校文学学术研究或基础教育教学研究的模式，以跨类的多元视野及方法观照并解决当下基础教育

---

① 参见俞晓红：《如何提升〈红楼梦〉"整本书阅读"的有效性》，俞晓红主编：《悦读红楼》，安徽教育出版社 2021 年版，第 168—176 页。

② 陈平原：《语文教学的魅力与陷阱》《校园里的诗性》，陈平原：《六说文学教育》，东方出版社 2016 年版，第 147、148—149、22 页。

亟待解决的现实课题，将主题征文活动、讲座授课、教育实习指导等作为衔接高等教育与基础教育的桥梁，以适应新时代我国基础教育的发展趋势，满足中学一线语文教师的当下需求，以高等教育的学术优势加强对基础教育的支持和服务。

其三，应以经典文化浸润基础教育过程的方式，指导激励中学生以整体观阅读《红楼梦》，养成阅读经典名著的正确方法与良好习惯，提升对母语的审美鉴赏、创造与建构水平，发展其思维能力，生发理解传承中华优秀传统文化的自觉力，为全国高中语文《红楼梦》"整本书阅读"的实施提供可资借鉴的文化教育资源。"《红楼梦》整本书阅读"是一个具有经典样本意义的时代文化命题，完成这份答卷需要"呼唤那些压在重床叠屋的'学问'下的'温情''诗意'与'想象力'"①。这在当前全面复兴优秀传统文化的时代背景下，尤有积极的现实意义。

基础一线的语文教师，当主动肩负起新时代所赋予的文学教育使命，首先从自己做起，不仅需要重新打开名著阅读整本书，还要在阅读中形成指导意识、提升指导能力，对阅读指导方案做整体性思考和深层次研究；其次应设计问题单，要求学生课外阅读、堂上研讨，"指定分量——自何处起，至何处止——由学生自己阅看。讲堂上止有讨论，不用讲解"；"指定分量之法，须用一件事的始末起结作一次的教材"，"注入式的教授，自不容于当代的新潮流。教员在讲堂上，除了补充和讨论以外，实在没有讲解的必要"；第三，需要学生提交成果、给予评价，以验证阅读成效，成果的形式可以是赏析、评价文章，也可以是二度创作，"若是出题目做的文章，应注意几点：（一）最好是令学生自己出题目；（二）千万不可

---

① 陈平原：《校园里的诗性》，陈平原：《六说文学教育》，东方出版社2016年版，第21页。

出空泛或抽象的题目；（三）题目的要件是：第一要能引起学生的兴味，第二要能引学生去收集材料，第三要能使学生运用已有的经验学识"①。

百年以前的演讲中，胡适就已经倡导用"整本书阅读与研讨"的方式，在国语文的课程中实施进行白话小说与戏剧的教学。针对听众的质疑，胡适坚定地说："深信我对于中学生的国文程度的希望，并不算太高。从国民学校到中学毕业是整整的十一年。十一年的国文教育，若不能做到我所期望的程度，那便是中国教育的大失败！"②百年以后的今天，中学生进行《红楼梦》以及其他经典名著的整本书阅读，从理论上说，自然不会高于百年前中学生的阅读难度，而课程目标和教育目标的设定，却又高于百年前胡适所设想的水平。我们也可以相信，以今天高校教师的介入、中学教师的投入和中学生的浸入，"《红楼梦》整本书阅读与研讨"这一任务，应能很好地推进和完成，也应能达成教育部"新课标"所示的"促进优秀传统文化传承"和"形成中学生正确三观"的育人目标。

阅读整本书主要在"课外"进行，但文学阅读并不是闲适、随意的课外兴趣活动。这是一种隐性的文学教育，经典作品的人生体验、文化品质和精神内涵，会以"春风化雨"的方式，在潜移默化中发挥重塑青少年价值观、促进人格与心灵健康成长的教育功能。为什么中学语文老师比其他学科老师更容易被毕业许久的学生追怀？是牢固地传授给学生系统的语文知识，还是因为他把学生带入了文学的殿堂，并在文学审美的过程中使学生获得了超前的人生体验和精神价值，而学生们又用了十年二十年甚至更长的生命时间

① 胡适：《中国国文的教授》，季羡林主编：《胡适全集》第 1 卷，安徽教育出版社 2003 年版，第 214、222 页；胡适：《再论中学的国文教学》，季羡林主编：《胡适全集》第 2 卷，安徽教育出版社 2003 年版，第 788 页。

② 胡适：《中国国文的教授》，季羡林主编：《胡适全集》第 1 卷，安徽教育出版社 2003 年版，第 223 页。

验证了那些体验和价值？比知识传授更重要的是价值引领，基础一线教师在文学教育与应试教育之间，需要保持必要的张力，腾挪身手，将温情与诗意灌注于教育进程。同样，大学中文专业的毕业生，十年二十年后铭记于心的，是那些曾灌满诗意的课堂、挥洒激情的场面和使学生理想飞扬的老师。时至今日，作为高等师范院校的中文教师，理当更多一些文学教育的情怀，立足经典文学文本，着力开展研讨式、探究式教学，以促进师范生整本书"阅读与研讨"意识与能力的养成。唯有如此，才能有效达成用经典文学阅读实施人文教育、养育正确"三观"的目标。

主要征引文献

（按书名音序排列）

A Dream of Red Mansions，曹雪芹著，杨宪益、戴乃迭译，外文出版社 1994 年版。

The Story of The Stone，曹雪芹著，David Hawkes 译，Penguin Books 1973.

《八家评批红楼梦》，冯其庸纂校定订，文化艺术出版社 1991 年版。

《博异志·集异记》，[唐] 郑还古，薛用弱撰，浙江古籍出版社 1999 年版。

《不惑之获——〈红楼梦学刊〉40 周年精选文集》，《红楼梦学刊》编辑部编，文化艺术出版社 2021 年版。

《巢林笔谈》，[清] 龚炜著，中华书局 1981 年版。

《春秋左传正义》，[晋] 杜预注，[唐] 孔颖达疏，[清] 阮元刻《十三经注疏》本，中华书局 1980 年影印版。

《东坡乐府笺》，[宋] 苏轼著，龙榆生校笺，上海古籍出版社 2016 年版。

《二程集》，王孝鱼点校，中华书局 2004 年版。

《二十四诗品》，[唐] 司空图著，清同治艺苑捃华本。

《二十五史》，上海古籍出版社、上海书店 1986 年版。

《古今小说》，[明] 冯梦龙著，人民文学出版社 1958 年版。

《古今注》，[晋] 崔豹著，四部丛刊三编景宋本。

《郭沫若全集》，郭沫若著，中华书局 2002 年版。

《国语》，上海古籍出版社 1978 年版。

《和谐社会与人文素养》，安徽师范大学科研处编，安徽人民出版社

2007 年版。

《红楼梦》，张俊、聂石樵、周纪彬等校注，北京师范大学出版社 1987 年版。

《红楼梦》，中国艺术研究院红楼梦研究所校注本，人民文学出版社 2008 年版。

《红楼梦卷》，一粟编，中华书局 1963 年版。

《红楼梦人物论》，王昆仑著，生活·读书·新知三联书店 1983 年版。

《红楼梦研究》，俞平伯著，人民文学出版社 1988 年版。

《红楼梦研究稀见资料汇编》，吕启祥、林东海主编，人民文学出版社 2001 年版。

《〈红楼梦〉与百年中国语文教育》，张心科著，华东师范大学出版社 2019 年版。

《红楼梦阅读史》，李根亮著，齐鲁书社 2021 年版。

《红楼梦资料汇编》，朱一玄编，南开大学出版社 2001 年版。

《胡适全集》，季羡林主编，安徽教育出版社 2003 年版。

《胡适文萃》，杨梨编，作家出版社 1991 年版。

《互文性研究》，（法）蒂费纳·萨莫瓦约著，邵炜译，天津人民出版社 2003 年版。

《淮南鸿烈解》，[汉]刘安撰，[汉]许慎注，四库丛刊景钞北宋本。

《寄园寄所寄》，[清]赵吉士著，朱太忙标点，上海大达图书供应社 1935 年版。

《精忠旗》，[明]冯梦龙著，中国文史出版社 2002 年版。

《剧说》，[清]焦循著，民国涌芬室读曲丛刊本。

《兰苕馆外史》，[清]许奉恩著，诸伟奇校点，黄山书社 1996 年版。

《礼记》，[东汉]郑玄注，[唐]孔颖达疏，[清]阮元刻《十三经注疏》本，中华书局 1980 年版。

《历代笔记小说集成》，周光培编，河北教育出版社 1994 年版。

《历代妇女著作考》，胡文楷编著，上海古籍出版社 2008 年版。

《莲须阁集》，[明]黎遂球著，清康熙黎延祖刻本。

《楝亭集》，[清]曹寅著，上海古籍出版社 1978 年版。

《列朝诗集小传》，[清]钱谦益著，上海古籍出版社 1959 年版。

《刘心武"红学"之疑》，郑铁生著，新华出版社 2006 年版。

《六十种曲》，[明]毛晋编，明末毛氏汲古阁刻本。

《六说文学教育》，陈平原著，东方出版社 2016 年版。

《鲁迅全集》，鲁迅著，人民文学出版社 2005 年版。

《履园丛话》，[清] 钱泳著，中华书局 1979 年版。

《论语译注》，杨伯峻译注，中华书局 1980 年版。

《梦粱录》，[南宋] 吴自牧著，浙江人民出版社 1980 年版。

《孟子译注》，杨伯峻译注，中华书局 1960 年版。

《名媛诗话》，[清] 沈善宝著，《续修四库全书》本，上海古籍出版社 1995 年版。

《普通高中语文课程标准》，中华人民共和国教育部，人民教育出版社 2017 年版。

《戚蓼生序本石头记》，人民文学出版社 1975 年影印本。

《清朝文征》，[清] 吴翌凤编，任继愈主编：《中华传世文选》丛书，吉林人民出版社 1998 年版。

《清代闺阁诗人征略》，[清] 施淑仪辑，上海书店 1987 年版。

《青藜阁集》，[清] 江珠著，清乾隆五十四年刻本。

《全明散曲》，谢伯阳编，齐鲁书社 1994 年版。

《全上古秦汉三国六朝文》，严可均编，中华书局 1958 年版。

《全宋词》，唐圭璋主编，中华书局 1965 年版。

《全唐诗》，[清] 彭定求等编，中华书局 1960 年版。

《全唐五代词》，张璋、黄畬编，上海古籍出版社 1986 年版。

《全元散曲》，隋树森编，中华书局 1964 年版。

《人物志》，[三国魏] 刘邵著，青海人民出版社 1998 年版。

《如何阅读一本书》，（美）莫提默·J.艾德勒等著，郝明义等译，商务印书馆 2018 年版。

《三国志》，[晋] 陈寿著，陈乃乾校点，中华书局 1959 年版。

《山堂肆考》，[明] 彭大翼，清文渊阁四库全书本。

《尚书补疏》，[清] 焦循疏，《续修四库全书》本，上海古籍出版社 2003 年版。

《诗经译注》，江阴香译注，北京市中国书店 1982 年版。

《史通》，[唐] 刘知几著，上海古籍出版社 2008 年版。

《世说新语》，[南朝宋] 刘义庆撰，[南朝梁] 刘孝标注，四部丛刊景明袁氏嘉趣堂本。

《事物异名录》，[清] 厉荃辑，清乾隆刻本。

《庶物异名疏》，[明] 陈懋仁撰，《四库全书存目丛书》子部第 218 册，齐鲁书社 1995 年影印中国科学院图书馆藏明崇祯刻本。

《说文解字》，[汉] 许慎著，中华书局 1963 年版。

《宋书》，[南朝梁] 沈约著，延边人民出版社 1998 年版。

《随园诗话》，[清] 袁枚著，江苏广陵古籍刻印社 1998 年版。

《孙过庭书谱笺证》，朱建新著，上海古籍出版社 1982 年版。

《太平广记》[宋] 李昉等编，中华书局 1961 年版。

《唐伯虎全集》，[明] 唐寅著，中国书店 1985 年版。

《唐诗宋词元曲全集》，周振甫主编，黄山书社 1999 年版。

《通志堂集》，[清] 纳兰性德著，清康熙三十年徐乾学刻本。

《王弼集校释》，楼宇烈校释，中华书局 1980 年版。

《味水轩日记》，[明] 李日华撰，民国嘉业堂丛书本。

《文饭小品》，[明] 王思任著，蒋金德点校，岳麓书社 1989 年版。

《文选》，[南朝梁] 萧统编选，清胡刻本。

《西湖文献集成》，王国平主编，杭州出版社 2004 年版。

《西厢记》，[元] 王实甫著，王季思校注，上海古籍出版社 1978 年版。

《先秦汉魏晋南北朝诗》，逯钦立辑录，中华书局 1983 年版。

《闲情偶寄》，[清] 李渔著，郁娇校注，江苏凤凰出版社 2019 年版。

《叙述学研究》，张寅德编选，中国社会科学出版社 1989 年版。

《幼学琼林》，[明] 程登吉等著，北京师范大学出版社 1992 年版。

《玉台新咏》，[南朝梁] 徐陵编纂，四部丛刊景明活字本。

《元曲选》，[明] 臧晋叔编，中华书局 1958 年版。

《悦读红楼》，俞晓红主编，安徽教育出版社 2021 年版。

《月令萃编》，[清] 秦嘉谟撰，清嘉庆十七年秦氏琳琅仙馆刻本。

《至正直记》，[元] 孔齐著，上海古籍出版社 1987 年版。

《中国古代文论选新编》，黄霖、蒋凡主编，上海教育出版社 2008 年版。

《中国古典名著选》，[唐] 徐坚编，京华出版社 2000 年版。

《资治通鉴》，[宋] 司马光著，中华书局 1956 年版。

《竹林七贤诗文全集译注》，韩格平注译，吉林文史出版社 1997 年版。

《庄子集释》，[清] 郭庆藩集释，中华书局 1961 年版。

《庄子浅注》，曹础基注，中华书局 1982 年版。

《缀白裘》，[清] 钱德苍编撰，汪协如点校，中华书局 2005 年版。

《周易正义》，［晋］王弼，［清］阮元校辑，《十三经注疏》，中华书局1980 年影印版。

《昼永编》，［明］宋岳编，明嘉靖四十三年阎承光刻本。

《朱彤红学论集》，朱彤著，安徽师范大学出版社 2022 年版。

后 记

笔者始读《红楼梦》，时在初二。本科毕业论文选题是薛宝钗形象及其情感世界，文章投稿《红楼梦学刊》后获得发表。它开启了我研读《红楼梦》的端绪，于今已是 40 年整。1992 年硕士毕业留校任教，开设"《红楼梦》研究"专业选修课，迄今亦有 30 年的历史。课堂是我表达阅读感悟的空间，授课是促使我深入思考、不断改进的动力；课程结构的每一次调整，都意味着我阅读《红楼梦》生发新的认知。

本书的缘起，与我近几年所读、所思、所做有关。

一方面研读原著，拓宽视野，文学研究专题化。早期的红学文章，大多已收入《王国维〈红楼梦评论〉笺说》《红楼梦意象的文化阐释》两书中。此后又撰写发表了大观园诗社、"和"之美、文本的跨文化传译等多篇论文。2019 年 12 月 27 日，张勇教授邀我为《学语文》开红学专栏，选题即定为"整本书阅读"。随后撰写系列专题文章刊发，篇幅略长的则在《红楼梦学刊》《曹雪芹研究》《苏州科技大学学报》等刊物上发表。2020 年夏，我以"整本书阅读视野下的《红楼梦》研究"为题，申报安徽省哲学社会科学规划重点项目获批。这次将相关文章整合为书，修改原标题并增设节标题，正文文字有所改动，另增写了部分章节。

另一方面优化课程，提升品质，文学教育资源化。2017 年，教育部颁布高中语文"新课标"，促使我将"整本书阅读"纳入师范专业的《红楼梦》课程教学。2019 年 8 月 13 日，受芜湖市教科所辛卫华老师之邀，我为全市高中语文骨干教师研修班主讲"《红楼梦》整本书阅读"专题课；张晋老师的点评和堂下更多老师的交流，使我了解到基础一线教师的现状和需求。2020 年 10 月 22 日下午，以"《红楼梦》整本书阅读的理念与实施"为题，我与中国艺术研究院孙伟科教授和石中琪副研究员、上海师范大学詹丹教授一起，将这一次"红学论坛"的线上讲座，办成一堂三校红学家线上联动开放直播课程。2021 年 3 月，我主讲的"《红楼梦》十二讲"慕课先后在易会学、智慧树完全上线，为开展线上线下混合式教学创建了资源。11 月，三联生活周刊和北京大学美学与美育研究中心联合制作"永远的《红楼梦》"系列音频课，叶朗、张庆善先生领衔共 12 人主讲，我亦忝列其中，录制了"宝玉挨打说因果"一节，并在三联中读平台上线。此后一年多来，又受邀面向长江中下游沿江城市，北京、合肥以及广东深圳等地的基础一线语文教师，主讲线上或线下系列讲座数十场。无论是常规课、讲座课，还是音频课、视频课，均注重文本细读与版本比勘并重，形象剖析与情节解读勾连，学术视野与审美阐释交融。研究思路借助教学获得验证，教学体验反哺课题延展新知，两者相辅相成，是本书内容能够实现高等教育与基础教育有机衔接的一个前提。

与此同时，以生为本，重视指导，文学阅读实践化。2016 年始，我已协同芜湖市一线教师开展《红楼梦》原著的试点阅读。2017 年秋，应和"新课标"精神，我指导学科教学（语文）专业硕士生黄婷以"《红楼梦》整本书阅读教学研究"为选题，撰写学位论文，答辩获优。2019 年开始，选修了我《红楼梦》课程的师范生，在其教育实习过程中，扎实地推进了基地校的"《红楼梦》整本书阅读与研讨"活动，成效明显。2021 年 4 月至 8 月，面向全国大中学校师生开展"《红楼梦》整本书阅读"主题征文活动，共收到文稿 3092 篇，其中高校师范生作品 47 篇、高中生作品 2976 篇，征文优秀成果结集为《悦读红楼》出版。2022 年 5 月 22 日，又举办了"全国《红楼梦》整本书阅读专题研讨会"，全国 20 多位红学专家与语文名师采取"线上线下混合研讨"方式云端对话，以大中学生为主要受众，借助智慧树、大皖新闻等线上平台直播，当天收看用户数据逾 4 万。相关活动的开展，在获得实践验证的同时，也希望与语文名师共构名著阅读与文化传承的当代场域，以求进一步推进红学理论研究与基础教育实践的有效衔接。

我的诸多同事、好友、学生，对我的课题研究葆有浓厚兴趣，期待能早日结集出版。"古代小说网""桃李国学苑""传播汉语"等微信公众号积极转发已发文章，流布甚广；诸多观点和文字也每被一线教师施用于教学指导，有的甚至被直接移植到相关"任务书"内。这些都是我完成课题研究并尽早结集出版的驱动力。前辈学者陈曦钟先生亲为本书题签，以兹鼓励。人民出版社罗少强先生为本书出版费心尽力，付出甚多。在此一并表示深挚的谢意！

2022 年 6 月 30 日于江城芜湖

封面题签：陈曦钟

责任编辑：罗少强

装帧设计：黄桂敏

图书在版编目（CIP）数据

漫卷红楼：整本书阅读视野下的《红楼梦》研究／俞晓红 著 . —北京：
人民出版社，2022.11

ISBN 978－7－01－025193－6

I.①漫… II.①俞… III.①《红楼梦》研究 IV.① I207.411

中国版本图书馆 CIP 数据核字（2022）第 199790 号

漫卷红楼

MANJUAN HONGLOU

——整本书阅读视野下的《红楼梦》研究

俞晓红 著

人民出版社 出版发行

（100706 北京市东城区隆福寺街 99 号）

环球东方（北京）印务有限公司印刷 新华书店经销

2022 年 11 月第 1 版 2022 年 11 月北京第 1 次印刷
开本：710 毫米 ×1000 毫米 1/16 印张：18.5
字数：240 千字

ISBN 978－7－01－025193－6 定价：88.00 元

邮购地址 100706 北京市东城区隆福寺街 99 号
人民东方图书销售中心 电话（010）65250042 65289539